Der Architekt John Carter soll eine alte viktorianische Schuhfabrik in London in moderne Luxuswohnungen umbauen. Bei einem seiner Erkundungsgänge macht er eine überraschende Entdeckung: einen verborgenen Kellerraum, in dem ein wertvoller, antiker Spiegel hängt. Neugierig geworden, versucht er, mehr darüber in Erfahrung zu bringen. Doch statt Antworten zu erhalten, stößt er auf eine Vielzahl rätselhafter Geschichten, die immer mehr Fragen aufwerfen: Gehörte der Spiegel einst wirklich Katharina von Medici? Wie gelangte er nach England in den Besitz des Schuhfabrikanten? Und welche Rolle spielte er in dem mysteriösen Todesfall einer jungen Frau, der sich hier hundert Jahre zuvor ereignet hat?

Während John versucht, das Geheimnis des Spiegels zu ergründen, ereignen sich in seinem Umfeld merkwürdige Dinge. Und auch Ophelia, eine gleichermaßen faszinierende wie rätselhafte Frau, in die er sich Hals über Kopf verliebt, scheint etwas vor ihm zu verbergen …

Der Spiegel der Medici ist ein fesselnder Roman über die dunklen Mächte der Liebe, über Leidenschaft, Eifersucht und Rache und über ein jahrhundertealtes Geheimnis, das seine Schatten bis in die Gegenwart wirft.

Melissa Bailey studierte Englische Literatur in Oxford und Rechtswissenschaften in London. Seitdem arbeitet sie als Anwältin im Bereich des Medienrechts. *Der Spiegel der Medici* ist ihr erster Roman.

insel taschenbuch 4263

Melissa Bailey

Der Spiegel der Medici

Melissa Bailey

Der Spiegel der Medici *Roman*

Aus dem Englischen von Rita Seuß
und Christa Prummer-Lehmair

Insel Verlag

Originaltitel: *The Medici Mirror.* Arrow Books, London 2013

Umschlagfotos:
Sybille Sterk/Arcangel Images; Jaqueline Veissid/Getty Images;
Simone Becchetti/Getty Images

insel taschenbuch 4263
Erste Auflage 2013
Deutsche Erstausgabe

Vertrieb durch den Suhrkamp Taschenbuch Verlag
Umschlag: cornelia niere, münchen
Satz: Hümmer GmbH, Waldbüttelbrunn
Druck: CPI – Ebner & Spiegel, Ulm
Printed in Germany
ISBN 978-3-458-35963-0

Prolog

Château de Fontainebleau
November 1542

Holzfasern streiften Katharinas Auge, als sie durch das Loch im Dielenboden spähte. Wie sie vermutet hatte, war da nur tiefe Schwärze. Sie drehte den Kopf und legte ein Ohr an die Öffnung. Von unten hörte sie keinen Laut, sie hatten sich also noch nicht in das Schlafgemach zurückgezogen. Katharina breitete, noch auf den Knien, den Seidenteppich wieder über das Loch. Dann warf sie einen Blick durch die beiden anderen Öffnungen, die sie ein paar Tage zuvor in den Fußboden hatte schlagen lassen. Sie gewährten aus unterschiedlichen Perspektiven Einblick in das Schlafzimmer unter ihr. Aber auch hier nur lautlose Dunkelheit.

Eine gefühlte Ewigkeit ging Katharina in ihrem Zimmer auf und ab, wartend und lauschend. Irgendwo im Schloss ganz in der Nähe ging mehrmals eine Tür auf und wieder zu und entließ einen Schwall Musik und Gelächter. Danach waren nur noch sich entfernende Schritte zu hören, gefolgt von noch tieferer Stille. Sie legte sich aufs Bett und dachte über ihren Plan nach. Ihre Hofdamen hatten sie beschworen, davon abzulassen und sich nicht solche Qualen aufzuerlegen. Aber Katharina wusste, dass sie als Frau versagte, dass sie ihren Gemahl nicht beglücken konnte, dass er sie reizlos und nicht begehrenswert fand. Und dass sie infolgedessen kinderlos bleiben würde, ein

Schicksal, mit dem sie sich niemals abfinden würde. Unerträglich die Vorstellung, wie gefährdet und unsicher ihre Position am Hof sein würde. Sie musste hinzulernen, koste es, was es wolle. Ungeachtet der Pein in ihrem Herzen würde sie ihnen deshalb zusehen. Sie würde ihrem Gemahl und seiner Mätresse dabei zusehen, wie sie im Schlafgemach unter ihr Unzucht trieben.

Nach Luft ringend, setzte sich Katharina im Bett auf. Sie spürte eine dunkle Wut in sich aufsteigen – ein Gefühl, das ihr keineswegs unbekannt war. Die schöne Mätresse des Dauphins, die sehr viel älter war als er, beherrschte das Leben am Hof und stellte Katharina fast in jeder Hinsicht in den Schatten. Und jetzt war Katharina so tief gesunken, dass sie die beiden heimlich beobachtete. Den Tränen nahe, schloss sie die Augen und ließ den Kopf auf das Kissen zurücksinken. Sie schluckte den bitteren Geschmack hinunter und rief sich in Erinnerung, dass sie die Gemahlin des Dauphins war, dass sie den Dauphin mehr liebte und mehr für ihn tun würde als alle anderen. Und dass sie seine Frau bleiben und einmal Königin werden würde, wenn sie durchhielt. Sie würde geduldig abwarten. Und am Ende triumphieren.

Das Geräusch einer Tür riss Katharina aus ihren Träumereien. Die Stimme des Königs drang leise, aber unverkennbar durch die Holzdielen an ihr Ohr. Mit einem Satz war sie aus dem Bett, lief mit zitternden Gliedern durch das Zimmer und löschte die Kerzen. Im Dunkeln tastete sie nach dem Teppich und schob ihn beiseite. Durch die Öffnung im Boden drang Licht zu ihr herauf. Ihr Herz klopfte.

Sie spähte hinunter. Zuerst erhaschte sie einen Blick auf Heinrich. Er war halb entkleidet und trug nur ein Hemd, die Beine waren nackt. Katharina bewunderte seine Gestalt, als er im Zimmer umherging. Er war ein gutaussehender Mann, den die Jagd und die Turniere gelenkig und muskulös gemacht hatten. Und während sie ihren Gemahl beobachtete, flammte Begehren in ihr auf. Sie errötete und wandte unwillkürlich den Blick ab, um die Glut ihrer Wangen zu verbergen. Als sie erneut durch die Öffnung im Boden lugte, stand Heinrich neben dem Bett, auf dem seine Mätresse lag, wie immer ganz in Schwarz und Weiß gekleidet. Eine Weile lachten und redeten sie, wenn auch so leise, dass Katharina kein Wort verstand. Aber die Vertrautheit ihres Umgangs und die Freude über ihr Zusammensein waren so offenkundig, dass Katharina erneut eine maßlose Wut in sich aufsteigen spürte. Darauf war sie nicht gefasst gewesen: wie ungezwungen die beiden einander berührten – Gesicht, Augen, Lippen, Haare. Am Hof wussten sie diese intime Vertrautheit gut zu verbergen. Sie wahrten die Etikette und gaben sich kühl, gleichgültig und distanziert. Doch jetzt tat Katharina einen Blick hinter die Kulissen.

Als sich der Dauphin zum Bett hinunterbeugte, setzte sich seine Mätresse kniend auf. Er nahm ihr den Schmuck ab und entkleidete sie. Dabei glitten seine Hände spielerisch über ihren nackten Körper, streichelten ihren Hals, ihre Schultern und ihren Bauch und liebkosten zärtlich ihre Brüste. Die Mätresse überließ sich ihm ganz, und erregt von seinen Berührungen, schmolz ihr Körper unter seinen Händen. Zum ersten Mal sah Katharina den porzellanweißen Körper der Frau, die den König in ihren Bann geschlagen hatte.

Ihre Wut wich. Tränen traten in ihre Augen, die sie tapfer zurückhielt. Sie beobachtete, wie die Frau die Beine spreizte und sich kühn und ohne Scham rittlings auf Heinrich setzte. Er empfand sichtlich Lust dabei, ihre Ungeniertheit und Hemmungslosigkeit schienen ihn zu erregen, während ihr langes Haar über die nackten Körper fiel. Sie bewegten sich in wilder, sich steigernder Leidenschaft. Katharina konnte der Flut ihrer Tränen nicht mehr Einhalt gebieten. Sie hatte genug gesehen, doch sie hörte es immer noch, dieses Stöhnen sinnlicher Lust. Es waren Geräusche, die sie ihr Leben lang nicht mehr loslassen würden, das wusste sie. Dieses lustvolle Stöhnen, ganz anders als das Schweigen, das sich breit machte, wenn sie selbst bei ihrem Gemahl lag.

Im Dunkeln auf dem Bett ausgestreckt, versuchte Katharina, das Bild der liebessatten, atemlosen Körper zu verdrängen und sich auf die Leere in ihrem eigenen Innern zu konzentrieren. Tief einatmend, versuchte sie, einen klaren Gedanken zu fassen. Morgen würde sie die Löcher im Fußboden schließen lassen. Vielleicht hätte sie doch auf ihre Hofdamen hören sollen; vielleicht hätte sie ahnungslos und unwissend weiterleben sollen. Aber dann hätte sie nie die Wahrheit erfahren.

Sie setzte sich auf. Mondlicht fiel durch das Fenster. Es war hell, vermutlich Vollmond, ideal für die Jagd. Wieder dachte sie an die Frau, die im Zimmer unter ihr mit ihrem Gemahl das Bett teilte, und ihr Herz krampfte sich zusammen. Sie würde den geeigneten Augenblick abwarten. Nach allem, was sie heute Abend gesehen hatte, wusste sie, dass sie so gut wie alles ertragen konnte. Doch am Ende würde sie Rache nehmen. Sie würde warten müssen, vielleicht lange warten müssen.

Doch am Ende würde sie Rache nehmen.

Kapitel 1

London, 2013

Ich hörte den Rettungswagen, noch bevor ich ihn sah. Schrilles Sirenengeheul, dann der Luftzug, als der Wagen an mir vorbeibrauste. Ein Aufblitzen gelber und grüner Streifen und blaues Neonlicht. Staub und Kieselsteinchen spritzten hoch, als er die Upper Street entlangraste, bevor er an der Ampel von einer dichten Schlange aus Pkws und Lastern zum Anhalten gezwungen wurde. Hier stand er an diesem kalten Wintermorgen, mit kreischender Sirene, bis sich die Autos erneut in Bewegung setzten und eine Durchfahrt frei machten.

Es herrschte fast stehender Verkehr mit stinkenden Auspuffgasen und wummernden Stereoanlagen. Jeden Tag das gleiche Bild. Als ich von der Hauptstraße abbog, ließen Lärm und Abgasgestank rasch nach. Der Weg war mir so vertraut, ich hätte ihn im Schlaf gefunden. Und in den vergangenen sechs Monaten hatte ich genau dieses Gefühl: dass ich alles mechanisch und beinahe unbewusst tat. Lass mir noch ein bisschen Zeit – das war meine Standardantwort, wenn mein Kompagnon Richard mich darauf ansprach. Lass mir noch ein bisschen Zeit. Bei meiner Zerstreutheit in den letzten Monaten war es ein Wunder, dass ich überhaupt noch einen Job hatte. Aber Richard war ein netter Kerl. Ich hatte im Lauf der Jahre einige großartige Projekte mit ihm durchgezogen, nur in letzter Zeit hatte ich mich zu einem ziemlich stillen Teilhaber entwickelt. Na und? Im Grunde schien es ihm nicht viel auszumachen.

Als ich an den Reihenhäusern im klassischen georgianischen Stil vorbeiging, fasste ich nach dem schwarzen, schmiedeeisernen Geländer, das sich unter meiner Hand glatt und fest anfühlte. Auf den blitzsauberen Fensterbrettern standen sorgsam gepflegte Blumenkästen und auf den Balkonen perfekt gestutzte Miniaturbäume. SUVs von BMW und Audi standen dicht an dicht auf den Gehsteigkanten. Wer hier wohnte, hatte Geld und zeigte es auch. Ein Stück weiter den Hügel hinunter, jenseits der Hauptstraße, wandelte sich das Bild, es begann eine andere Welt. Die protzigen Autos verschwanden, die Häuser wurden niedriger, und Blumenkästen gab es kaum mehr. Das Flair von Eleganz und Geld war verflogen. Man konnte die Lethargie förmlich riechen, die hier in der Luft lag.

Ich dachte an Richards Nachricht vom Vortag. »Ich habe den idealen Job für dich, den Traum jedes Architekten. Willst du es dir anschauen?« Er hatte eine Adresse hinterlassen, wo ich mich heute mit ihm treffen sollte.

Ich muss zugeben, dass ich ganz schön neugierig war. Statt also geradeaus zu gehen – mein normaler Weg zum Büro in Shoreditch –, bog ich an der nächsten Ampel nach rechts Richtung Clerkenwell ab. Zu meiner Linken ragten Hochhaustürme auf, große graue Kleckse aus Waschbeton vor dem Hintergrund des Himmels, die Fassaden überzogen mit gleichförmigen Reihen kleiner quadratischer Fenster, in denen sich das Grau des Tages spiegelte. Graffiti an den Sockeln, breite Streifen in Pink, Rot, Orange und Blau, lockerten das graue Einerlei auf. Am Ende der Straße bog ich links und gleich darauf wieder rechts ab. Sofort war ich in einem anderen Viertel. In der Mitte eines kreisrunden Areals georgianischer Reihenhäuser lag ein kleiner

Park, ein grüner Fleck, der nach dem Labyrinth aus Beton fast surreal wirkte. Wie Richard es mir beschrieben hatte, suchte ich nach der Unterbrechung in dem symmetrischen Rondell der Häuser. Und dann lag sie vor mir, die imposante Schuhfabrik im Stil der viktorianischen Gotik.

Es war ein dreistöckiger roter Backsteinbau, ein wuchtiges Gebäude mit zahlreichen Fenstern, die Fassade grau vom Smog und verwaschen vom Regen. Die Fenster im ersten Stock wurden von halbkreisförmigen Bögen aus ockergelbem Stein überwölbt. Ich hatte gerade meinen Rundgang durch das Erdgeschoss beendet, eine riesige Halle, als ich von der Treppe am Ende des Raums Schritte hörte. Richard erschien mit einem breiten Lächeln und kam zielstrebig auf mich zu.

»Johnny Carter.« Er fasste mich am Arm und klopfte mir auf den Rücken. Ein Hauch seines teuren Aftershave streifte mich. »Wie geht es dir?«

»Danke, gut. Ein toller Ort ist das hier.«

»Ja, die Fabrik ist ein Prachtstück. Aber warte erst, bis du die anderen Stockwerke gesehen hast.« Richard pfiff leise durch die Zähne. »Ich habe mich ein bisschen umgesehen, während ich auf dich gewartet habe.«

Ich lächelte. Richard konnte nicht stillhalten. Er war Herz und Hirn unseres Büros, er war der Boss, und ohne seinen Geschäftssinn würde gar nichts funktionieren. Doch egal, wie viel er zu tun hatte, er strahlte stets Ruhe und Gelassenheit aus. Als ich den Blick über seine Designerklamotten und den kunstvoll verwuschelten grauen Haarschopf gleiten ließ, fragte ich mich wieder einmal, wie er das bloß schaffte.

Er ging zu einem Schreibtisch am Fuß der Treppe und fing an, in irgendwelchen Unterlagen zu blättern. »Hast du gut hergefunden?«

»Kein Problem.« Ich bückte mich nach einem Paar schwarzer Lederschuhe, die auf einem Haufen in der Mitte des Raumes lagen. Sie waren ausgezeichnet gearbeitet, und trotz ihres Alters war das Leder immer noch tadellos. In diesem Unternehmen war offenbar Wert auf Qualität gelegt worden. Ob sich das auch in der Renovierung widerspiegeln würde? »Also, schieß los. Worum geht es?«

»Umwandlung in Wohnraum, großzügig und modern, aber unter Berücksichtigung der Geschichte des Gebäudes. Deine Spezialität.«

Ich lächelte und betrachtete weiter die Schuhe. Er wusste, auf welche Information ich wartete.

»Der Kunde ist ein reicher Privatmann, kein Investor. Er möchte selber hier wohnen. Und er wird viel Platz haben.«

»Das kann man wohl sagen.«

»Wir haben ein großzügiges Budget und in der Gestaltung weitgehend freie Hand.« Richard nahm eine Mappe vom Tisch und legte sie beiseite. »Das hier sind unsere Vorgaben. Die kannst du dir später anschauen.«

»Mach ich. Klingt wirklich vielversprechend.« Ich muss zugeben, das war ein Auftrag ganz nach meinem Geschmack: die Renovierung eines historischen Gebäudes mit einer Vielzahl bewahrungswürdiger Elemente, obendrein mit einem großzügigen Budget und großer Gestaltungsfreiheit, ohne Abstriche machen oder Kompromisse schließen zu müssen. Ich drehte mich um, um mir die Halle noch einmal in ihrer ganzen Länge anzusehen. Große hölzerne Maschinen und Arbeitstische mit Werkzeug standen im trüben Tageslicht, das durch die spinnwebenverhangenen Fenster hereinsickerte. Ich lauschte auf die Geräusche: das Knarren der Dielen, das Ächzen von Metall, das Rauschen alter Leitungsrohre, kaum hörbar und doch allgegenwärtig. »Und was weißt du über dieses Objekt?«, fragte ich und drehte mich zu Richard um.

»Nicht viel. Es war ein Familienbetrieb, Ende des 19. Jahrhunderts gegründet. James, einer der Söhne, führte die väterliche Firma weiter, danach übernahm sie dessen Sohn Thomas. Das Geschäft florierte, doch Ende der vierziger Jahre brach der Umsatz ein. Sinkende Nachfrage und aus dem Ruder laufende Kosten haben die Fabrik ruiniert. Am Ende haben sie einfach zugemacht.«

»Und das Gebäude wurde nie anderweitig genutzt?«

»Nein, ich glaube nicht.« Richard blätterte in seinen Unterlagen. »Hier steht irgendwo, dass es jetzt nur deshalb verkauft wurde, weil der letzte noch lebende Brimley, der Urenkel des Firmengründers, kürzlich gestorben ist. Er war unverheiratet und hatte anscheinend keine Verwandten. Sein Haus in Bloomsbury, das vom jeweiligen Firmenerben bewohnt und von Generation zu Generation weitergegeben wurde, wird gerade ausgeräumt und steht ebenfalls zum Verkauf.« Er machte eine Pause. »Ich glaube, die Fabrik ist schlicht und einfach in Vergessenheit geraten.«

In Vergessenheit geraten? Das war schwer vorstellbar. Wie konnte man ein solches Gebäude einfach dem Verfall preisgeben? Ich durchwanderte die Halle in ihrer ganzen Länge, inspizierte jeden Winkel, spähte unter die Werkbänke und hinter die Schränke. Ich schloss die Augen und lauschte dem fast unmerklichen Flüstern dieser Räume, ihrer Melancholie, ihrem staubigen Atem. »Wie kann ein solcher Ort in Vergessenheit geraten?«, sagte ich mehr zu mir selbst als zu Richard.

»Keine Ahnung. Vielleicht fehlte das Interesse, vielleicht hatte es aber auch persönliche Gründe, und man wollte von der Fabrik einfach nichts mehr wissen.« Er zuckte die Schultern. »Jedenfalls stand das Gebäude mehr als fünfzig Jahre leer.«

Gemessen an der Entwicklung des Londoner Immobilienmarkts war das eine Ewigkeit. Ich betrachtete das unter einer Staubschicht liegende Durcheinander. »Und trotzdem steht hier noch so viel Zeug rum. Kann ich das alles verwenden?«

Richard nickte. »Was das betrifft, waren die Vorgaben des Kunden eindeutig: Nehmt, was ihr brauchen könnt, und werft den Rest weg. Er möchte nichts behalten, was man nicht in die Renovierung einbeziehen kann.«

»Ich verstehe.«

»Ein Aufmaß ist erstellt, ich habe hier die CAD-Zeichnungen.« Er tippte auf einen dicken Stapel Plots. »Jede Menge Pläne, alle im Maßstab 1:100, Format DIN A1. Sag Bescheid, wenn du etwas anderes brauchst.«

»Super, danke.« Mein Blick wanderte von Richard zu der Treppe am anderen Ende der Halle. Ich war neugierig auf die anderen Etagen. »Wollen wir mit dem Rundgang beginnen?«

Lächelnd griff er nach einigen Unterlagen auf dem Schreibtisch. »Klar. Fangen wir oben an und arbeiten uns langsam nach unten vor, ich glaube, so ist es am besten.«

Während wir die Treppe hochstiegen, gab er mir weitere Informationen. Die Fabrik hatte drei Etagen mit jeweils einer Treppe vorne und hinten, und jedes Stockwerk war in drei separate, aber ineinander übergehende Abteilungen aufgeteilt. Mit Blick in seine Unterlagen nannte er mir die Abmessungen der Räume und vergewisserte sich hin und wieder, dass ich ihm zuhörte. Ich nickte zerstreut. Meine Aufmerksamkeit war von der Schönheit des alten Parkettfußbodens in Anspruch genommen, von den riesigen Fenstern auf beiden Seiten des Gebäudes, den eindrucksvollen freiliegenden Deckenbalken und den wuchtigen Maschinen. Von der Decke hingen Rollen und Flaschenzüge, auf den Arbeitstischen und am Boden lagen Leder-, Holz- und Metallteile. Mit all diesen Materialien und Werkzeugen konnte ich jetzt arbeiten.

Richard war neben mich getreten. Wir befanden uns am hinteren Ende des zweiten Stocks zwischen Reihen von Arbeitstischen auf gusseisernen Gestellen.

»Das war die Stanzerei«, sagte er. »Hier erfolgte der erste Schritt im Fertigungsprozess. In dieser Abteilung wurde das Leder für einen Schuh oder Stiefel zugeschnitten, entweder von Hand oder mit Hilfe dieser Stanzmaschinen.« Er klopfte auf das Ding neben sich, das einen leisen metallischen Ton erzeugte.

Ich starrte auf die Maschinen, das verklingende Summen im Ohr. Hier schien die Zeit stehen geblieben zu sein. In viele der stählernen Kolosse war noch das Leder eingespannt, als wären die Arbeiter nur kurz weggegangen und kämen gleich wieder zurück, um ihr Werk zu Ende zu führen. Aber die Arbeiter waren nicht zurückgekehrt, alles war noch genau so, wie sie es damals verlassen hatten. Vergangenheit und Gegenwart prallten unvermittelt aufeinander.

In der nächsten Abteilung reihten sich beiderseits des Mittelgangs Nähmaschinen aneinander. Die schwarzen Ungetüme standen reglos da, ihre Schwungräder waren dick mit Staub überzogen. Bei vielen lagen zwischen der Stichplatte und dem Nähfuß noch Lederteile. Alle Maschinen trugen in weißen Buchstaben die Aufschrift SINGER. Ich versuchte, mir den Lärm dieser Maschinen vorzustellen, wenn sie auf vollen Touren liefen. Jetzt jedoch herrschte durchdringende Stille. Auf den langen Arbeitstischen vor den Maschinen lagen Spezialwerkzeuge und fertig genähte Schuhschäfte. Der Fußboden war mit Lederresten übersät.

»Und hier war die Stepperei«, sagte Richard, »wo die Lederteile zum Schuhoberteil zusammengenäht wurden. Das war eine der wenigen Abteilungen, in denen Frauen beschäftigt waren. Ansonsten war die Fabrik eine reine Männerdomäne.«

Richard ging in den hinteren Teil der Halle mit riesigen schwarzen Maschinen. »Hier wurden, glaube ich, die Sohlen zugeschnitten«, sagte er und legte seine Hand auf den Schwenkarm des Geräts, der ein Messer auf den Tisch drückte.

»Das Leder war dicker als das für das Schuhoberteil.« Er befühlte eine eingespannte Sohle zwischen seinen Fingern.

Ich nickte und ließ meinen Blick zu den Regalen hinter ihm wandern, wo sich Hunderte Ballen Leder türmten, jeder fast zwei Meter lang. Auf dem Boden lag ein Stapel rechteckiger Lederzuschnitte. Ich atmete tief ein. Bei meinem Rundgang durch die Fabrik hatte mich der Ledergeruch begleitet. Hier jedoch schien er aus den Wänden zu strömen und lag schwer wie Rauch in der Luft. Er kroch mir die Nase hoch und senkte sich in meine Lungen. Ich hatte das Gefühl, eine Vergangenheit einzuatmen, die fast noch lebendig war.

Als ich so die Halle auf mich wirken ließ, stellte ich mir vor, wie man Elemente der zerlegten Maschinen in die moderne architektonische Gestaltung integrieren könnte: Metallgestelle, Leuchten oder Schwungräder von alten Maschinen als Wandelemente, die Gewölbedecke von Lichtschächten durchbrochen. Ein Zusammenspiel von Licht, Glas und Metall. Ja, die alte Industriearchitektur würde sich mit der Formensprache des modernen Bauens zu einer harmonischen Einheit verbinden.

Richards Stimme riss mich aus meinen Gedanken. Er war schon weitergegangen und steuerte auf das Treppenhaus zu. »Hier unten war die Schaftherstellung«, rief er mir über die Schulter zu.

Ich folgte ihm in den ersten Stock. Vor uns stand ein riesiger Tisch mit Hunderten Fußpaaren aus Holz. Sie waren über die ganze Fläche verteilt, einige lagen am Boden. Ich lächelte. »Wow. Was ist das?«

»Vermutlich Leisten«, sagte Richard. »Darauf wurde das Schuhoberteil gespannt, um den Schaft aufzubauen.« Er warf erneut einen Blick in seine Unterlagen und machte dann eine weit ausholende Geste. »In der nächsten Abteilung wurden die Sohlen montiert, und ganz hinten wurden Schaft und Sohle miteinander verbunden. Dort wurden auch die Schuhreparaturen ausgeführt.«

Wir gingen langsam ans hintere Ende der Halle. Hier lagen alle möglichen Schuhe durcheinander auf einem Haufen, abgewetzte, sohlenlose und löchrige. Kaputte Schuhe, die repariert werden sollten, jetzt aber vor sich hin gammelten.

Ich stupste den Haufen mit meinem Turnschuh an. »Sieh dir das an. Warum, glaubst du, liegen die alle immer noch hier herum?«

»Wahrscheinlich wurden sie von ihren Besitzern nie abgeholt. Nachdem die Fabrik zugemacht hatte, meine ich.« Und nach einer Pause fuhr er fort: »Oder der generöse Fabrikbesitzer hat ihnen ein neues Paar spendiert.«

»Ganz bestimmt, du Phantast.« Aber insgeheim hoffte ich, dass Richard recht hatte. Ich warf erneut einen Blick auf den Haufen. Er wirkte irgendwie traurig und verloren. Im Stich gelassen, ausgemustert. So wie die ganze Fabrik.

Als ich mich umdrehte, fiel mein Blick auf zwei Reihen

sorgfältig genähter, handwerklich vollendeter Schuhe und Stiefel. Alle ohne Absätze.

Ich musste lachen. »Ein surrealer Ort.«

Richard folgte meinem Blick. »Ach ja. Die Absätze wurden im Erdgeschoss angebracht, dort bekamen die Schuhe auch den letzten Schliff. Es war die letzte Stufe im Fertigungsprozess.«

Wir gingen die Treppe hinunter und gelangten zum Ausgangspunkt unseres Rundgangs.

»Und das hier ist der Versandraum, wo die Schuhe kontrolliert und für die Auslieferung fertiggemacht wurden.«

Ich nickte und besah mir erneut die zahllosen Regale und Schachteln voller Schuhe. »Dann verlief also der Fertigungsprozess von oben nach unten.« Durchorganisiert bis ins kleinste Detail, alles nach Plan und heute noch nachvollziehbar.

»Aus einem Guss, findest du nicht?«

»Genau wie deine Führung.«

Richard machte eine übertriebene Verbeugung. »Danke. Aber ehrlich gesagt, habe ich mich noch gar nicht richtig mit dem Projekt beschäftigen können. Alles Übrige werde ich dir überlassen müssen. Bist du damit einverstanden?«

»Klar.« Ich lächelte ihn an, und mein Herz krampfte sich zusammen. »Danke, Richard«, sagte ich ohne bestimmten Anlass.

Eine Sekunde herrschte Stille, während er mich ansah. Dann schüttelte er den Kopf. »Du brauchst dich nicht zu bedanken. Schließlich bist du der kreative Kopf und damit die optimale Besetzung für diesen Job.« Er machte eine Pause. »Was mir natürlich Bauchschmerzen bereitet, denn schließlich warst du in letzter Zeit nicht gerade der Zuverlässigste.«

Er sagte das ohne Spitze und ohne jede Bosheit, was mich, ehrlich gesagt, überraschte. Richard konnte skrupellos sein, wenn es nötig war, keine Frage. Ich hatte es selbst erlebt. Aber er war ein netter Kerl. In den vergangenen Monaten war ich kein verlässlicher Partner für ihn gewesen, trotzdem hatte er mich mitgezogen. Und jetzt übertrug er mir diese Aufgabe. Mein Herz krampfte sich erneut zusammen.

»Dann ist also alles wieder in Ordnung, Johnny?«

Die Frage hing bedeutungsschwer im Raum. »Ja, klar«, stammelte ich verlegen. Ich wollte dieses Gespräch so schnell wie möglich beenden. »Es geht mir gut«, beteuerte ich und griff hilfesuchend nach einem Paar weicher Lederschuhe im Regal, um mich an etwas festzuhalten.

Ich spürte Richards prüfenden Blick.

»Wirklich«, schob ich nach und sah ihm direkt ins Gesicht.

»Schön. Das freut mich.« Er zwinkerte mir zu, und als ich spürte, dass das Gespräch eine andere Richtung nahm, konnte ich wieder leichter atmen.

Er machte mich mit ein paar technischen Details vertraut. Das Gebäude war wieder an das Stromnetz angeschlossen worden, da man davon ausging, dass ich wie üblich vor Ort arbeiten wollte. Dabei schaute mich Richard an, als müsse er den Launen eines Kindes nachgeben. Es könne allerdings sein, fuhr er fort, dass die Beleuchtung aus den vierziger Jahren gelegentlich ihre Tücken hatte. Einen drahtlosen Internetzugang gab es noch nicht, aber er würde im Laufe des morgigen Tages jemanden herschicken, der ihn einrichtete. Dann würde ich einen Laptop und die CAD-Software vor Ort nutzen können. Fließendes Wasser war gleichfalls vorhanden, und am anderen Ende des Erdgeschosses gab es eine funktionstüchtige Toilette. Wenn ich sonst noch etwas brauchte, sollte ich im Büro anrufen, die Sekretärin würde mir helfen.

Dann griff er nach seiner Tasche und sah mich an. »Du weißt natürlich selbst, dass du ein so großes Projekt nicht allein stemmen kannst.«

Ich nickte.

»Ich habe an Tara gedacht. Was hältst du davon?«

Ich hielt nicht besonders viel davon, aber unter den gegebenen Umständen hatte ich nicht den Mut, ihm zu widersprechen. Mit undurchdringlicher Miene sagte ich: »Klar, wunderbar.« Ich hätte es schlechter treffen können.

»Na prima. Sie könnte mit der Bestandsaufnahme anfangen und dir bei den Entwurfszeichnungen helfen. Du kannst sie selbstverständlich auch für andere Aufgaben einsetzen. Im angemessenen Rahmen natürlich.«

Ich nickte und versuchte, den Ton zu ignorieren, den ich herauszuhören glaubte: etwas Fürsorgliches und Besitzergreifendes, verquickt mit einer versteckten Andeutung. Vielleicht bildete ich mir das aber auch nur ein. Ich schaute ihn an, doch er war schon im Aufbruch.

»Dann macht es dir also nichts aus, dass ich dich hier allein lasse? Ich habe im Büro einen Haufen Sachen zu erledigen.«

»Geh nur. Alles bestens.« Und das stimmte. Auf diesen Augenblick hatte ich gewartet, seitdem ich die Fabrik betreten hatte.

Er griff nach seinem Mantel und klopfte mir im Vorbeigehen auf den Rücken. »Komm später ins Büro, dann reden wir über deine ersten Eindrücke.«

Die Tür fiel ins Schloss, und er war weg.

Zwei Stunden später stand ich erneut in der Stepperei und sah durch die großen staubigen Fenster hinaus auf die Straße. Als ich vorhin den Namen der Abteilung zum ersten Mal gehört hatte, sah ich sofort steppende Frauen vor mir, die durch die Halle tanzten, und hörte das helle Klappern ihrer Absätze. Doch jetzt war alles still. Das einzige Geräusch war das Knarren des Holzfußbodens unter meinen Füßen.

Ich ging hinunter in den ersten Stock. Das Treppenhaus hing voller alter Fotografien, vom Boden bis zur Decke. Eine zeigte eine Gruppe bärtiger Herren in dunklen Anzügen und Krawatten, die starr in die Kamera blickten. »Unsere Direktoren, 1948« lautete die Bildunterschrift. Auf einer anderen war einer dieser Direktoren zu sehen, mit dunklen Augen und finsterer Miene. Das Foto trug das Datum des 24. Mai 1896. Das nächste zeigte Frauen, viktorianisch streng, in langen schwarzen Kleidern und weißen Schürzen, die in vier Reihen vor ihren Nähmaschinen saßen und eifrig Lederstücke zusammennähten. Ganz auf ihre Arbeit konzentriert, hielten sie die Köpfe gesenkt, die langen Haare akkurat im Nacken zusammengebunden. Eine Frau jedoch war vom Fotografen ertappt worden. Sie blickte hoch, abgelenkt, nicht auf ihre Arbeit konzentriert. Das Foto war auf das Jahr 1898 datiert. Ein weiteres zeigte eine Gruppe von acht Frauen, blonden und dunkelhaarigen, dicken und dünnen, die lächelnd ihrer Arbeit nachgingen: »Maschinenarbeiterinnen, 1936.« Sie steppten und nähten, in ihrer schwarzweißen Welt eingeschlossen wie in einer Zeitkapsel. Meine Finger zeichneten eine Spur in den Staub auf ihren Gesichtern. Ein scheinbar unbeschwerter Ort. Aber warum spürte ich dann eine leise Traurigkeit, die in den Schatten und in den dunklen Ecken zu nisten schien?

Ich holte tief Luft, und während ich die Halle durchschritt, atmete ich langsam aus. An dem Tisch mit den

Schuhleisten blieb ich stehen und nahm einen in die Hand, der mir schon vorher aufgefallen war, weil das Holz heller war als bei den übrigen. Ich hielt ihn in der Linken und zog mit den Fingern der rechten Hand die glatten Umrisse des Fußes nach: die Rundung des Fußgewölbes, den hohen Spann, das seidig glatte Holz, das mit dem sanften Druck eines Meißels bearbeitet worden war. Nach all den Jahren verströmte der Leisten nur noch einen schwachen Geruch von Eiche und Harz. Ich schloss die Augen und lauschte dem leisen Murmeln der Fabrik. Den Stimmen der Vergangenheit, die zu mir sprachen.

Kapitel 2

Am nächsten Tag geschah etwas Seltsames.

Ich war den ganzen Vormittag im Versandraum im Erdgeschoss zugange gewesen; diesen Bereich hatte ich zu unserem Büro erklärt. Ein optimaler Arbeitsplatz für Tara und mich, denn hier standen schon zwei große alte Schreibtische, und der Raum war nicht so voll wie die anderen. Ansonsten gab es nur Schuhe und Schuhschachteln. Zugegeben, es waren Hunderte, aber ich hatte sie entlang der Eingangswand ordentlich aufeinandergestapelt. Danach setzte ich mich an meinen Schreibtisch und vertiefte mich in ein paar Unterlagen. Ich studierte die Originalpläne der Fabrik und warf einen Blick auf die Aufmaßzeichnungen. Ich wollte eine genaue Vorstellung vom Grundriss des Gebäudes und ein Gefühl für seine Dimensionen bekommen.

Gegen Mittag zog es mich ins Freie. Es war ein verführerisch schöner Tag. Wolken wie Zuckerwatte standen am Himmel, und die Sonne besaß eine für diese Jahreszeit erstaunliche Kraft. Ich kaufte mir ein Sandwich in einem nahegelegenen Deli, ging in den Park und setzte mich unter eine Platane. Für ein paar Momente schloss ich die Augen und spürte die Sonne auf meiner Haut. Dann zog ich die Mappe mit den Vorgaben des Bauherrn aus meiner Jackentasche und fing an, darin zu lesen, während ich aß. Ganz darin versunken, hob ich erst einige Zeit später den Kopf. Als ich mich umblickte, bemerkte ich, dass ich nicht allein war.

Am anderen Ende der Grünanlage ging eine Frau spazieren. Sie war etwa 1,70 groß und um die dreißig. Sie hatte ein blasses Gesicht mit markanten Zügen: ausgeprägte Wangenknochen, große, tief liegende Augen und eine lange, schmale Nase. Sie war keine klassische Schönheit, aber eine durchaus attraktive Erscheinung. Das dunkle glatte Haar fiel ihr auf die Schultern, und sie trug eine Baskenmütze in knalligem Rosa schräg auf dem Kopf. Ich konnte nicht anders, als sie anzustarren. Auch wenn ich nicht zu sagen gewusst hätte, was es war, irgendetwas zog mich in ihren Bann. Sie trug eine schwarze Bluse und eine lange schwarze Hose und hielt etwas in der Hand, das aussah wie eine Kamera.

Ich beobachtete, wie sie von einem Baum zum anderen ging und dabei den Boden absuchte. Als sie in meine Richtung kam, versenkte ich mich wieder in meine Unterlagen und gab mich unbeteiligt. Sie ging an meiner Bank vorbei, und ihre Schritte unterbrachen die Stille. Sie umrundete die Sträucher und die Blumenrabatten und ging dann weiter in die Mitte des Parks, wo sie an dem alten Musikpavillon stehen blieb. Die Hände an den Hüften, runzelte sie die Stirn und schaute zuerst nach links und dann nach rechts, und ich hatte den Eindruck, sie bewegte die Lippen, als führte sie Selbstgespräche.

Sie muss gespürt haben, dass ich sie beobachtete, denn plötzlich drehte sie den Kopf in meine Richtung. Ich wandte mich ab, beschämt über meine Plumpheit. Aber es war zu spät. Sie kam auf mich zu.

»Verzeihung, wenn ich Sie störe.« Ihre grünen Augen nahmen mich fest in den Blick. »Sie haben nicht zufällig hier irgendwo im Park eine Objektivkappe gesehen? Eine, die hier drauf passt.« Sie hielt ihre Kamera hoch. Eine Nikon, groß und offenkundig teuer.

»Ähm, nein, leider nicht.« Ich zuckte die Schultern, eine

Geste, in die ich ein wenig Bedauern hineinzulegen versuchte.

Sie lächelte mich an. Ein sympathisches Lächeln. »Na ja, macht nichts. Trotzdem danke.«

Sie schickte sich an weiterzugehen, und in dem Moment fasste ich einen Entschluss. »Hey«, rief ich ihr nach. »Ich habe im Augenblick nichts Dringendes zu tun. Soll ich Ihnen bei der Suche helfen?«

Als sie sich umdrehte, bemerkte ich die Unschlüssigkeit in ihrem Blick. »Nein danke, wirklich nicht, ist schon gut. Ich meine, mehr als suchen kann man nicht, oder?«

»Da haben Sie wohl recht.« Ich versuchte, mir nichts anmerken zu lassen, aber meine Enttäuschung muss sich in meinem Gesicht gespiegelt haben, denn plötzlich lächelte sie mich an.

»Okay, klar, suchen wir nochmal. Es kann ja nicht schaden.«

Ich schüttelte den Kopf und stand auf, etwas verlegen, weil ich so ein Theater gemacht hatte. Wir gingen ein paar Schritte schweigend nebeneinander her. Ich überlegte krampfhaft, was ich sagen könnte, aber mir fiel nichts ein. Sie war bereits wieder mit der Suche beschäftigt und beachtete mich nicht weiter.

»Wohnen Sie hier in der Nähe?« Ich hätte mir am liebsten auf die Zunge gebissen. Platter ging es ja wohl nicht.

Aber sie schien die Frage nicht zu stören. »In Clerkenwell. Gar nicht weit von hier. Und Sie?«

»Nur ein Stück die Straße hoch, in Islington.«

Kurzes Nicken. »Und was machen Sie hier?«

»Ich renoviere die alte Schuhfabrik da drüben.« Ich zeigte in die Richtung.

»Ah, schön. Ich bin froh, dass endlich etwas damit passiert. Wie lange steht sie jetzt eigentlich schon leer?«

»Über fünfzig Jahre«, sagte ich, selbst überrascht, dass ich das behalten hatte.

»Dann sind Sie Architekt?«

Ich nickte. »Ich arbeite in einem kleinen Büro in Shoreditch zusammen mit einem Freund. Und Sie?«

Sie deutete auf ihre Kamera. »Fotografin. Und eine schusselige noch dazu. Ich verliere ständig etwas.«

Ich schaute sie an und musste unwillkürlich grinsen. »Na ja, solange Sie nicht den Kopf verlieren.«

»Hmm. Manchmal auch das.« Sie lächelte unsicher zurück. Dann schaute sie weg und biss sich auf die Unterlippe. In diesem Moment verspürte ich den geradezu überwältigenden Drang, sie zu küssen.

Ich hustete und versuchte, mir nichts anmerken zu lassen. »Und was fotografieren Sie so?«

»Hauptsächlich Mode. Vor allem Schuhe. Ich mache Fotos für Werbekampagnen und so. Eher düstere, ausgefallene Sachen.« Sie sah mir geradewegs in die Augen und blinzelte. Lange Wimpern umrahmten ein tiefes Grün. »Aber vielleicht kommt es deshalb so gut an.«

Unsere Schritte hallten noch ein paar Sekunden auf dem asphaltierten Gehweg, dann blieben wir stehen. Wir hatten den Park einmal durchwandert und nichts gefunden. Jetzt standen wir am Parkeingang, der der Fabrik am nächsten war. Vor uns ragte die Fassade auf.

»Ein schönes Gebäude, aber irgendwie auch unheimlich.« Sie hob den Kopf zu der rußgeschwärzten Backsteinfassade, und ich folgte ihrem Blick. Mit seinen schmutzigen Fenstern, hinter denen man düstere Räume erahnen konnte, wirkte der Bau nicht gerade einladend.

»Ein bisschen unheimlich ist es schon, das stimmt«, sagte ich.

»Und wie sieht es innen aus?«

»Man hat das Gefühl, die Zeit ist stehen geblieben.« Ich lächelte. »Überall steht noch der alte Krempel aus dem vorletzten Jahrhundert herum. Maschinen, Werkzeuge, solche Sachen.«

»Wow«, sagte sie.

Einen Moment standen wir schweigend da und sahen einander an. »Danke für Ihre Hilfe«, sagte sie schließlich. »Aber ich glaube, mein Objektivdeckel ist unauffindbar.«

»Man soll niemals nie sagen. Wahrscheinlich taucht er irgendwann plötzlich wieder auf.«

»Ja, vielleicht.« Sie zuckte die Schultern.

Wir schwiegen.

Ich wartete darauf, dass sie sich verabschiedete und ging. Aber sie blieb stehen.

Als ich auf das Exposé in meiner Hand sah, bekam ich ein schlechtes Gewissen. Ich sollte eigentlich arbeiten. Trotzdem hörte ich mich sagen: »Darf ich Ihnen zum Trost einen Kaffee spendieren? Ich kenne ein nettes Lokal gar nicht weit von hier.«

Sie zögerte kurz, dann lächelte sie. »Warum eigentlich nicht? Das wäre nett.«

So lernte ich Ophelia kennen.

Kapitel 3

Es war so ungewöhnlich mild, dass man auf den Gehsteig vor dem langen Schaufenster des Cafés vier Metalltischchen gestellt hatte. Zwei waren besetzt. Am ersten saß ein junges Paar. Die beiden hatten sich offenkundig gerade gezankt und schauten wütend in entgegengesetzte Richtungen. Die Frau zündete sich eine Zigarette an und blies den Rauch in die nachmittägliche Luft. Dort hing er wie eine feindselige Wolke. Am Tisch neben ihnen saß ein Mann mittleren Alters mit beginnender Glatze und brauner Hornbrille. Er war fast ganz hinter einer riesigen Zeitung verschwunden und vermittelte den Eindruck, als wolle er sich verkriechen, zweifellos vor dem zerstrittenen Pärchen. Wir setzten uns an den Tisch ganz außen, ich mit Blick auf die anderen Tische, Ophelia mit dem Rücken zu ihnen. Die Kellnerin kam und nickte uns zu. Ophelia und ich bestellten einen Kaffee, und die Kellnerin drehte sich auf dem Absatz um und ging wieder hinein.

»Hat das mit Ihrer Arbeit zu tun?« Ophelia deutete auf meine Mappe auf dem Tisch.

Ich nickte. »Es ist die Wunschliste des Kunden: freitragende Glastreppen, Steinsäulen, gusseiserne Bauelemente der alten Fabrik und viel Licht. Das Übliche, und alles in Rekordzeit.« Ich zog die Augenbrauen hoch.

Sie sah mich lächelnd an. »Und trotzdem sind Sie von dem Projekt begeistert.«

»Ja. Es ist ein super Job. Und die Räumlichkeiten sind einfach großartig. Einige der Sachen da drin sind unglaublich.«

»Kann ich mir vorstellen. Ich gehe hier jeden Tag vorbei, schon seit Jahren, und ich habe mich immer gefragt, was sich hinter dieser Backsteinfassade verbergen mag.«

»Wenn Sie wollen, können Sie es sich bei Gelegenheit anschauen. Ich bin in den nächsten Wochen praktisch jeden Tag hier.«

»Sehr gern.« Ihre Augen strahlten, als sie mich ansah. »Dann arbeiten Sie also erst einmal vor Ort?«

Ich nickte. »Ich glaube, die anderen im Büro halten mich deswegen für ein bisschen verrückt oder verschroben.« Ich lächelte. »Aber ich mag es so. Man bekommt ein viel besseres Gefühl für die Räume, wenn man sich eine Zeitlang darin aufhält. Um zu sehen, wie sie früher genutzt wurden, wie sie heute genutzt werden könnten und so weiter. In der Anfangsphase ist das sehr hilfreich. Auch wegen der vielen historischen Elemente, die man in den Umbau integrieren könnte. Der Kunde hat auch nichts dagegen. Ich glaube sogar, die Idee gefällt ihm. Deshalb ...« Ich hielt inne, aus Angst, zu viel zu reden. Aber wenn Ophelia dieser Ansicht war, ließ sie es sich nicht anmerken.

»Sind da drin auch noch Schuhe?«

»Sehr viele sogar.«

»Wow. Dann muss ich irgendwann mit meiner Kamera kommen und ein paar Aufnahmen machen. Wenn das nicht zu unverschämt ist.«

Ich lächelte. Ich war anscheinend nicht der Einzige, der sich Gedanken darüber machte, wie er rüberkam. »Ganz und gar nicht. Jederzeit.«

Wir saßen eine Weile schweigend da, und ich ließ meinen Blick zu dem Mann am Nebentisch schweifen. Er blätterte in der Zeitung und schnäuzte sich hin und wieder in ein rotes Taschentuch. Das Paar neben ihm sprach immer noch kein Wort miteinander. Als ich mich wieder Ophelia zuwandte, merkte ich, dass sie mich beobachtete.

»Sie sind also Architekt mit einem Faible für historische Gebäude. Erzählen Sie mir mehr von sich.«

Ich spürte, wie ich blockierte. Das passierte mir immer, wenn ich mich zu etwas gedrängt fühlte. Dann fiel mir gar nichts mehr ein. »Hmm, ich weiß nicht.« Ich hustete und dachte angestrengt nach. Ich fühlte mein Herz bis in die Schläfen pochen. Das Einzige, woran ich denken konnte, war – völlig absurd – Maya, meine Frau. Und über sie wollte ich wirklich nicht reden.

»Also, ich bin neununddreißig, bin im Norden Londons geboren und habe mein ganzes Leben in dieser Stadt verbracht. Hier bin ich in die Schule gegangen, und hier habe ich die Universität besucht. Meine Eltern wohnen immer noch in Islington, in dem Haus, wo ich aufgewachsen bin. Wir kommen ganz gut miteinander aus, aber in letzter Zeit sehe ich sie selten.« Ich hielt inne und dachte an meinen Bruder. Ich versuchte seit geraumer Zeit, ihn und meine Frau aus meinem Gedächtnis zu verbannen, aber merkwürdigerweise drängten sie sich bei diesem Gespräch geradezu auf. Ophelia sah mich aufmerksam an. Etwas, ich weiß nicht genau, was es war, brachte mich dazu, den Gedanken laut auszusprechen. »Ich habe einen drei Jahre älteren Bruder, Joshua, der erfolgreicher ist und besser aussieht als ich. Im Grunde überflügelt er mich in allem. Und jetzt lebt er mit meiner Frau zusammen. Daher haben wir kaum Kontakt.« Ich lachte, dann verstummte ich. Was war bloß mit mir los? Ich machte Ophelia viel zu schnell mit den absonderlichen Facetten meines Lebens bekannt. Aber ihre Miene blieb unergründlich. Und doch hatte ich nichts dagegen, ihr mein Innerstes offenzulegen, ich, der so einiges mit sich herumtrug.

Die Kellnerin erlöste mich aus meiner Verlegenheit. Sie stellte die Tassen vor uns auf den Tisch. Ophelia dankte ihr, und während sie bedächtig in ihrem Kaffee rührte, sah sie mich weiter an. »Keine Sorge«, sagte sie schließlich. »Ich glaube, ich weiß, worauf Sie hinauswollen.«

Ich tat Zucker in meinen Kaffee und nahm einen Schluck in der Hoffnung, dass der starke, süße Espresso mich nicht noch kribbeliger machte. Das war das Letzte, was ich jetzt gebrauchen konnte. Ich beobachtete den träge fließenden Verkehr ein Stück entfernt. Die Autos zuckelten voran, Stoßstange an Stoßstange, ohne wirklich vorwärtszukommen. »Entschuldigung«, sagte ich schließlich und stellte meine Tasse auf den Tisch. »Ich hatte nicht vor, mein verqueres Privatleben bei Ihnen abzuladen. Das wollte ich mir für später aufheben.« Ich ließ ein hohles Lachen hören und presste meine Handflächen nervös auf die Tischplatte.

»Ist okay. Wirklich. Wie gesagt, keine Sorge.« Wir saßen einen Moment schweigend da. Sie spielte mit den Süßstofftütchen in einer Schale. Ihre langen, schmalen Finger strichen langsam und gleichmäßig das Papier rauf und runter. Die Bewegung hatte etwas Beruhigendes. »Dann wollen Sie mit Ihrer Familie also nichts mehr zu tun haben?«

Ich schüttelte den Kopf.

»Mit Ihrem Bruder, das kann ich verstehen. Aber mit Ihren Eltern?«

Ich dachte daran, wie sich mein Vater auf Joshuas Seite gestellt hatte, und schüttelte erneut den Kopf. Nein, im Augenblick wollte ich lieber keinen Kontakt.

»Das ist traurig«, sagte sie schließlich. »Sehr traurig.« Sie senkte den Blick, die Miene düster, und schüttelte langsam den Kopf. Als ich anfing, mich zu fragen, woran sie wohl denken mochte, schaute sie hoch und sah mich an. »Sie müssen sehr wütend gewesen sein, als es passiert ist.«

Ich nickte. »Aber es ist jetzt schon eine Weile her ...«

»Trotzdem, es war ein massiver Vertrauensbruch, nichts, was man so einfach wegsteckt. Es war sicher schwer für Sie.«

Ich nickte wieder und versuchte, ihrem Blick auszuweichen.

Aber sie sah mich forschend an. »Können oder wollen Sie überhaupt noch andere Menschen an sich heranlassen?«

Ich lachte verlegen, überrascht von ihrer Direktheit. Eine ziemlich tiefgehende Frage, wenn man bedenkt, dass wir uns gerade erst kennengelernt hatten. Ich sah auf das hinter Ophelia sitzende schweigende Pärchen. Ihre Wut schien sich gelegt zu haben, aber sie sprachen immer noch nicht miteinander, sondern starrten vor sich hin, jeder in seine eigene kleine Welt versunken. Keiner ließ den anderen an sich heran. Das konnte ich ihnen gut nachempfinden. In der Einsamkeit lag Sicherheit. Wenn man allein blieb, konnte man nicht betrogen oder verletzt werden. »Vermutlich kostet es bereits eine große Überwindung, sich auf jemanden einzulassen. Und eine Beziehung zu ihm aufzubauen, eine echte, tiefe Beziehung, das ist fast ein Ding der Unmöglichkeit. Aber ob ich noch dazu in der Lage bin?« Ich lächelte matt. »Eine Weile bezweifelte ich es. Aber inzwischen ist einige Zeit vergangen. Jetzt wächst meine Zuversicht wieder.«

Sie lächelte mich an. »Ja. Echte Nähe ist eine hochkomplizierte Angelegenheit. Ich bin da ein hoffnungsloser Fall. Ich finde es sehr viel einfacher, allein zu leben.« Sie hielt inne. »Aber vielleicht ist das nur eine Ausrede. Vielleicht habe ich einfach nur Angst. Ich weiß es nicht.« Ihre Stimme verebbte. Stille trat ein. »War das Problem zwischen Ihnen und Ihrer Frau die mangelnde Nähe?«

Wieder überraschte mich ihre unverblümte Frage, und erneut zögerte ich, bevor ich antwortete. Anfangs nicht, da war ich mir ziemlich sicher. Aber irgendwann entfernten wir uns immer weiter voneinander. Sie stellte Ansprüche. Das war von Anfang an so gewesen, aber zunächst hatte es mir nicht viel ausgemacht. Das wurde erst später ein Problem. Egal, was ich ihr gab, es war nie genug. Als ich mich zurückzog, begannen die Streitereien. Zwischen uns staute sich immer mehr Wut auf, und irgendwann war da nur noch ein Abgrund stummen Zorns. Wir drifteten immer weiter auseinander, bis irgendwann nichts mehr da war, was uns noch verband. Zum Schluss waren wir wie zwei Fremde. Ich hatte sie nicht mehr gesehen, seitdem wir uns vor sechs Monaten getrennt hatten. Ich seufzte. »Mangelnde Nähe war nicht der einzige Grund, sicher nicht. Aber Sie haben wahrscheinlich recht, es war mit ein Grund. Jedenfalls hatten wir uns am Ende nicht mehr viel zu sagen.«

Wenn ich es mir genau überlegte, hatten wir uns nie viel zu sagen gehabt. Ich räusperte mich. Ich hatte noch nie mit jemandem über meine Frau gesprochen. Aber seltsamerweise fiel es mir Ophelia gegenüber nicht schwer. Sie sah mich unverwandt an.

»Das ist nicht ungewöhnlich. Vielleicht haben Sie beide einfach nicht zusammengepasst.«

Die Art, wie sie das sagte, ließ mich schmunzeln. So nüchtern, so klar und unmissverständlich. Vor sechs Monaten wäre ich wahrscheinlich ärgerlich geworden und hätte ihr an den Kopf geworfen, woher sie das eigentlich wissen wolle. Aber sie hatte womöglich recht. Ich hatte lange darüber nachgedacht und immer noch keine Antwort gefunden. Vielleicht war es tatsächlich so einfach. »Am Schluss war es wohl so.« Ich unterbrach mich. »Aber ich dachte, es würde reichen, dass ich sie liebe. Ganz schön naiv, oder?«

Sie sah mich einen Moment an. »Nein. Manchmal ist Liebe genug.«

Ich dachte darüber nach. Irgendwann einmal hatte ich das auch geglaubt. Wir tranken schweigend unseren Kaffee.

»Aber jetzt müssen Sie mir etwas von sich erzählen.«

Das brachte sie ein wenig aus dem Konzept. »Von mir? O Gott. Ich glaube nicht, dass Sie das jetzt verkraften würden.«

Meine Miene verriet ihr, dass ich mich nicht so leicht abschütteln ließ.

»Na gut, aber nur eine Kurzfassung.«

»Einverstanden.«

»Also. Genau wie Sie habe ich mein ganzes Erwachsenenleben in London verbracht …« Sie unterbrach sich abrupt und nahm einen Schluck Kaffee. Ich beobachtete, wie ihre Lippen die Tasse berührten, wie sie trank und sich dann ihre Schluckmuskeln fast unmerklich bewegten. Sie biss sich auf die Unterlippe, das war offenbar ein Zeichen von Unsicherheit. Am liebsten hätte ich die Hand ausgestreckt und ihren Mund berührt. Aber ich verschränkte die Arme, um dem Drang zu widerstehen. Während sie redete, fiel mir eine kleine Narbe rechts über ihrer Oberlippe auf. Sie bewegte sich synchron zum Rhythmus ihrer Worte. Ich versuchte, mich auf das zu konzentrieren, was sie sagte, aber ihre Stimme trat in den Hintergrund, als ich ihre Finger beobachtete, die ihre glatten dunklen Haare hinter die Ohren strichen. Mein Blick glitt über ihr Gesicht, zu ihren Schultern und dann zu den dunklen Falten ihrer Bluse. Ich hustete und zwang mich, in ihre Augen zu schauen. »Meine Eltern starben, als ich noch klein war«, hörte ich sie sagen.

»Das tut mir leid.«

»Ist schon okay, das ist lange her. Ich bin bei meinen Großeltern aufgewachsen.« Sie hob die Tasse an ihre Lippen und trank ihren letzten Schluck Kaffee. Dann lächelte sie mich an. Ein unerklärliches Glücksgefühl durchströmte mich. Mir war, als würde ich sie schon sehr lange kennen.

Ich wandte den Blick zum Himmel. Das Licht des Nachmittags wurde langsam fahl und zerfloss in der hereinbrechenden Dämmerung. Das Café leerte sich. Das zerstrittene Pärchen war verschwunden. Der Mann mit der Brille stand auf und schob die Zeitung in seine Jackentasche. Dann schnäuzte er sich in sein zerknittertes Taschentuch und nickte uns zu, bevor er ging. Ein Auto und noch eines flitzten vorbei, um dem abendlichen Verkehrsstau zu entrinnen. Plötzlich waren wir allein.

»Ich glaube, ich muss gehen. Ich habe heute Abend eine Verabredung.«

Ich spürte einen Stich im Magen. Der Gedanke, gleich aufzustehen und sie nicht wiederzusehen, war mir unerträglich. »Ich muss auch los.« Ich biss mir auf die Lippen und legte mir einen Satz zurecht. Dann sprach ich ihn aus. »Vielleicht können wir uns morgen sehen. Falls Sie nicht viel zu tun haben?«

Sie lächelte. »Nein, ich habe nicht besonders viel zu tun.«

»Möchten Sie vielleicht zum Abendessen zu mir kommen?« Noch bevor sie antworten konnte, ruderte ich zurück, aus Angst, zu weit vorgeprescht zu sein. »Oder habe ich Sie jetzt überrumpelt?«, fragte ich stirnrunzelnd.

»Nein, das wäre doch nett.« Sie lachte. Ein wunderbar sonores Lachen.

»Prima«, sagte ich und tastete in meinen Taschen nach Stift und Papier. »Wir könnten uns eigentlich duzen, oder?«

»Ja, gern.«

»Hier sind meine Adresse und Telefonnummer. So gegen acht?« Ich reichte ihr den Zettel, und unsere Finger berührten sich für eine Sekunde.

»Gegen acht«, sagte sie und stand auf.

»Prima«, sagte ich noch einmal. »Magst du Fisch?«

Sie nickte lächelnd. »Also dann bis morgen.« Damit drehte sie sich um und ging Richtung Park. Ich sah ihr in der Dämmerung nach, bis sie verschwunden war.

Kapitel 4

Am nächsten Tag war ich zerstreut.

Ich ging zur Fabrik und versuchte zu arbeiten. Ich las mehrmals das Exposé und studierte die Zeichnungen. Dann nahm ich mir die Unterlagen zum Prozess der Schuhherstellung vor. Sosehr ich mich bemühte, mich darauf zu konzentrieren und die vagen Ideen in meinem Kopf in konkrete Bilder auf dem Papier zu übertragen, es wollte mir nicht gelingen. Ich war mit meinen Gedanken weit weg. Ich dachte an Ophelia, an ihre roten Lippen, ihre blassen Hände, ihren eindringlichen Blick. Ich überlegte, was ich heute Abend kochen und worüber ich reden sollte.

Schließlich gab ich es auf und ging zu einem der staubigen Fenster an der Gebäudefront. Aber es gab nichts zu sehen. Die Straße lag ruhig und verlassen da, ebenso der Park. Seufzend spähte ich in eine der Schuhschachteln oben auf dem Stapel. Sie enthielt ein Paar große, schwarze Herrenschuhe. Ich schloss den Deckel und öffnete eine weitere Schachtel. Diesmal waren es braune Herrenschuhe. Nach und nach durchsuchte ich den ganzen Stapel. Die Schachteln waren vergilbt und verstaubt, die Schuhe darin jedoch in erstaunlich gutem Zustand. Es gab Herren- und Damenschuhe jeden Stils, manche antiquiert und altmodisch, andere jetzt gerade wieder topaktuell. Nach einigem Stöbern fand ich sogar ein Paar schwarze Stilettos in Größe 39. Der Absatz war bleistiftdünn, über zwölf Zentimeter hoch, und die Schuhspitze lief fast so schmal und lang zu wie der Absatz. Das Leder hatte seinen

Glanz verloren, dennoch wirkten die Schuhe elegant. Sie waren erstklassig verarbeitet. Ich ließ die Finger über das Leder gleiten, das hatte eine beruhigende Wirkung auf mich. Zurück am Schreibtisch stellte ich die Schuhe ganz außen links an den Rand, die Spitzen mir zugewandt, und befasste mich aufs Neue mit meinen Entwürfen.

Einige Stunden später konnte ich zumindest ein paar anständige Ideen vorweisen, auch wenn sie nur vorläufig waren. Gähnend lehnte ich mich auf meinem Stuhl zurück und streckte mich. Ich sah auf die Uhr. 14.44 Uhr. Heute wollte ich so früh wie möglich Schluss machen, musste mich aber noch mit Tara absprechen. Ich wusste, dass sie die Fabriketagen durchkämmte, um die Bestandsaufnahme zu machen, aber ich hatte sie schon eine ganze Weile nicht mehr gesehen. Mehrere Male war sie durch den Versandraum gestiefelt, mit einer Zielstrebigkeit, wie ich sie nicht aufzubringen vermochte. Jedes Mal, wenn sich unsere Blicke trafen, setzte sie ihr Standardlächeln auf, ein breites, irgendwie verheißungsvolles Lächeln. Es hatte etwas Provozierendes, ihre ganze Art hatte etwas Provozierendes. Sie gehörte zu den Frauen, die sich ihrer Wirkung auf Männer sehr bewusst waren. Ich jedoch fühlte mich in Taras Gegenwart immer unsicher. Und am unangenehmsten war mir, dass ich den Verdacht hegte, sie habe eine Affäre mit Richard. Es war nur ein Verdacht. Aber wenn die beiden zusammen waren, strahlten sie etwas aus. Sex, körperliche Anziehung, keine Ahnung. Ich wusste nur, dass mich mein Verdacht in ihrer Gegenwart noch mehr verunsicherte.

Augenblicke später hörte ich das Klacken ihrer Absätze auf der Treppe am anderen Ende des Raumes. Als sie auf ihren Schreibtisch zuging, dachte ich mir wie so oft, dass ein Model an ihr verlorengegangen war. Sie wirkte, als wäre sie eben einer Werbeanzeige für Burberry oder eine ähnliche Marke entstiegen. Sie war groß, fast so groß wie ich, und der kurze Rock und die kniehohen Lederstiefel brachten ihre langen Beine und ihre wohlgeformten Waden zur Geltung. Ein enger Wollpulli betonte ihre schlanke Taille und ihren wohlproportionierten Busen. Ihr schwarzes Haar trug sie glatt, zu einem kurzen, flotten Bob geschnitten, der ihr Gesicht einrahmte. Und was für ein Gesicht: herzförmig, mit makelloser olivfarbener Haut, einer schlanken römischen Nase, vollen roten Lippen und tiefblauen Augen. Sie war zweifellos eine Göttin, eine Göttin mit mediterranen und keltischen Wurzeln. Und sie schaffte es, in jeder Situation einfach umwerfend auszusehen, so stellte ich es mir zumindest vor. Immer wie aus dem Ei gepellt. Und strotzend vor Selbstvertrauen. Mir fiel auf, dass sie mich in mancherlei Hinsicht an Richard erinnerte, und die Ironie dieses Gedankens ließ mich schmunzeln. Sie setzte sich und warf mir einen kurzen Blick zu. »Was gibt's Neues?«

»Ach, nichts. Ich arbeite an ein paar Ideen, mache Entwürfe, solche Sachen. Und wie geht's dir?«

»Ganz gut.« Sie sah mir fest in die Augen. Dann fixierte ihr Blick einen Punkt neben mir. »Was ist denn das?«

Ich folgte ihrem Blick zu den Stilettos, die so frech und elegant in der Ecke des Schreibtischs thronten. »Das sind Schuhe«, sagte ich trocken.

Sekundenschnell war sie auf den Beinen. »Hast du die dort drüben gefunden?« Sie deutete auf die Schachteln.

»Genau.«

»Die sind wunderschön«, säuselte sie und strich über das Leder. »Genau meine Größe. Kann ich auch ein Paar haben?«, fügte sie flehend hinzu.

Ich dachte kurz nach. Was konnte es schon schaden?

»Nimm sie, und alles, was du sonst noch gebrauchen kannst.«

Ihre Augen wurden noch größer. »Ernsthaft?«

Ich nickte. »Das ganze Zeug wird später sowieso weggeworfen. Wir haben keine Verwendung dafür. Nimm dir, was du möchtest.«

Ihr Gesicht verzog sich zu einem strahlenden Lächeln. Das erste echte Lächeln, das ich je von ihr gesehen hatte. Es stand ihr. »O mein Gott. Das ist ja super. Danke.«

Ich lächelte zurück. »Keine Ursache.«

Entzückt betrachtete sie die Stilettos in ihrer Hand. »Weißt du, ich habe eine Schwäche für Schuhe.«

»Tja, dann wird dir dieser Job hier jetzt noch viel besser gefallen.«

Als sie zu ihrem Schreibtisch zurückging, fiel mir noch etwas ein. »Hör mal, es ist besser, wenn du im Büro niemandem erzählst, dass du die Schuhe eines Kunden trägst. Das wäre irgendwie kein guter Stil.«

Sie drehte sich auf halbem Weg um und salutierte. »Keine Sorge, Boss. Ich beiße nicht die Hand, die mich füttert.« Etwas an ihrer Geste, an ihrem Ton sagte mir, dass der Augenblick der Offenheit, der Vertraulichkeit vorüber war. Ich verspürte einen Anflug von Traurigkeit.

Ich blieb noch einen Augenblick schweigend sitzen, dann stand ich auf und zog meine Jacke an. »Okay. Ich bin dann weg. Ich habe noch ein paar Dinge zu erledigen. Aber du kannst meinetwegen mit der Bestandsaufnahme weitermachen. Wir müssen sie so bald wie möglich fertig haben.«

Sie nickte.

»Kommst du allein hier zurecht?«

Sie hob die Augenbrauen und sah mich groß an. »Na klar.«

»Gut. Aber bleib nicht zu lange.« Ich ging zur Tür. »Bis morgen dann.«

»Bis morgen. Schönen Abend noch.«

Zu Hause machte ich mir genau darüber Gedanken. Ob es ein schöner Abend werden würde. Um mich abzulenken, machte ich sauber. Ich putzte das Badezimmer, saugte die Teppiche, hängte meine Kleider in den Schrank und wechselte die Bettwäsche. Für alle Fälle. Als das erledigt war, deckte ich den Tisch in der Küche, entkorkte eine Flasche Wein und überlegte, welche Zutaten ich für mein Menü brauchte. Ich schnitt den Fisch klein, wusch und schnippelte Gemüse, vermischte Knoblauch, Ingwer und Gewürze zu einer Paste und bereitete alles vor. Dann genoss in aller Ruhe ein Glas Wein, während ich das Foto an der Wand hinter dem Tisch studierte.

Es war ein Schwarzweißfoto, in limitierter Auflage und mit der schwach erkennbaren Signatur des Fotografen in der rechten unteren Ecke. Elmer Batters. Ich ging näher heran. Ich konnte mich an diesem Bild nicht sattsehen. Zwei Füße, von unten aufgenommen, auf einer Sofakante. Ein Fuß liegt über dem anderen, und von den Zehen baumelten verführerisch schwarze, hochhackige Sandalen mit Metallabsätzen, als würden sie gleich auf den Boden fallen. Der linke Fuß steckte in einem dünnen schwarzen Söckchen, durch das man die drei kleineren Zehen sah. Der rechte war nackt, die Zehen größtenteils verborgen. Die Schönheit und Symmetrie dieses Bildes übten normalerweise eine beruhigende Wirkung auf mich aus. Aber im Augenblick funktionierte es nicht.

Als ich mir das zweite Glas Wein genehmigte, war Ophelia immer noch nicht da. Ziellos streifte ich in der Küche umher, dann öffnete ich die Terrassentür zum Garten. Die Luft war gesättigt vom Duft der Hyazinthen, die in Töpfen auf der Terrasse wuchsen. Dann ging ich zurück zum Tisch und trank noch ein Glas Wein. Inzwischen war ich ein Nervenbündel. Endlich klingelte es an der Tür. Bevor ich öffnete, warf ich einen prüfenden Blick in den Flurspiegel. Ich probierte ein Lächeln. Bleib ganz natürlich und entspannt, ermahnte ich mich und öffnete die Tür.

»Hi«, sagte Ophelia. Ihr Haar war zurückgebunden und ihr Teint blasser als am Tag zuvor. Sie wirkte müde und irgendwie kleiner. »Entschuldige die Verspätung. Ich hatte einen hektischen Tag.«

»Kein Problem. Komm rein.« Ich hängte ihren Mantel im Flur auf und ging dann zurück in die Küche.

Sie zog ihre Schuhe aus und folgte mir. Sie trug eine grüne Bluse und einen knielangen schwarzen Rock, der ihre schlanken Waden und Fesseln zeigte. Ihre nackten Füße stachen schockierend weiß vom schwarzen Schieferboden in der Küche ab.

»Bist du sicher, dass du genug Turnschuhe hast?« Sie deutete zu den aufgereihten Schuhen im Flur.

»O ja«, sagte ich abwesend. »Ich kann mich einfach nicht zurückhalten.«

»Wow. Das müssen ja an die zwanzig Paar sein.«

Ich nickte und fügte dann wie zur Rechtfertigung hinzu: »Ich gehe fast überall zu Fuß hin.«

Am Tisch schenkte ich ihr ein Glas Wein ein. »Zum Wohl«, sagte sie und nahm einen Schluck. »Hmmmm, köstlich.«

»Ich freue mich, dass er dir schmeckt.« Ich nahm selbst einen Schluck und prüfte das Aroma. Der Wein war vorzüglich, aber wenn das Essen keine Katastrophe werden sollte, musste ich mich zurückhalten. »Nimm doch hier

Platz«, sagte ich und zeigte auf den Tisch, »dann mache ich mich ans Kochen.«

»Gut. Was gibt es denn?«

»Ich war auf dem Heimweg beim Fischhändler und habe Unmengen eingekauft. Ich dachte an ein Fischcurry. Ist das okay für dich?«

»Klingt wunderbar.« Wieder lächelte sie mich an und nippte an ihrem Glas. Die grüne Bluse harmonierte mit ihren Augen und ihrer blassen Haut.

Ich schluckte und versuchte, bei der Sache zu bleiben.

»Du kochst also gerne?«

»Sehr. Es entspannt mich.« Schon dadurch, dass ich es aussprach, ging eine Veränderung in mir vor. Meine Nervosität ließ nach. »Freut mich, dass du gekommen bist.«

»Ich freu mich auch, dich zu sehen«, sagte sie strahlend.

Wir wechselten einen kurzen Blick, dann öffnete ich den Kühlschrank und holte den Fisch heraus. Ich spürte, dass sie mich beobachtete.

»Du hattest also einen hektischen Tag? Was war denn los?«

»Puh! Nur ein Projekt, an dem ich gerade arbeite. Die Location ist grauenvoll, das Set eine Katastrophe. Es entwickelt sich zu einem Albtraum …«

Während sie erzählte, fing ich mit dem Kochen an. Ich briet die Schalotten und die Auberginenstücke an und fügte die Gewürzpaste zusammen mit Kokosmilch und Fischsauce hinzu. Während der Reis garte, gab ich Wolfsbarsch und Lachs zu der Kokosmilch-Curry-Mischung, danach noch Garnelen, Jakobs- und Schwertmuscheln. In der letzten Minuten Kochzeit briet ich Meerfenchel und Spinat in Butter und Knoblauch an. Ich zauberte im Nu ein Mahl auf den Tisch. Wenn ihr das nicht schmeckte …

»Es riecht wunderbar«, unterbrach Ophelia meine Gedanken. »Kann ich dir irgendwie behilflich sein?«

»Du könntest die Kerzen anzünden«, sagte ich und reichte ihr Streichhölzer. »Ansonsten bin ich so gut wie fertig.« Ich goss das Curry in eine Schüssel, gab den Reis in eine andere und das Gemüse in eine dritte und stellte die Schüsseln auf den Tisch. Schließlich holte ich zwei Teller und setzte mich.

»Sieht großartig aus.« Ophelia hielt ihr Gesicht über die Schüsseln und schnupperte ausgiebig.

»Hoffentlich schmeckt es dir.« Ich gab Reis und Curry auf ihren Teller und bediente mich dann selbst. Schließlich erhob ich mein Glas. »Auf dich und auf einen besseren morgigen Tag.«

»Darauf trinke ich.« Sie lächelte. Dann machte sie eine Kopfbewegung zu dem Batters-Foto an der Wand. »Das ist übrigens ein phantastisches Bild. Nicht viele Menschen wissen das Werk dieses Fotografen zu würdigen.«

Dieses Thema wollte ich eigentlich nicht vertiefen, aber es ließ sich wohl nicht vermeiden. »Meine Frau Maya hat es mir vor langer Zeit gekauft. Ich mag es immer noch, nach all den Jahren.« Lächelnd wedelte ich mit der Gabel zu dem Bild. »Nur nebenbei, sie war nicht so ein Fußfetischist wie er.«

»Es gibt wohl nicht viele, die solche Fußfetischisten sind wie er.« Ophelias Augen funkelten.

Ich lachte. »Nein, wahrscheinlich nicht. Aber Maya hat immer gesagt, dass Füße Geschichten erzählen und Aufschluss über einen Menschen geben. Welchen Abdruck man auf der Erde hinterlässt. Sie hat sehr auf Füße geachtet.«

Ich kaute einen Mundvoll des knackigen Meerfenchels und spürte seine salzige Schärfe auf der Zunge. Über meine

Frau zu sprechen war das Letzte, was ich wollte. Ich wollte jede Spur von ihr tilgen und die Fußabdrücke auslöschen, die sie in meinem Leben hinterlassen hatte.

Ophelia war immer noch in den Anblick des Fotos versunken.

»Also«, sagte ich und ließ mir einen Moment Zeit, um mich zu fassen. »Erzähl mir mehr von dir und deiner Familie, wenn das nicht zu neugierig von mir ist.«

Die kleine Narbe über ihrer Oberlippe zuckte leicht, sie zögerte. »Nein, das macht mir nichts aus«, sagte sie schließlich und nippte an ihrem Glas. »Das Problem ist eher, wo ich anfangen soll ... Vielleicht mit meinem Vater. Er war ein Engländer, wie er im Buche steht. Fürchterlich exzentrisch. Obwohl er in London aufwuchs, lag ihm das Meer im Blut. Und so wurde er schließlich Meeresbiologe. Fachgebiet Cetacea.«

»Cetacea?« Ich hatte keine Ahnung, wovon sie sprach.

»Aus dem Griechischen *ketos* und dem lateinischen *cetus*. Das wurde mir als Kind eingetrichtert.« Sie lächelte. »Für Uneingeweihte: Wale und Delphine.«

»Aha, verstehe.«

»Das war sein Thema. Und deshalb habe ich meine ganze Kindheit am Meer verbracht. Meistens auf kleinen Inseln oder an der Küste.«

»Phantastisch. Davon träumt doch jedes Kind.«

»Vermutlich. Und eine Zeitlang war es sehr idyllisch. Im Rückblick kommt es mir wie ein Traum vor. Mein Vater hat viel gearbeitet. Er war ständig mit dem Boot draußen oder hat Berichte und Studien verfasst. Deshalb hat sich hauptsächlich meine Mutter um mich gekümmert. Ich habe wunderbare Erinnerungen an sie. Sie war Italienerin, warmherzig, schön, stets mit einem Lächeln im Gesicht.« Nachdenklich nahm sie einen Schluck Wein. »Als ich sechs war, starb sie, nach langer Krankheit. Ich war noch zu klein, um etwas mitzubekommen, und natürlich hat man es mir verschwiegen. Sie hatte ein Herzleiden, das sich zunehmend verschlimmerte.«

Ich hörte zu essen auf und sah Ophelia an. »Das tut mir sehr leid.«

»Schon gut. Es macht mir nichts aus, darüber zu reden. Ich rede sogar gern über meine Mutter, ich denke gern an sie zurück.«

Ich nickte. »Dann erzähl mir etwas von ihr.«

Sie dachte einen Augenblick nach und lachte. »Komischerweise erinnere ich mich an ihre Füße. Die sind mir mit am klarsten im Gedächtnis geblieben.« Sie nahm einen Bissen Fisch und kaute langsam, in Erinnerungen schwelgend. »Ich erinnere mich an Sonnenlicht auf Wasser, ein glitzerndes Blau und die Fußabdrücke meiner Mutter im Sand. Groß und ausgeprägt. Die glatten Umrisse hoben sich kräftig vom feuchten Sand ab.« Sie nahm eine Muschel von ihrem Teller, bog die Schale auseinander und aß den Inhalt. »Und ich stand in einem Fußabdruck und blickte hinunter auf die Zehen meiner Mutter. Dann bückte ich mich und zeichnete sie mit den Fingerspitzen nach. Ganz sachte, behutsam.« Sie zog die Augenbrauen hoch. »Ich weiß noch, dass ich dabei einen Abzählreim aufgesagt habe.« Jetzt lachte sie auf, ein leicht schrilles, verlegenes Lachen. Ich stellte mir ihre dünne Kinderstimme im Wind vor. »Der ist ins Wasser gefallen, der hat ihn rausgeholt.« Sie nahm einen Stängel Meeresfenchel aus der Schüssel und hielt ihn zwischen den Fingern. »Ich weiß noch, wie geborgen ich mich fühlte. Die Sonne schien, und meine Mutter ging vor mir her. Ich erinnere mich klar und deutlich. Die Luft roch nach Salz. Meine Lippen schmeckten nach Salz. Der Sand schmatzte feucht unter meinen Füßen. Von Zeit zu Zeit drehte sich meine Mutter um und lächelte mir zu, während ich in ihren Fußabdrücken stand, die sich fein über den Sand zogen. Dann ging sie weiter. Aber ich blieb stehen, wo ich war, und wartete, bis die Wellen kamen und die Spuren fortwuschen.«

Einen Augenblick schwiegen wir beide. Dann stand ich auf und öffnete noch eine Flasche Wein.

»In letzter Zeit muss ich oft an sie denken. Eigentlich habe ich nie damit aufgehört.« Sie hielt inne. »Der Gedanke zu sterben fiel ihr sehr schwer. Plötzlich einfach nicht mehr zu existieren.«

Das konnte ich mir sehr gut vorstellen. »Es muss schrecklich gewesen sein.«

Sie nickte, schwenkte ihren Wein und betrachtete dabei das Glas. »Ich empfinde den Verlust heute noch genauso stark wie damals. Es lässt mich nicht los.« Plötzlich sah sie hoch und suchte meinen Blick. »Entschuldige, das hört sich bestimmt idiotisch an. Es ist schwer zu erklären, dieser Sog, den Tod und Verlust ausüben.«

»Ich glaube, ich verstehe dich.«

Sie sah mich lange an, dann lächelte sie. »Ja, vielleicht.«

»Und was ist mit deinem Vater? Wie kam er zurecht, nachdem sie gestorben war?«

Sie stieß einen Seufzer aus. »Er arbeitete viel. Es ging gar nicht anders. Aber nun war er es, der mir Geschichten vorlas, für mich kochte und für mich sorgte. Einerseits war er mir näher als früher, andererseits war er ganz weit weg.«

Sie zögerte, als müsste sie erst die richtigen Worte finden.

»Etwas war anders. Er hatte sich verändert. Er sah immer noch so aus wie mein Vater. Äußerlich. Aber er war nicht mehr derselbe. In den dunkelsten, tiefsten Winkeln seiner Seele war er ein anderer Mensch. Die Trauer verzehrte ihn und hinterließ eine große Leere in ihm. Er war nicht mehr derselbe.«

Ich trank mein Glas leer und schenkte uns noch einmal nach. Jetzt, mitten in der Geschichte, merkte ich, dass es kein Märchen war.

»Eine Zeitlang zogen wir ständig um. Ich glaube, das tat ihm gut. Wir wechselten von einem Kontinent zum nächsten, von einem Land zum andern: von Griechenland nach Australien, von den Fidschi-Inseln nach Kalifornien, von Hongkong auf die Philippinen. In sechs Jahren zogen wir sechsmal um.«

Ich hob die Augenbrauen und pfiff leise durch die Zähne.

»Ja, ganz schön verrückt. Wir waren wie Nomaden, ohne Wurzeln und immer auf Achse.« Sie hatte das Besteck weggelegt und blickte auf ihre Hände, die blass auf dem dunklen Eichentisch lagen.

»Damals merkte ich es nicht, aber jetzt weiß ich, dass mein Vater auf diese Weise versuchte, vor der Vergangenheit davonzulaufen, den Erinnerungen an meine Mutter immer einen Schritt voraus zu sein. Er ahnte wohl, wenn sie ihn einholten, wenn er sie zuließ, würden sie die Leere in ihm ausfüllen, und er würde unter ihrem Gewicht verschwinden.« Sie nahm einen Schluck Wein. »Aber man kann schließlich nicht ewig davonlaufen.«

Ich seufzte leise und nickte zustimmend. Letztendlich holte einen das, wovor man davonlief, immer wieder ein.

»Mein Vater starb, kurz nachdem wir auf die Philippinen gezogen waren.«

»Das tut mir leid.« Schon wieder diese Floskel. »Du musst nicht darüber sprechen, wenn es dir zu viel ist.«

Ophelia lächelte matt. »Danke. Aber wie gesagt, es ist

lange her. Was macht es für einen Unterschied, ob ich es dir jetzt erzähle oder später? Die Geschichte bleibt dieselbe. Ist es dir denn zu viel?«

Ich schüttelte den Kopf und schob meinen Teller weg. »Wie ist es passiert?«

»Wir lebten auf einer der westlichen Inseln, Palawan. Ein unglaublicher Ort, kristallklares Wasser, und der Dschungel reichte bis an den Strand. Und unter Wasser erstreckten sich ungefähr 11 000 Quadratkilometer Korallenriffe. Die Fauna im Umkreis der Riffe interessierte meinen Vater.« Sie zögerte. »Jedenfalls fuhr er eines Tages hinaus aufs Meer und kam nie zurück. Das Wetter war schlecht, er hätte gar nicht rausfahren sollen, aber er ließ nicht mit sich reden. Im Norden tobten schreckliche Stürme, und nach einer Woche fand man sein gestrandetes Boot, es war völlig ramponiert. Von ihm keine Spur. Die Behörden gingen davon aus, dass er über Bord gegangen und ertrunken war.«

Ich wollte nicht noch einmal sagen, dass es mir leid tat, deshalb schwieg ich.

»So ist er gestorben, zumindest nach offizieller Version. Aber ich hatte immer das Gefühl, das ist nur ein Teil der Wahrheit. Von einer anderen Perspektive aus betrachtet hatte er sich den Geistern, die ihn verfolgten, ergeben und sich von ihnen verschlingen lassen. Er war endlich frei. Das ist meine Ansicht.« Sie pickte sich eine Garnele aus der Schüssel und pulte sie aus der Schale. »Also ist es eigentlich gar keine traurige Geschichte. Nicht wirklich.«

Vielleicht, dachte ich. Vielleicht aber auch nicht. Die ganze Geschichte erschien mir zutiefst tragisch. Aber Ophelia musste wohl Trost suchen, wo sie ihn fand. Das konnte ich verstehen. »Es war bestimmt sehr schwer für dich, du warst ja noch so jung.«

»Lange Zeit habe ich es gar nicht so richtig begriffen. Ich stellte mir immer vor, dass meine Mutter und mein Vater wiederkommen würden. Ich hatte Schwierigkeiten zu unterscheiden, was real war und was nicht.« Sie lachte. Dann wurde sie wieder ernst. »Selbst jetzt noch, wo ich erwachsen bin, fällt mir das schwer. Manchmal habe ich regelrecht damit zu kämpfen.«

Ich nickte.

»Ich habe nie vergessen, was ein Eingeborener auf Palawan einmal zu mir sagte. Sein Stamm glaubte daran, dass sich diejenigen, die im Meer umkommen, in mythische Wesen verwandeln, Meeresnymphen und Wassermänner, die wie Fische in den Tiefen des Ozeans leben. Einmal im Jahr dürfen sie für eine einzige Nacht als Menschen zurück an Land.« Ihre Augen funkelten im flackernden Kerzenschein. Sie war wunderschön. »Hältst du das für möglich?«

»Ich weiß es nicht«, antwortete ich schließlich.

Plötzlich lächelte sie mich an, und auf einmal fiel alles Schwere von dem Thema ab. »Also, das war's. Ich ging nach England zu meinen Großeltern. Der Rest ist Geschichte. Jetzt bist du dran, erzähl mir von deiner Fabrik. Was hast du damit vor?«

Eine Weile redeten wir über die Renovierung und meine Ideen für den Umbau. Ich erzählte ihr von Tara, ihrem einschüchternden Selbstbewusstsein und ihrem perfekten Busen. Wir lachten und verfielen dann in Schweigen. Als wir nur noch in den Essensresten herumstocherten, wollte ich etwas sagen, aber mir fiel absolut nichts ein. Schließlich legte sie die Gabel weg und sah mich an.

»Träumst du manchmal?«

Ich starrte sie an.

»Im Schlaf, hast du da Träume?«

»Manchmal«, gab ich zurück, »allerdings ist das nicht die Regel. Und du?«

»Ich träume viel. Und häufig von meinen Eltern. Kann ich dir etwas anvertrauen? Etwas, was ich fast noch nie jemandem erzählt habe?«

»Natürlich. Du kannst mir alles sagen.« Und noch bevor ich es ausgesprochen hatte, wusste ich, dass ich es auch so meinte.

»Na ja, ich bezeichne es als Traum, auch wenn es mir nicht so vorkommt. Für mich ist es immer sehr real. Als wäre ich wirklich dort, ohne dass mich jemand sieht.« Scheinbar verwirrt hielt sie inne. »Aber dann wird mir klar, dass ich gar nicht dabei gewesen sein kann. Auch wenn es mir noch so real vorkam, muss es ein Traum gewesen sein.« Pause. »Also, es ist finstere Nacht, und auf einmal taucht aus der Dunkelheit ein langer Strand auf, er erstreckt sich unendlich weit in die Ferne, so weit, dass ich kein Ende sehe. Der Mond geht auf, groß hängt er am Himmel und wirft sein fahles Spiegelbild ins Meer. Wellen rollen leise über den Sand. – Kannst du es dir vorstellen?«

Ich nickte.

»Und dann geht eine Frau am Strand entlang. Langsam. Von Zeit zu Zeit dreht sie sich zu der Person um, die ihr folgt. Ihre Füße zeichnen Muster in den feuchten Sand. Die Person hinter ihr berührt dabei ihre Fußspuren mit den Fingern. Es ist mein Vater. Er lächelt meiner Mutter zu. Er hat sie an diesem uralten Ort der Erinnerung und Sehnsucht wiedergefunden. Er ist hierhergekommen, diese eine Nacht im Jahr, um mit ihr im Mondschein zusammen zu sein, bevor seine Knochen wieder in Korallen und sein Blut in Salzwasser verwandelt werden. Während er ihr am Strand folgt und ihr ganz langsam näher kommt, dreht sich auch mein Vater um. Es ist niemand hinter ihm, doch er blickt voll Sehnsucht zu dem Ort, von dem er gekommen ist. Eine Träne läuft ihm die Wange hinunter. Dann lächelt er, wendet sich langsam wieder um und geht weiter.«

Kapitel 5

Château de Blois
Juni 1543

Katharina beobachtete das Flackern des Kerzenscheins in ihrem Schlafzimmer, doch sie konnte sich nicht auf das Spiel von Licht und Schatten konzentrieren. Ihr Blick glitt zu den grünen Samtvorhängen ihres Himmelbetts und zu den schweren Gobelins an der Wand dahinter. Aber deren Schönheit und Farbenpracht zogen sie nicht in Bann, zu unstet waren ihre Gedanken. In ihrem zerstreuten, nervösen Zustand wollte sie keinesfalls irgendetwas sagen oder tun, das die bereits spürbare Distanz zwischen Heinrich und ihr noch vergrößerte. Sie blickte auf ihre Hände, die sie auf das Bett gestützt hatte, und verlagerte ihr Gewicht auf alle Viere, um sich in Position zu bringen. Ihr Gemahl hinter ihr bewegte sich ebenfalls, und eine Woge der Erregung erfasste sie. Sie fühlte sich gedemütigt, dennoch spürte sie das Feuer der sinnlichen Leidenschaft. Sie drehte den Kopf, um ihrem Gemahl in die Augen zu schauen, aber er hatte den Blick abgewandt, seine Miene war ausdruckslos. Er packte sie an den Schultern und drang jäh in sie ein. Sie kniff die Augen fest zusammen und versuchte sich vorzustellen, dass er sie so verzückt ansah, wie er seine Mätresse angesehen hatte. Sie versuchte, sich seinen heißen Atem an ihrem Hals vorzustellen, seine Hände auf ihren Brüsten, seinen Schweiß, der sie aneinander kleben ließ, sein heftiges, leidenschaftliches Begehren. Und in der Dunkelheit, hinter ihren geschlossenen Augen, gelang es ihr beinahe, aus dem Traum Wirklichkeit werden zu lassen. Aber selbst dort schlichen sich Misstöne ein. Mit jedem seiner gleichgültigen Stöße fiel es ihr schwerer, das Bild ihrer Phantasie aufrechtzuerhalten, bis es ihr schließlich entglitt und sich ganz auflöste. Sie öffnete die Augen und spürte das rhythmische Klatschen seines Körpers. Es klang wie Schüsse in der Stille, die ihren Akt begleitete. Katharina schloss erneut die Augen, bis es endlich vorüber war.

Minuten später, als er seine Pflicht erfüllt hatte, kleidete Heinrich sich hastig an und verließ den Raum. Mit einem leisen Klicken fiel die Tür hinter ihm ins Schloss. Während des gesamten Verkehrs hatten sie geschwiegen. Katharina fragte sich, warum sie diese Prozedur auch jetzt noch über sich ergehen ließ. Jean Fernel, der Arzt, hatte sie mit seinen forschenden Fingern abgetastet und ihre Beine auseinandergespreizt. Er hatte sie und auch Heinrich untersucht, um den Grund für ihre offenkundige Unfruchtbarkeit zu finden. Gnädigerweise hatte er erklärt, sie sei nicht unfruchtbar, sondern habe nur Schwierigkeiten mit der Empfängnis. Als Katharina sich jetzt zurückerinnerte, was danach geschehen war, bebte sie noch immer vor verletztem Stolz, und in der Zurückgezogenheit ihres Schlafzimmers brannten ihre Wangen erneut vor Scham. Heinrichs Mätresse hatte sie beiseite genommen und ihr unter dem Deckmantel der Fürsorge und der schwesterlichen Anteilnahme vorgeschlagen, es einmal auf andere Art zu versuchen. Der Dauphin und seine Gemahlin sollten es einmal *à la levrette* probieren, hatte sie geraten. Vielleicht sei des Rätsels Lösung schlicht eine andere Stellung. Katharina glaubte den Anflug eines Lächelns zu entdecken, das die Mundwinkel der Herzogin umspielte. Als Katharina nun in ihrem dunklen Zimmer lag, nachdem sie sich wie eine Hündin hatte begatten lassen, überlegte sie, ob das ein neuer Schachzug der Herzogin war, um sie noch weiter von ihrem Gemahl zu entfremden. Denn jetzt musste er ihr während des Beischlafs nicht einmal mehr ins Gesicht sehen.

Katharina erhob sich und legte für einen Moment die Hände auf ihren Bauch. Dann zog sie ihr Morgengewand an und begab sich durch die kleine Kapelle neben ihrem Schlafzimmer in ihr Studierzimmer. Ziellos den Raum durchschreitend, legte sie eine Hand auf die Holztäfelung der Wand. Diese Berührung ließ sie ruhig werden. Vielleicht war es die glatte Maserung des Holzes, vielleicht auch das Wissen, was sich hinter der Täfelung, in den darin verborgenen Geheimfächern befand. Einige enthielten die Zutaten für Arzneien aus uralten, heidnischen Zeiten. Auf Anraten eines ihrer Alchemisten hatte sie regelmäßig Maultierurin getrunken, ein sicheres Mittel gegen Unfruchtbarkeit, ein zweiter hatte ihr eine Mischung aus Stutenmilch, Kaninchenblut und dem Urin von Schafen verschrieben. Sie hatte alles Erdenkliche ausprobiert, Mixturen und Wickel, Abführmittel, diesen oder jenen Trank und Aderlässe. Denn mit jedem Monat, in dem eine Schwangerschaft ausblieb, wurde ihre Situation gefährlicher. Erst unlängst hatte man davon gesprochen, die Ehe zu annullieren und Katharina durch eine andere Frau zu ersetzen. Doch in der Mätresse ihres Gemahls hatte sie eine unerwartete Verbündete gefunden. Katharina sei liebenswürdig und gutmütig, hatte sie Heinrich vor Augen geführt, sie sei ja noch so jung und werde gewiss Kinder bekommen, wenn die Zeit reif sei. Und so hatte man den Plan wenigstens vorerst fallen lassen.

Vor dem Fenster blieb Katharina stehen und spähte in den Hof hinunter. Alles war ruhig und friedlich. Sie legte die Hand auf das Paneel zu ihrer Rechten und öffnete das darunterliegende Geheimfach. Auch ohne nachzusehen, wusste sie, dass sich ein kleines Fläschchen mit einem weißen Pulver darin befand, das vollkommen harmlos aussah, wie Talkumpuder oder Mehl. Und doch war es tödlich.

Erneut dachte sie an die stets auf ihren eigenen Nutzen bedachte Herzogin. Die Gemahlin des Dauphins, deren Schoß kein Kind empfangen wollte, zu verteidigen und für sie einzutreten war auch in ihrem Interesse. Eine neue, vielleicht schönere Frau würde die Existenz einer älteren Mätresse vielleicht nicht so ruhig und ergeben hinnehmen. Die Position der Herzogin wäre gefährdet. Und so schienen sie alle drei – Katharina, Heinrich und seine Mätresse – auf Gedeih und Verderb miteinander verbunden, bis Katharina schwanger wurde. Was für eine schreckliche Ironie. Und wer wusste schon, was danach kommen würde?

Katharina lächelte in sich hinein, als sie daran dachte, dass sie endlich ein Kind unter dem Herzen trug. Sie war noch nicht lange guter Hoffnung und hatte es bislang mit List und Tücke geschafft, es zu verbergen. Sobald ihr Gemahl es erfuhr, würde er seine Besuche in ihrem Schlafzimmer einstellen. Sie war den Tränen nahe, als sie sich eingestand, dass ihr dieses Wenige lieber war als gar nichts. Und als sie sich klarmachte, was sie verlieren würde, rollten Tränen über ihre Wangen. Sie wischte sie weg. Ein Kind würde neue Möglichkeiten eröffnen. Ihr Einfluss und ihre Macht würden wachsen, und womöglich würde der Stern der Herzogin sinken. Wer konnte das ausschließen?

Ihre Finger ertasteten das Fläschchen Arsen. Ja, dachte sie, und ihr Lächeln kehrte zurück, wer wusste schon, was für unendliche Möglichkeiten vor ihr lagen. Sie schloss die Augen und dankte Gott im Stillen für das Kind.

Kapitel 6

Als ich am nächsten Morgen den Versandraum betrat, stand Taras Handtasche auf ihrem Schreibtisch, ihr Regenschirm lag tropfnass am Boden neben dem Tisch. Hinter der geöffneten Tür des Lagerraums hing ihr Mantel. Sie war also bereits hier. Für ihre Verhältnisse recht früh. Ich stellte den Kaffee neben die Unterlagen auf meinem Schreibtisch und hängte meine nasse Jacke über die Stuhllehne. Dabei entdeckte ich Taras Notiz.

Komm und such mich, sobald du hier bist. Ich habe eine Überraschung für dich!
Tara

Bedächtig nahm ich einen großen Schluck Kaffee und fragte mich, was genau sie eigentlich von mir wollte. Ich nahm noch einen Schluck, dann stand ich auf. Normalerweise hätte ich mir mit der Suche Zeit gelassen. Ich hätte vielleicht zuerst meine Papiere durchgesehen oder ein paar Anrufe erledigt. Kurz gesagt, ich hätte mich gewappnet, meine Abwehr gegen Tara mobilisiert, meine Rüstung angelegt und den Deflektor aktiviert. Aber heute war es anders. Ich war anders. Und alles nur wegen Ophelia Gray. Ich nahm ihre Visitenkarte aus meiner Brieftasche. Sie hatte sie mir am Abend zuvor gegeben, kurz bevor sie nach Hause gegangen war. Ein schwarzes Rechteck, darauf in weißen Buchstaben in der Mitte ihr Name und darunter ihre Telefonnummer, sonst nichts. Ich ließ die Worte auf meiner Zunge zergehen. OPHELIA GRAY. OPHELIA GRAY.

Dann steckte ich die Karte zurück in die Brieftasche und machte mich auf die Suche nach Tara.

Taras Zettel hatte zwar keinen Hinweis darauf gegeben, wo sie sein könnte, aber sie war bestimmt nicht schwer aufzuspüren. Ich versuchte es in der Endfertigung, wo Regale mit versandbereiten Schuhen meinen Weg säumten. Der angenehme Geruch des Schuhleders hüllte mich ein wie ein alter, vertrauter Mantel. Im Gehen glaubte ich den Duft von Ophelias Haut zu erschnuppern, und ich musste daran denken, wie wir uns letzte Nacht geküsst hatten. Ich dachte an ihre vollen, feuchten Lippen und schloss unwillkürlich die Augen, weil die Erinnerung so lebhaft war. Dann rief ich mich zur Ordnung und ging entschlossen zur Treppe. Jeweils zwei Stufen auf einmal nehmend, lief ich hoch und durchwanderte die drei Abteilungen im ersten Stock. Keine Spur von Tara. Ich blieb am Fenster stehen und sah auf den Park hinunter. An diesem feuchten Tag wirkte er unglaublich grün. Die Platanen säumten wie Wächter den Rand. Der Park war menschenleer.

Ich ging zur Treppe zurück und erreichte leicht außer Atem den zweiten Stock. Einen Augenblick sah ich mich um, lief bis ans Ende der Fabriketage und hielt inne. Ich befand mich wieder in der Stanzerei. Aber auch hier keine Spur von Tara. Vielleicht war sie kurz rausgegangen. Aber was sollte dann ihre Notiz? Außerdem waren Mantel und Schirm noch da. Ich rief ihren Namen und wartete. Meine Stimme hallte von den Wänden wider. Ich lauschte mit angehaltenem Atem. Die Stanzmaschinen schienen ebenfalls gespannt auf eine Antwort zu warten. Doch es kam nichts als Schweigen. Als ich die erste Etage von einem Ende zum anderen durchquerte, rief ich noch einmal Taras Namen. Wieder hörte ich nur das Echo meiner Stimme. Ich hustete, dann schrie ich ihren Namen laut heraus. Nichts. Ratlos begab ich mich zurück ins Erdgeschoss. Mein Kaffee stand noch auf dem Tisch. Meine Jacke hing tropfend über der Stuhllehne. Ich ging zur Eingangstür, drehte mich um und ließ den Blick durch den Raum schweifen. Alles war so, wie ich es vor fünf Minuten verlassen hatte. Ein letztes Mal rief ich nach Tara. Endlich hörte ich eine leise Antwort.

Ich horchte auf. Dann ging ich in die Mitte des Raums und rief noch einmal ihren Namen. Wieder die leise Stimme, aber ich konnte nicht ausmachen, woher sie kam. Ich versuchte es an der hinteren Wand, drehte mich um und rief ein weiteres Mal. Wieder eine gedämpft klingende Antwort. Ich blickte nach rechts. Jetzt war ich so gut wie sicher. Tara musste in der Abstellkammer sein.

Als ich darauf zusteuerte, kam ich mir albern vor. War das irgendein dummes Versteckspiel? Sie hatte sich doch wohl nicht da drin verkrochen? Oder etwa doch? Ich spähte durch die geöffnete Tür. Es war ein kleiner, rechteckiger Raum, ungefähr dreieinhalb mal eineinhalb Meter, die Decke so hoch wie im Versandraum. Schmale Regale verliefen über die gesamte linke Wand bis zur Decke, vollgestopft mit Büchern, Aktenordnern, losen Papieren, Ledermustern, verschiedenen Geräten und Apparaten. Auch am Boden stand aller mögliche Krimskrams, und an der Rückwand stapelten sich verstaubte Pappkartons. Ich inspizierte das Durcheinander. Keine Spur von meiner Assistentin.

»Tara, wo bist du?«

»Hallo.« Eine gedämpfte Stimme kam aus den Untiefen der Abstellkammer. »Du hast mich also gefunden.«

Ich trat einen Schritt vor und schaute mich noch einmal gründlich um, suchte die Wände und die Decke ab. Nein, ich war mir gar nicht so sicher, dass ich sie gefunden hatte.

»Kein Wunder, dass du so lange gebraucht hast. Ging

mir genauso.« Plötzlich tat sich in der rechten Wand ein Spalt auf. Ein langer, schmaler schwarzer Streifen. Er wurde immer größer und erreichte den Boden. Es war eine Tür, die sich langsam von innen öffnete. Aber was war hinter dieser Tür? Vor Staunen stand mir der Mund offen. Erst tauchte Taras Hand in der Tür auf, dann ihr Arm, und schließlich sah ich sie in voller Größe. »Tja, hallo. Willkommen in meiner guten Stube.« Mit einer schwungvollen Geste deutete sie an, wo sie gerade hergekommen war.

»Was zum Teufel …?« Meine Stimme klang piepsig. Ich hatte sie nicht unter Kontrolle. Und ich hatte ein Problem damit, dass Tara einfach so aus der Wand herausspazierte. »Was zum Teufel ist das?«, stammelte ich. »Ich kann mich nicht erinnern, das hier auf einem der Pläne gesehen zu haben.«

»Das kommt daher, dass es auf keinem Plan verzeichnet ist. Komm mit runter und sag mir, was du davon hältst.« Damit drehte sie sich um und verschwand.

Ungläubig starrte ich auf die Stelle, wo sie eben noch gestanden hatte, und ging dann auf die Türöffnung zu. Kaum zu fassen, von außen war praktisch nichts zu sehen. Angestrengt spähte ich durch die Öffnung in der Wand. Ich konnte eine Treppe ausmachen, die sich in der Schwärze dahinter verlor. Ich stand immer noch reglos da, als mich eine Stimme aus der Dunkelheit erreichte.

»Komm schon. Die Treppe ist ziemlich dunkel, aber ich habe hier unten Kerzen.«

»Du liebe Güte, Tara. Bist du verrückt?«

Von unten drang schallendes Gelächter herauf. »Komm endlich.«

Ich wurde wütend. »Also wirklich, du wusstest doch gar nicht, was dich da unten erwartet. Du hättest dich verletzen können.« Ich stellte mir vor, wie Richard mir einen

Rüffel erteilte, weil ich die Sicherheitsvorschriften missachtet hatte. Ganz davon zu schweigen, dass ich seine Geliebte in Gefahr gebracht hatte.

»Ja, ja. Kommst du jetzt, oder willst du den ganzen Vormittag mit mir streiten? Bist du denn gar nicht neugierig, was ich entdeckt habe?«

Ich beäugte die Treppe. Es war eine steile Holztreppe mit einem lackierten Geländer, das wahrscheinlich bis ganz nach unten reichte, auch wenn ich es nicht sehen konnte. Ich begann mit dem Abstieg ins Dunkel, zählte dabei die Stufen und klammerte mich am Geländer fest. Es war etwas klebrig. Eins, zwei, drei, vier, fünf. Immer noch kochte ich vor Wut. Sechs, sieben, acht, neun, zehn. Ich atmete flach, während ich eine Stufe nach der anderen nahm. Die Luft war abgestanden. Sie fühlte sich stickig und süßlich in der Kehle an. Elf, zwölf, dreizehn, vierzehn, fünfzehn. Und ein wenig feucht auf der Haut. Sechzehn, siebzehn, achtzehn, neunzehn, zwanzig. Und dann berührte mein Fuß den Boden.

Ich drehte mich um und blickte die Treppe hoch zu dem hellen Rechteck aus Licht, das die Tür zur Abstellkammer markierte. Von hier aus wirkte sie viel kleiner. Der Gedanke bereitete mir leichtes Unbehagen. Dann legte sich eine Hand auf meine.

»Komm endlich, Trantüte«, sagte Tara. »Folge mir.«

Sie führte mich nach links einen schmalen Flur entlang, und ich stolperte immer wieder über Unebenheiten im Boden. Ich konnte nichts sehen, vermutete jedoch, dass es blanker Lehm war. In der Luft lag ein erdiger Geruch. Nach etwa zehn Schritten ertastete meine Hand den Rahmen einer Tür unmittelbar vor mir. Er war ebenso klebrig wie das Treppengeländer. Wir traten hindurch und blieben dann stehen.

»Nun, bist du bereit für das, was dich hier unten erwartet?«, fragte sie.

»Ja, ich denke schon.«

Ich hörte, wie ein Streichholz angerissen wurde, dann erhellte ein Licht das Dunkel.

Kapitel 7

Zunächst war es unmöglich, etwas zu erkennen, die einsame Flamme konnte die Finsternis nicht durchdringen. Tara gab mir die Kerze und zündete noch weitere an. Plötzlich wurde das Licht von den Wänden zurückgeworfen.

Wir befanden uns in einem kleinen Raum, ungefähr sechs Quadratmeter groß. Die niedrige Decke endete kaum einen halben Meter über meinem Kopf. Der Boden bestand aus Lehm. Der modrige Geruch war hier noch stärker als draußen im Flur. Der Raum wirkte einsam und verlassen. Seine Wände waren kahl und fleckig, an manchen Stellen war die Farbe abgebröckelt, an anderen der komplette Putz abgefallen, und man sah die alten Holzlatten darunter. Es gab keine Fenster. An der gegenüberliegenden Wand stand ein Bett mit einer Matratze. Offenbar hatte sich Rost durch das Metallgestell gefressen und schimmerte im Licht. Bis auf das Bett und einen alten, modrigen gelben Sessel schien der Raum leer zu sein. Ich trat neben das Bett. Plötzlich wurde mir schwindlig; ich kauerte mich nieder und stützte mich auf der Matratze ab. Alles verschwamm vor meinen Augen, und ich spürte einen starken Brechreiz.

»Geht es dir gut?« Taras Stimme klang leblos, wie von den Wänden verschluckt.

»Ja. Es liegt nur an der Luft hier drin.«

Ich stand auf und drehte mich zu ihr um. Dabei fiel mir etwas an der Wand gegenüber dem Bett auf. Dort hing ein großer, rechteckiger Spiegel, etwa einsachtzig mal sechzig

Zentimeter, mit einem breiten, stellenweise angelaufenen Silberrahmen, der im Kerzenschein glänzte. Das ehemals blanke Spiegelglas war blind und mit Flecken übersät. Mein Spiegelbild war nicht mehr als ein dunkler Umriss auf der geschwärzten Oberfläche.

»Im Ernst, geht es dir gut? Du siehst aus, als wäre dir nicht ganz wohl.« Tara stand im Türrahmen. »Vielleicht sollten wir lieber wieder raufgehen.«

»Nein, nein, alles in Ordnung.« Die Luft schnürte mir immer noch die Kehle zu, aber das war mir jetzt egal. Ich trat vor den Spiegel. »Seltsam ...«, murmelte ich, als ich meinen Blick darüber gleiten ließ.

»Gruselig, nicht wahr? Und was hältst du davon?« Tara deutete zur oberen linken Ecke des Spiegels. Ein Paar dunkelgrüne Lederschuhe mit breiten, hohen Absätzen hingen an einem grünen Samtband über dem Rahmen. Sie waren klein und auf der Kappe mit hellgrüner Seide aufwändig bestickt. »Ein merkwürdiger Ort, um seine Schuhe aufzubewahren, findest du nicht?«

»Und ob«, murmelte ich und streckte die Hand aus, um die Schuhe zu berühren. Sie waren gut erhalten. Das Leder fühlte sich weich und glatt an, und sogar hier in diesem modrigen Raum fing ich seinen schwachen Geruch ein. Ohne nachzudenken, ließ ich meine Hand in den linken Schuh gleiten und erspürte das weiche Leder der Innensohle. Mit dem Zeigefinger ertastete ich die schwachen Abdrücke fünf kleiner Zehen. Das Bild von Ophelia an einem Strand geisterte durch meinen Kopf und verschwand wieder. Ich schloss die Augen und versuchte, mich zu konzentrieren. Wieder ertastete ich den Abdruck.

»Was tust du da?«

Ich wandte den Kopf zu Tara, die mich neugierig ansah. »Ich überprüfe etwas.« Dann ließ ich die Hand in den rechten Schuh gleiten. Ebenfalls Zehenabdrücke. »Ich wollte wissen, ob sie getragen wurden. Das wurden sie.«

»Ja, aber nicht oft. Die Sohlen sind kaum abgenutzt.«

Ich drehte die Schuhe um, und tatsächlich wiesen die Sohlen kleinere Schrammen und Kratzer auf. Ich fuhr mit den Fingern über die Linien und Rillen und das Firmenzeichen in der Mitte der Sohle. Sie waren hier in der Fabrik hergestellt worden, sahen jedoch kostbarer und eleganter aus als die übliche Ware.

Ich starrte sie lange an, bis Tara meine Gedanken unterbrach. »Das ist noch nicht alles. Soll ich dir noch etwas Merkwürdiges zeigen?« Sie streckte mir die rechte Hand entgegen, in der sie ein Stück Papier hielt, einen Zettel mit ausgefransten Ecken. Als ich danach griff, erfasste mich ein unbehaglicher Schauder. Ich hatte immer mehr das Gefühl, dass wir uns in Dinge einmischten, von denen wir lieber die Finger lassen sollten. In persönliche und intime Dinge. Und dass wir auf einen Ort gestoßen waren, an dem wir nichts zu suchen hatten. Ich atmete tief ein und versuchte, dieses Gefühl abzuschütteln. Am oberen Rand des Zettels war ein dunkler Fleck zu sehen. Als ich darüberstrich, fühlte er sich etwas klebrig an. An dieser Stelle musste der Zettel irgendwo befestigt gewesen sein. Ich drehte ihn um. Hier stand etwas geschrieben. In der Mitte der Seite waren drei Zeilen, in langgeschwungener, grüner Handschrift.

»Ich hörte wohl, doch glaubt' ich's nicht,
die Geister Verstorbner
gingen um.«

An den Rändern waren bruchstückhafte Buchstaben in derselben grünen Tinte sichtbar. Offenbar war es der Ausschnitt eines längeren Textes. Ich las noch einmal, was da stand. Aber ich konnte nichts damit anfangen.

»Wo hast du das gefunden, Tara?«

»Es steckte am Spiegel, links unten. Ungefähr da.« Sie deutete auf die Stelle.

Ich trat näher heran. Die Oberfläche war dort etwas heller und wies weniger Flecken auf. In der Mitte dieses Bereichs schienen zwei Buchstaben zu stehen, in das Spiegelglas oder in eine Schicht darunter eingeätzt. Es war schwer zu sagen, da es im Raum so düster und der Spiegel so verfärbt war. Ich beugte mich noch näher hinunter. Ja, es waren definitiv Buchstaben. Vielleicht ein verschnörkeltes T und ein M, die ineinander verschlungen waren. TM. Das sagte mir nichts. Vorsichtig strich ich über die Oberfläche des Spiegels, dann steckte ich den Zettel wieder an seinen Platz. Er zierte den Spiegel wie glitzerndes Treibgut einen schmutzigen Teich.

»Auf der anderen Seite ist auch eine Markierung«, sagte Tara leise.

Ich inspizierte die Stelle genauer. Dort stand im gleichen Stil etwas geschrieben, das einem H ähnelte, mit Schnörkeln an den senkrechten Linien. Ich betastete erneut die Spiegeloberfläche. Dann trat ich einen Schritt zurück und runzelte die Stirn.

»Was hältst du davon?«, fragte Tara.

Ich drehte mich zu ihr um. Sie wirkte verunsichert. »Ich habe keine Ahnung, was der Raum oder die Sachen hier sollen.« Ich stockte. »Ich meine, was soll das eigentlich sein? Vielleicht ein alter Kohlenkeller oder ein Lagerraum. Was auch immer, irgendwann hat jemand dieses seltsame Geheimversteck daraus gemacht, um sich darin aufzuhalten.«

»Ich bin ganz deiner Meinung. Warum gäbe es sonst hier

ein Bett?« Tara ging darauf zu, ihre Absätze erzeugten auf dem Lehmboden kein Geräusch. Sie trat mit der Stiefelspitze gegen ein Bein des Bettgestells. »Es ging um Sex, oder?«

Da musste ich ihr zustimmen, denn es war kaum vorstellbar, dass hier unten jemand hätte schlafen wollen. Ich überlegte, welche Möglichkeiten es sonst noch geben könnte. Doch Taras Anwesenheit lenkte mich ab. Ich sah sie an, diese bildschöne junge Frau, die mit der Stiefelspitze gegen das Bettgestell trat. Mit den Augen folgte ich der Rundung ihrer Waden von den Stiefeln hinauf bis zu den Oberschenkeln, wo sie unter dem Minirock verschwanden, und spürte, wie mich das erregte. Erschrocken riss ich mich von dem Anblick los. Was war nur mit mir los? Energisch blinzelnd versuchte ich mich zu konzentrieren, nachzudenken. Ich atmete mehrmals tief ein. Der feuchte Modergeruch, der mir in die Kehle stieg, schien mich wieder zur Besinnung zu bringen. Ich atmete langsam aus, blickte zum Spiegel und überlegte. Jemand hatte ihn hierhergeschafft. Bloß warum? Um ihn zu verstecken? Oder um ihn zu benutzen? Aber welchen Sinn hatte ein fast blinder Spiegel in einem geheimen Kellerraum? Ich schloss die Augen, ich fühlte mich plötzlich müde und durcheinander. Der Schlafmangel machte sich bemerkbar.

Taras Stimme zerriss die Stille. »Was ist mit dem Zettel und den Schuhen? Das ist doch merkwürdig.«

Erneut ließ ich den Blick durch den Raum schweifen. All das hier kam auch mir seltsam vor. Warum waren diese Sachen hier?

»Woran denkst du, wenn du solche Schuhe siehst?«, bohrte Tara weiter.

Ich zuckte die Schultern.

»Es sind ganz besondere Schuhe, oder? Vielleicht haben

sie jemand Besonderem gehört.« Sie trat vor den Spiegel und berührte sachte den Zettel. »›Ich hörte wohl, doch glaubt' ich's nicht, die Geister Verstorbner gingen um.‹ Hmmm. Kannst du was damit anfangen? Wird hier jemand von Geistern heimgesucht? Oder würde gerne heimgesucht werden, hält es aber für unmöglich?« Sie überlegte. »Oder ist das eine alberne These?«

Während sie redete, konzentrierte ich mich auf mein schattenhaftes Bild im Spiegel. Sahen wir nur Gespenster? »Ich weiß es nicht«, entgegnete ich. Mir tat der Kopf weh. Ich drehte ihn nach links und rechts, und die Anspannung löste sich ein wenig. Ich lächelte mir zu. Ein düsteres, verzerrtes Lächeln kam zurück.

»Was ist?«, fragte Tara.

»Ich weiß es nicht«, sagte ich noch einmal. Unser Lachen, dünn und nervös, wurde wie alle anderen Geräusche von den Wänden geschluckt. »Ich kann mir keinen Reim darauf machen. Und warum fehlt dieser Raum in den Plänen?«

Sie zuckte die Schultern. »Wer weiß? Vielleicht ist jemand per Zufall darauf gestoßen und wollte ihn für sich behalten.«

Stirnrunzelnd betrachtete ich mein Spiegelbild. »Wie hast du ihn eigentlich gefunden?«

»Ich bin regelrecht darüber gestolpert.« Jetzt besah auch sie sich im Spiegel. »Dank des großartigen englischen Wetters. Als ich hier ankam, war ich tropfnass. Ich habe meinen Mantel zum Trocknen an die Tür der Abstellkammer gehängt, und da faszinierten mich ein paar Sachen. Schuhe in knalligen Farben und die entsprechenden Ledermuster. Mir fiel auf, dass ich mir die Sachen noch nie richtig angesehen hatte. Ich stöberte etwas herum. Ich dachte mir nichts dabei.« Die Worte hingen in der Luft, bevor auch sie verschluckt wurden. »Und da habe ich ihn gesehen. Den Türgriff, verborgen im hintersten Winkel. Und nachdem ich das Gerümpel auf dem Boden weggeräumt hatte, ging die Tür ganz leicht auf. Dahinter entdeckte ich die Treppe und dachte, ich schau mal, wohin sie führt. In der Abstellkammer fand ich Kerzen und Streichhölzer, und los ging's.«

Ich schloss die Augen. Die Vorstellung, dass sie da hinuntergestiegen war, ohne zu wissen, was sie dort erwartete, gefiel mir ganz und gar nicht.

»Ich dachte, es wäre ein ganz normaler Keller.« Sie sagte es in einem Ton, der durchblicken ließ, dass sie das jetzt nicht mehr dachte.

»Wir behalten es besser für uns, bis wir mehr darüber wissen, ja?«

Sie nickte.

»Und was hast du hier unten gemacht, während ich nach dir gesucht habe?«

Sie zögerte. »Das weiß ich gar nicht so richtig. Ich wollte eigentlich so schnell wie möglich wieder weg. Aber dann entdeckte ich diesen Spiegel und verbrachte fast die ganze Zeit damit hineinzuschauen.« Sie streckte die Hand aus und berührte leicht die Oberfläche. »Er hat irgendwas Besonderes.«

Ich nickte. Ausnahmsweise waren wir einer Meinung.

Sie schwieg eine Weile. Und dann kam die Frage, auf die ich schon gewartet hatte. »Du spürst es doch auch, nicht wahr?«

Ich sah sie an. Sie wirkte unsicher, hielt aber meinem Blick stand. »Ja«, sagte ich schließlich.

Eine Zeitlang standen wir schweigend da.

Wieder betrachtete ich mein Spiegelbild, so unscharf es war. Ich hatte tiefe, dunkle Ringe unter den Augen, aus denen alles Blau gewichen war. So dunkle Augenringe hatte ich in Wirklichkeit nicht. Auch nicht, wenn ich mich erschöpft fühlte. Ich wollte raus aus diesem Keller.

»Komm, gehen wir. Mir reicht's. Ich brauche frische Luft.« Ich ging zur Treppe. »Und von nun an kommst du nicht mehr allein hier herunter, ja?«

»In Ordnung.«

Vom Fuß der Treppe sah ich oben das Lichtrechteck im Erdgeschoss. Ich blies die Kerze in meiner Hand aus, blickte zu Tara und dann wieder zur Treppe. »Gehen wir?« Meine Stimme hatte ihre übliche Festigkeit wiedergewonnen.

»Gehen wir«, antwortete sie. Dann blies auch sie ihre Kerzen aus, und augenblicklich umfing uns Dunkelheit.

Kapitel 8

Lange sagte keiner von uns ein Wort. Tara saß über ihren Laptop gebeugt, in die Arbeit versunken. Aber vermutlich war sie mit ihren Gedanken ebenso wenig bei der Sache wie ich. Auf meinem Schreibtisch lagen irgendwelche Unterlagen, doch ich beschäftigte mich nicht wirklich damit. Mit dem Kopf war ich im unterirdischen Zimmer. Ich vergegenwärtigte mir alles, was ich dort gesehen hatte, und versuchte, mir einen Reim darauf zu machen. Vor allem der Spiegel ließ mir keine Ruhe.

Ich sah mir noch einmal die Originalpläne der Fabrik und die Aufmaßzeichnungen an, obwohl ich sie bereits kannte. Erdgeschoss, erster und zweiter Stock. Das nicht allzu hohe Dachgeschoss. Die Dicke der Außenmauern. Die Lage der Fenster und Türen. Kein Hinweis auf einen Keller. Absolut kein Hinweis. Alles so, wie man es erwartete, und nichts darüber hinaus. Ich seufzte und lehnte mich auf meinem Stuhl zurück.

»Alles okay, Boss?« Tara schaute mich an. Ihr olivbrauner Teint war ungewöhnlich blass.

»Klar. Ich bin nur nicht ganz bei der Sache.«

»Ich weiß, was du meinst.«

Sie beobachtete, wie ich von meinem Schreibtisch aufstand und im Versandraum herumwanderte. Ich sah aus dem Fenster, aber mein Blick ging ins Leere. Ich kniff die Augen zusammen und versuchte, meine Gedanken zu ordnen. Dann holte ich Luft, und ohne nachzudenken, drehte ich mich zu Tara um und sagte: »Ich muss ständig …«

»... an das Zimmer denken?«

Ihr ging es also auch nicht mehr aus dem Kopf. »Man könnte versuchen, mehr über den ursprünglichen Besitzer und seine Familie in Erfahrung zu bringen. Über die Familiengeschichte und die Geschichte des Gebäudes. Vielleicht finden wir dann auch etwas über diesen Keller heraus. Falls es überhaupt einer war. Wer ihn benutzt hat und wofür.« Ich unterbrach mich und überlegte, wie ich ihr mein Ansinnen plausibel machen konnte. »An und für sich sind solche Recherchen gar nicht nötig, ich weiß. Aber es interessiert mich jetzt einfach, nachdem ich dort unten war.«

Tara sah mich an und nickte.

»Wenn etwas Interessantes dabei herauskommt, könnte es in die Renovierung einfließen. Und letztlich könnte es uns bei der Entscheidung helfen, ob der Raum ausgebaut oder einfach zugemauert werden sollte.«

Tara schwieg lange, und ich rechnete schon damit, dass sie protestierte. Doch ihre Antwort überraschte mich. »Klar, kann ich machen. Richard hat eine Menge Informationen über die Fabrik. Damit könnte ich anfangen.«

Ich lächelte. »Prima.« Aber bei der Erwähnung von Richards Namen fiel mir noch etwas ein. »Hör mal, wie ich vorhin schon sagte: Wir behalten die Existenz des Zimmers vorerst für uns, bis wir mehr darüber wissen, ja?« Ich wusste nicht genau, warum ich sie bat, Richard gegenüber Stillschweigen zu bewahren, aber ich wollte vorläufig nicht, dass er von diesem Zimmer und vor allem von dem Spiegel erfuhr.

Ein paar Sekunden sahen wir einander in gespanntem Schweigen an. Dann nickte Tara. »Ich habe über die Schuhe nachgedacht«, sagte sie, »die Schuhe unten, meine ich.«

Auch ich hatte darüber nachgegrübelt.

»Wir wissen, dass sie hier angefertigt wurden, richtig? Das sagt uns das Firmenzeichen auf der Sohle.« Taras Miene wirkte konzentriert. »Aber das ist keine herkömmliche Industrieware. Sie sind schön, aufwändig bestickt.« Sie betrachtete ihre Hände auf der Tischplatte, dann blickte sie wieder zu mir. »Soll ich dir sagen, was ich glaube?«

»Ja«, erwiderte ich. Schließlich war Tara ein Schuh-Freak.

»Sie sind eine Maßanfertigung. Richard hat mir gesagt, dass für wichtige Kunden Einzelpaare angefertigt wurden. Vermutlich waren sie also für jemand Besonderen bestimmt.« Sie hielt inne. »Und wenn dem so ist, muss es Aufzeichnungen über diese Kunden geben. Meinst du nicht auch?«

»Klingt plausibel.«

»Fragt sich nur, ob diese Aufzeichnungen noch existieren. Hier liegen noch so viele Unterlagen herum, mal sehen, ob ich fündig werde. Und etwas über den Firmenbesitzer zu erfahren, würde uns ebenfalls weiterbringen und die Geschichte aus einer anderen Perspektive beleuchten.«

»Klingt ziemlich schlüssig«, sagte ich, ein wenig erschrocken darüber, wie folgerichtig sie sich alles zurechtgelegt hatte, während in meinem Kopf immer noch alles drunter und drüber ging. »Wenn es dir nichts ausmacht zu recherchieren.«

»Nein, überhaupt nicht. Und außerdem …« Sie deutete auf die Schuhschachteln unter dem Fenster. »Ich schulde dir noch etwas dafür, dass ich die Schuhe mitnehmen durfte.«

»Prima«, sagte ich und lächelte.

Sie nickte stumm. Die Entdeckung hatte auch sie sichtlich aufgewühlt.

»Alles in Ordnung? Du sieht ein wenig blass aus.«

»Ja, alles bestens. Ich bin nur in Gedanken.« Sie schwieg, und ich fragte mich, ob sie es wohl ansprechen würde: die Atmosphäre in diesem Zimmer. Aber offenbar wollte sich keiner von uns noch einmal dorthin zurückversetzen.

Plötzlich sprang sie auf. »Ich glaube, ich brauche frische Luft und einen Kaffee, um einen klaren Kopf zu bekommen. Soll ich dir einen mitbringen?«

»Nein, danke. Und lass dir Zeit. Du brauchst dich nicht abzuhetzen.«

Sie sah mich an und lächelte. »Danke.« Das Klacken ihrer Absätze hallte durch den Raum. Zumindest die Geräusche waren also wieder normal. Sie nahm ihren Schirm, öffnete die Tür und trat in den von Sonnenstrahlen unterbrochenen Regen hinaus.

Im Lauf des Nachmittags musste ich immer wieder an den Spiegel denken. Dann lief mir ein Schauder den Rücken hinunter. Was genau war es, das mich so unangenehm berührt hatte? Gleichzeitig verspürte ich den starken Wunsch, diesen dunklen Raum erneut aufzusuchen. Ich hätte Tara gern gefragt, ob es ihr genauso ging, aber sie war ins Büro zurückgekehrt. Aber vielleicht war es ganz gut, dass ich sie nicht fragen konnte, denn in mir überwog das Bedürfnis, die ganze Geschichte als lächerlich und irrational abzutun.

Ich stand auf und öffnete die Fabriktür. Es war ein schwüler Nachmittag. Dunkle Wolken hingen bedrohlich tief am Himmel, und die Luft knisterte. Ein Gewitter zog auf. Seufzend kehrte ich an meinen Schreibtisch zurück und fing erneut an, irgendwelche Unterlagen hin und her zu schieben. Da fiel mein Blick auf meinen Notizblock. Auf mehreren Seiten hatte ich die in den unteren Ecken des Spiegels eingeprägten Buchstaben gezeichnet. Ein T und ein M, ineinander verschlungen. Ein verschnörkeltes H. Was das wohl zu bedeuten hatte? Unfähig, mich auf etwas anderes zu konzentrieren, schaltete ich meinen Computer ein und verbrachte den Rest des Nachmittags mit Internetrecherchen zu diesen Buchstabenkombinationen im Zusammenhang mit Spiegeln, Gravuren, dunklem Glas und Antiquitäten, doch es kam nichts Konkretes dabei heraus. Ein letztes Mal ging ich meine Zeichnungen der Initialen durch. Aber weder die Buchstaben noch ihre Gestaltung kamen mir irgendwie bekannt vor. Ich wippte mit den Stuhlbeinen, schloss die Augen und gab mich der Stille der Fabrik hin.

Kapitel 9

Der Regen klatschte auf das Pflaster und spritzte auf meine Schuhe, als ich die Fabrik verließ und mich auf den Weg zu Ophelia machte. In Gedanken immer noch bei dem unterirdischen Zimmer und dem Spiegel, spürte ich kaum, wie mir das Wasser auf die Wangen tropfte und in den Nacken lief. Ich durchquerte zügig den Park, doch bei dem alten Musikpavillon blieb ich unwillkürlich stehen.

Die Sonne war untergegangen, der Abend glitt langsam in tiefe winterliche Dunkelheit hinüber. Die Fabrik, stillgelegt und leer, war nur eine Silhouette vor dem sich verfinsternden Himmel, schwach beleuchtet von den Straßenlaternen, deren orangerote, diesige Lichtkegel gegen die Dunkelheit ankämpften. Meine Augen wanderten über die Backsteinfassade und die Fenster des Erdgeschosses hinauf in den ersten und dann in den zweiten Stock, bevor sie zu ihrem Ausgangspunkt zurückkehrten. Es war sinnlos, ich konnte nichts erkennen. Und außerdem, was hoffte ich denn zu sehen? Noch einmal streifte mein Blick über die Fabrikfassade in ihrer ganzen Länge und Breite, doch es war einfach zu dunkel. Ich drehte mich um und eilte zum Parkausgang. Keuchend und mit pochendem Herzen schloss ich das Tor. Da war irgendetwas, ich war mir sicher. Etwas verbarg sich hinter dieser dunklen Fassade.

Als ich Ophelias Haus erreicht hatte, war ich klatschnass. Ich legte den Finger auf den Klingelknopf, drückte ihn aber nicht, sondern schloss die Augen, legte den Kopf in den Nacken und spürte die sanft fallenden, dicken Regentropfen. Ich bemühte mich, an nichts zu denken. Nach einigen Sekunden beruhigte sich mein Atem. Ich klingelte. Regen lief über mein Gesicht und rann mir in den Hals. Ich öffnete die Augen und blickte nach oben. Schwarzer Regen, sonst nichts.

Dann hörte ich eine Stimme.

»Ja?« Ophelia. Mein Herz machte einen Sprung. »Hallo?«, fragte sie.

»Entschuldige, ich bin's. Nass bis auf die Knochen.«

»Komm rauf«, antwortete sie, und summend sprang die Tür auf. »Zweiter Stock.«

Ich ging bedächtig die Treppe hinauf. Meine Schritte hinterließen nasse Spuren auf dem Teppich. Ein Bild von Fußspuren im Sand, von Strand und Meer huschte durch meinen Kopf. Im Gehen zog ich meine Jacke aus und schüttelte den Kopf, dass Regentropfen in alle Richtungen spritzten. Ophelia stand am Eingang. Die dunklen Haare umrahmten ihr Gesicht, und das schwarze ärmellose Kleid betonte ihre weißen Arme. Es war hochgeschlossen, am Busen enggeschnitten, und fiel in weichen Falten bis zu den Knien. Ihre roten Schuhe bildeten dazu einen knalligen Kontrast.

»Du siehst furchtbar aus«, sagte sie, als ich vor ihr stand. Sie duftete nach Rosen und Jasmin. »Schlimmer Tag?«

»Kann man wohl sagen.« Ich atmete ihren Duft ein. Als ich versuchte, sie an mich zu drücken, schob sie mich in meinen durchnässten Kleidern lachend von sich weg. Eine Haarsträhne fiel ihr ins Gesicht. Ich strich sie ihr hinters Ohr. »O mein Gott, es tut so gut, dich zu sehen.«

»Ja.« Sie beugte sich zu mir und küsste mich. Dann zog sie mich in die Wohnung und schloss die Tür.

Ophelia nahm mir die triefend nassen Kleider ab, um sie aufzuhängen, und während ich auf sie wartete, wärmte ich mich in T-Shirt und Boxershorts am Kaminfeuer. Das Zimmer war groß und quadratisch, zwei weiße Ledersofas standen im rechten Winkel in der Mitte. Die kleinen Chromlampen auf Glastischchen an den beiden Sofaenden tauchten sie in einen gedämpften Schein. Braune Wildlederkissen lagen auf dem hellen Teppich verstreut. Hinter den Sofas war ein dunkler Holztisch zum Essen gedeckt, darauf stand eine Vase mit weißen Rosen. Sechs Kerzen in glänzenden Silberleuchtern ließen ihr Licht über den Tisch flackern. Raumhohe Fenster verliefen fast über die ganze Länge des Zimmers, und eine Glastür führte offenkundig auf einen Balkon. Als ich hinausschaute, sah ich nur kalte, trostlose Dunkelheit und den strömenden Regen.

Rechter Hand, im hinteren Teil des Zimmers, befand sich eine weit geöffnete Doppeltür. Sie führte in einen anderen Raum, vermutlich Ophelias Arbeitszimmer. Auch hier reichten die Fenster vom Boden bis zur Decke, allerdings waren die Rollläden heruntergelassen. Auf einem Tisch in der Mitte standen vier Computer einander gegenüber und auf einer Holzbank entlang der Wand mehrere Drucker unterschiedlicher Größe. Das Regal darüber enthielt Druckerpatronen und Kartons mit Papier, und im hinteren Teil des Zimmers neben einer weiteren Tür stand etwas, das aussah wie ein großer Safe.

»Hier bewahre ich meine Kameras auf.« Ophelia war neben mich getreten und deutete auf den Safe. »Ich habe eine Menge teure Ausrüstung.«

»Und eine Menge Computer.« Ich nahm das Glas Wein, das sie mir reichte. »Wozu brauchst du die alle?«

»Zur Nachbearbeitung meiner Aufnahmen. Ich benutze

eine Digitalkamera und drucke die Bilder auf dem Computer aus. Am Computer kann man den Farbton mühelos korrigieren, man kann retuschieren und alles Mögliche andere machen. Die Rollläden sind unten, damit es ganz dunkel ist und ich die Bilder deutlicher sehen kann. Und dort hinten ist meine Dunkelkammer.« Sie deutete auf die Tür in der Ecke. »Ich entwickle meine Aufnahmen selbst. Nicht jeder arbeitet heutzutage noch mit Rollfilmen, eigentlich nur noch wenige, auch wenn es im Moment so etwas wie eine Renaissance gibt. Ich behalte sie mir für die Fotos vor, die mir am Herzen liegen: Nahaufnahmen von Menschen, Porträts, solche Sachen. Aber das ist mehr ein Hobby. Ich kann es dir irgendwann zeigen.« Sie lächelte mich an.

»Sehr gern«, sagte ich und machte einen Schritt auf das Arbeitszimmer zu, wo an der Wand über den Druckern Fotos aufgehängt waren. »Und was ist das?«

»Das sind ein paar Arbeiten von mir. Sieh sie dir ruhig an.«

Ich trat über die Schwelle und stand vor einer Fotoserie, offenkundig von Schuhen. Auf dem ersten Foto nahmen der Kopf und der sich räkelnde nackte Oberkörper einer Frau die rechte Bildhälfte ein. Langes blondes Haar umrahmte ihr ausdrucksloses Gesicht wie ein Fächer, und ihre strahlend blauen Augen hatten etwas Unwirkliches, Entrücktes. Der schwarze Stiletto mit extrem hohem Absatz in der linken Bildhälfte schien vorsichtig auf Distanz zu dem nackten Frauenkörper zu gehen. Ich wusste nicht, was ich von der rücklings liegenden Frau halten sollte, und das irritierte mich irgendwie.

Ein anderes Foto zeigte weiße Beine von den Knien abwärts auf einem knallig grünen Sofa. Ein Fuß trug einen leuchtend roten Stiletto, der andere war nackt, und von den Zehen tropfte eine rote Flüssigkeit auf den weißen Fußboden, wo sich schon eine dicke Pfütze gebildet hatte. Das Bild hatte etwas Verstörendes und zog den Betrachter gleichzeitig in seinen Bann. Ich sah Ophelia an und runzelte die Stirn.

»Nicht gerade anheimelnd.«

Sie lachte laut auf. »Genau das war mein Ziel.« Sie nahm einen Schluck Wein und lächelte mich an. »Keine Bange. Die Wirkung ist beabsichtigt. Man soll sich fragen, was man da eigentlich sieht. Leben, Tod, Sex?«

»Dann sind es also Momentaufnahmen. Nicht zu Ende erzählte Geschichten …«

»… voll unterschwelliger Botschaften. Genau.«

»Hmmm«, murmelte ich. »Es ist eindeutig uneindeutig.«

»Ich betrachte das als Kompliment.« Sie hielt inne und sah ein paar Fotos auf dem Tisch hinter mir durch. »Ich mag die Arbeiten von Guy Bourdin. Kennst du ihn?«

Ich schüttelte den Kopf.

»Er war ein bedeutender Modefotograf. Seine Bilder sind verführerisch, voyeuristisch. Als würde man einen Blick auf etwas Verbotenes erhaschen. Und oft ist man sich gar nicht sicher, was genau man eigentlich sieht.« Sie zeigte mir das Foto einer halb geöffneten Tür, durch die man den Torso einer Frau sah, nackt bis auf einen durchsichtigen schwarzen BH. Die Frau lag kopfüber auf der Armlehne eines Sessels, ihr Haar wallte bis auf den Boden, und zwischen den Fingern, die den Teppich streiften, hielt sie eine rosafarbene Blume. In der unteren rechten Ecke des Bildes drückte eine Männerhand einen Klingelknopf. »Ist das nun Ekstase, oder ist es eine missglückte Verabredung? Wer weiß? Aber seine Aufnahmen suggerieren oft Gewalt, etwas Surreales. Einige zeigen Frauen, die auf irritierende Weise Schaufensterpuppen ähneln.« Sie nahm ein paar weitere Fotos vom Tisch. Auf einem waren die scheinbar unterhalb der Knie amputierten Beine eines Models mit schwarzen Stilettos beim Überqueren einer dunklen Straße zu sehen. Auf einem anderen stiegen dieselben Beine in eleganten grauen High Heels eine Treppe hoch. Ein bizarrer Anblick. Mein Gesicht verriet wohl, was ich dachte.

»Ja, es sind irgendwie perverse Fotos«, sagte Ophelia. »Glamourös mit einem Hauch Gefahr. Aber die Modewelt liebt diese Mischung. Mit solchen Bildern hat Charles Jourdan in den siebziger Jahren eine Menge Schuhe verkauft.«

Ich sah mir Ophelias Fotos noch einmal an. Der Einfluss war deutlich. Verführerische Bilder, die es jedoch dem Betrachter nicht leicht machten. Mein Blick verweilte auf der roten Substanz, die von dem Fuß tropfte.

»Das Bild da hinten mit den roten Stilettos, das ist meine Interpretation der *Roten Schuhe*. Du kennst doch das Märchen, oder?«

Ich wandte den Blick vom Bild ab und versuchte, mich zu erinnern. Ich hatte die Geschichte schon einmal gehört, aber im Moment war sie mir nicht gegenwärtig.

»Es handelt von einem kleinen Mädchen, das ein Paar leuchtend rote Schuhe bekommt. Aber es stellt sich heraus, dass es gefährliche und verzauberte Schuhe sind. Wenn sie sie einmal angezogen hat, kriegt sie sie nicht mehr ab. Sie muss tanzen und immer weiter tanzen. Am Ende lässt sie sich die Füße abhacken, um die Schuhe loszuwerden.«

Ich verzog das Gesicht zu einer Grimasse. »Wie nett.«

Ophelia nickte und fing wieder an zu lachen. »Bei Aschenputtel ist es ähnlich. Die hässlichen Schwestern hacken sich die Zehen ab, um in Aschenputtels Schuhe zu passen. Um der Liebe willen nimmt man Selbstverstümmelung und Gewalt in Kauf.«

Ich starrte auf die rote Flüssigkeit, die in der unteren Ecke von Ophelias Foto eine Pfütze bildete. Unwillkürlich überlief mich ein Schauder.

»Alles okay?«

»Ja klar«, log ich. »Mir ist nur kalt wegen der Nässe. Gehen wir näher ans Feuer?«

»Natürlich, entschuldige bitte. Setzen wir uns doch.«

Ich ging zum Sofa und ließ mich in das weiche Leder sinken. Es legte sich wie ein Kokon um meinen müden Körper. Ophelia setzte sich neben mich und legte ihre Füße quer über meine Beine. Ich betrachtete ihre roten Schuhe und stutzte. Bilder von blutüberströmten Füßen kamen mir in den Sinn, und ich blinzelte ein paarmal, um sie wieder loszuwerden. Einen nach dem anderen zog ich ihr die Schuhe aus, die lautlos auf den Boden plumpsten.

»Alles in Ordnung?«, fragte Ophelia noch einmal und kuschelte sich in die Sofakissen.

Ich nickte und nahm einen kräftigen Schluck aus meinem Weinglas. Die Flüssigkeit glitt meine Kehle hinunter, und ich spürte, wie ich mich langsam entspannte.

»Erzähl mir doch, wie es heute war.«

Ich streichelte Ophelias linken Fuß mit meiner freien Hand und dachte nach. Wo sollte ich anfangen? Die Geschichte schien im Keller zu beginnen.

»Tara hat einen Raum in der Fabrik entdeckt, von dessen Existenz wir bis dahin nichts wussten. Ein Keller, der auf keinem Plan der Fabrik eingezeichnet ist. Seltsamerweise betritt man ihn durch eine Abstellkammer in dem Bereich der Fabrik, wo wir arbeiten. Von dort führt eine versteckte Tür zu einer Treppe.«

»Oh. Die Tür in eine anderen Welt wie in das geheimnisvolle Narnia?«

Ich antwortete nicht, sondern dachte erneut an die Dunkelheit dort unten.

»Eine Geheimkammer wie das Priesterloch aus der Zeit der Katholikenverfolgung?«, fuhr Ophelia fort.

Ich überlegte, ob es als eine Geheimkammer gedacht gewesen sein könnte. Möglich, aber unwahrscheinlich. »Ich glaube nicht, dass es zu diesem Zweck gebaut wurde, obwohl es wirklich ein gutes Versteck ist. Heute zumindest. Ich glaube, irgendjemand hat den Raum zufällig entdeckt und ihn dann als Rückzugsort benutzt.«

»Hmmm.« Sie nickte. »Und wie sieht er aus?«

Ich beschrieb ihr das Zimmer und seinen Inhalt.

Sie runzelte die Stirn. »Ein bizarres Arrangement, mit den Schuhen und der Botschaft. Dadurch bekommt der Spiegel fast … fast etwas Weihevolles, etwas Religiöses.« Sie nahm einen Schluck Wein. »Irgendwie romantisch, findest du nicht?«

Vielleicht. Ich war mir nicht sicher. Ich hatte den ganzen Tag darüber gegrübelt, ohne das Gefühl, das ich empfunden hatte, beschreiben zu können. Jedenfalls nicht richtig. »Und da ist noch etwas«, sagte ich. »Der Raum besitzt eine merkwürdige Aura.« Ich überlegte kurz. »Ich weiß, das klingt ein bisschen esoterisch. Es war irgendwie … irgendwie gruselig.«

»Gruselig?«

»Ich weiß nicht, wie ich es sagen soll. Es war wie bei einer unheimlichen Begegnung … wenn einem die Haare zu Berge stehen. Man kann nicht genau sagen, wieso, aber dieses Gefühl ist einfach da. Klar und deutlich. Verstehst du?«

»Ja.«

Ich blickte auf das Glas in meiner Hand, auf den schweren dunkelroten Wein darin. »Ich konnte das Gefühl nicht abschütteln, dass dort unten … dass dort etwas Bedrohliches ist … Vielleicht ist es totaler Quatsch, aber ich habe es gespürt.« Ich hielt inne. »Ich glaube, Tara ging es genauso, obwohl wir nicht direkt darüber gesprochen haben.«

»Dann hast du dich also bedroht gefühlt?«

»Nein.« Ich schüttelte den Kopf. »Eigentlich nicht, aber es ist schwer zu beschreiben.« Ich sah die Holztreppe vor mir, die in die Dunkelheit hinunterführte, und plötzlich hatte ich sogar den Geruch des Zimmers in der Nase. Ich kniff die Augen zusammen und nahm einen kräftigen Schluck Wein.

»Alles in Ordnung?« Ophelia musterte mich eindringlich.

»Ja.«

»Es klingt seltsam und … beunruhigend.«

»Das war es auch. Tara hat den ganzen Nachmittag kein Wort mehr gesagt. Und bis es so weit kommt, muss schon einiges passieren.« Wir lachten. Ich rutschte auf dem Sofa ein Stück tiefer und versuchte, mich zu entspannen und an nichts zu denken. Doch bei der Erwähnung von Taras Namen dachte ich erneut daran, wie sehr ich mich dort unten zu ihr hingezogen gefühlt hatte. Ob es ihr genauso ergangen war? Ophelia sah mich aufmerksam an, und plötzlich bekam ich ein schlechtes Gewissen. Woran hatte ich eben gedacht? Das war es ja gerade – ich hatte an nichts Bestimmtes gedacht. Das Gefühl war wie aus dem Nichts aufgetaucht. Ich schloss die Augen und versuchte, die Bilder zu verdrängen, doch es gelang mir nicht. Ich sah mich vor dem Spiegel stehen und auf seine fleckige, dunkle Oberfläche starren, in der ich mein Gesicht zu erkennen versuchte. Vergeblich. Seufzend öffnete ich die

Augen. Der Kronleuchter mit seinen geschliffenen Kristalltropfen verströmte ein trübes Licht. »Ich habe das Gefühl, etwas ist mir entgangen«, sagte ich schließlich. »Aber ich komme einfach nicht dahinter.«

»Etwas in dem Raum oder dem Spiegel oder was?«

»Dem Spiegel, glaube ich. Ich habe das Gefühl, etwas übersehen zu haben.« Ich beobachtete weiter das Spiel des Lichts an der Decke.

»Kann ich ihn auch mal sehen?« Ophelia sprach leise, aber entschlossen.

»Was?«

»Den Spiegel.« Sie stockte. »Ich würde gern einen Blick darauf werfen.«

»Warum?« Meine Stimme klang ruhiger, als es meiner inneren Verfassung entsprach.

»Du hast mich neugierig gemacht.« Sie stand vom Sofa auf und trat ans Feuer. Dann drehte sie sich um und sah mich an. »Also, was meinst du?«

»Ich weiß nicht.« Mir fiel kein stichhaltiger Grund ein, warum ich ihr diese Bitte abschlagen sollte. Gleichzeitig war mir die Vorstellung unangenehm.

Sie sah mich schweigend an. »Was ist? Warum hast du Bedenken?«

»Ich weiß es wirklich nicht. Vielleicht wegen der Aufregung heute. Ich bin ein bisschen nervös. Jedenfalls missfällt mir die Vorstellung, dich da mit reinzuziehen.«

Ich hatte den Spiegel vor Augen, der groß und mächtig die Wand des Kellerraums einnahm, und spürte eine dumpfe Angst. Gleichzeitig konnte ich es gar nicht erwarten, ihn mir noch einmal anzuschauen. Zusammen mit Ophelia. Was hatte das zu bedeuten? Ich lächelte still in mich hinein. Es hatte gar nichts zu bedeuten. Außer dass ich vielleicht langsam den Verstand verlor.

»Hey, was ist so lustig?«

»Ach, nichts. Ich muss über mich selbst grinsen«, sagte ich und leerte mein Glas. »Ich glaube, ich bin heute ein bisschen überdreht. Ignorier es einfach.« Ich stellte mein Glas ab, zog sie zu mir heran und küsste sie.

»Dann schauen wir ihn uns also irgendwann gemeinsam an?«, sagte sie einschmeichelnd und setzte sich auf das Sofa zurück.

Ich stöhnte. »Du lässt einfach nicht locker, was?«

Sie sah mich kopfschüttelnd an. »Komm schon. Sag ja. Du hast mich neugierig gemacht. Ich würde ihn wirklich gern sehen.«

»Aber warum?«

»Ich weiß nicht. Einfach so. Komm schon …«

Ich sah ihr Lächeln, ihre großen, neugierigen Augen, und hatte plötzlich das Gefühl, dass ich sie nicht enttäuschen durfte. »Also gut. Ich nehme dich mit. Wann, weiß ich noch nicht, aber ich verspreche es dir.« Augenblicklich spürte ich, wie sich etwas in mir entkrampfte. Ich beugte mich hinunter und küsste ihre Füße. Dann tasteten meine Lippen nach oben, streiften ihre Waden und die Innenseite ihrer Oberschenkel. Sie stöhnte wohlig.

»Danke«, murmelte sie. »Du wirst es nicht bereuen.«

Kapitel 10

Irgendwann im Laufe des Abends wechselten wir vom Sofa ins Schlafzimmer. Ophelia liebkoste mein Gesicht, zog mich an sich und küsste mich leidenschaftlich. Ihr Atem ging schnell und flach. Ich knöpfte ihre Bluse auf, öffnete ihren BH und warf beides auf den Boden. Sie löste meine Gürtelschnalle und zerrte an den Knöpfen meiner Hose. Es dauerte ein paar Minuten, bis wir uns aus unseren Kleidern geschält hatten, und wir lachten, wenn unsere Hände, Zähne und Lippen zusammenstießen. Als ich mich nackt auf sie legte, spürte ich ihre zarte Haut, die Rundung ihrer Brüste. Sie öffnete die Beine und schlang sie um meinen Körper, ihre Füße drückten sich an meinen Rücken. Ich drang in sie ein und spürte, wie ich dahinschmolz. Mein Denken und meine Erinnerung lösten sich auf und verschwanden. Alles war nur noch Gefühl.

Am nächsten Morgen um acht war ich auf dem Weg zur Fabrik. Ein lebhafter Wind jagte dunkle Wolken über den Himmel und brachte einen kalten, peitschenden Regen mit. Ich stellte meinen Mantelkragen auf und versuchte, mein Gesicht darin zu vergraben. Es war ein trostloser Tag, die Menschen hasteten mit gesenktem Kopf durch den Regen, wichen Pfützen und anderen Passanten aus und hatten es eilig, dem Wetter zu entkommen. Ich hingegen war in Hochstimmung.

Als ich die Tür zum Versandraum öffnete, wehte mir aromatischer Kaffeeduft entgegen. Tara saß bereits am Schreibtisch. Jetzt blickte sie auf und deutete auf einen

Tisch an der Wand, auf dem eine nagelneue Espressomaschine stand.

»Ein kleines Geschenk für unser bescheidenes Büro.«

Ich starrte sie ungläubig an. »Hast du die etwa gekauft?«

»Nein, natürlich nicht«, wehrte sie ab und bedeutete mir, mich zu setzen. »Ich habe Richard mit sanftem Druck überredet, das ist alles.«

Ihre Miene war undurchdringlich. Während ich mir den Mantel auszog und mir den Regen aus den Haaren schüttelte, schossen mir unangenehme Bilder durch den Kopf. Sosehr ich mich bemühte, sie ließen sich nicht vertreiben. Als ich mich setzte, war ich mir sicher, dass die Espressomaschine die Belohnung für ein abartiges sexuelles Abenteuer war.

»Einen Espresso, nehme ich an?«

»Das wäre gut.«

Ich beobachtete, wie sie die Maschine bediente. In den hohen Stiefeletten und den hautengen Jeans wirkten ihre Beine sehr lang. Ihr anschmiegsamer schwarzer Pulli brachte Busen und Taille perfekt zur Geltung. Doch während ich sie so ansah, regte sich kein Begehren in mir, ganz anders als tags zuvor in dem unterirdischen Zimmer. Wieder kam es mir völlig unerklärlich vor, was ich dort unten erlebt hatte.

Als sie mir den Kaffee an den Schreibtisch brachte, stutzte sie. »Moment mal. Du bist doch noch nie ohne Espresso in der Hand zur Arbeit gekommen. Was ist passiert?«

Ich griff nach der Tasse und zuckte so lässig wie möglich die Schultern.

»Ah, Mr. Carter«, sagte sie mit gespielter Überraschung. »Du hast heute Morgen einen anderen Weg genommen und bist nicht an deinem üblichen Café vorbeigekommen.« Schmunzelnd musterte sie mich von Kopf bis Fuß und registrierte das leicht zerknitterte Hemd, das ich gestern schon getragen hatte, und meine Jeans und Turnschuhe, die ich ebenfalls nicht gewechselt hatte.

»Schon gut, Tara.« Ich sagte es so streng wie möglich, um durchblicken zu lassen, dass das Thema damit erledigt war.

»Ich meine ja nur.« Sie machte eine einlenkende Geste, dann drehte sie sich um und kehrte an ihren Schreibtisch zurück, mit jenem langsamen, wiegenden Gang, den sie all die Jahre, in denen die Männerblicke auf ihr ruhten, eingeübt hatte.

Ich musste unwillkürlich grinsen. Sie hatte Humor, das musste man ihr lassen. Ich nahm einen großen Schluck Espresso, genoss den starken, bitteren Geschmack und machte mich wieder an meine Zeichnungen.

Ein paar Stunden später legte ich eine Pause ein. Ich ließ den Bleistift auf den Tisch fallen, streckte die Arme über den Kopf und gähnte. Als ich zu Tara blickte, sah ich, dass sie eifrig dabei war, etwas in den Computer zu tippen. »Was machst du gerade?«

Sie seufzte. »Ich gebe die Daten der Bestandsaufnahme ein. Es hat sich bereits jetzt so viel Material angesammelt, dass ich sonst den Überblick verliere.«

»Kann ich mir vorstellen.«

»Und du?«

Ich blickte auf die unausgegorenen Entwürfe auf meinem Schreibtisch und fragte mich, ob sie vielleicht gern einen Blick darauf werfen würde. Meinem Gefühl nach würde ihr Urteil vernichtend ausfallen. Ihr Talent, etwas in Bausch und Bogen zu verdammen, war legendär. Aber heute fühlte ich mich stark genug, ihre Kritik auszuhalten. Ophelia kam mir in den Sinn, ich musste an ihren Körper denken, an den Geschmack und Geruch ihrer Haut. Ich ließ den Augenblick verstreichen und sammelte mich. »Willst du es dir mal ansehen?«

»Gerne«, sagte sie und trat an meinen Tisch.

»Bisher sind es nur relativ abstrakte Ideen«, erklärte ich und nahm den Bleistift, der zuoberst auf den Papieren lag, »aber der Kunde möchte es vor allem hell haben und viel Licht in das Gebäude bringen. Ich glaube, er stellt sich einen großen, lichtdurchfluteten Raum vor. Das würde bestimmt gut aussehen.« Ich zeigte mit dem Bleistift auf das Satteldach meiner ersten Zeichnung. »Im Obergeschoss ließe sich das leicht machen. Ich habe mir überlegt, in beide Dachflächen Glaspaneele einzubauen, durchsetzt von Elementen aus weißem, pulverbeschichtetem Stahl. Etwas in der Art. Dadurch wird das Obergeschoss von Licht durchflutet, und es entstehen viele verschiedene Texturen.«

Ihre Augen huschten über die Zeichnungen. Sie nickte.

»Und hier«, ich schob ihr ein weiteres Blatt zu, »habe ich den zweiten Stock nach oben geöffnet. Der Kunde hätte gern etwas in der Art, als Schlafzimmer oder Rückzugsraum. Dieser Bereich ist über eine Wendeltreppe aus Stahl zugänglich, das korrespondiert mit dem Material der alten Maschinen. Ich dachte, einige davon, vielleicht die kleineren, könnte man hier ausstellen, in Nischen oder Ecken, in denen Licht auf sie fällt.«

»Hmmm. Ja, das finde ich gut«, sagte Tara und tippte mit ihren Fingern auf die Zeichnungen. »Richard hat vor ein paar Jahren an einen Projekt gearbeitet, bei dem er mit ähnlichen Ideen ein Maximum an Licht durch das Dach einfallen ließ.«

»War das der Umbau des Waschsalons im Norden Londons?«

Tara nickte.

Ich verzog das Gesicht. »Dieses Projekt habe ich gehasst. Ein unglaublich trostloser Ort.«

»Nicht als ihr damit fertig wart.« Sie zwinkerte mir zu, bevor sie sich erneut den Zeichnungen zuwandte. »Du könntest auch mit Hilfe von Lichtschächten Helligkeit vom Obergeschoss in den ersten Stock und das Erdgeschoss leiten.«

»Ja, daran habe ich auch schon gedacht. Ein toller Effekt. Allerdings gibt es in den unteren Stockwerken an beiden Längsfronten zahlreiche Fenster, dort sollte das Licht kein allzu großes Problem sein.«

Tara lächelte mich an. »Ich mochte übrigens deinen Anbau an das Landhaus in Suffolk. Wie ich gehört habe, waren die Lichtverhältnisse dort sehr problematisch.«

»Stimmt«, sagte ich, überrascht, dass sie davon wusste. »Das war ein paar Jahre, bevor du hier angefangen hast, oder?«

Sie nickte. »Richard hat es mir kürzlich gezeigt. Ich glaube, er ist wahnsinnig stolz auf deinen modernen Glaskubus. Der Anbau schließt sich nahtlos an das sehr traditionelle Landhaus aus der Jahrhundertwende an.«

Ich starrte sie einen Moment an und fragte mich, ob Richard alle unsere Mitarbeiter zu Ausflügen aufs Land mitnahm, um sich frühere Projekte anzusehen, oder ob Tara die Einzige war. Letzteres war die sehr viel wahrscheinlichere Variante. Beklommen beschloss ich, über diese Beichte hinwegzugehen, falls es eine war. »Die Gestaltung folgte natürlich nicht nur ästhetischen, sondern auch praktischen Gesichtspunkten. Das Haus liegt den ganzen Winter über im Schatten, weil die Sonne nicht über die Baumwipfel des Waldes dahinter aufsteigt. Deshalb mussten wir so viel Licht wie möglich von außen hineinbringen.«

»Jedenfalls ist es großartig geworden«, sagte sie, und ihr Blick fiel auf meinen Notizblock auf dem Tisch. »Wer ist eigentlich Ophelia?«

»Wie bitte?«, sagte ich, von der Frage überrumpelt.

»Ophelia«, wiederholte Tara und tippte mit dem Finger auf den hingekritzelten Namen auf dem Notizblock. Im ersten Moment war ich sprachlos. Dann sah ich in der Ecke daneben die Skizze, die ich am Tag zuvor von den Buchstaben auf dem Spiegel gemacht hatte – das verschlungene T und M und das H mit den Schnörkeln. Ich musste wirklich aufpassen, was ich da gedankenverloren vor mich hin kritzelte. »Wer ist das?«

»Eine Modefotografin«, entgegnete ich. Es war vermutlich besser, Tara ein paar Brocken hinzuwerfen, sonst würde sie immer weiter fragen und spekulieren.

Sie gab ein spöttisches »Wow!« von sich, dann lächelte sie.

Ich musste unwillkürlich zurücklächeln.

»Und ich nehme an, du kennst sie noch nicht lange?«

Ich nickte und erzählte ihr so knapp wie möglich, wie wir uns kennengelernt hatten.

»Hmmm«, machte sie. Es klang skeptisch.

»Was ist?«

»Na ja, bei einer Zufallsbekanntschaft im Park ist noch nie etwas Gutes herausgekommen.«

»Nicht?«

»Nö. Definitiv nicht.« Sie hielt inne. »Sie ist aber keine Spinnerin, die in Grünanlagen herumlungert und Fremden Geschichten von verlorenen Objektivkappen auftischt, damit ihr die unglückseligen Opfer bei ihrer sinnlosen Suche helfen, oder?«

Ich lächelte, und ihre Augen funkelten zurück.

»Also, dem ersten Eindruck nach scheint sie keine Spinnerin zu sein«, sagte ich.

»Immerhin etwas. Aber warte bloß ab. Irgendwann, urplötzlich, entpuppt sie sich wahrscheinlich als gaga. Schuld daran sind natürlich ihre Eltern, die alles falsch gemacht haben.«

Ich lachte, aber ich musste an die Geschichte von Ophelias Eltern denken. Sie hatte mir erzählt, dass deren Tod ein tiefer, schmerzlicher Verlust für sie war, den sie immer noch nicht überwunden hatte. Davon hatte ich bisher noch nichts mitbekommen. Aber das konnte sich ändern.

»Noch einen Kaffee?«, rief Tara über die Schulter. Sie hatte auf dem Absatz kehrt gemacht und ging zu ihrem Schreibtisch zurück, schon wieder bei einem anderen Thema.

Aber sie hatte mir einen Floh ins Ohr gesetzt, und ich musste den ganzen Nachmittag immer wieder daran denken.

Kapitel 11

Das Erste, was ich wahrnahm, war die Dunkelheit, die wie eine schwere Decke auf meinen Schultern lag. Ich stand aufrecht, soviel war mir bewusst, mehr aber auch nicht. Ich drehte den Kopf von einer Seite zur anderen, aber die Schwärze war undurchdringlich. Ich hatte keine Ahnung, wo ich mich befand. Ich versuchte, mich zu erinnern, was ich zuletzt getan und wo ich mich zuletzt aufgehalten hatte, doch in meinem Kopf herrschte völlige Leere.

In dem Moment hörte ich das Geräusch. Es schien von weit her zu kommen, sehr schwach, das Echo eines Frauenlachens. Es umrundete mich sanft und verschwand. Im nächsten Augenblick war es wieder da, lauter und näher dieses Mal. Dann verschwand es wieder. Sekunden, vielleicht Minuten vergingen in völliger Stille. Ich tastete im Dunkeln, doch ich griff ins Leere. Wo war ich? Vor Angst krampfte sich mein Magen zusammen, als plötzlich ein schwaches Licht sichtbar wurde. Ich blinzelte, unfähig, etwas zu erkennen, doch dann wurde das Bild klarer.

Ich war in einem kleinen Zimmer mit niedriger Decke und Lehmboden. In einer Ecke saß ein Mann in einem Sessel. Eine Kerze am Boden neben ihm beleuchtete ihn von unten. Er hatte den Kopf gesenkt, sodass sein Gesicht im Dunkeln lag, und seine Aufmerksamkeit war ganz in Anspruch genommen von dem, was er in seiner rechten Hand hielt: einem Lederschuh mit Knöchelriemen. Es war ein altmodischer Schuh aus dunkelgrünem Leder, die spitze Kappe korrespondierte mit der Form des Absatzes. Er wirkte, als wäre er mit einem helleren Faden bestickt, aber in dem trüben Licht konnte ich es nicht richtig erkennen. Ich weiß nicht, wie lange der Mann schon so dasaß, gebannt von der sanft wiegenden Bewegung des Schuhs in seiner Hand. Der Schuh schwang hin und her wie das Pendel einer Uhr. Plötzlich beugte sich der Mann vor und umschloss den Schuh vorsichtig mit beiden Händen. Ich betrachtete ihn, ich betrachtete seine großen, derben Hände, die ihren wertvollen Schatz behutsam bargen. Aber nichts an ihm kam mir bekannt vor.

Rechter Hand erblickte ich eine Öffnung, die in rabenschwarze Dunkelheit führte. Ich konnte mich nicht erinnern, dass ich diesen Durchgang oder den dahinter liegenden Flur passiert hatte. Aber wie war ich dann hergekommen? Ich schaute auf meine Füße, auf den Lehmboden, als könnte ich dort die Antwort finden. Doch da war nur Stille und der leichte Geruch des feuchten Bodens.

Ich fröstelte. Irgendetwas stimmte nicht mit diesem Ort. Als ich mich zu dem Durchgang wandte, fiel mein Blick auf einen großen Spiegel an der Wand. Das silberbeschichtete Glas war fleckig vom Alter, dunkle, spinnwebenfeine Risse breiteten sich wie Narben unter seiner Oberfläche aus. Ich machte einen Schritt vorwärts und suchte darin nach meinem Spiegelbild. Nichts. Auch als ich näher herantrat, konnte ich nichts erkennen.

Ein dumpfer Aufprall in meinem Rücken ließ mich zusammenzucken. Der Mann hatte den Schuh auf den Boden fallen lassen. Links von dem Schuh bemerkte ich jetzt die Kante eines Betts. Auf der Matratze waren zwei Frauenbeine von den Waden bis zu den Füßen zu erkennen. Ich machte einen Schritt nach rechts, um die Frau besser zu sehen. Aber wohin ich mich auch drehte und wendete, die Perspektive veränderte sich nicht. Ich sah immer nur die Waden und die Füße und nur aus einem bestimmten

Winkel. Verwirrt wich ich zurück. Das war doch gar nicht möglich. Wenn ich mich in die eine oder in die andere Richtung bewegte, musste ich doch rechts oder links mehr sehen. Ich machte einen neuen Versuch. Diesmal flackerte die Kerze, und plötzlich sah ich den Mittelteil des Betts, darauf zwei blasse Oberschenkel, die notdürftig von einem weißen Unterrock bedeckt waren. Ich ging noch einen Schritt weiter, und jetzt veränderte sich erneut mein Blickwinkel. Der Oberkörper der Frau rückte ins Bild. Der weiße Unterrock spannte um ihren Bauch und ihre Brust und hatte schmale Träger. Ihr rechter Arm hing locker, aber reglos vom Bett herunter, die Finger berührten den Lehmboden. Den linken Arm hatte sie, wie es schien, hinter ihren Kopf gelegt, so weit nach oben konnte ich jedoch nicht sehen. Sie hatte einen schlanken Hals, und ihre Schlüsselbeine warfen im Kerzenlicht Schatten auf ihre blasse Haut. Etwas Langes, Dunkles hing locker um ihren Hals, aber für eine Kette war es zu unstrukturiert. Es schmiegte sich ihrer Haut an wie weicher Stoff. Als ich mich näher hinunterbeugte, sah ich, dass es ein grünes Samtband war.

Bevor ich noch einen Schritt auf das Bett zu machte, um der Frau ins Gesicht zu blicken, drehte ich mich zu dem Mann um. Er murmelte etwas vor sich hin, rang die Hände und wurde zunehmend ärgerlich. Plötzlich blickte er auf. Er hatte geschwollene Augen, als ob er geweint hätte, aber als er mich sah, kniff er sie zusammen, und sein Gesicht nahm einen feindseligen Ausdruck an.

»Was wollen Sie hier?«, sagte er. Er sprach leise, voller Empörung, mit harten Zügen um den Mund. »Sie haben hier nichts zu suchen.« Er schaute nach rechts, zu den Füßen der Frau, wo er kurz verweilte. Dann wandte er sich wieder mir zu. »Was wollen Sie hier?«, fragte er noch einmal.

Ich setzte zu sprechen an, dann schloss ich meinen Mund wieder. Weder wusste ich, wie ich hergekommen war, noch was ich hier tat oder wo ich mich überhaupt befand. Ein kaltes Gefühl der Bedrohung kroch mir den Rücken hoch.

Der Mann stand auf. Er war groß, viel größer als ich, sein Kopf stieß fast an die niedrige Decke. Er trug einen altmodischen schwarzen Anzug, dessen Hosenknöpfe offen waren. Er machte sie hastig zu und zupfte seine Weste und sein Sakko zurecht, dann ging er auf mich zu. Seine Arme mit den großen Händen schwangen locker zur Seite, eine harmlose Bewegung, trotzdem machte sie mir Angst. Schweißperlen standen auf meiner Oberlippe, als er vor mir stand.

»Wissen Sie, wer ich bin?« Seine dunklen, fast schwarzen Augen sahen mich fragend an.

Ich schüttelte den Kopf und wandte mich ab. Wieder fiel mein Blick auf die Türöffnung, und ich spürte einen Stich des Bedauerns. Ich hätte von hier verschwinden sollen, solange es noch möglich gewesen war.

»Sie wissen, dass ich Sie nicht gehen lassen kann«, sagte er. »Das wissen Sie doch, oder?« Er stand jetzt so dicht vor mir, dass sein heißer Atem meine Wangen streifte. »Es wäre dumm von mir, nicht wahr? Nach allem, was Sie gesehen haben.«

Erneut versuchte ich zu sprechen, aber wieder kam kein Ton über meine Lippen. Ich hätte ihm gern gesagt, dass er sich irrte, dass ich nichts gesehen hatte, aber die Worte blieben mir im Hals stecken.

Als ich einen Schritt rückwärts machte, stieß mein Fuß gegen die Wand, dann mein ganzer Körper, und mein Kopf schlug gegen den Spiegel.

»Wo wollen Sie denn hin?«, sagte er und lachte.

Panik ergriff mich. Ich holte tief Luft, schloss die Augen und versuchte, mich zu sammeln. Ich wusste, es gab einen Weg nach draußen. Es musste einen geben.

»Es gibt nur einen Ort, an den Sie gehen werden«, flüsterte der Mann ganz nah an meinem Ohr.

Und dann spürte ich es. Das verzweifelte Ringen nach Luft. Ich keuchte, ich spürte den Schmerz in meinem Brustkorb, meine Lungen brannten. Ich würde in dieser Dunkelheit, in dieser Stille ersticken. Während mein Körper zitterte und alles um mich herum schwarz wurde, hatte ich das Gefühl zu fallen. Aber wohin konnte ich denn fallen, dachte ich, hinter mir war ja die Wand. Und doch fiel ich, verschlungen vom Spiegel, vom Zimmer, von der Dunkelheit. Das war's dann also, dachte ich, ich stürze zu Boden, ich stürze in den Tod.

Kurz vor dem Aufprall spürte ich erneut den Atem des Mannes auf meinem Gesicht und erwartete sein Flüstern ganz nah an meinem Ohr. Doch ich vernahm nicht seine, sondern eine andere Stimme, die die Dunkelheit durchbrach. Eine wohlklingende Stimme. Die Stimme einer Frau.

»Johnny«, flüsterte sie. »Wach auf.«

Ich schlug die Augen auf, schnappte nach Luft und fuhr hoch. Dunkelheit umgab mich, es dämmerte noch nicht. Ich war schweißgebadet. Im ersten Moment wusste ich nicht, wo ich war. Doch dann fiel mir wieder ein, dass ich am Abend zu Ophelia gegangen war. Ich drehte mich im Bett zu ihr um, überzeugt, dass sie es gewesen war, die mich gerufen hatte. Aber sie atmete ruhig und gleichmäßig. Der Digitalwecker auf dem Nachttisch neben ihr zeigte sechs Uhr an. Ich atmete tief ein und legte mich wieder hin. Dann hörte ich, wie sich Ophelia bewegte.

»Alles in Ordnung?« Ihre Stimme klang schläfrig, es war nicht die klare Stimme, die mich aus meinem Albtraum erlöst hatte.

»Ja. Ich habe nur schlecht geträumt. Schlaf weiter.«

Sie schwieg einen Moment, dann drehte sie sich zu mir und stützte sich auf ihren Ellbogen. »Was hast du denn geträumt?«

»Etwas Seltsames.« Ich starrte an die Decke und atmete tief aus. »Ich befand mich in einem kleinen Zimmer, das war dunkel und beklemmend. Es war das unterirdische Zimmer in der Fabrik, da bin ich mir ziemlich sicher. Ich beobachtete einen Mann, der mit einem grünen Schuh in den Händen spielte. Ich weiß nicht, was das zu bedeuten hatte oder ob es überhaupt etwas zu bedeuten hatte.« Ich überlegte kurz, ob der Schuh nicht einer von denen aus der Fabrik war. Ein altmodischer grüner Schuh. Höchstwahrscheinlich schon. »Als der Mann mich sah, wurde er regelrecht wütend. Er wollte mich nicht dort unten haben, das war ganz klar. Und weil ich in diesem Zimmer war, würde ich dort auch sterben, das wusste ich.« Meine Worte verhallten in der lautlosen Dunkelheit. »Mir wurde es ganz eng in der Brust, ich hatte das Gefühl zu ersticken, und dann fiel ich zu Boden, in den Tod.« Die Stille vor Anbruch der Morgendämmerung schien noch intensiver zu werden. Ich hörte meinen ungleichmäßigen, angestrengten Atem und die leichten und regelmäßigen Atemzüge Ophelias neben mir. »Und dann bin ich aufgewacht.«

»Dann bist du also im Traum gar nicht gestorben?«

»Nein. Ich bin nicht gestorben. Aber ich wusste, dass ich sterben würde.«

Ophelia schwieg.

»Und was das Schlimmste war: Ich konnte dieses Zimmer nicht verlassen. Ich saß in der Falle. Ein typisches Albtraumszenario.«

Ophelia legte ihre Hand sanft auf meine Brust. Ich spürte, wie mein Herz gegen meine Rippen schlug.

»Und der Mann in deinem Traum, kanntest du ihn?«

»Ich hatte ihn noch nie zuvor gesehen. Aber seine Augen waren so finster, so unnatürlich. Das hat mir auch Angst gemacht.«

Leicht erschaudernd, schmiegte sich Ophelia an mich. Ihre Beine streiften mich, dann berührten ihre Füße die meinen. Und plötzlich fiel es mir wieder ein.

»Da waren Füße.«

»Füße? Das klingt aber nicht besonders furchteinflößend.«

Zum ersten Mal musste ich lächeln. »Ich sah zwei Beine am unteren Ende eines Betts, von den Waden bis zu den Füßen. Eine Zeit lang konnte ich nur das erkennen. Nur Füße und Unterschenkel, ohne den Körper. Dann sah ich, dass eine Frau auf dem Bett lag. Aber ihr Gesicht blieb mir verborgen.«

Ophelia schwieg eine Weile.

»Hast du eine Erklärung dafür, warum ausgerechnet Füße und Beine in deinem Traum auftauchten? War das irgendwie von Bedeutung?«

Ich versuchte, mich zu erinnern, ob es irgendeine Auffälligkeit gab, aber mir fiel nichts ein. »Nein.« Ich schüttelte den Kopf.

»Dann hing es vielleicht nur mit unserem Gespräch gestern Abend zusammen, über meine Arbeit und Bourdin. Die abgeschnittenen Beine in der Modefotografie. Könnte doch sein, oder?«

Ich nickte zögernd. Ja, das klang plausibel. Trotzdem blieb ein mulmiges Gefühl. Ich drehte mich zu Ophelia.

»Für mich klingt es, als wäre dieser Traum ein Zusammenschnitt all der Dinge, die dich beschäftigen«, sagte sie. »Das unterirdische Zimmer und die Sachen darin, die Schuhe und das Bett, die Fotos hier in meiner Wohnung. Sie haben sich miteinander vermischt, und das Ergebnis ist dieser Traum. Meinst du nicht auch?«

»Ja, du hast bestimmt recht.« Ich schloss erneut die Augen, doch sofort hatte ich das Gesicht des Mannes vor mir. Ich blinzelte, und das Bild verschwand. »Du hast bestimmt recht«, sagte ich noch einmal, mehr zu mir selbst als zu ihr.

Ich wollte nicht mehr schlafen, und so lag ich wach und wartete auf die Morgendämmerung, die das Zimmer in eine Welt des Zwielichts und der Schatten verwandelte. Unter den geschlossenen Vorhängen stahlen sich schmale Lichtstreifen herein, die Muster an die Wände warfen und die Dunkelheit verdrängten. Und während ich diesem Spiel von Licht und Schatten zusah, fiel mir wieder der Spiegel ein.

»Bedrückt dich sonst noch etwas?« Ophelias Stimme war nur ein Flüstern.

Ich zögerte. Sollte ich ihr sagen, dass der Spiegel in meinem Traum derselbe war wie in der Fabrik? Damit würde ich nur ihre Neugier weiter anstacheln und ihren Wunsch verstärken, ihn sich anzuschauen. »Nein«, sagte ich und küsste sie auf den Mund, »nichts weiter.«

Ein paar Stunden später war ich auf dem Weg zur Fabrik. Ich hatte mich einigermaßen gefasst, stand aber immer noch unter dem Eindruck des Albtraums. Es war noch früh am Morgen, als ich die Tür zum Versandraum aufsperrte. Die Fabrikhalle lag öde und verlassen. Als ich den Lichtschalter drehte, vertrieben die flackernden Neonröhren das winterliche Dunkel. Ich stellte meine Tasche auf meinen Schreibtisch und nahm den Fotoapparat heraus. Es war eine einfache Digitalkamera, mit der ich den Baufortschritt fotografisch dokumentierte. Ich stellte den Sensor auf eine hohe Lichtempfindlichkeit ein und hängte mir die Kamera um. Dann holte ich zwei Kerzen aus der Abstellkammer und tastete nach der Geheimtür. Als ich sie öffnete, spürte ich einen leisen Luftzug. Die Luft war so feucht wie beim letzten Mal. Ich spähte die Treppe hinunter in die rabenschwarze Dunkelheit und überlegte, ob ich es nicht lieber lassen sollte. Das wäre lächerlich, sagte ich mir. Es gab nichts, wovor ich Angst zu haben brauchte. Entschlossen wagte ich den Abstieg.

Wenig später standen die Kerzen zu beiden Seiten des Spiegels auf dem Boden, und meine Augen gewöhnten sich allmählich an das schummrige Licht. Kein Zweifel, das war die Szenerie meines Traums. Ich hatte ein flaues Gefühl im Magen.

Ich trat ans Bett und drückte prüfend auf die Matratze. Sie war halb so dick wie moderne Matratzen und schien keine Sprungfedern zu haben. Mit Sicherheit stammte sie aus viktorianischer Zeit, in der auch das Gebäude entstanden war. Den Bettrand, wo in meinem Traum die Beine gelegen hatten, untersuchte ich genauer. Jetzt waren nur Rostspuren sichtbar, der Rost des Metallgestells. Seufzend setzte ich mich. Obwohl die Matratze ziemlich schäbig aussah, machte sie einen stabilen Eindruck. Ich hopste ein paarmal auf und ab und lachte leise. Dann blickte ich mich um. Der Raum befand sich in einem verwahrlosten Zustand. An der Wand hinter dem Sessel blätterte die Farbe ab, und unterhalb des Spiegels war der Putz heruntergebröckelt, sodass die Holzlatten freilagen. Was zum Teufel tat ich eigentlich hier? Je schneller ich hier wieder rauskam, desto besser.

Abrupt sprang ich auf und stellte mich mit meiner Kamera vor den Spiegel. Zuerst wollte ich ihn ganz fotografieren, damit man ein Bild von seiner Form und Größe bekam, anschließend ein paar Nahaufnahmen von seiner Oberfläche und den Markierungen machen. Die Kerzen brannten gerade und ohne zu flackern und warfen ein gleichmäßiges Licht auf die Spiegeloberfläche. Minutenlang knipste ich Bild um Bild, bis ich den Eindruck hatte, wenigstens ein paar brauchbare Fotos gemacht zu haben. Dann bückte ich mich nach den Kerzen und trat den Rückzug an. Vor dem Spiegel hielt ich kurz inne, wie beim letzten Mal. Aber diesmal ließ ich meinen Blick nur über die Oberfläche gleiten. Die grünen Schuhe hingen in der linken oberen Ecke, der Zettel mit seiner verblassten Schrift leuchtete weiß in der Dunkelheit. Dann eilte ich zur Treppe. Ich muss nach oben, sagte ich mir, zurück zu meiner Arbeit und zu meinen Entwürfen.

Tief in meinem Innern hörte ich eine Stimme, die mir zuflüsterte, dieser Dunkelheit zu entfliehen.

Kapitel 12

Château de Saint-Germain-en-Laye
Juli 1550

Katharina ging langsam durch das Schloss, über das sich die Dämmerung herabsenkte. Ihre nackten Füße bewegten sich lautlos über das Parkett. Der Abend brach herein, aber sie war gerade erst aufgestanden. Das Rascheln ihres reich bestickten Morgengewands aus schwarzer und goldener Seide, das hinter ihr über den Boden streifte, war das einzige Geräusch, das ihre Anwesenheit verriet. Schon nach wenigen Minuten war sie außer Atem und musste erschöpft innehalten. Ihr Körper war schwer und aufgedunsen. Ihr fünftes Kind, Charles-Maximilien, war erst vor wenigen Tagen zur Welt gekommen, und sie sollte eigentlich das Bett hüten und sich ausruhen. Aber dieses Schauspiel wollte sie sich nicht entgehen lassen, um keinen Preis der Welt. Lächelnd ging sie weiter, ihre geschwollenen Füße brachten sie ihrem Ziel näher. Sie geiferte fast vor Ungeduld, so erpicht war sie darauf, Heinrichs Mätresse gedemütigt zu sehen. Es bereitete ihr den höchsten Genuss, jede Sekunde ihrer erwartungsvollen Vorfreude auszukosten.

Sie bog nach links in einen anderen Korridor, und noch bevor sie dessen Ende erreicht hatte, blieb sie stehen. Der Eingang zu ihren Gemächern lag direkt um die Ecke. Sie lauschte, hörte aber keinen Laut. Irgendetwas gebot ihr dennoch, still zu verharren. Und da war er plötzlich. Ihr Geruch. Der Duft von Moschus und Rosenwasser, schwach, aber unverkennbar. Die Geliebte des Königs war in unmittelbarer Nähe, stumm saß sie da und wartete. Katharina lächelte und ging ein paar Schritte zurück. Sie nahm einen Schlüssel aus der Tasche ihres Morgengewands, sperrte eine Tür auf und schlüpfte hindurch. Diesen Teil des Schlosses hatte sie noch nie zuvor betreten. Es war ein alter Lagerraum, der direkt an die Gemächer der schottischen Gouvernante Lady Flemyng angrenzte. Auf der Kommode brannten Kerzen, und an der hinteren Wand stand ein Sessel voller Kissen. Katharinas Hofdamen waren also schon hier gewesen. Sie durchquerte den Raum, vorsichtig, um kein Geräusch zu machen, und sank in den Sessel. Dann hielt sie Ausschau nach dem kleinen Guckloch, das man auf ihren Wunsch in die Wand gebrochen hatte.

Als sie es entdeckt hatte, näherte sie ihr Auge der Öffnung. Sofort flammten ungebetene Erinnerungen auf. Heinrich im Bett mit seiner Mätresse, die so viel älter war als er. Das Bild schlanker weißer Gliedmaßen, verschlungen mit denen ihres Gemahls. Rote Lippen, das Stöhnen der Lust, der Leidenschaft und Hingabe. Sie schloss die Augen, doch die dekadenten Geräusche wollten nicht weichen. Es war lange her, sieben Jahre oder mehr, seit sie dieser Frau zum letzten Mal nachspioniert hatte. Und doch war das Bild, das ihr plötzlich wieder vor Augen stand, so frisch und lebendig wie eh und je, das hemmungslose Stöhnen so vertraut. Einen Moment blieb sie reglos sitzen und wies sich zurecht. Jetzt war keine Zeit, sich peinigenden Tagträumen hinzugeben. Es galt, Trost zu finden und die Bitterkeit auszukosten, die ihre Rivalin nun zu ertragen hatte.

Katharina spähte erneut durch das Guckloch in den Korridor auf der anderen Seite der Wand. Sie kniff die Augen zusammen, bis sie die schattenhaften Umrisse einer Frau ausmachte, die vor dem Eingang des Gemachs saß. Erneut spielte ein Lächeln um Katharinas Lippen. Ihr Bedürfnis, diese Frau zu erniedrigen, war grenzenlos. Doch wie so oft unterdrückte sie diesen Wunsch. Es war ganz still. Katharina horchte, doch aus dem Zimmer nebenan drangen keine Geräusche. Ein dunkler Schatten legte sich über ihr Herz, als sie sich ihren Gemahl mit Janet Flemyng vorstellte, der Frau mit den feuerroten Haaren, der blassen Haut und dem aufdringlichen Lachen. Spitz war der Stachel der Eifersucht, schwarz und giftig, als sie sich die Szene vor Augen führte. Aber diese Qual war nichts im Vergleich dazu, dass jene andere, sehr viel ältere Mätresse am Hof nach wie vor den Ton angab.

Katharina betrachtete die Gestalt im Zwielicht des Korridors. Die Haltung, die diese Frau zu wahren verstand, war legendär, und wie sie jetzt so regungslos dasaß, wirkte sie gleichmütig und gelassen. Doch in diesem Moment musste auch sie vor Eifersucht vergehen, gepeinigt von Angst vor dieser jüngeren Schönen, die ihre Macht bedrohte. Katharina verzehrte sich danach, der Mätresse in die Augen zu blicken und Angst darin gespiegelt zu sehen, dieselben Gefühle, die sie, die Königin von Frankreich, Tag um Tag quälten. Während Katharina durch das Loch in der Wand blickte, war ihr ganzer triumphierender Hass auf diese Frau gerichtet.

Das Geräusch einer sich öffnenden Tür ließ beide Frauen zusammenzucken. Katharina beobachtete, wie sich ihre Rivalin erhob, um dem gegenüberzutreten, der aus dem Zimmer nebenan herauskam, wer immer es sein mochte. Das Gemurmel zweier Männer war zu hören. Dann trat gedämpfte Stille ein. Katharina ließ die Frau nicht aus den Augen.

Schließlich die Stimme des Königs: »Herzogin, was macht Ihr hier?« In der Frage schwang Überraschung und Verlegenheit mit. Der König glaubte seine Mätresse in ihrem Schloss in Anet. Er hatte keine Ahnung, dass sie nach Saint-Germain zurückgekehrt war, als die Nachricht von seiner Affäre die Runde machte.

»Dasselbe könnte ich Eure Majestät fragen«, gab die Herzogin scharf zurück.

Katharina hörte Heinrich etwas murmeln, das ihr unverständlich blieb, sie hörte nur heraus »mit der Gouvernante geplaudert« und »es war nichts Böses dabei«. Bei dieser wenig überzeugenden Ausrede musste sie lächeln.

Sie wusste, dass die langjährige Mätresse des Königs, tief gedemütigt, vor Wut kochte. Und das Bedürfnis, laut herauszulachen, in die Hände zu klatschen und sich im Schmerz ihrer Rivalin zu suhlen, wurde fast übermächtig. Aber sie beherrschte sich.

Die Herzogin jedoch konnte nicht länger die Fassung wahren. Ihre Stimme klang schrill und angespannt, als sie sich giftsprühend an den Connétable von Frankreich wandte: »Montmorency, wie konntet Ihr Euch dazu herablassen, Eure Freunde bei Hof zu verraten? Wie konntet Ihr den König zu dieser ehrlosen Liaison ermutigen?« Sie holte Luft und fuhr wütend fort: »Es ist nicht nur ein schändliches Verhalten, sondern auch politisch unklug, die Verbindung des königlichen Sohnes derart aufs Spiel zu setzen. Er soll das Kind heiraten, dessen Gouvernante diese Frau ist. Und wie sich jetzt herausstellt, wird dieses Kind von einer Hure erzogen …«

Mit weit aufgerissenen Augen wurde Katharina Zeugin dieses Ausbruchs, sie war gebannt von dem Schauspiel, auch wenn sie den fauchenden Worten des Tadels nur mit halbem Ohr zuhörte. Noch nie hatte sie erlebt, dass diese

Frau die Selbstkontrolle verlor oder auch nur die Stimme erhob. Der König versuchte, seine Mätresse zu beschwichtigen, doch das schien ihre Erbitterung noch zu verstärken. Katharina labte sich an dem glühenden Zorn, dem Gefühl der Kränkung und des Verrats, das ihre Rivalin verzehrte. Plötzlich hörten die Schmähungen auf, und der hitzige Streit verebbte.

»Ihr sollt mir nie wieder unter die Augen treten«, holte die Herzogin zum letzten Hieb gegen Montmorency aus. »Und Ihr werdet in Zukunft nie mehr das Wort an mich richten.« Damit ging sie den Korridor entlang, gefolgt vom König und ein paar Schritten dahinter dem verwirrten Connétable.

Nach der wütenden Tirade der Herzogin kehrte erneut Stille ein. Eine Weile starrte Katharina noch durch das Loch in der Wand, dann wandte sie sich ab und ließ sich in den Sessel sinken. Ihr Körper war erhitzt, doch die weichen Kissen, auf denen sie gebettet war, brachten ihr kurzzeitig Linderung. Und während sie so allein in der Stille des kerzenerleuchteten Raums saß, rollte ihr eine Träne die Wange hinunter.

Es war nur ein kleiner Sieg. So süß es war, diese Demütigung mitzuerleben, ihr Triumph würde nicht von Dauer sein. Es war nicht genug. Es würde nie genug sein. Denn was diese Frau erlitt, war nur ein Bruchteil dessen, was sie, Katharina, tagtäglich zu erdulden hatte. Der Schmerz ihrer Rivalin würde vergehen. Bloßgestellt durch die Aufdeckung seines Fehltritts, würde sich der König mit ihr versöhnen, und sie würde ihm seine Affäre verzeihen. Die Herrschaft dieser Frau würde unangefochten bleiben. Letztlich war alles umsonst gewesen.

Katharina stand auf, einen bitteren Geschmack im Mund. Sie holte ein paarmal tief Luft, ging zur Tür und löschte dabei die Kerzen. Es schien ihr Schicksal zu sein, dass diese Frau immer und immer wieder über sie triumphierte. Es hatte eine Zeit gegeben, nach der Geburt ihres ersten Kindes, da hatte sie davon geträumt, ihre Macht und ihr Einfluss auf den König könnten groß genug sein, um die Mätresse von ihrem Platz zu vertreiben. Aber so war es nicht gekommen. Im Laufe der Zeit war die Autorität der Herzogin sogar noch gewachsen. Bei diesem Gedanken spürte Katharina Wut.

Als sie auf die Tür zustrebte, erblickte sie ihr Bild in dem Spiegel, der dort hing. Sie sah ein aufgedunsenes Gesicht mit Doppelkinn und hängenden Wangen, vorquellenden Augen und wulstigen Lippen. Erstaunt betrachtete sie sich, dann blies sie schnell die letzte Kerze aus, die den Spiegel beleuchtete.

Jetzt, in der völligen Dunkelheit, konnte sie kaum glauben, dass sie tatsächlich ihr eigenes Gesicht erblickt hatte. Es war ihr fremd erschienen und dem Bild, das sie von sich hatte, ganz und gar unähnlich. Sie dachte an Heinrichs schöne und mächtige Mätresse und verglich damit ihr Bild in dem dunklen Spiegel.

Wieder spürte sie eine dumpf nagende Wut. Und während sie in die lautlose Nacht des Korridors hinaustrat, wusste sie, dass sie nicht ruhen würde, bis die Herzogin tot war.

Kapitel 13

Am Montagmorgen war ich viel zu früh im Büro in Shoreditch, wo ich eine Projektsitzung mit Richard und Tara hatte. Eigentlich fehlte mir jede Lust dazu. Aber Richard bestand auf regelmäßigen Meetings, auch wenn es gerade nichts Großartiges zu besprechen gab. Das hatte wahrscheinlich mit seiner Vorstellung von gutem Management zu tun, von dem ich absolut keine Ahnung hatte. Ich arbeitete am liebsten in Ruhe vor mich hin. Aber im Moment nicht einmal das.

Ich erledigte meinen Papierkram, als Tara lächelnd auf mich zukam.

»Hi«, sagte ich mit bemühter Freundlichkeit, als sie an meinen Tisch trat.

»Hi«, grüßte sie zurück und runzelte die Stirn. »Alles in Ordnung? Du siehst fertig aus.«

»Und dabei hat Richards Meeting noch nicht einmal angefangen«, bemerkte ich süffisant. »Nein, im Ernst, ich schlafe in letzter Zeit nicht besonders gut.«

»Ach ja? Das tut mir leid.« Und dabei lächelte sie mich so mitfühlend an, dass ich meine gewohnte Zurückhaltung aufgab. Und ehe ich mich's versah, erzählte ich ihr in knappen Sätzen meinen Albtraum.

»Ophelia meint, das kommt alles von dem unterirdischen Zimmer und den Sachen darin. Das Ganze hätte sich in meinem Unterbewusstsein angestaut und würde sich auf diesem Weg Luft verschaffen.« Ich sah sie erwartungsvoll an, in der Hoffnung, dass sie mir zustimmte. Aber ihre Miene verdüsterte sich.

»Moment mal«, sagte sie und hob die Hand. »Warte mal kurz.«

Ich fragte mich, was sie auf einmal hatte.

»Dann hast du also Ophelia von dem unterirdischen Zimmer erzählt?«

Ich nickte verständnislos.

»Du hast es ihr also erzählt.« Es war jetzt keine Frage mehr, sondern eine Feststellung, und es klang wie eine Drohung.

Ich nickte noch einmal, langsamer diesmal, und begann zu begreifen, was sie daran ärgerte.

»Wo du mich ausdrücklich darum gebeten hast, es für mich zu behalten.« Dann fuhr sie mit gesenkter Stimme fort: »Und es insbesondere einer bestimmten Person gegenüber nicht zu erwähnen.«

Tara sah mich mit zusammengekniffenen Augen an, die Lippen fest aufeinandergepresst. Sie war wütend, unverkennbar.

»Und du erzählst es einer Frau, die du vor ein paar Tagen im Park kennengelernt hast.«

»Na ja, ganz so ist es nicht …« Ich hielt inne. Das war wahrscheinlich der falsche Ansatz. »… es tut mir leid, das war unbedacht von mir.«

Tara funkelte mich an, dann drehte sie sich auf dem Absatz um und stakste zu ihrem Tisch zurück.

Ich sah ihr nach und spürte die Blicke einiger Kollegen auf mir ruhen, die zweifellos unseren Wortwechsel mitbekommen hatten. Als ich betreten den Blick senkte und die Papiere auf meinem Schreibtisch hin und her schob, bekam ich ein schlechtes Gewissen. Sie war zu Recht wütend. Ich hatte Ophelia gedankenlos von dem Zimmer und seinem Inhalt erzählt, obwohl ich Tara beschworen hatte, Stillschweigen zu bewahren, und sogar ausdrücklich gebeten hatte, Richard nichts zu sagen, dem sie sich offenkundig am liebsten anvertraut hätte. Jetzt konnte ich nicht mehr nachvollziehen, warum ich das getan hatte. Es war vollkommen idiotisch, doch wenn ich ehrlich war, fand ich es auch jetzt noch besser, wenn er nichts davon wusste. Wie auch immer: Ich musste das Problem aus der Welt schaffen. Also stand ich auf und ging auf die andere Seite des Büros, wo Tara ihren Schreibtisch hatte. Ich würde mich aus ganzem Herzen entschuldigen. Ich würde zu Kreuze kriechen und alles wieder ins Lot bringen. Ich würde ihr sagen, dass sie von dem unterirdischen Zimmer erzählen könne, wem immer sie wollte. Aber sie war nicht an ihrem Platz.

Eine halbe Stunde später saß ich in Richards Büro. Er erzählte gerade, was seiner Frau in der Oper passiert war, und fand es offenbar höchst amüsant. Ich dagegen war angespannt und geistesabwesend und hörte kaum zu. Ich drehte mich um und sah auf die Uhr, bestimmt schon zum fünften Mal, seit ich hereingekommen war. Die Besprechung hätte schon vor einer Viertelstunde anfangen sollen, aber von Tara fehlte immer noch jede Spur. Mein schlechtes Gewissen nahm zu, gleichzeitig ärgerte ich mich stellvertretend für Tara über Richard, weil er so unbefangen von seiner Frau erzählte.

Bevor er zur Pointe kam, schwang die Bürotür auf und Tara rauschte herein. Mit entschlossener Miene und geröteten Wangen durchquerte sie den Raum. Sie wirkte noch zielstrebiger und sah noch besser aus als sonst. Wut stand ihr offenbar gut. Mir fiel auf, dass Richard die Geschichte über seine Frau abrupt abbrach und sich stattdessen mit den Unterlagen auf seinem Tisch befasste. Als Tara sich neben mich setzte, sah sie an mir vorbei.

»Wie geht es voran?«, erkundigte sich Richard, während er von einem zum anderen blickte und uns auf seine typische, ungezwungene Art anlächelte.

»Gut«, sagte ich.

»Gut«, echote Tara.

»Wie ich sehe, habt ihr schon ein paar Ideen?«

Während ich Richard die ersten Zeichnungen und Entwürfe vorstellte, tippte Tara ungeduldig mit dem Fuß auf den Boden. Ich konnte mir vorstellen, dass in ihren blauen Augen kaum verhohlene Wut loderte. Um die Situation zu entspannen, erging ich mich in Plattitüden. »Tara hat auch ein paar tolle Ideen«, fügte ich im Nachsatz hinzu.

Richard lächelte. »Ausgezeichnet.«

Tara nickte schweigend.

Wir diskutierten noch weitere Vorschläge, und Richard empfahl mir, mich mit den Kollegen im Büro über deren neue Entwürfe auszutauschen. Schon dachte ich, dass die Besprechung glimpflich verlaufen würde, da ergriff Tara das Wort.

»Vielleicht sollten wir auch Ophelia um ihre Meinung bitten. Immerhin ist sie in einiges eingeweiht.« Erst jetzt drehte sich Tara zu mir und funkelte mich an.

Richard bemerkte ihren Blick, und sofort wurde seine Miene ernst. »Wer ist Ophelia?«

»Das ist unwichtig«, sagte ich und schloss die Augen. Ich wäre am liebsten im Boden versunken. »Es tut nichts zur Sache. Wie sieht es eigentlich mit der Terminplanung aus? Wann sollen wir dem Kunden die ersten Entwürfe vorlegen?«

Offenkundig verwirrt blickte Richard von Tara zu mir und wieder zurück. Er beschloss, das Thema fallen zu lassen und erklärte, wir hätten drei bis vier Wochen für die ersten Entwürfe. »Ist das machbar?«

Ich nickte. »Das klingt gut.«

»Tara?«

»Klar, in Ordnung. Ich kann die Bestandsaufnahme abschließen und dann Johnny bei den Zeichnungen helfen. Falls er mir nicht zu viel fachfremde Recherche aufhalst.« Wieder funkelte sie mich böse an.

Bevor ich reagieren konnte, kam Richard mir zuvor. »Tara, es reicht.« Obwohl er die Stimme nicht erhob, strahlte er Autorität aus. Sein Lächeln war verschwunden, seine Miene streng und einschüchternd. Nicht einmal die sonst so vorwitzige Tara würde jetzt noch den Mund aufmachen. »Gibt es irgendein Problem?«, fuhr er fort, und man hörte ihm an, wie enttäuscht er war.

Ich betrachtete ihn fast bewundernd. Er gehörte zu den Menschen, mit denen man sich ungern anlegte. Man spürte es instinktiv. Tat man es doch, würde man den Kürzeren ziehen. Und selbst wenn man aus der konkreten Situation als Sieger hervorging, verlor man etwas Kostbares, das sich nicht mit Geld aufwiegen ließ. Er würde einem seine Gunst, seinen Respekt oder seine Billigung entziehen. Und diese Vorstellung war irgendwie noch schlimmer, als im Streit zu unterliegen. Da war es leichter einzulenken.

Tara musterte ihn eine Weile und wägte ihre Optionen ab, dann löste sich ihre Verstocktheit in Luft auf. »Nein, Richard«, sagte sie. »Es gibt kein Problem, nur ein Missverständnis. Entschuldige.«

»Gut, das freut mich. Hier steht zu viel auf dem Spiel, und private Differenzen sind fehl am Platz.« Dabei legte er besonderen Nachdruck auf das Wort »privat«.

Die Besprechung dauerte noch etwa zehn Minuten, doch ich konnte mich kaum konzentrieren oder einen klaren Gedanken fassen. Tara sprang als Erste auf und verließ den Raum, und ich wäre ihr gerne gefolgt, wenn Richard mich nicht zurückgehalten hätte.

»Tja, interessante Besprechung.« Er war wieder ganz der Alte, lächelte und gab sich beherrscht, trotzdem merkte ich, dass er Taras Ausbruch noch nicht vergessen hatte.

Ich nickte und zuckte die Schultern. »Es ist nichts, Richard.«

»Schon möglich«, sagte er auf eine Art, die durchblicken ließ, dass er anderer Ansicht war. »Aber du darfst nicht zulassen, dass sie so mit dir redet, Johnny. Das ist unprofessionell.«

»Ja, wahrscheinlich. Aber sie ist eben so, zumindest mir gegenüber. Mir fehlt wohl deine Aura.« Ohne dass ich es wollte, hatte meine Bemerkung einen höhnischen Beiklang.

Richard runzelte die Stirn. »Was ist eigentlich los?«

»Nichts.« Ich lachte. »Wirklich nicht, Richard. Wie Tara gesagt hat, es war nur ein Missverständnis.« Den Gedanken, ihm alles zu erzählen, verwarf ich sofort wieder. Ich hätte ihm von dem unterirdischen Zimmer berichten müssen und davon, dass ich Tara gebeten hatte, es ihm zu verheimlichen. Mir war es lieber, dass er weder das eine noch das andere erfuhr. Ich schloss die Augen. Warum war das alles nur so kompliziert geworden?

»Wer ist eigentlich diese Ophelia?«

Ich überlegte kurz. »Meine Freundin«, antwortete ich und merkte, wie leicht mir die Worte über die Lippen kamen.

»Verstehe. Und Tara hat ein Problem mit ihr?«

»Nein, Richard, das ist es nicht.« Auch wenn durchaus etwas Wahres daran war.

»Was geht zwischen euch vor, Johnny?«

Jetzt war ich mir ganz sicher, dass er eifersüchtig war. Er

interpretierte mehr in unseren Streit hinein, als wirklich gewesen war. Und wenn ich weiter um den heißen Brei herumredete, würde sich dieser Eindruck bei ihm nur noch verstärken. »Nichts, Richard, zwischen uns geht überhaupt nichts vor. Es gibt nur ein Missverständnis wegen der Arbeit, mehr nicht. Es wird nicht wieder vorkommen«, sagte ich, aber es klang wenig überzeugend. Ich wollte das Ganze nur noch hinter mich bringen und dieses Büro so schnell wie möglich verlassen.

Richard musterte mich eine Weile. »Na schön«, sagte er. Offenbar war auch er entschlossen, das Thema fallen zu lassen. »Klingt, als hätten wir alle ein bisschen überreagiert.« Er lächelte, aber es war ein kaltes Lächeln.

Ich war schon fast an der Tür, da rief er mich noch einmal zurück.

»Johnny?«

Ich drehte mich um.

»Es wird doch keine Probleme geben, oder?«

Ich starrte ihn an. »Was meinst du damit?«

»Irgendwelche Unzuverlässigkeiten. Wie wir es die letzten Monate erlebt haben.« Pause. »Dieses Projekt ist zu groß und wichtig, das können wir nicht in den Sand setzen. Und es gibt jede Menge Leute, die es mit Handkuss übernehmen würden.«

Ich sah ihn an und gab kühl zurück: »Nein, Richard, es wird keinerlei Probleme geben.«

Ohne seine Reaktion abzuwarten, drehte ich mich auf dem Absatz um und ging. In diesem Augenblick hasste ich ihn für seine kaum verhüllten Drohungen. Wie sehr er mich an meinen Bruder erinnerte, der mich bei unseren letzten Begegnungen mit Vorwürfen und Beschuldigungen überschüttet hatte, gespeist durch unterschwellige Eifersucht. Auf meinem Weg quer durch das Büro und dann die Treppe hinunter zum Ausgang versuchte ich mich auf das rhythmische Klacken meiner Schuhsohlen zu konzentrieren. Aber der Gedanke an meine Frau und ihre Untreue beherrschte mich. Ich dachte daran, wie sehr mich das gepeinigt und jede Faser von mir vergiftet hatte, wie es mich verrückt gemacht und mir meinen inneren Frieden geraubt hatte, bis ich niemandem mehr vertraute, nicht einmal mir selbst. So etwas wollte ich nie wieder erleben.

Aber als ich die Tür öffnete und in den nassen, grauen Tag hinausstürzte, ergriff diese fast vergessene Mischung aus Übelkeit, Ohnmacht und Elend wieder Besitz von mir.

Kapitel 14

Ich ging nicht direkt zur Fabrik zurück, sondern machte einen kleinen Umweg, zum einen, weil ich Tara nicht gleich wieder gegenübertreten wollte, vor allem aber weil ich etwas zu erledigen hatte.

Statt an der Ecke Old Street/Clerkenwell Road nach Norden abzubiegen, ging ich geradeaus weiter. Schwere Wolken hingen am Himmel, und es fiel ein kalter Regen. Autos rasten durch trübe Pfützen und verspritzten Schmutzwasser, Doppeldeckerbusse zogen Abgaswolken hinter sich her. An Reklamewänden flatterten die Reste uralter Plakate. Sie wirkten so grau und trostlos wie die Umgebung. Fröstelnd duckte ich mich tiefer in den Mantelkragen und beschleunigte meinen Schritt.

In Höhe Hatton Garden bog ich nach links ab und stand nach wenigen hundert Metern vor der mir wohlbekannten Ladenfront. Als ich die Tür öffnete, schepperte die Kupferglocke, die an einer Schnur über meinem Kopf hing. Ich trat in den schummrigen Raum, und ein Geruch nach Bienenwachs und Mottenkugeln schlug mir entgegen. Die Luft war stickig und abgestanden, aber nach der Kälte draußen und der frostigen Stimmung im Büro empfand ich sie trotzdem als wohltuend und angenehm, ein Labsal. Da jeder noch so kleine Fleck mit Möbeln vollgestellt war, musste ich mir meinen Weg durch den Laden bahnen, zwischen einer Louis-quatorze-Kommode, einer luxuriösen Chaiselongue und einem Waschtisch aus dem 19. Jahrhundert. Über mir hingen venezianische Kristalllüster, von der Wand starrte mir ein furchterregender ausgestopfter Wildschweinkopf entgegen, und ich ging über abgetretene Orientteppiche, bis ich endlich den Verkaufstresen erreichte. Dieser wiederum war begraben unter einem Durcheinander aus Papier und Stiften, unzähligen Büchern und Folianten und einem steinzeitlichen Computer, der nebenbei als Warenkatalog diente. Dem Stapel Visitenkarten neben der Kasse entnahm ich, dass ich mich in den Geschäftsräumen von Alexander & Sons, exquisite Antikmöbel seit 1919, befand. Ich sah mich um und schwelgte im Anblick der wunderschönen Stücke aus allen möglichen Epochen, für die sich der Laden einen Namen gemacht hatte. Hier mochte es ein wenig chaotisch zugehen, aber die Alexanders trieben so gut wie alles auf, was ein Kunde verlangte. Und der alte Mr. Alexander, nicht der Firmengründer, sondern dessen Sohn, hatte ein schier unglaubliches Wissen. Als ich nach fünf Minuten immer noch allein im Laden stand, läutete ich die Glocke, die sich ebenfalls auf dem Verkaufstisch befand. Noch bevor der Ton verhallt war, hörte ich aus dem Hinterzimmer Geräusche: das Scharren eines Stuhls auf den Bodendielen und gleich darauf schlurfende Schritte.

»Einen Moment noch.«

Obwohl ich die Stimme gut kannte, war ich jedes Mal verblüfft, wenn ich sie hörte. Sie schien einem Hundertjährigen zu gehören – leise, leicht knarrend und dennoch resolut und kompetent.

»Ich bin gleich bei Ihnen.« Jetzt war sie kaum lauter als ein Hauchen oder Flüstern, als würde ihr Besitzer mit sich selbst sprechen.

Das Schlurfen kam näher, dann hörte ich das Klimpern des Glasperlenvorhangs im Türrahmen zwischen Verkaufsraum und Hinterzimmer, und auf einmal stand ein winziges Männlein vor mir, höchstens einen Meter fünfzig groß und von schmächtiger Statur. Selbst in der alten, khakifarbenen Strickjacke und Hose wirkten seine Arme und Beine wie Streichhölzer. Sein runzliger Kopf war fast kahl, nur an den Schläfen wuchsen lange, weiße Strähnen, die hinter die Ohren gekämmt waren. Er ähnelte einem Greis, und dennoch sah man seine durch dicke, runde Brillengläser vergrößerten Augen sogar im Halbdunkel des Raumes funkeln.

»Ach, hallo, Sie sind's.« Seine leise Stimme hatte einen einschläfernden Klang. »Wie schön, Sie wieder einmal zu sehen, Johnny. Es ist schon eine Weile her. Wie geht es Ihnen?«

»Gut, danke, Mr. Alexander. Sie wirken wohlauf.«

Er lachte. »Ich kann nicht klagen. Hab viel zu tun. Das ist bei Ihnen bestimmt nicht anders.« Er hob die Augenbrauen. »Ich entnehme Ihrem Besuch, dass Sie ein neues Projekt haben?«

Ich nickte.

»Und wie kann ich Ihnen diesmal behilflich sein?«

Mr. Alexander war im Laufe der Jahre geradezu unentbehrlich für mich geworden. Ich hatte ihn während meiner ersten Berufsjahre kennengelernt, als ich für ein Renovierungsprojekt nach Regency-Möbeln suchte. Seitdem hatte ich mich regelmäßig an ihn gewandt, wann immer ich Rat zu antiken Einrichtungsgegenständen brauchte oder welche kaufen wollte. Ich erzählte ihm also kurz von dem Spiegel und den eingeprägten Buchstaben. »Ich dachte, vielleicht können Sie mir dabei helfen herauszufinden, woher er stammt und wer ihn gemacht hat und für wen. Meine eigenen Recherchen haben nichts ergeben. Ich habe ein paar Fotos davon gemacht.« Ich zog meine Kamera aus der Tasche und stellte sie auf den Tresen.

Der alte Mann sah auf die Kamera und wieder zu mir.

»Das klingt ja äußerst interessant. Werfen wir doch mal einen Blick darauf.«

Ich nickte, dann schaltete ich die Kamera ein und klickte zum ersten Bild. »Das ist eine Gesamtansicht des Spiegels. Der Hintergrund und auch der Spiegel selbst sind ziemlich dunkel, aber ich denke, Sie erkennen den Rahmen und das Glas.«

»Ja, ja«, sagte Mr. Alexander mehrmals und nickte dabei.

Ich klickte weiter zu den Aufnahmen der Spiegelecken mit den Buchstaben.

Der Antiquitätenhändler ging näher an das Display der Kamera heran. Mit zusammengekniffenen Augen studierte er die Bilder. Dann meinte er mit tonloser, leiser Stimme: »Da haben Sie etwas sehr, sehr Altes entdeckt, Johnny. Zeigen Sie mir doch bitte auch die anderen Fotos, nur zur Sicherheit, dann sage ich Ihnen, was ich davon halte.«

»Natürlich.« Ich klickte die Bilder durch, die der alte Mann mit leisem Murmeln kommentierte. Als ich fertig war, bat er mich, noch einmal die Großaufnahmen der Buchstaben sehen zu dürfen.

»Wie gesagt«, setzte er an, »ich halte diesen Spiegel für sehr alt, Johnny. Meiner Einschätzung nach wurde er gegen Ende des 16. Jahrhunderts angefertigt.« Er nickte. »Ich vermute das aus zwei Gründen. Erstens aufgrund des Zustands von Glas und Rahmen. Zweitens wegen des TM, das Sie korrekt identifiziert haben. Meiner Meinung nach stehen die Buchstaben für Theseo Mutio.«

Theseo Mutio. Ich hatte den Namen noch nie gehört.

»Ja, ja. Das ist wirklich etwas Besonderes.« Er beäugte noch einmal die Kamera. »Wissen Sie irgendetwas über die Kunst der Spiegelherstellung in Venedig, Johnny?«

Ich überlegte angestrengt. »Soviel ich weiß, war Muranoglas sehr begehrt. Das hatte wohl damit zu tun, dass es in dieser Gegend alles gab, was für die Herstellung nötig war: Wasser aus der Lagune von Venedig, Holz zum Befeuern der Schmelzöfen und ausreichend Salz und Natriumcarbonat. Das ergab eine exzellente Glasqualität, wodurch Venedig sich einen Namen als führender Glashersteller vor Ländern wie Deutschland und Frankreich machte.« Ich hielt inne. Damit waren meine Kenntnisse auch schon erschöpft.

Der alte Mann nickte. »Richtig. Und es war ein äußerst lukratives Geschäft. Deshalb behielten die Venezianer verständlicherweise ihr Wissen für sich und sicherten sich ein Monopol. Es war ein geheimnisumwittertes Gewerbe«, fuhr er fort, und seine riesigen Augen zwinkerten hinter den Brillengläsern, »buchstäblich eine Sache auf Leben und Tod. Die venezianischen Behörden versuchten zu verhindern, dass Glasarbeiter in konkurrierende Länder abwanderten. Natürlich entwischten begabte Handwerker trotzdem, zum Beispiel nach Frankreich. Doch die Venezianer ließen sie nicht kampflos ziehen. Es gab Erpressung, Arglist und Mord. Es geschahen mysteriöse Unfälle mit Todesfolge, und man munkelte über Giftmorde und Sabotage.« Wieder nickte er. »Und in dieser turbulenten, unruhigen Zeit ging Theseo Mutio nach Frankreich und trat in die Dienste König Heinrichs II. Er bekam den Auftrag, Spiegel und andere Glaswaren im venezianischen Stil zu fertigen. Einige Jahre danach zog sein Bruder Ludovic zu ihm, und gemeinsam betrieben sie ein florierendes Unternehmen. Eine Zeit lang zumindest. Sie hatten eine Manufaktur in Saint-Germain-en-Laye, glaube ich, und ihre Erzeugnisse galten als ebenso schön und meisterhaft wie die aus Murano. Aber obwohl sie unter der Protektion des Königs und der Königin standen, ging das Unternehmen letztlich zugrunde.«

»Was ist passiert?«

Mr. Alexander zuckte die Schultern. »Das lässt sich nicht mit Bestimmtheit sagen. Im letzten Drittel des Jahrhunderts finden sich keine Belege mehr, daher weiß man nicht, wie lange ihre Manufaktur bestand und was ihren Ruin besiegelte. Fest steht jedoch, dass die Königin eine nicht unbeträchtliche Menge Einzelstücke bei ihnen in Auftrag gab.«

Ich versuchte, meine spärlichen Kenntnisse in französischer Geschichte zusammenzukratzen, erinnerte mich aber weder an Heinrich II. noch an seine Frau.

»Die Königin war Katharina von Medici«, erklärte Mr. Alexander, ohne aufzublicken. Stirnrunzelnd deutete er auf die ineinander verschlungenen Buchstaben. »Sie haben recht, das hier ist ein H. Und ich glaube, zwischen den beiden senkrechten Strichen stehen Buchstaben. Vielleicht ein C für Caterina, und direkt daneben ein weiteres C, aber spiegelverkehrt. Es könnten zwei Cs sein.«

Ich sah auf das Kameradisplay. Ja, es konnte tatsächlich eine Kombination aus H und C sein.

»Also, Johnny, bei Gelegenheit würde ich gerne einen Blick darauf werfen, falls Sie nichts dagegen haben.«

Obwohl ich nickte, war mir das im Grunde nicht recht. »Selbstverständlich«, log ich. »Es ist noch nicht klar, was damit passiert, ob wir ihn behalten oder verkaufen. Ich halte Sie jedenfalls auf dem Laufenden, und Sie können kommen und ihn sich ansehen. Irgendwann mal«, fügte ich ausweichend hinzu.

»Jederzeit, Johnny. Wann immer es Ihnen passt. Er könnte ein Vermögen wert sein, wissen Sie. Etwas so Altes und Geschichtsträchtiges.« Er zwinkerte mir zu. »Wo sind Sie auf dieses Stück gestoßen?«

»In einem Kellerraum in der Fabrik, wo ich arbeite.«

»Hmmm. Im Keller.« Wieder betrachtete der alte Mann die Fotos, dann sah er mich mit großen Augen an. »Ein merkwürdiger Ort für so eine Entdeckung. Aber andererseits ist es auch ein merkwürdiges Objekt. Zeigen die Bilder den tatsächlichen Zustand?«

Fragend zog ich eine Augenbraue hoch. Ich wusste nicht so recht, worauf er hinauswollte.

»Ich meine, ist das Glas wirklich so fleckig?«

»Ah.« Ich betrachtete das Bild auf dem Display, und mir schien, als würde sich die Spiegeloberfläche leicht bewegen. »Ja«, sagte ich und nickte.

»Hmmm. So dunkle Flecken auf dem Glas sind ungewöhnlich, selbst bei einem so alten Stück wie diesem.«

Ich warf erneut einen Blick auf das Bild und empfand ein leichtes Unbehagen.

»Es sieht kaum noch wie ein Spiegel aus.« Er runzelte die Stirn, dann schaltete er abrupt die Kamera aus und schob sie zu mir.

Es entstand eine unangenehme Stille. Ich hätte gern etwas gesagt, wusste aber nicht, was.

»Nun.« Mr. Alexander hüstelte und rieb sich die Hände. »Auf jeden Fall ein hochinteressantes Stück. Und wenn ich recht habe, ist es über vierhundert Jahre alt. Erstaunlich. Und Sie wissen nichts über seine Geschichte, Johnny?«

»Nein«, antwortete ich leise. »Ich weiß nur, dass die Fabrik 1864 eröffnet wurde, und ich vermute, dass sich der Spiegel seitdem dort befindet.«

»Damit bleiben immer noch dreihundert Jahre ungeklärt.« Er fixierte mich mit seinen großen Augen und murmelte: »Da fragt man sich doch, wer in dieser Zeit hineingeblickt hat und was er dort gesehen hat.«

Auf dem Rückweg nach Clerkenwell machte ich eine Kaffeepause. Ich setzte mich an meinen Lieblingsplatz in dem kleinen Café, an den viertletzten von fünf Tischen entlang der Fensterfront, und ließ mir noch einmal durch den Kopf gehen, was Mr. Alexander zuletzt gesagt hatte. Er hatte etwas ausgesprochen, was auch mir schon durch den Kopf gegangen war. Oder vielleicht war es eher ein Gefühl. Was sah man, wenn man in diesen Spiegel blickte, der kaum noch Ähnlichkeit mit einem Spiegel besaß? Ich schloss die Augen, um das zu ergründen, aber ich sah nur wabernde Schwärze.

Meine Gedanken wanderten wieder zurück zu Mr. Alexander. Am Ende unseres Gesprächs hatte er gesagt, der Spiegel sei so alt, dass es schwierig werden könnte, mehr über ihn herauszufinden. Trotzdem würde er sein Möglichstes tun. Es interessiere ihn persönlich. Er verfüge über Geschäftskontakte, die er sich zunutze machen könne, und auch die Buchstaben seien eine wertvolle Spur, um der Geschichte des Spiegels auf den Grund zu gehen. Ich dankte ihm, auch wenn ich ahnte, dass es sich nur um Spekulationen handeln konnte. Und außerdem, was würde es schon nützen?

Während ich auf meinen Kaffee wartete, dachte ich an den Spiegelmacher Theseo Mutio. Er hatte etwas geschaffen, das einer Königin würdig war. Ich stellte mir vor, wie Zinn und Quecksilber, Kalk und Pottasche in einem Ofen erhitzt wurden, bis sie sich zu einem Klumpen geschmolzenen Glases verbanden. Unter den Händen Mutios, des Alchemisten, wurden sie wie durch Zauberei zu einem festen Kristall, in dem man sich spiegeln konnte. Doch irgendwann war der Spiegel zu dunkel geworden, um noch ein Bild zu reflektieren. Die Initialen des Spiegelmachers, TM, geisterten mir durch den Kopf, dazu die ineinander verschlungenen Buchstaben H und C, falls sie es tatsächlich waren: die Initialen eines Königs und einer Königin. Dann verschmolzen sie mit der dunklen Spiegeloberfläche und verschwanden.

Kapitel 15

Am nächsten Abend stand ich neben Ophelia in der Dunkelkammer. Die rote Lampe erzeugte ein tiefes, hypnotisierendes Licht, das nicht bis in die dunklen Ecken drang. Ophelia legte ein Negativ auf die Negativbühne und schob diese in den dafür vorgesehenen Schlitz unter der Lichtquelle des Vergrößerers. Das war ein merkwürdiger Apparat auf ihrem Arbeitstisch, der Licht durch das Negativ auf das Fotopapier darunter warf. Mit einem Klick schaltete sie das Vergrößerungsgerät ein, und ein Bild wurde nach unten projiziert. Bevor sie sich mir zuwandte, warf sie einen Blick auf den Laborwecker.

»Von den Vergiftungen habe ich schon mal gehört. Katharina von Medici war ja ziemlich berüchtigt in diesem Metier, nicht wahr?« Ophelia überprüfte, ob sich in den drei Schalen vor ihr ausreichend Flüssigkeit befand, dann sah sie noch einmal auf den Wecker. »Ja, sie hatte doch diese berühmten vergifteten Handschuhe, mit denen sie ihre Widersacher ins Jenseits beförderte. Und gab es nicht auch einmal einen verzierten Apfel, der mit Gift getränkt war? Ich glaube, ein Hund kam dadurch ums Leben. Versehentlich.«

Ich lächelte in die Dunkelheit hinein. »Darüber weiß ich nichts.«

»Hatte sie nicht eine ganze Apotheke tödlicher Gifte? In ihrem Zimmer im Schloss wurden doch angeblich zahlreiche Geheimfächer gefunden.«

Ich schüttelte den Kopf. Davon hatte ich keine Ahnung. Aber es passte in das Bild, das ich mir von ihr gemacht hatte. Da mir mein Gespräch mit Mr. Alexander nicht mehr aus dem Kopf gegangen war, hatte ich die British Library aufgesucht und selbst ein wenig recherchiert. »Ich habe mich hauptsächlich mit Hexerei befasst«, hörte ich mich sagen. Es klang grotesk.

»Ich glaube, das Thema haben sie in der Schule ausgelassen.« Der Wecker klingelte, woraufhin das Vergrößerungslicht erlosch. Ophelia nahm das belichtete Fotopapier und legte es in die erste Schale. Mit flinken Bewegungen drückte sie es mit einer Zange an mehreren Stellen nach unten, bis es ganz von Flüssigkeit bedeckt war. Dann wandte sie sich zu mir. »Und was hast du herausgefunden?«

»Sie war erst vierzehn, als man sie mit Heinrich, dem zweiten Sohn von König Franz I. von Frankreich, verheiratete. Nur wenige Jahre danach starb Heinrichs Bruder, und damit wurde Heinrich zum Thronerben. Als Gemahlin des Dauphin stand Katharina unter größerem Druck denn je, schwanger zu werden. Lange Zeit wartete sie vergeblich darauf. Sie versuchte einfach alles, sogar Medizin und Zauberkunst aus uralten, heidnischen Zeiten. Irgendwann wurde sie tatsächlich schwanger. Aber wer weiß, ob wegen der Mittel.« Ich sah Ophelia dabei zu, wie sie das Fotopapier in der Entwicklerlösung bewegte. »Offenbar wurde damals ihr Interesse für Magie geweckt. Später hat es sich allerdings beträchtlich gesteigert. Zu ihrem Gefolge gehörten die Brüder Tommaso und Cosimo Ruggieri, berühmte Astrologen, die jedoch auch die dunklen Künste, schwarze Magie und Nekromantie praktizierten. Solche Sachen.«

»Wirklich?«

Ich nickte. »Katharina hatte angeblich einen Talisman aus menschlichem Blut, dem Blut einer Ziege und den Metallen ihres Geburtshoroskops. Im 16. Jahrhundert waren

Talismane nichts Ungewöhnliches, aber diese Kombination war schon ein bisschen seltsam.« Ich rieb mir die Augen und verfolgte die Zange in Ophelias Hand, die immer noch das Papier im Entwicklerbad hin und her schob. »Und nachdem sie ihr Schloss in Chaumont aufgegeben hatte, fand man dort eine Vielzahl von Gegenständen, die auf okkulte Praktiken hinwiesen. Auf den Boden gezeichnete Pentagramme, mit Totenschädeln dekorierte Altäre, Gefäße mit Pulvern und Flüssigkeiten, die Reste von Tieropfern. Ziemlich unheimliches Zeug.«

»Kein Wunder, dass man sie die Schwarze Königin nannte.«

»Und dann gibt es noch all die Geschichten über ihre Vorahnungen. Offenbar träumte sie in der Nacht, bevor Heinrich in einem Turnier tödlich verwundet wurde, dass er verletzt am Boden lag, das Gesicht blutüberströmt.«

»Gruselig.«

»Hmmm. Sie hatte angeblich das zweite Gesicht. Mehrere ihrer Vertrauten berichteten, dass sie manchmal schreiend aus dem Schlaf hochfuhr und den Tod eines geliebten Menschen vorhersagte.«

Eine Weile standen wir schweigend da, das einzige Geräusch war das leise Schwappen der Flüssigkeit in der Entwicklerschale. Unwillkürlich musste ich an meinen Albtraum denken: an den Spiegel, den Mann, das Gefühl, zu ersticken und zu fallen. Ich schloss die Augen, um die Bilder zu vertreiben. »Angesichts all dessen ist die Vorstellung, dass sie Spiegel zum Hellsehen und Wahrsagen benutzt hat, wahrscheinlich gar nicht so weit hergeholt.« Ich zögerte einen Moment. »Ich habe noch etwas gelesen, von dem ich nicht weiß, ob es historisch belegt oder nur eine Legende ist. Katharina soll während ihres letzten Besuchs in Chaumont Cosimo gebeten haben, mit Hilfe eines Spiegels in einem verdunkelten Raum die Zukunft vorherzusagen. Offenbar erschien jeder von Katharinas Söhnen nacheinander und umkreiste den Spiegel. Jede Umrundung stand für ein Jahr ihrer Regentschaft.«

Ophelia nickte. »Spiegel wurden häufig dazu benutzt, die Zukunft vorherzusagen. Zu allen Zeiten haben Hexen, die die schwarze oder die weiße Magie praktizierten, sie als Medium benutzt, um Dinge aus Vergangenheit, Gegenwart und Zukunft zu sehen.«

Das war mir bekannt, und auch wenn ich es nicht wirklich glaubte, war mir plötzlich unbehaglich zumute, und ich trat unruhig von einem Fuß auf den anderen.

»Es dauert nicht mehr lange«, sagte Ophelia, die meine Unruhe als Ungeduld missdeutete. »Es ist sogar schon …«

Tatsächlich tauchte auf dem Papier wie aus dem Nichts das Gesicht eines Mannes in Schwarzweiß aus dem Dunkel auf.

»Die alten Griechen glaubten, wenn man sich im Spiegel betrachtet, kann man den Tod auf den Plan rufen. Wusstest du das?« Ophelias Stimme hatte auf einmal einen merkwürdigen Klang.

»Nein, das wusste ich nicht«, sagte ich.

»Das hat etwas damit zu tun, dass das Spiegelbild die Seele einfängt. Viele alte Kulturen haben eine ähnliche Haltung gegenüber Fotografien. Und genau betrachtet, haben Spiegelbilder und Fotos tatsächlich einiges gemeinsam. Sie fangen das Bild eines Menschen ein, nicht sein Wesen an sich.«

Ich musste daran denken, wie ich mit Tara in den Spiegel geschaut hatte. An mein Spiegelbild, das mir dunkel entgegengestarrt hatte. Ein Angstschauder überlief mich. Wieder blickte ich auf das Foto, das in der Schale immer deutlicher hervortrat: das ernste, wenig ausdrucksstarke

Gesicht eines Mannes mit einem harten Zug um die Augen. Ich hatte einen Kloß im Hals, mein Mund war wie ausgetrocknet.

»Das hier ist meine Art von dunkler Magie«, sagte Ophelia, zog das Bild mit der Zange aus dem Entwicklerbad und legte es sofort in die nächste Schale.

Ich versuchte, mich auf den Vorgang zu konzentrieren.

»Ich habe dir doch erzählt, dass ich gerne Nahaufnahmen von Menschen mache, Porträts, solche Sachen. Das hier habe ich im Park bei der Fabrik aufgenommen.«

Ophelia legte das Fotopapier in die letzte Schale und bewegte sie hin und her, um es mit Flüssigkeit zu bedecken. Seltsam abwesend blickte ich auf das zum Vorschein kommende Bild und versuchte, mich auf die gleichmäßige Bewegung der Schale zu konzentrieren. Aber ich musste immer wieder an mein Bild im Spiegel denken, an meinen Traum, an das Gefühl zu fallen.

»Fertig«, sagte Ophelia plötzlich und hob das Foto aus der Lösung. Sie ging damit zum Spülbecken, legte es in eine Schale, drehte den Hahn auf und ließ die Schale vorsichtig mit Wasser volllaufen. Wenig später nahm sie das Bild aus dem Wasserbad und hängte es zum Trocknen auf die zwischen den Wänden gespannte Leine. Der finstere, unverwandte Blick des Mannes, unheimlich im roten Dunkelkammerlicht, schien mich zu durchbohren. Ich starrte zurück, bevor ich meine Aufmerksamkeit wieder Ophelia widmete. Sie räumte die drei Schalen von ihrem Arbeitstisch weg, dann trat sie schweigend zu mir.

Ich wollte gerade etwas sagen, um die Spannung zu lösen, da kam sie mir zuvor.

»Wann darf ich ihn mir ansehen, Johnny?«

Ich seufzte. »Nicht schon wieder«, antwortete ich leise.

»Ich verstehe das nicht. Was hast du denn dagegen?«

Ich musterte sie, diese blasse, zarte junge Frau. »Nichts«, sagte ich, obwohl ich wusste, dass es eine Lüge war. Die Vorstellung, dass sie den Spiegel sah, war mir irgendwie unangenehm. Verwirrt schüttelte ich den Kopf. »Es ist nur so ein Gefühl. Keine Ahnung. Wahrscheinlich lächerlich. Warte einfach noch ein bisschen, ja?«

Sie sah mir in die Augen und blickte dann weg.

»Ophelia«, redete ich ihr zu. »Du bist mir doch nicht böse, oder?«

Sie drehte sich zurück zu mir und schüttelte den Kopf. Aber es hatte etwas Trotziges.

»Komm schon. Wie gesagt, du kannst ihn sehen. Lass mir nur noch ein bisschen Zeit. Bitte!«

Schließlich nickte sie. »Na schön.«

Ich hob sie hoch und setzte sie auf den Tisch. Dann streifte ich ihr die Schuhe ab, einen nach dem anderen, und umschloss ihre Füße mit den Händen. Ich strich mit dem Zeigefinger über ihre rechte Ferse, den Spann und den Fußballen bis zu den Zehen. Dabei fiel mir die Geschichte von ihrer Mutter ein, die den Strand entlangspaziert war, während Ophelia sich hinunterbeugte und die Fußabdrücke im Sand nachzeichnete. Der ist ins Wasser gefallen, der hat ihn rausgeholt. Ich lachte leise und schloss, dem Gedanken nachspürend, die Augen.

»Was ist? Woran denkst du?«

Trotz meiner geschlossenen Augen wusste ich, dass sie bei der Frage lächelte.

»An dich«, antwortete ich. »Ich habe an dich gedacht.«

Kapitel 16

Nach dem Essen gingen wir ins Bett und liebten uns. Ich schlummerte ein, den Körper fest an Ophelia gepresst, und träumte von einer tiefen Leere, als hätte ein schwarzes Loch sämtliche Gedanken aus meinem Kopf gesaugt. Ich weiß nicht, wie lange ich so schlief, aber plötzlich erwachte ich und fuhr hoch, als hätte jemand meinen Namen gerufen. Ich schlug die Augen auf und lauschte, hörte jedoch nichts. Es war noch dunkel. Ich sah auf den Wecker. 3.17 Uhr. Die Dunkelheit war so undurchdringlich, dass ich mich fragte, ob ich immer noch träumte. Im Zimmer war es eiskalt, und ich hatte eine Gänsehaut. Ich sah noch einmal auf den Wecker. Die Leuchtziffern zeigten unverändert 3.17 Uhr an. Aber irgendetwas stimmte nicht. Ich tastete nach Ophelia neben mir. Doch statt ihres warmen Körpers empfing mich kalte Leere.

Ich schaltete die Nachttischlampe ein und vergewisserte mich. Das Bett neben mir war leer. Ansonsten schien alles wie immer. Links neben dem Bett der Kleiderschrank, direkt davor die Schuhregale, auf dem Nachttisch die Lampe. Ich stand auf, zog meine Jeans an und ging ins Wohnzimmer. Als ich am Badezimmer vorbeikam, knipste ich das Licht an und warf einen Blick hinein. Fehlanzeige. Als Nächstes versuchte ich es in der Küche, doch sie war dunkel und leer. Keine Spur von Ophelia. An der Schwelle zum Wohnzimmer blieb ich stehen, horchte angestrengt, rief ihren Namen. Nichts als Stille. Ich wartete noch einige Sekunden, dann ging ich hinein. Die Vorhänge waren nicht zugezogen, deshalb ergoss sich der helle Mondschein in den Raum. Der Mond tauchte die Wände und den Boden, den Esstisch links und die Sofas vor mir in ein fluoreszierendes blaues Licht. Ich horchte. Aber da war nichts. Kein Geräusch. Über allem schwebte eine unheimliche Stille.

Ich durchquerte das Zimmer und spähte durch die Glastür auf den dunklen Balkon. Keine Spur von Ophelia. Ich holte tief Luft und ließ die Stirn auf das kühle Glas sinken. Es war mir unerklärlich. Ich drehte mich um und inspizierte Ophelias Arbeitszimmer. Es lag im Halbdunkel, die Rollläden waren heruntergelassen. Aus irgendeinem Grund rief ich noch einmal ihren Namen, leise, aber mit Verzweiflung in der Stimme. Keine Antwort. Als ich mich im Arbeitszimmer umsah, trat etwas aus dem Dunkeln hervor. Ein bleiches Beinpaar, brutal abgetrennt, sprang mir aus dem Bild an der Wand entgegen. Die Beine lagen auf einem Sofa, und eine dunkle Substanz tropfte von den bleichen Zehen auf den unteren Bildrand. Ich betrachtete es wie gebannt, dann wandte ich mich entsetzt ab.

Zurück im Schlafzimmer versuchte ich nachzudenken. Wohin konnte Ophelia gegangen sein? Ich rieb mir die Augen, dann trat ich ans Fenster und blickte hinaus in den Garten hinter dem Haus. Kahler Rasen und eine schwarze Pappel lagen im Mondlicht. Es war ein typischer Londoner Garten, ungepflegt und ohne Bepflanzung. Ich suchte die Nachbargrundstücke ab. Nichts. Schließlich ging ich noch einmal durch die Wohnung. Ich rief ihren Namen. Doch es war zwecklos. Sie war nicht hier.

Hastig zog ich mich an. Im Hinausgehen wollte ich mir die Schlüssel von ihrem üblichen Platz neben der Tür nehmen, aber sie waren nicht da. Nach kurzer Suche im Flur überlegte ich es mir anders. Die Schlüssel waren nicht so wichtig. Ich schob mein Handy in die Hosentasche und verließ fluchtartig die Wohnung. Eine ungute Vorahnung hatte mich erfasst. Ein Bild von Füßen und Waden und einer dicklichen Flüssigkeit schoss mir durch den Kopf. Ich versuchte es zu verscheuchen. Solche Gedanken waren lächerlich, sagte ich mir. Als ich die Straße entlangrannte, schlugen meine Turnschuhe hart auf dem Asphalt auf. Die kalte Luft schnitt mir in die Lungen. Vielleicht hatte sie nicht schlafen können und war spazieren gegangen. Vielleicht saß sie im Park. Ich bog nach links ab. Die Straße war menschenleer und nur spärlich von den Straßenlaternen beleuchtet. Ein heftiger Wind schlug mir entgegen. Warum sollte sie bei einem solchen Wetter rausgehen? Ich bog noch einmal nach links ab und versuchte, meine Gedanken abzustellen. Aber allmählich wurde ich ärgerlich und gereizt. Warum zum Teufel war sie mitten in der Nacht verschwunden? Wer war diese verrückte Frau? Dann schlug mein Ärger in Angst um. Immerhin kannte ich sie kaum und wusste nicht, wozu sie fähig war. Nicht daran denken, sagte ich mir, es half ja nichts. Einfach weiterlaufen. Gleich war ich da. Noch einmal nach rechts abbiegen, und schon kam der Park in Sicht. Den Weg kannte ich inzwischen in- und auswendig. Ein kurzer Spaziergang von der Wohnung. Oder ein Dreißig-Sekunden-Sprint mit einem Eisklumpen in der Brust. Die Umzäunung ragte schwarz und abweisend auf. Die Schilder klapperten im Wind. Unrat von der Straße wehte durch das Eisengitter und verfing sich im Gebüsch. Ich öffnete das Tor. Vorsichtig trat ich ein und lauschte. Dann rief ich ihren Namen. Keine Antwort. Also ging ich los, eine Runde durch den Park, unter Bäumen hindurch, um Büsche herum. Ich ließ mir Zeit. Durchkämmte aufmerksam jeden Zentimeter. Seltsam. Vor ein paar Tagen hatte ich genau die gleiche Szene beobachtet. Aber damals hatte eine Frau etwas gesucht, das sie verloren hatte. Jetzt suchte ein Mann nach ebendieser Frau.

Ich stieg die Stufen zum Musikpavillon hinauf und ließ ein letztes Mal den Blick über den Park schweifen. Aus Leibeskräften brüllte ich ihren Namen in den Wind. Nichts regte sich. Ich wartete. Rief noch einmal. Wartete wieder. Keine Antwort. Nur mein keuchender Atem war zu hören. Ich versuchte, langsamer zu atmen. Sie war nicht in der Wohnung, sie war nicht hier. Wo konnte sie nur sein?

Als sich der Mond hinter eine dicke Wolke zurückzog, senkte sich eine noch tiefere Dunkelheit über den Park. Hier inmitten der Bäume gewann diese Dunkelheit eine eigentümliche Intensität. Zwischen dunkelviolett und lila changierend, wirkte sie üppig wie Samt. Wohin war Ophelia in einer Nacht wie dieser gegangen?

Ich blickte über die Blumenrabatten hinweg, Beete aus aufgehäufter Erde, über denen ein Schleier der Dunkelheit lag, auf die Straße, ein Band aus Beton und Asphalt mit weißen und gelben Linien jenseits des Zauns. Die Straßenlampen rings um den Park leuchteten schwach und zart wie Lichterketten. Auf der gegenüberliegenden Straßenseite bildeten die schemenhaften Gebäude, eine viergeschossige Häuserreihe, einen nahezu lückenlosen Kreis um den Park. Während ich mich um die eigene Achse drehte, suchte ich wie wenige Tage zuvor nach der Unterbrechung in ihrer georgianischen Symmetrie. Und da war sie: die Fabrik. Plötzlich fiel es mir wie Schuppen von den Augen.

Rasch steuerte ich von meinem Aussichtspunkt aus das Parktor an, das der Fabrik am nächsten lag. Es öffnete sich mit einem durchdringenden Quietschen, das meine Nerven noch mehr zerrüttete. Wenige Augenblicke später stand ich vor dem Fabriktor, und tatsächlich fehlte das große Vorhängeschloss mit Kette, mit dem wir abschlossen, wenn wir das Gebäude verließen. Die Tür ließ sich öffnen, also war das eigentliche Türschloss ebenfalls unversperrt. Nur Tara und ich besaßen die Schlüssel dafür. Und meine Schlüssel waren verschwunden.

Ich trat in den Versandraum und machte behutsam die Tür hinter mir zu. Mondlicht fiel durch die Fenster und tauchte alles in einen sanften Schein. Ich konnte die an der Wand gestapelten Schuhschachteln ausmachen, die Tische, an denen Tara und ich tagsüber arbeiteten. Aber jetzt, in diesem überirdischen Licht, wirkte alles fremd. Wie aus Raum und Zeit gefallen. Langsam durchquerte ich das Zimmer und fühlte mich wie ein Tiefseetaucher auf dem Grund des Ozeans. Es war eine gespenstische und unwirkliche Atmosphäre.

Ich spähte in die Abstellkammer und entdeckte, dass die Kellertür offen stand. Von der Treppe drang orangefarbenes Licht wie von einer Kerze herauf. Erleichterung erfasste mich. Sie war also hier, in Sicherheit. Ich ging hinunter. Da war Ophelia. Sie stand vor dem Spiegel, eine Kerze links und rechts vor sich auf dem Boden. Ihr langer Mantel verdeckte etwas, das wie ein weißes Nachthemd aussah. Ihre Füße waren nackt, ihre Schuhe lagen neben ihr auf dem Boden, und ihr rechter Arm hing reglos herunter. Mit der linken Hand umklammerte sie das Silbermedaillon, das sie oft trug, und schob es auf der Kette hin und her. Eine Weile beobachtete ich sie, wie sie mit einem sehnsüchtigen Ausdruck im Gesicht in den Spiegel starrte. Sie schien nichts um sich herum wahrzunehmen, auch mich nicht.

»Ophelia?«, sprach ich sie schließlich an. Es war nur ein heiseres Flüstern.

Sie fuhr zusammen und drehte sich jäh zu mir um. Ihr Gesicht wirkte wächsern, geisterhaft im Kerzenschein.

Einen Moment starrten wir uns schweigend an.

»Du hast mich erschreckt«, sagte sie dann. Ihre Stimme klang fremd.

»Was machst du hier?«

Sie sah sich um und schien verwirrt. »Es tut mir leid, ich konnte nicht schlafen. Und dann bin ich … bin ich hierhergekommen«, stammelte sie. »Es tut mir leid.«

»Hör auf, dich zu entschuldigen«, herrschte ich sie an. Ich war wütend auf sie. »Was tust du hier? Es ist mitten in der Nacht.«

»Ich … ich wollte ihn mir nur mal ansehen.« Sie biss sich auf die Lippen und sah aus, als würde sie gleich in Tränen ausbrechen.

Ich verspürte den Wunsch, auf sie zuzugehen, doch meine Füße waren wie angewurzelt. »Es ist drei Uhr morgens, Ophelia. Und du hast meine Schlüssel genommen und bist hierhergekommen. Nach allem, was ich gesagt habe.«

Sie nickte und kam zu mir herüber. »Es tut mir leid, wenn ich dich verärgert habe. Ich wollte dich nicht beunruhigen.«

Sie war blass und hatte schwarze Ringe unter den Augen. Als ich ihr über die Augen strich, verflog meine Wut. Sie wirkte erschöpft. »Was ist los?«

»Nichts.«

»Das stimmt doch nicht. Was tust du hier?«

Sie starrte mich wortlos an, dann zog sie mich an sich und hielt mich fest.

»Ophelia, was ist los?«

»Ich weiß es nicht. Ich weiß nicht, wie ich es erklären soll. Vielleicht kann man es gar nicht erklären. Nicht rational jedenfalls. Ich habe geträumt … und dann bin ich aufgewacht. Oder dachte es zumindest. Und plötzlich … war ich hier.« Sie zögerte. »Ich weiß nicht einmal, wie ich hergekommen bin. Nicht so richtig.« Sie blickte auf ihre nackten Füße, dann nahm sie mich bei der Hand und trat mit mir vor den Spiegel.

Er war mit schwarzen und dunkelgrauen Flecken übersät, sie sprenkelten die silbrige Oberfläche wie Tintentropfen, die ins Wasser fallend seltsame Muster erzeugen. Ich versuchte mich auf mein Gesicht zu konzentrieren. Mein Spiegelbild war kaum zu erkennen, es war verschwommen, farblos. Das Blau war aus meinen Augen gewichen, meine Haut war fahl. Ich sah nur eine schwarzgraue Silhouette. Einen Schatten. Mein Blick wanderte über den Spiegel und blieb in der unteren linken Ecke mit den Initialen TM hängen. Dann suchte er die Initialen in der gegenüberliegenden Ecke: H und C. Als ich die Augen langsam nach oben gleiten ließ, starrte mir Ophelias dunkles Spiegelbild entgegen.

»Mein Vater mochte keine Spiegel«, sagte sie unvermittelt.

Das konnte ich gut verstehen.

»Er hasste sein Spiegelbild. Ihm gefiel der Gedanke nicht, dass ihm ein zweites Ich, das nur scheinbar er selbst war, über einen unüberwindlichen Abgrund hinweg entgegentrat. Er witzelte gern darüber und verwies auf die Newtonschen Gesetze: Ein Spiegelbild ist nichts weiter als gebrochenes Licht. Aber das glaubte er wohl selbst nicht so recht. Es steckte bestimmt noch etwas anderes dahinter.« Sie hielt inne. »Jedenfalls gab es in unseren Wohnungen keine Spiegel. Nicht seit dem Tod meiner Mutter.« Sie starrte auf das Spiegelglas. »Komisch, dass ich an meinen Vater denken muss, wenn ich in diesen Spiegel schaue.« Sie machte einen tiefen Atemzug, dann drehte sie sich zu mir um. »Es tut mir leid, Johnny. Du hattest recht. Ich hätte niemals herkommen dürfen. Ich weiß nicht, was ich mir dabei gedacht habe.«

»Schon gut«, sagte ich, ohne sie anzusehen, »vergiss es.« Aber noch während ich es sagte, regte sich erneut der Ärger in mir. Sie hatte recht, sie hätte nicht herkommen sollen. Ich zwang mich, mich auf mein Spiegelbild zu konzentrieren. Die schwarzen Augen, die dunklen Lippen. Ich lächelte, doch das Lächeln, das zu mir zurückkam, hatte etwas Hartes. Fasziniert betrachtete ich meinen Mund. »Schon gut«, sagte ich noch einmal, diesmal mehr zu mir selbst.

»Johnny?«

Ihre Stimme klang wie von sehr weit weg.

»Johnny?«

»Hmmm.«

»Komm, lass uns von hier verschwinden. Du hattest recht. Da ist etwas ... Ich weiß nicht ...« Sie warf einen Blick in den Raum und sah dann wieder zu mir. »Alles in Ordnung?«

»Ja.«

»Sicher?«

Ich blickte in ihr Gesicht, das im Kerzenlicht noch blasser als sonst wirkte, und spürte plötzlich ein überwältigendes Begehren.

»Es geht mir gut«, sagte ich und zog sie an mich. »Sogar sehr gut.«

Die Hände in ihrem Nacken, küsste ich sie leidenschaftlich und drückte sie an mich. Dann wanderten meine Hände unter ihren Mantel, über die dünne, weiße Baumwolle ihres Nachthemds zu ihren Brüsten. Unter meinen Fingern fühlten sie sich voll und warm an. Als ich ihre Brustwarzen leicht drückte, wurden sie fest. Ich hörte sie aufstöhnen, spürte ihren heißen Atem an meinem Ohr. Meine Hände glitten über ihren Körper, über ihren straffen Bauch, hinunter zwischen ihre entblößten, nackten Oberschenkel. Als ich ihren feuchten Schoß ertastete, wurde meine Erektion noch härter, und ich führte meine Hände an ihre Hüften und hob sie hoch. Sie schlang ihre Beine um mich, und ich drückte sie gegen die Wand, gegen den Spiegel. Ihr Haar fiel dunkel vor das dunkle Spiegelglas, ihre weiße Haut wirkte fast durchsichtig. Mein Blick streifte ihren langen, geschwungenen Hals, und als ich ihn berührte, spürte ich ihren schnellen Pulsschlag. Mein Körper war pure Lust. Während sich ihre Hände an meinem Gürtel zu schaffen machten, betrachtete ich mein Bild im Spiegel. Ophelia roch nach Rosen und Jasmin, und dieser Duft, vermischt mit dem Geruch des Raumes, ließ alles um mich versinken. Ich schloss die Augen. Und dann war ich in ihr. Ich hörte sie keuchen, etwas murmeln, aber ich verstand nicht, was sie sagte. Als ich tiefer in sie eindrang, regte sich in mir noch etwas anderes als Begehren. Es war ein Gefühl, das sich in mir ausbreitete und immer mehr Besitz von mir ergriff. Als ich die Augen öffnete, starrte mir aus dem dunklen Spiegelglas ein schwarzes Augenpaar feindselig entgegen. Nun konnte ich dem Gefühl einen Namen geben. Es war Wut. Wut auf sie. Meine Hände lagen wieder an ihrem Nacken, spürten das wilde Pochen ihres Pulses. Ich wurde noch erregter. Als ich in sie stieß, immer härter und schneller, hörte ich sie wieder etwas sagen, verstand sie aber immer noch nicht. Ich machte die Augen zu, verschloss meine Ohren, gab mich ganz meiner inneren Erregung hin, und in einer Explosion der Wut und Lust entlud ich mich heftig und tief in ihr.

Dann, für einen kurzen Moment, umfing mich nichts als Schwärze.

Kapitel 17

Château de Chaumont
November 1552

Katharina fröstelte in dem kühlen Raum. Die düstere Stille hing bleiern in der Luft und legte sich wie ein schweres Leichentuch um ihre Schultern. Sie versuchte, sich zu erinnern, wie lange sie schon so dastand, vergeblich. Als die rußende Kerze erloschen war, hatte sie das letzte leise Zischen des Dochtes gehört und den erstickenden Rauch gerochen, der ihr in der Kehle würgte. Wie lange mochte das her sein, Sekunden oder Minuten? Sie spähte in der Dunkelheit nach ihrem Bild im Spiegel, doch sie konnte nicht einmal die Hand vor den Augen sehen. Während sie in diesem kalten, schwarzen Raum stand, wo die Zeit jede Bedeutung verlor, erfasste sie ein merkwürdiges Gefühl. Es war, als würde sie ersticken, als würde die Dunkelheit Besitz von ihr ergreifen. Panik stieg in ihr auf, und sie wollte schreien, doch dann hörte sie, wie ein Schwefelholz angerissen wurde. Licht flackerte auf.

Sofort wurde ihr Atem ruhiger, und ihr rasendes Herz schlug langsamer. Im Dämmerlicht sah sie Tommasos Bild im Spiegel, seine Silhouette, die sich hinter ihr über die frische Kerze beugte. Cosimo dicht neben ihm zeichnete ein Pentagramm auf die Steinfließen. Die Flüssigkeit, die er auf den Boden auftrug, wirkte dicklich und schwarz, zweifellos das Blut irgendeines Tieres. Im trüben, flackernden Licht konnte Katharina es jedoch nicht klar erkennen.

Vielleicht war das auch besser so. Sie beobachtete, wie Cosimo mit sicherer und flinker Hand zeichnete. Als das Pentagramm fertig war, stellte er ein Glasgefäß auf jede seiner Spitzen. Eines enthielt Erde, ein zweites Luft, ein drittes Wasser. In das vierte, das Symbol für Feuer, stellte er die Kerze. Das fünfte blieb leer – es wartete auf den Geist, der es füllen würde.

Katharina schluckte, ihr Mund war plötzlich trocken. Sie wandte ihre Aufmerksamkeit von ihren Brüdern ab und wieder dem Spiegel mit seinem massiven silbernen Rahmen zu. Ein wundervolles Stück, ohne Zweifel. Erneut wallte Zorn in ihr auf. Sie dachte an Heinrichs Mätresse mit ihrer weißen, blassen Haut. Sie dachte an all die Schönheitselixiere, das trinkbare Gold, das diese zu sich nahm, um sich ihre Jugend zu bewahren. Wie eitel, gierig und zügellos diese Frau war. Zufrieden lächelte Katharina in sich hinein. So lange hatte sie auf diesen Tag gewartet, hatte sich im Hintergrund gehalten und alles schweigend ertragen – aber jetzt war es endlich so weit: Der Augenblick ihrer Rache war gekommen.

Cosimos ruhige und leise, befehlsheischende Stimme riss sie aus ihren Gedanken. Er redete in einer Sprache, die sie nicht verstand. Dem vorgeschriebenen Zeremoniell folgend, sah sie unverwandt in den Spiegel, ohne ihr eigenes Spiegelbild zu fixieren, und wartete. Plötzlich vollzog sich im Raum eine Veränderung. Cosimo hörte auf zu sprechen, und es entstand eine dröhnende Stille. Es schien, als hätte sich die Dunkelheit verflüssigt, schlösse sich immer enger um sie und erstickte das Kerzenlicht. Während die Schwärze immer undurchdringlicher wurde, ergriff panische Angst Besitz von ihr. In dieser Dunkelheit lag etwas Furchterregendes. Die Toten waren unter ihnen.

Ihr Blick glitt flüchtig zu dem fünften Glas, in dem sich

das Kerzenlicht spiegelte. Doch das Entsetzen zwang sie wegzusehen, noch bevor sie etwas erkennen konnte. Stattdessen hob sie die Augen und sah direkt in den Spiegel. Zum ersten Mal in dieser Nacht gestattete sie sich, ihr Spiegelbild zu betrachten und sich selbst in die Augen zu schauen. Krampfhaft versuchte sie, sich daran zu erinnern, was Cosimo ihr gesagt hatte. Richte deine Augen ausschließlich auf dich selbst, sobald die Zeremonie begonnen hat. Konzentriere dich auf deinen eigenen Blick, und wenn ich es dir sage, legst du die Hände auf das Spiegelglas.

Der Spiegel schien zu zittern und zu beben. Sie starrte auf ihr Abbild, in ihre Augen, aber je länger sie das tat, desto weniger schienen es ihre eigenen Augen zu sein. Sie starrte auf ihr Gesicht, doch auch das erkannte sie nicht wieder. Sie versuchte zu lächeln, um Angst und Anspannung abzuschütteln, und obwohl sie sicher war, dass sie es nicht getan, nicht vermocht hatte, gab es keinen Zweifel: Ihr Spiegelbild lächelte ihr düster zu.

Als sie den Mund öffnete, um etwas zu sagen, befahl Cosimo ihr, den Spiegel zu berühren. Sie zögerte, gelähmt vor Angst. Wieder hörte sie seine gebieterische Stimme. Diesmal folgte sie seinem Befehl. Nach wenigen Sekunden begann es in ihren Fingerspitzen zu kribbeln. Das Kribbeln breitete sich langsam in ihre Hände aus. Und während sie weiter ihr Spiegelbild betrachtete, erklang erneut Cosimos beschwörende Stimme, und Katharina spürte, wie all ihr Zorn und all ihre Wut, all ihre Angst und all ihr Hass, all ihre unerfüllte Sehnsucht und all ihr Verlangen aus ihr herausflossen. Im nächsten Moment glitten ihre Hände von der Spiegeloberfläche, und sie taumelte kraftlos nach hinten. Tommaso kam ihr zu Hilfe und stützte sie, während sie die Augen schloss, wie Cosimo es ihr aufgetragen hatte, und wartete, bis die Beschwörung zu Ende war.

Umschlossen von Dunkelheit, dachte sie an ihren Ehemann. Sie hatte alles für ihn getan, sie hatte alles geopfert, sie hatte vergeben und vergessen. Doch seinen engsten Vertrauten, korrupten Männern, die ihn einer wie der andere verrieten, hatte sie nicht vergeben. Sie dachte wieder an diese Hure. Das hier galt ihr. Die Zeit der Vergeltung war gekommen.

Es war Zeit für ein Geschenk, das mit Rache getränkt war.

Kapitel 18

Die Tage vergingen schnell, doch der Winter hatte uns fest im Griff. Die Nächte waren lang und dunkel, tagsüber wurde es nicht richtig hell, der Himmel war bedeckt, und es war bitterkalt. Auf dem Weg in die Fabrik sehnte ich mich jeden Tag nach einem klaren blauen Himmel und dem Beginn des Frühlings. Und jeden Tag wurde ich aufs Neue enttäuscht.

Mit dem Konzept für die Renovierung der Fabrik war ich kaum weitergekommen, auch meine Kreativität schien in Winterstarre zu verharren. Ich betrachtete meine Zeichnungen, frustriert, weil ich auf der Stelle trat. Ich bastelte an den Details herum, korrigierte alte Entwürfe und zeichnete neue, aber es kam wenig Substantielles dabei heraus, nichts, was mich ganz zufriedengestellt hätte. Von Tag zu Tag wusste ich weniger, was ich wollte, und wurde immer unsicherer, was ich dem Kunden präsentieren sollte. Vielleicht sträubte ich mich unbewusst dagegen, dass das Projekt zu Ende ging, dass ich irgendwann die Fabrik räumen und wieder ins Büro zurückkehren musste. Aber womöglich war das alles auch überinterpretiert, und ich war einfach nur zu sehr mit anderen Dingen beschäftigt.

Das Geräusch von Taras Schritten störte meine fruchtlosen Grübeleien. Wir waren nach einer weiteren Projektsitzung mit Richard auf dem Rückweg in die Fabrik. Erstaunlicherweise war es diesmal besser gelaufen als beim letzten Mal, trotz meiner dürftigen Ideen. Richard hatte sich besorgt gezeigt, dass es nicht voranging, aber ich hatte ihm greifbare Ergebnisse in den nächsten Tagen versprochen, und damit war es gut. Ich hatte jedoch das Gefühl, dass meine Versprechungen nicht viel wert waren, und das machte mir selbst Kopfzerbrechen. Ich wollte auf jeden Fall vermeiden, dass Richard sein immer noch mangelndes Vertrauen in mich erneut zur Sprache brachte. Keiner von uns beiden spielte mit offenen Karten, aber wir hatten einen vorläufigen Waffenstillstand geschlossen.

Ich atmete die kalte Luft tief ein und konzentrierte mich auf das Klacken von Taras Stiefeln auf dem Gehsteig. Wenigstens war der Streit zwischen ihr und mir beigelegt. Ich hatte mich für mein Verhalten entschuldigt, sie ebenso. Sie meinte, sie habe überreagiert, und es tue ihr leid, dass diese Geschichte die Projektsitzung überschattet hatte. Damit war die Sache erledigt, fast als wäre nie etwas gewesen. Aber eben nur fast. Seitdem achtete ich jedenfalls darauf, ihr gegenüber Ophelias Namen nicht zu erwähnen oder gar anzudeuten, dass Ophelia in dem unterirdischen Zimmer gewesen war. Meine Gedanken drifteten erneut zu dem Spiegel ab, als ich plötzlich Taras Stimme neben mir hörte.

Ich drehte mich zu ihr. »Entschuldige, hast du etwas gesagt?«

»War nicht so wichtig«, meinte sie lächelnd und fügte nach einer kurzen Pause hinzu: »Du warst ganz weit weg. Ist alles in Ordnung?«

»Natürlich, alles bestens. Ich dachte nur gerade an den Spiegel in dem unterirdischen Raum. Das ist alles«, fügte ich verharmlosend hinzu.

Sie schaute mich an. »Was ist damit?«

Ich hatte nicht nur Ophelia, sondern auch ihr von meinem Besuch bei Mr. Alexander und meiner Unterhaltung mit ihm erzählt. Seither hatte ich mit Tara nicht mehr darüber gesprochen.

»Ich war vor ein paar Tagen in der British Library, um etwas über die ineinander verschlungenen Buchstaben H und C herauszufinden. Es hat mir einfach keine Ruhe gelassen, dass wir immer noch nicht genau wissen, ob es sich wirklich um diese Buchstaben handelt.«

»Und?«

»Wahrscheinlich ist es gar kein C. Wahrscheinlich ist es ein D.«

Schrilles Hupen unterbrach mich. Zwei weiße Lieferwagen rasten aufeinander zu und gerieten dabei auf die jeweils gegenüberliegende Fahrbahnseite. Die Reifen quietschten, als die Wagen scharf abbremsten, schlingernd wieder einscherten und dabei Staub und Steinchen aufwirbelten. Tara kommentierte den Zwischenfall mit einem gleichgültigen Blick.

»Heinrich II.«, fuhr ich fort, »hatte, wie die meisten Könige seiner Zeit, mehrere Mätressen. Aber einer war er ganz besonders zugetan. Diane de Poitiers, Herzogin von Valentinois. Sie war fast zwanzig Jahre älter als er, blieb jedoch seine lebenslange Geliebte. Die beiden haben sich ein Monogramm zugelegt, in dem sich die Buchstaben H und D verbinden.«

Tara nickte schweigend.

»Es war offenkundig ein Symbol ihrer Liebe. Es wurde auf Gegenständen in ihrem Besitz entdeckt, auf der Wandvertäfelung ihres gemeinsamen Schlafzimmers in Dianes Schloss Anet zum Beispiel. Paradoxerweise kann man aus diesem Emblem auch den Buchstaben C herauslesen. Vielleicht war das sogar gewollt. Eine Beruhigungspille für Katharina.«

»Schon möglich«, sagte Tara jetzt, den Blick immer

noch gesenkt. »Aber wusstest du, dass auch das C mit Diane in Verbindung gebracht wird? Es ist die Mondsichel, das Symbol Dianas, der Göttin der Jagd. Es findet sich in vielen architektonischen Details, auf Steinfußböden, Wänden und Bauwerken, die während der Regierungszeit König Heinrichs entstanden sind.« Tara sah mich an und lächelte. »Du bist nicht der Einzige, der so fasziniert ist, dass er angefangen hat zu recherchieren.«

Ich nickte. »Offenbar nicht.«

Wir gingen schweigend weiter, dann bogen wir nach rechts zur Fabrik ab. Der Park kam in den Blick, und der Verkehrslärm der Hauptstraße verebbte.

»Wem also, glaubst du, gehörte der Spiegel, Katharina oder Diane?«, fragte Tara plötzlich.

Ich zuckte die Schultern. »Keine Ahnung.«

»Ich tippe auf Diane. Der König machte ihr ständig Geschenke. Geschenke, die eigentlich der Königin, seiner Frau, zustanden. Als Heinrichs Vater starb, musste seine langjährige Mätresse, aber auch seine Witwe sämtliche Juwelen zurückgeben, die sie von der Krone erhalten hatten. Heinrich dagegen gab Diane den Schlüssel zur Schatzkammer und erlaubte ihr, sich nach Belieben daraus zu bedienen.«

Ich schüttelte ungläubig den Kopf.

»Auch Schloss Chenonceau zählte zu seinen Geschenken. Katharina hatte es immer für sich reklamiert und behauptet, es sei ihr versprochen worden.«

»Ja, davon habe ich gelesen«, sagte ich. Wir standen vor der Fabrik. »Sie hatte es bestimmt nicht leicht.«

Ich holte die Schlüssel aus meiner Jackentasche, sperrte auf und zog die schwere Außentür auf. Tara ging vor mir hinein, schaltete das Licht und ihren Computer ein und machte sich dann an der Espressomaschine zu schaffen.

Ich setzte mich an meinen Schreibtisch und starrte auf die Zeichnungen, die kreuz und quer darauf verstreut lagen. Um mich nicht damit beschäftigen zu müssen, nahm ich meine Kamera zur Hand und ging noch einmal die Fotos von dem Spiegel durch, die ich für Mr. Alexander gemacht hatte: die Signatur des Spiegelmachers, TM, und die ineinander verschlungenen Initialen in der rechten unteren Ecke des Spiegels. H und C. Oder, was jetzt wahrscheinlicher war, H und D. Nach einer Weile schloss ich die Augen und rieb mir die Lider. »Ich weiß nicht einmal, warum mich das so interessiert«, sagte ich mehr zu mir selbst als zu Tara.

»Ich wusste gar nicht, dass du diese Aufnahmen gemacht hast«, sagte Tara, die nun zu mir an den Schreibtisch kam, mir die Kamera aus der Hand nahm und die Bilder durchklickte. Dann nahm sie die SIM-Karte heraus und legte sie in ihren Computer. »Komm, schau dir das an«, rief sie wenig später. »Auf dem Kameradisplay bekommt man gar keinen richtigen Eindruck.«

Froh über die Ablenkung, folgte ich ihrer Aufforderung. Der Unterschied war wirklich erstaunlich. Auf dem Computerbildschirm wirkte der Spiegel farblich sehr viel intensiver und schärfer in den Kontrasten.

Die metallische Spiegeloberfläche war dunkel, aber man sah deutlich die unterschiedlichen Verunreinigungen. An manchen Stellen war das Silber heller, an anderen dunkler, dann wieder gab es rätselhafte schwarze Kleckse. Der Silberrahmen, der teilweise angelaufen war, hob sich deutlich von der Spiegeloberfläche ab. Und im Spiegel war mein Abbild zu sehen – das hatte ich auf dem Kameradisplay nicht erkennen können.

»Das ist unglaublich«, sagte ich.

»Ja, das bist du.«

Mein Blick heftete sich auf den schemenhaften Umriss, eine dunkle, längliche Figur, die die Kamera eingefangen hatte. Ich kniff die Augen zusammen. War das tatsächlich ich? Mir wurde mulmig zumute, eine dumpfe Angst beschlich mich – ein Gefühl, das ständig wiederkehrte, seit ich das unterirdische Zimmer zum ersten Mal betreten und in den Spiegel geblickt hatte.

»Wann hast du diese Fotos gemacht?«, riss mich Tara aus meinen Gedanken.

Ich dachte nach. »Vor ein paar Wochen.«

Sie nickte, den Blick immer noch auf dem Bildschirm. Das Foto hatte etwas Hypnotisierendes. »Und warst du seitdem noch einmal unten?«

Kurz spielte ich mit dem Gedanken, ihr die Wahrheit zu sagen. Dass ich Ophelia eines Nachts allein dort unten überrascht hatte und dass wir das Zimmer seither mehrmals gemeinsam aufgesucht hatten, drei oder vier Mal. Aber ich war mir nicht sicher, ob sie es verstehen würde, ob ich ihr hinreichend würde erklären können, dass mich dieses Zimmer zwar beunruhigte, aber irgendwie auch erregte, ein Gefühl, das aus den dunklen Tiefen meiner Seele kam und mich immer wieder dorthin zog. Ein Bedürfnis, das stärker war als der Wunsch, diesen Ort zu meiden. Ich wollte mich ihr anvertrauen, tat es aber nicht. Stattdessen log ich: »Nein, ich war seitdem nicht mehr unten.«

Tara nickte und schwieg.

»Und du? Warst du noch einmal da, seitdem du das Zimmer entdeckt hast?«

Mir kam es vor, als zögerte sie kurz, bevor sie den Kopf schüttelte. »Nein«, sagte sie leise. Dann wandte sie sich mir zu und sah mir in die Augen. »Und ich habe auch Richard nichts davon erzählt.«

Ich nickte und wusste nicht, wie ich darauf reagieren sollte. Ich hatte kein Recht, sie darum zu bitten, Stillschweigen zu wahren, aber die Vorstellung, dass Richard über die Existenz dieses Zimmers Bescheid wusste, war mir unangenehm. Es beklemmte mich, mir vorzustellen, wie er in dem Keller herumspazierte, den Spiegel inspizierte, in unseren Projektsitzungen darüber diskutierte und den Raum gezeichnet und durchleuchtet haben wollte.

»Ich habe ihm nichts gesagt«, beteuerte sie noch einmal.

Ihr fester Blick nahm mir meine Befürchtung und machte dem Gefühl der Erleichterung Platz. Ich wusste, dass sie die Wahrheit sagte. Ich nickte wieder und lächelte sie an.

»Aber irgendjemand war da unten. Oder zumindest in der Fabrik. Jemand, der die Türen nicht richtig abgeschlossen hat.«

»Wie bitte?«, sagte ich verständnislos.

»Irgendjemand war heimlich hier drin. Du und ich wissen, wie man richtig abschließt. Wer, glaubst du, könnte das gewesen sein?«

Ich stand schweigend da, während Tara mich beobachtete. »Ophelia war es nicht«, sagte ich schließlich. »Sie würde so etwas nie machen.«

»Woher willst du das wissen? Du kennst sie doch kaum. Du hast keine Ahnung, wozu sie fähig ist.«

»Aber ich weiß, dass sie so etwas niemals tun würde«, sagte ich laut. Meine Stimme klang schneidend. »Du musst dich getäuscht haben.«

»Ich habe mich nicht getäuscht«, widersprach Tara trotzig.

»Dann muss es eine andere Erklärung geben.«

»Zum Beispiel?«

»Zum Beispiel … dass Richard hier war oder sonst jemand aus dem Büro. Ich weiß es nicht.«

»Ich schon. Ich habe nämlich gefragt. Richard sagte, seit seinem ersten Besuch mit dir war niemand hier.«

»Dann muss es eine andere Erklärung geben«, wiederholte ich mit geheuchelter Überzeugung. »Zwangsläufig.«

»Na gut«, sagte Tara und drehte sich zurück zu ihrem Computer. »Wenn du es herausgefunden hast, lass es mich wissen.« Das Bild des matt glänzenden Spiegels war immer noch auf ihrem Schirm. Wir starrten es beide einen Moment an, bevor ich zu meinem Schreibtisch zurückging. Plötzlich fühlte ich mich müde und wie erschlagen. Ich sank auf meinen Stuhl und betrachtete das Durcheinander der Zeichnungen. Ich holte tief Luft und fing an, sie zu sortieren, und als ich fertig war, fing ich von vorne an. Nach zwanzig Minuten war mein Schreibtisch nicht aufgeräumter und übersichtlicher als zuvor. Ich seufzte und bemerkte, dass Tara mich beobachtete.

»Du siehst erschöpft aus«, sagte sie. »Wann hast du zum letzten Mal richtig gut geschlafen?«

Ich zuckte die Schultern. Ich konnte mich nicht erinnern.

»Vielleicht solltest du von zu Hause aus arbeiten.«

Ich schüttelte den Kopf. »Ich kann hier besser arbeiten.« Das war die zweite Lüge, die mir ganz glatt über die Lippen kam.

»Na gut«, sagte sie und fügte skeptisch hinzu: »Ich hoffe, du kommst voran.«

»Bestimmt«, sagte ich, doch ich wusste, das war unwahrscheinlich. Ich schloss die Augen und versuchte, einen klaren Kopf zu bekommen. Aber in mir ging alles drunter und drüber. Taras Bemerkung beschäftigte mich. Ich dachte daran, wie Ophelia und ich gemeinsam in dem unterirdischen Zimmer waren. Dann fragte ich mich, ob sie womöglich allein dort unten gewesen war. Vorstellen konnte ich es mir zwar nicht, aber ausgeschlossen war es auch nicht. Sie hatte Zugang zu meinen Schlüsseln, und sie hatte es schon einmal getan. Ich seufzte. Ich wollte es nicht glauben. Aber wenn sie es nicht gewesen war, wer dann?

Ich drehte mich zu Tara um, die konzentriert etwas in ihren Computer tippte. Mir ging durch den Kopf, was sie über Ophelia gesagt hatte.

»Du kennst sie doch kaum. Du hast keine Ahnung, wozu sie fähig ist.«

Kapitel 19

Wir stiegen in das unterirdische Zimmer hinunter, Kerzen in der Hand.

Ophelia ging vor mir. Vor dem Spiegel blieb sie stehen, betrachtete ihn einen kurzen Moment und berührte sanft seine Oberfläche, dann stellte sie ihre Kerze auf den Boden und nahm die grünen Schuhe vom Spiegel. Sie schritt im Kerzenlicht umher und ließ die Schuhe an dem Samtband baumeln, das locker in den Fingern ihrer linken Hand ruhte. Ich stellte meine Kerze gleichfalls auf den Boden und sah ihr wie gebannt zu. Ich konnte meinen Blick nicht abwenden. Ihre Bewegungen hatten etwas Aufreizendes, Kokettes. Schließlich setzte sie sich aufs Bett und streifte ihre Schuhe ab. Sie schaute zu mir hoch, sagte etwas und lachte. Ihre Stimme hallte träge durch den Raum, aber ich verstand die Worte nicht. Ich starrte sie nur an: ein bildschönes Geschöpf, das sich jetzt auf der Matratze ausstreckte, die Füße am Bettrand vom Kerzenlicht beleuchtet. Ich sah zu, wie sie das Band unter den Riemen der grünen Schuhe herauszog, wie die Schuhe auf den Lehmboden fielen, wie sie das weiche Samtband durch ihre Finger gleiten ließ. Dann drehte sie ihr Gesicht zu mir hoch und murmelte etwas, und lustvolle Erregung durchflutete mich. Ich ging auf das Bett zu und kniete mich auf den Boden. Meine Hände glitten ihre Beine hoch, wanderten unter ihren Rock und bis zu ihren Oberschenkeln, und sie setzte sich auf. Ich spürte, wie sie ungeduldig an den Knöpfen meiner Jeans herumnestelte und sich dann über mich schob. Ich schloss die Augen, begrub meinen Kopf an ihrem Hals, atmete ihren Geruch ein und den Geruch, den das Zimmer verströmte: Rosen, Jasmin und Erde. Ich hörte ihre Stimme und ihr Lachen und spürte, wie sie nach meinen Händen griff und sie mir auf den Rücken bog. Plötzlich spürte ich einen Ruck an meinen Handgelenken, fest und sanft zugleich. Das Band. Als mir klar wurde, was sie gemacht hatte, hörte ich mein eigenes Lachen. Es klang merkwürdig, fremd, als käme es aus weiter Ferne. Sie schlang die Arme um meinen Hals und presste sich an mich, und meine gefesselten Hände suchten Halt am Boden. Als ich spürte, dass ich in sie eingedrungen war, verlangte es mich danach, mich selbst im Spiegel zu erblicken. Ich wollte mehr sehen als die unergründliche Schwärze von Augen, Mund und Haaren. Und ich spürte den starken Wunsch, eins zu werden mit meinem Spiegelbild. Ich öffnete die Augen und sah Ophelia, die sich auf mir bewegte. Ihre grünen Augen funkelten, sie keuchte in selbstvergessener Ekstase. Und dann war es auf einmal wieder da, dieses Gefühl, das tief in mir erblühte, lustvoll, wütend, unbezähmbar. Ich sah sie an und versuchte mit aller Kraft, meine Hände von dem Band zu befreien. Ich wollte Ophelias zarte Haut unter meinen Fingern spüren, ihren schnellen Herzschlag. Aber das Band hielt mich gefesselt, und schließlich überließ ich mich der Dunkelheit.

Es war einige Zeit vergangen, keine Ahnung, wie viel. Eine halbe Stunde oder eine Stunde, vielleicht aber auch nur zehn Minuten. Die Oberfläche des Spiegels flimmerte und sog das Licht in sich auf. Ophelia lag neben mir. Im Schein der Kerzen waren ihre nackten Füße kaum zu erkennen. Der Anblick ließ mich lächeln. Als ich ihre Hand nahm, bemerkte ich die blauen Flecken auf meinen Handgelenken. Das straff gezogene grüne Band kam mir in den

Sinn, dann sah ich Ophelia vor mir, wie sie sich auf mir bewegte, und ich spürte, wie meine Wut und meine Erregung immer stärker wurden. Ich schloss die Augen und atmete ein paarmal tief ein und aus. Sofort fühlte ich mich ruhiger. Ich stellte mir vor, wie die dunkle Luft des Zimmers tief in mich einströmte und mir Frieden brachte. Dann stellte ich mir vor, wie die Dunkelheit in mir sich immer weiter ausbreitete und mein Ich auslöschte. Ich öffnete die Augen und blickte erneut in die Tiefen des Spiegels. Seine Dunkelheit erschien mir jetzt fast flüssig. Ich versuchte, seine Tiefen auszuloten, doch ich konnte mich darin nicht finden. Angestrengt suchte ich die schwarzen Iris meiner Augen, die in Wirklichkeit blau waren. Schließlich fand ich sie. Ich kniff die Augen zusammen, um in der Dunkelheit besser zu sehen, aber etwas hatte sich verändert. Erneut fokussierte ich meinen Blick, und das Spiegelbild wurde klarer.

Jetzt warf der Spiegel zum ersten Mal ein erkennbares Bild von mir zurück, das dunkle, verzerrte Abbild meiner selbst. Meine Augen waren von einer tiefen, beunruhigenden Schwärze, und sie fixierten mich fest und unbarmherzig. Mein Gesicht war in die Breite gezogen, die Haut straff über den Schädel gespannt, meine Wangenknochen traten deutlich hervor. Meine Lippen im Spiegel öffneten sich und grinsten mich an. Ein höhnisches Grinsen, das sich schnell über das ganze Gesicht zog: depraviert, verkommen und verderbt, lüstern und dennoch unbestreitbar machtvoll. Erschrocken und wie hypnotisiert starrte ich mein Spiegelbild an.

Im nächsten Moment war das Gesicht verschwunden.

Kapitel 20

Ich zuckte zusammen, als hätte mich ein elektrischer Schlag getroffen, und taumelte einige Schritte vom Spiegel zurück.

Als ich den Kopf zu Ophelia wandte, sah ich, dass sie mich entsetzt anstarrte.

»Was ist passiert?«, flüsterte sie.

»Ich weiß nicht«, stieß ich mühsam hervor, während ich versuchte, meine Jeans zuzuknöpfen und meinen Gürtel festzuschnallen. »Ich habe keine Ahnung, was das gerade war. Aber ich muss hier raus.« Ich warf einen letzten flüchtigen Blick auf den Spiegel, dann drehte ich mich auf dem Absatz um und rannte die Treppe hoch, ohne auf Ophelia hinter mir zu achten.

Minuten später saßen wir einander gegenüber an Ophelias Küchentisch, eine Flasche Jack Daniels zwischen uns. Keiner von uns sprach ein Wort. Wir sahen einander nicht einmal an. Ich nahm einen kräftigen Schluck, hin und her gerissen zwischen Gewissheit und Fassungslosigkeit über das, was ich gerade erlebt hatte. Oder erlebt zu haben glaubte. Meine Gedanken kehrten immer wieder an den Ort des Geschehens zurück. Ich war mir nicht sicher, was ich gesehen hatte. Ich konnte es einfach nicht glauben.

»Ich möchte wissen, was dort unten passiert ist«, sagte Ophelia schließlich. Sie sah erschöpft aus und hatte dunkle Ringe unter den Augen, als hätte sie zwei Wochen nicht geschlafen. Sie nippte an ihrem Glas und sah mich an. Dann rollte sie das Glas langsam zwischen ihren Handflächen hin und her. Im Küchenlicht wirkte sie blass, blasser als sonst, und diese Blässe gab ihr eine tiefe Verletzlichkeit.

»Alles in Ordnung?«, fragte ich und streckte über den Tisch meine Hand nach ihr aus.

Sie sah auf meine Hand, ergriff sie jedoch nicht, sondern rollte weiter das Glas zwischen den Fingern hin und her.

»Ja. Ich bin nur etwas durcheinander, mehr nicht. Was ist bloß dort unten passiert?«

Bevor ich antwortete, versuchte ich, Ordnung in meine Gedanken zu bringen. »Ich bildete mir ein, ich hätte etwas gesehen. Mein Spiegelbild. Oder das von jemand anderem. So genau kann ich es nicht sagen. Alles geschah innerhalb von Sekunden.«

»Ich weiß nicht, ob ich dir folgen kann.«

Das wusste ich selbst nicht so richtig. »In dem einen Moment glaubte ich, ich blicke in meine eigenen Augen, und im nächsten Moment waren es plötzlich nicht mehr meine Augen.« Erst schienen sie ganz normal, nur durch die Schwärze des Spiegels ein wenig verschattet. Dann wirkten sie durch und durch verkommen. Ein Unterschied wie Tag und Nacht. »Auf einmal hatte ich das Gefühl, das Gesicht im Spiegel, das bin gar nicht ich.«

»Aber wer war es dann?«

»Ich weiß nicht, jemand anderes.« Das hoffte ich zumindest.

Ophelia saß kerzengerade auf ihrem Stuhl und starrte mich ungläubig an. Wir brachten beide kein Wort heraus. »Und was ging dir in dem Moment durch den Kopf?«, fragte sie schließlich.

»Nichts Besonderes.« Das war eine Lüge. Ich hatte an die Dunkelheit gedacht und mir gewünscht, mit dieser

Dunkelheit zu verschmelzen, sie mit der Luft, die ich einatmete, in mich aufzunehmen. Plötzlich fröstelte ich. Vielleicht hatten diese Gedanken das beeinflusst, was ich danach sah. Oder zu sehen glaubte. Ich nahm noch einen Schluck Whiskey und spürte, wie er warm durch meine Kehle rann.

Ophelia sah mich aufmerksam an. »Hattest du Angst?«

Ich betrachtete meine Hand, die das Whiskeyglas umschloss, und bemerkte, dass sie immer noch leicht zitterte. Ich nickte. »Obwohl ich glaube, es war mehr Erschrecken als Angst. Mittlerweile bin ich mir gar nicht mehr sicher, ob ich überhaupt etwas gesehen habe.« Ich schüttelte den Kopf und streckte ihr noch einmal meine Hand hin. Diesmal nahm sie sie. »Alles in Ordnung?«

Sie sah mich lange an, dann ließ sie meine Hand los, griff nach der Flasche Jack Daniels und goss unsere Gläser noch einmal voll. »Ich weiß nicht«, sagte sie. Dann legte sie den Kopf in den Nacken und stürzte den Whiskey in einem Zug hinunter.

»Hast du denn irgendetwas gesehen?«, fragte ich vorsichtig.

Sie schaute mich an, gab aber keine Antwort.

Ich hätte gern nachgehakt und weiter gefragt, ob sie nach jenem ersten Mal noch einmal allein in dem unterirdischen Zimmer gewesen war, aber sie wirkte mitgenommen und verstört, und ich hatte inzwischen gelernt, dass ich sie in diesem Zustand besser in Ruhe ließ. So beugte ich mich nur zu ihr hinüber und strich ihr übers Haar. »Ich bin erschöpft und möchte schlafen. Aber vorher brauche ich eine Dusche. Willst du dich auch hinlegen?«

Sie sah mich an und lächelte, zum ersten Mal, seitdem wir wieder hier waren. »Danke«, sagte sie leise.

»Wofür?«

»Dass du mich nicht drängst.« Dann stand sie auf und ging ins Badezimmer.

Als ich den Fernseher einschaltete, lief auf BBC 2 ein Schwarzweißfilm aus dem Jahr 1954, *Die barfüßige Gräfin*, mit Ava Gardner in der Hauptrolle. Ich liebte diesen Film, besonders die Szene, in der Ava Gardner in der Rolle des Sexsymbols Maria Vargas für Rossano Buzzi barfuß einen leidenschaftlichen Flamenco tanzt. Ophelia kannte den Film noch nicht, und so legten wir uns ins Bett, tranken Whiskey und schauten einer faszinierenden, meist barfüßigen Maria Vargas zu, bis uns die Augen zufielen.

Ophelia lag neben mir, die Wange in ihre Hand geschmiegt. Ihr Gesicht wurde vom flimmernden blauen Licht des Fernsehers beleuchtet. Die Sorgenfalten, die sich tagsüber in ihr Gesicht gegraben hatten, waren im Schlaf verschwunden. Ich schaltete den Fernseher aus.

Doch der Schlaf wollte nicht kommen. Stattdessen geisterte alles durch meinen Kopf, was ich in den vergangenen Wochen erlebt hatte: die Entdeckung des unterirdischen Zimmers, der Albtraum und das Gesicht, das mich aus den Tiefen des Spiegels angeblickt hatte. Es war mein Gesicht gewesen und doch auch wieder nicht. Bei dem Gedanken an all dies befiel mich Beklommenheit.

Erschaudernd schob ich mich näher an Ophelia, um ihre tröstliche Wärme zu spüren. Ich streichelte ihr Haar und ließ meine Hand sanft über ihr Gesicht gleiten. Sie bewegte sich nicht, ihr Atem ging flach und gleichmäßig. Während ich sie so anschaute, wuchs meine Beklemmung. Wer war diese Frau? Konnte ich mich wirklich auf sie verlassen? Ich war überdreht, hyperempfindlich. Ich musste all die Grübeleien, mit denen ich so viel Zeit verschwendete, beiseite wischen. Ich musste Katharina, Diane, Heinrich und den Spiegel vergessen, ebenso das unterirdische Zimmer.

Ich musste schlafen und arbeiten. Ich musste mich auf meine Zeichnungen konzentrieren und Richard beweisen, dass er sich auf mich verlassen konnte. Ich musste mich zusammenreißen, sonst würde mein Leben auseinanderbrechen. Ein flüchtiges Bild meiner Frau Maya ging mir durch den Kopf, aber ich verdrängte auch das. Ich zog Ophelia näher zu mir heran, legte meinen Kopf in ihren Nacken und atmete den Duft ihrer Haut ein, den Duft ihrer Haare auf dem Kissen. Ich konnte ihr vertrauen, das wusste ich. An sie geschmiegt, wurde ich allmählich ruhiger, mein Atem gleichmäßiger.

Als ich die Augen aufschlug, merkte ich trotz der Dunkelheit, dass ihre grünen Augen auf mir ruhten. Sie war also auch wach. Lächelnd schloss ich die Augen, um mich auf ihre Seite zu drehen. Aber ich lag gar nicht auf dem Rücken. Ich war auch nicht im Bett. Ich war irgendwo anders.

Ich öffnete erneut die Augen. Die Frau saß mir gegenüber und beobachtete mich. Kerzen standen neben ihr auf dem Boden und erzeugten ein trübes Licht, das ihre grünen Augen funkeln ließ. Ihr dunkles Haar fiel in dicken Locken fast bis zu ihren Hüften; sie trug ein langes, schwarzes Kleid mit langen Ärmeln. Sie hatte die Hände im Schoß gefaltet und schien nervös. Ihre Hände waren gerötet und rau, was zu ihrem übrigen Erscheinungsbild gar nicht so recht passte. Ich musterte ihr Gesicht. Sie war jung, Anfang zwanzig vielleicht, aber schon eine vollendete Schönheit, als wäre sie einem Gemälde von Rossetti entsprungen. Ihre Haut war glatt und makellos, das Gesicht blass mit einer langen, geraden Nase, hohen Wangenknochen und rosafarbenen, vollen Lippen. Das Auffälligste jedoch waren ihre Augen. Grüne Augen, um die Pupillen herum von einem tiefen Smaragdgrün, an den Rändern heller mit gelben und orangefarbenen Sprenkeln. Tief liegende Augen, oval in der Form und von langen dichten Wimpern umrahmt. Ihre Ausstrahlung ließ sich schwer beschreiben, es war eine eigentümliche Mischung aus Unschuld und Gerissenheit. Sie strahlte jugendliche Scheu aus, und doch lag in ihren Augen etwas Herausforderndes, fast Katzenhaftes. Je länger ich sie betrachtete, desto mehr schien es mir, als hätte ich sie schon einmal irgendwo gesehen. Aber mir fiel nicht ein, woher ich sie kannte. Oder ob ich sie überhaupt kannte.

Bevor das Schweigen zwischen uns bedrückend wurde, begann sie zu sprechen.

»Hallo, Johnny.« Ihre Stimme war ruhig und selbstsicher, und wenn sie nervös war, ließ sie es sich nicht anmerken. »Es freut mich sehr, endlich deine Bekanntschaft zu machen.« Ich lächelte. Sie hatte eine seltsam altmodische Art zu sprechen, und es hätte mich nicht gewundert, wenn sie einen Knicks gemacht hätte. Kaum schoss mir dieser Gedanke durch den Kopf, öffnete sie den Mund zu einem Lachen und zeigte dabei strahlend weiße Zähne. Dann sprang sie auf und machte tatsächlich einen Knicks, wobei ihr linkes Knie den Boden berührte. »Ganz recht, das hätte ich tun können, Sir.« Sie betonte das letzte Wort demonstrativ.

Ich starrte sie an. Es schien, als hätte sie meine Gedanken gelesen und sich dann über mich lustig gemacht.

Sie ließ erneut ein mädchenhaftes Lachen hören. »Tut mir leid. Das hätte ich nicht tun sollen. Wo wir uns doch gerade erst kennengelernt haben.« Dann lächelte sie mich an. Es war ein wunderschönes, betörendes Lächeln.

Und obwohl ich mich ertappt fühlte, erwiderte ich ihr Lächeln.

»Sitzt du bequem?«, fragte sie.

Ich nickte automatisch, dann sah ich an mir herunter. Ich saß in einem Sessel und trug einen altmodischen Dreiteiler mit Krawatte. Wie um alles in der Welt war ich zu dieser Aufmachung gekommen?

»Zerbrich dir darüber jetzt nicht den Kopf«, sagte sie, als würde sie erneut in meinen Gedanken lesen. »Das kann warten.«

Perplex sah ich sie an. Plötzlich fühlte ich mich unwohl. Das gestärkte Baumwollhemd kratzte, der Krawattenknoten saß zu fest.

»Uns bleibt hier nicht viel Zeit.« Sie lächelte sanft. »Es gibt einiges, was ich dir sagen will.«

»Kenne ich dich?« Sofort bereute ich diese Frage. Besser wäre gewesen: »Kennst du mich?«

Seltsamerweise beantwortete sie meine unausgesprochene Frage. »Ja, ich kenne dich, Johnny. Aber was im Moment wichtiger ist: Weißt du, wer ich bin?«

Ich schüttelte den Kopf.

»Nicht die leiseste Ahnung?«

Ich schüttelte noch einmal den Kopf, diesmal weniger entschieden. Irgendwie kam sie mir tatsächlich bekannt vor.

»Doch, doch, du hast mich schon einmal gesehen. Aber vielleicht zu flüchtig.«

Ihre grünen Augen funkelten, und ich fragte mich, ob es vielleicht ihre Augen waren, die mir bekannt vorkamen.

»Nicht so wichtig. Ich wollte mich nur ein wenig vorstellen. Ich bin hier, um dir zu helfen, Johnny.«

Ich sah sie verständnislos an.

»Mag sein, dass du im Moment mit alldem tatsächlich nichts anfangen kannst.« Sie lächelte. »Mach dir nichts draus. Du sollst nur wissen, dass ich für dich da bin, wenn du Hilfe brauchst.« Sie legte den Kopf schief und warf mir einen besorgten Blick zu. »Früher oder später wirst du nämlich Hilfe brauchen.«

Ich nickte, obwohl ich immer noch nichts verstand. Weder wusste ich, wer sie war, noch wovon sie sprach oder was ich hier machte. Wo immer dieses Hier auch sein mochte. Zum ersten Mal schaute ich mich richtig um. Ich saß in einem Sessel, das hatte ich bereits festgestellt. Jetzt sah ich, dass die Frau mir gegenüber auf dem Rand eines Bettes hockte. Bis auf diese beiden Möbelstücke war das Zimmer leer. In der Ecke hinter mir war ein Durchgang. Und dahinter lag ein dunkler Flur. Meine Neugier war geweckt. Der gelbe Samt des Sessels war glanzlos und ausgebleicht, die Matratze auf dem Bett abgewetzt und voller Flecken. Von den Wänden blätterten Putz und Farbe ab, der Boden war feucht und aus Lehm.

»Wo bin ich?«, fragte ich, obwohl ich die Antwort bereits zu kennen glaubte.

Sie schüttelte unmerklich den Kopf; ihre Unbeschwertheit und gute Laune schienen verschwunden. »Das ist unwichtig.« Aber der Ton ihrer Stimme bewog mich, ihr nicht zu glauben.

»Was machst du dann hier?« Plötzlich interessierte es mich zu erfahren, warum eine schöne junge Frau sich an einem so trostlosen, düsteren Ort aufhielt.

Zweifellos spürte sie meine Verwirrung. »Ich warte«, sagte sie.

»Worauf?«

Sie gab keine Antwort.

»Und seit wann bist du hier?«

Sie zögerte kurz. »Seit langer Zeit. Aber das spielt keine Rolle.« Sie schlang die Arme um ihre Beine und zog sie fest an ihren Körper. »Vorerst sollst du nur wissen, dass du mir vertrauen kannst. Verstehst du?«

Nein, ich verstand nicht das Geringste. Die ganze Situation überstieg mein Begriffsvermögen vollkommen. Ich konnte mir keinen Reim darauf machen. Sie kauerte auf dem Bettrand, mit nackten Füßen, die unter dem Saum ihres Kleides hervorschauten. Und plötzlich dämmerte es mir. Natürlich. Es war ein Traum. Meine Erinnerungen an die Gräfin, die dunkelhaarige, barfüßige Schönheit Ava Gardner, hatten sich irgendwo in meinem Unterbewusstsein verhakt. In Wirklichkeit lag ich im Bett neben Ophelia und schlief.

Diese Frau war nicht real. Die ganze Situation war irreal. Deshalb wusste sie auch so viel mehr als ich. Deshalb konnte sie meine Gedanken lesen. Ich lächelte.

Ihre Miene verfinsterte sich. »Es wäre ein Fehler, das zu denken. Ich kann deine Gedanken lesen, weil ich tot bin.«

Erschüttert von dieser Enthüllung, starrte ich sie an. »Aber ich weiß doch nicht einmal, wer du bist. Wie kannst du von mir erwarten, dass ich dir vertraue?«

Die junge Frau nickte und schwieg. »Dann musst du versuchen, etwas über mich herauszufinden, Johnny. Finde heraus, wer ich bin. Dann wirst du merken, dass du mir vertrauen kannst.«

»Warum sagst du mir nicht einfach, wer du bist?«

Sie lachte. »Bisher warst du ja nicht besonders offen für das, was ich dir zu sagen hatte. Daher glaube ich, es wäre besser, wenn du es selbst herausfändest. Und außerdem, wenn du darüber nachdenkst, wenn du wirklich darüber nachdenkst, Johnny, dann weißt du, wo du suchen musst.«

»Dann gibt es dich also wirklich?«

Sie nickte.

Ich seufzte. »Und das ist kein Traum?«

Sie schüttelte den Kopf. »Nein. Jedenfalls nicht so, wie du glaubst.«

»Na schön«, sagte ich unsicher. Mein Blick wanderte erneut zu ihren Füßen. Ich betrachtete ihre Zehen. Das Bedürfnis, sie zu berühren, war überwältigend. Wenn ich sie berührte, würde ich vielleicht wissen, ob sie real war oder nicht.

»Nein«, sagte sie, »das wird dir nichts bringen.«

Die Kerzen am Boden flackerten wie von einem Luftzug bewegt. Als wäre irgendwo in der Nähe eine Tür geöffnet worden. Sie drehte sich unwillkürlich nach dem Durchgang um.

»Hör zu, Johnny. Ich habe nicht viel Zeit. Wie ich schon sagte, bin ich hier, um dir zu helfen. Dir droht Gefahr.«

»Woher weißt du das?« Meine Verwirrung wuchs immer mehr. »Und warum willst du mir helfen?«

»Sagen wir, du befindest dich in einer ähnlichen Situation wie ich.« Sie zögerte. »Und ich habe Mitgefühl mit dir.« Sie sah mich an, mit diesem wunderschönen strahlenden Lächeln.

Ich erwiderte ihr Lächeln, doch es war eine leere Geste. Ich wusste immer noch nicht, wovon sie redete.

»Fang mit dem an, was du weißt, Johnny. Alles Übrige wird sich ergeben.« Dann erhob sie sich. Sie war groß, ihr Körper wohlgeformt unter dem schwarzen Kleid. »Ich muss jetzt gehen. Aber wir sehen uns wieder. Bis dahin werde ich auf dich aufpassen.«

Mit diesen Worten drehte sie sich um und ging.

»Warte«, rief ich ihr nach. »Ich kenne ja nicht einmal deinen Namen.«

Sie blieb stehen, wandte kurz den Kopf und lächelte schweigend. Dann verschwand sie in der Dunkelheit.

Kapitel 21

Ich schlug die Augen auf. Der Wecker zeigte sechs Uhr an. Die Nacht war also vorüber; ich hatte lange geschlafen. Trotzdem fühlte ich mich so erschöpft, als hätte ich mich gerade erst hingelegt. Ich blieb regungslos liegen, die Augen geschlossen, und dann sah ich ein zweites Mal auf die Uhr. Kurz nach sechs. Irrtum ausgeschlossen. Ich gähnte ausgiebig. Ophelia schlief noch, das Gesicht mir zugewandt. Sie atmete lautlos und lag so ruhig und reglos da, als wäre sie tot. Ein friedlicher, stiller Schlummer. Etwas an diesem Gedanken ließ mein schläfriges Gehirn nicht mehr los. Ich betrachtete ihr Gesicht genauer. Sie muss gespürt haben, dass ich sie anschaute, denn plötzlich schlug sie die Augen auf. Ich blickte in tiefes Grün.

Plötzlich war ich hellwach, Erinnerungen bestürmten mich. »Ich hatte einen sehr merkwürdigen Traum«, murmelte ich.

Zur Antwort gähnte Ophelia.

»Da war eine bildschöne junge Frau, Gesichtszüge wie auf einem Gemälde der Präraffaeliten, langes, wallendes Haar. Ich führte eine sehr rätselhafte Unterhaltung mit ihr. Sie hatte grüne Augen.« Bilder aus dem Traum zogen durch meinen Kopf wie Szenenbilder aus einem Film.

»Wirklich?« Ophelias Stimme klang gleichgültig, als sie sich zum Nachttisch hinüberbeugte und einen Schluck Wasser trank.

»Es war verrückt. Sie erzählte irgendwelche Sachen, aber nichts wirklich Greifbares.«

»Hört sich an wie das typische Traumszenario.« Sie drehte sich auf den Rücken.

»Das dachte ich auch«, sagte ich gedankenverloren. »Sie meinte, ich sei in Gefahr und sie wolle mir helfen.« Plötzlich hatte ich ein mulmiges Gefühl. »Ihre Füße waren nackt«, murmelte ich und überlegte, ob dieser Umstand irgendeine Bedeutung hatte.

»Nackte Füße?«, sagte Ophelia lachend. »Ich würde sagen, dein Unterbewusstsein hat dir wieder einmal einen Streich gespielt. Der Film, Ava Gardner. Das liegt klar auf der Hand, meinst du nicht?«

Ich nickte bedächtig.

Ophelia drehte sich zu mir um und sah mich aufmerksam an. »Die Vorstellung, dass sich dein Unterbewusstsein über eine schöne Frau wie aus einem Alma-Tadema-Gemälde zu Wort meldet, finde ich aber hübsch.« Sie zwinkerte mir zu. »Und was hast du während dieses rätselhaften Gesprächs gemacht?«

»Ich saß in einem Sessel, und ich trug einen altmodischen dreiteiligen Anzug.« Ich lachte leise. Davon zu erzählen ließ mir die Umstände meines Traums noch lächerlicher erscheinen.

»Oh. Das enttäuscht mich aber schon ein bisschen. Ich dachte, es wäre prickelnder.« Wir schwiegen eine Weile, dann hob sie die Decke und besah meinen nackten Körper. »Ist in diesem Traum sonst noch etwas passiert?«

Es erregte mich, wie sie mich anschaute. Ich versuchte, das Gefühl zu verdrängen. »Nein, es war ganz anders. Ich befand mich in einem kleinen, dunklen Raum. Eigentlich bin ich mir sicher, dass es das unterirdische Zimmer war. Und die Frau, ich hatte das Gefühl, sie passt auf mich auf.« Wenn ich jetzt davon erzählte, klang alles ziemlich absurd. »Der Traum und die Frau schienen ganz real.« Ich überlegte kurz. »Sie sagte immer wieder, dass sie real sei. Und dass ich versuchen sollte, etwas über sie herauszufinden.«

»Das kann ich mir vorstellen!«

»Ach, es ist hoffnungslos. Du bist ein hoffnungsloser Fall.«

Ophelia war unter die Decke gekrochen, und ich hörte ihr gedämpftes Kichern. Ich musste lächeln. Ihre Hände glitten über meine Brust und umkreisten meine Hüften. Dann drückte sie mich aufs Bett.

»Du solltest diese Geschichte ernster nehmen«, sagte ich und machte es mir auf dem Kissen bequem. »Vielleicht ist ja etwas dran.« Während ich das sagte, spürte ich, wie sie ihre Zungenspitze langsam über meinen Schwanz gleiten ließ. Ich schloss die Augen. In meinem Kopf drehte sich alles. Ich holte tief Luft, atmete ganz langsam aus und gab mich ihr hin.

Vom Bett aus beobachtete ich, wie Ophelia im Zimmer hin und her lief und sich zum Aufbruch fertig machte. Sie griff nach ihren Kleidern, begutachtete ihr Gesicht im Spiegel, strich ihr Haar glatt und band es zu einem Pferdeschwanz zusammen. Ich sah ihr zu, wie sie sich langsam anzog. Ihre Bewegungen hatten etwas Erotisches, als täte sie das alles nur, um mich zu erregen. Aber dessen schien sie sich gar nicht bewusst zu sein. Auch schien sie nicht zu merken, dass ich sie beobachtete. Auf ihrer linken Brust entdeckte ich ein dunkles Muttermal, und ich verspürte ein unwiderstehliches Verlangen, es zu berühren. Gerade als ich im Begriff war, mich vom Bett aus zu ihr hinüberzubeugen, hob sie den Kopf, und ich erstarrte. Sie hatte einen sonderbaren Gesichtsausdruck, den ich schon einmal an ihr bemerkt hatte. Es war in dem unterirdischen Zimmer gewesen. Sie schaute in den Spiegel, und es schien, als blickte sie in weite

Ferne, zu einem Ort ihrer Sehnsucht, und müsste vor Anstrengung die Augen zusammenkneifen. Unsere Blicke trafen sich. Sie senkte den Kopf und knöpfte weiter ihre Bluse zu. Sekunden später war der eigentümliche Ausdruck aus ihrem Gesicht verschwunden, und die vertraute Ophelia lächelte mich wieder an. Doch dieser unheimliche Gesichtsausdruck hatte sich in mein Gedächtnis eingebrannt.

Eine Stunde später war ich unterwegs zur Fabrik. Noch immer beherrschte mich der Gedanke an Ophelia. Sie hatte in jenem Moment im Schlafzimmer so anders ausgesehen, so entrückt. Unerreichbar weit weg und wie eine Fremde. Furcht und Beklemmung befielen mich. Was hatte das alles zu bedeuten? Ich kannte Ophelia schließlich erst seit ein paar Wochen und war gerade dabei, sie besser kennenzulernen. Ein wenig Nähe zu ihr hatte ich aufgebaut, aber das war auch schon alles. Ich war noch weit davon entfernt, sie wirklich zu kennen, das wurde mir klar. Während ich durch den strömenden Regen lief, fragte ich mich, ob man einen anderen Menschen überhaupt jemals wirklich kennenlernen konnte. Bis auf den Grund. Selbst Menschen, die uns sehr vertraut sind und die wir bis in intimste Bereiche zu kennen glaubten, reagierten manchmal völlig unvorhergesehen und überraschten uns. Kratzten wir letztlich vielleicht nur an der Oberfläche, wenn wir versuchten, einem anderen nahezukommen, sein Wesen zu erfassen?

Als ich das Café erreicht hatte, merkte ich, dass sich Kopfschmerzen anbahnten, ich spürte ein dumpfes Pochen hinter meinem linken Auge. Ich bestellte ein Croissant und einen Kaffee und lehnte mich an die Theke. Aus einem alten Radio neben der Espressomaschine klang Musik. Und ich fing an mitzusummen. *Don't stand so close to me* von Police. Meine Frau liebte diese Band. Und sie liebte dieses Lied. Als ich jetzt an sie dachte, fragte ich mich, wie gut ich sie nach unseren fünf Ehejahren wirklich kannte. In derselben Sekunde spulte sich in meinem Kopf eine erschreckend lange Liste ab: Ich wusste, dass sie schnell weinte, besonders, wenn sie einen Roman von Raymond Carver las. Ich kannte die Tücken ihrer manchmal schizophrenen Persönlichkeit, ihre emotionalen Wutausbrüche und dass man sie besser in Ruhe ließ, wenn sie melancholisch war. Ich kannte ihre Lieblingsgerichte. Ich wusste, dass sie gern *foie gras* aß und danach ein schlechtes Gewissen hatte. Ich wusste, dass sie eine furchtbar schlechte Lügnerin war und man ihr trotzdem nicht vertrauen konnte. Kein Zweifel, ich wusste viel von ihr. Aber ich hatte keinen Schimmer, was tief in ihr verborgen lag, in den hintersten Winkeln ihres Gehirns. Kleine, vielleicht unbedeutende Dinge, die sie niemandem preisgab, die sie sich selbst kaum eingestand. Wovon träumte sie allein in der Nacht? Ich hatte wirklich keine Ahnung.

Eine Hand, die vor meinem Gesicht herumfuchtelte und auf einen doppelten Espresso in einem Pappbecher auf der Theke deutete, riss mich aus meinen Gedanken. Hellbrauner Schaum schwamm auf dem schwarzen Kaffee. Ich sah hoch und starrte in das lächelnde Gesicht der Kellnerin. Ich lächelte zurück, entschuldigte mich für meine Geistesabwesenheit und tastete in meinen Taschen nach dem Kleingeld.

»Alles okay?« Ihre Hand zeigte zwar auf den dampfend heißen Kaffee, aber dem Klang ihrer Stimme nach meinte sie etwas anderes.

Auf meinen fragenden Blick hin grinste sie nur breit. Ich nickte und rührte etwas Zucker in den Becher, während sie die Kasse öffnete und das Wechselgeld zusammensuchte. Meine Schläfen pochten im Takt der Musik. *Every Breath You Take.* Es war offenbar eine Sendung, die der Musik von Police gewidmet war. Und trotz meiner dröhnenden Kopfschmerzen fing ich an, leise mitzusingen. Ich liebte dieses Lied. Es war wie für mich gemacht. Dieses Lied und auch *Roxanne.* Die Kellnerin reichte mir das Wechselgeld.

Ich starrte auf mein Bild im Spiegel an der Wand. Mein Mund bewegte sich im Gleichtakt zur Musik. »*I'll be watching you*«, sagten meine Lippen im Spiegel. »Ich werde auf dich aufpassen.« Ich ließ den Blick über mein Gegenüber wandern. Ich hatte mich tagelang nicht rasiert, und mein Gesicht war unglaublich blass, als hätte es schon lange kein Tageslicht mehr gesehen. Unter meinen Augen waren dunkle Ringe, meine Haare waren ungepflegt, und sogar meine Kleidung wirkte zerknittert. Erneut lauschte ich auf den Text des Liedes, dann griff ich nach meinem Kaffeebecher und steuerte auf die Tür zu. Meine Turnschuhe quietschten auf dem Linoleumboden. Als ich in den Regen hinaustrat, musste ich zum ersten Mal an diesem Morgen wieder an die junge Frau mit den grünen Augen denken.

Ich werde auf dich aufpassen.

Kapitel 22

»Was tust du hier?«

Taras Stimme drang wie aus weiter Ferne zum hinteren Ende der Fabrikhalle, wo ich wie angewurzelt stand. Ich drehte mich in ihre Richtung und zuckte mit den Schultern. Ich hatte keine Ahnung, was ich hier tat.

Ich war mit der unbestimmten Hoffnung hergekommen, etwas zu entdecken, das mir Aufschluss über meinen Traum von der Frau mit den grünen Augen geben konnte. Irgendwelche Anhaltspunkte zu ihrer Person oder ihrer Geschichte. Was genau ich zu finden hoffte, wusste ich selbst nicht, nur dass ich auf etwas stoßen würde, wenn ich nur am richtigen Ort suchte. Jetzt durch Tara in die Realität zurückgeholt, erkannte ich, wie lächerlich dieser Gedanke war. Vor mir stand eine Maschine, daneben auf einer Werkbank lagen Kunststoffröhrchen, die offenbar mit Metall ausgekleidet waren.

Tara war neben mich getreten und ließ stumm die Augen über die vor uns liegenden Gegenstände wandern. Nach einer Weile rief sie: »Jetzt weiß ich, was das für eine Maschine ist. Du nicht?«

Ich schüttelte den Kopf.

»Damit macht man Stilettoabsätze.« Sie nahm eines der Röhrchen von der Werkbank und reichte es mir. »Diese Dinger hier. Stahlröhrchen mit einer Kunststoffummantelung.«

Ich strich mit den Fingern über das elegant geschwungene, spitz zulaufende Werkstück. »Jetzt wo du es sagst, sehe ich es auch.«

»Ich glaube, man nennt es Rohling. Wie toll, Absätze einmal in dieser Fertigungsphase zu sehen, bevor sie mit Leder überzogen werden. Vor der Veredelung.« Sie grinste mich breit an. »Bevor es diese Maschinen gab, wurden Absätze aus Holz hergestellt.«

Sie nahm ein Röhrchen in jede Hand und ließ sie klackend über die Werkbank laufen.

»Aber Holz war einfach nicht so robust wie Kunststoff und Stahl. Deshalb traten sich die Absätze sehr schnell ab und brachen leicht, wenn sie eine bestimmte Höhe überschritten. Zehn Zentimeter war ungefähr das Maximum, glaube ich. Trotzdem gab es auch damals schon viele schöne Schuhe. Von Roger Vivier zum Beispiel. Schon mal von ihm gehört?«

Ich schüttelte den Kopf.

»Er galt als der Fabergé der Fußbekleidung. Die Kaiserin von Persien hat über hundert Paar im Jahr bei ihm bestellt.«

»Tatsächlich?«

»Und Charles Jourdan. Kennst du den?«

Seinen Namen hatte ich vor ein paar Wochen bei einem Gespräch mit Ophelia aufgeschnappt. Bilder abgetrennter Beine blitzten in meinem Kopf auf, gefolgt von Bruchstücken meines Albtraums von dem unterirdischen Zimmer. Im nächsten Moment flammte ein anderer Traum vor mir auf. Eine Frau mit grünen Augen, ein rosaroter, voller Mund, der sich öffnete und Wörter formte: Du musst mich finden. Dann Ophelia mit abwesendem Blick, deren Gedanken mir unergründlich blieben. Ich schloss die Augen, um innerlich zur Ruhe zu kommen, doch nun verfolgten mich Spiegelbilder meines Gesichts, das mir fremd vorkam.

»Imelda Marcos hatte haufenweise Schuhe von Charles

Jourdan«, erzählte Tara weiter. »Damals wurde viel experimentiert. Designer wie Ferragamo und Perugia arbeiteten daran, den dünnsten Absatz zu kreieren. Das Ergebnis war das hier.« Sie zeigte auf die Maschine. »Diese Maschine hat das Schuhdesign revolutioniert. Ende der fünfziger Jahre war der Zwölf-Zentimeter-Absatz Standard. Ultradünn, aber robust und weniger bruchanfällig. Es war die Geburt des Stilettoabsatzes.«

Sie sah mich an und hielt mir die Plastikabsätze entgegen. Dann hob sie wortlos die rechte Hand und führte sie an meinen Hals, sodass der Absatz quer auf meiner Kehle lag. Ich spürte, wie er gegen meinen Adamsapfel drückte. »Stiletto leitet sich von Stilett ab, einer Stichwaffe mit langer, schlanker Klinge. Wusstest du das?« Ohne mich aus den Augen zu lassen, fuhr sie fort: »Es war in der Renaissance und später auch bei der sizilianischen Mafia eine beliebte Mordwaffe.« Sie drückte die Absatzspitze noch etwas fester gegen meine Kehle. »Daher sind Stilettos glamourös und sexy, stehen aber auch für Tod.« Sie machte ein Geräusch, als würde eine Kehle aufgeschlitzt. »Also, sei lieber vorsichtig.«

Eine Weile fixierten wir einander schweigend. Dann lachte sie und ließ die Kunststoffabsätze auf den Tisch fallen, wo sie einige Zentimeter weiterrollten und dann liegen blieben.

Meine Stimme klang barsch und missmutig, als ich fragte: »Und woher weißt du das alles, Tara?«

»Wie gesagt, ich habe ein Faible für Schuhe.« Nach kurzem Schweigen erkundigte sie sich: »Alles in Ordnung? Du wirkst ein bisschen … gereizt.«

Ich sah ihr direkt ins Gesicht. »Ich bin müde und habe den Kopf voll.«

»Tut mir leid.«

»Kein Problem.«

»Wie dem auch sei, ich bin nicht gekommen, um mich mit dir über Stilettos zu unterhalten. Ich wollte dir etwas ganz anderes erzählen. Etwas viel Geheimnisvolleres«, flüsterte sie verschwörerisch.

»Nun?«

Schweigen.

»Hier ist jemand gestorben.«

Es dauerte einen Moment, bis ich begriff, was sie gesagt hatte. »Wie bitte?«

»Du hast ganz richtig gehört.«

Ich nickte, obwohl ich es immer noch nicht fassen konnte.

»Das habe ich bei meinen Recherchen herausgefunden.«

»Wie bitte?«, wiederholte ich verständnislos.

»Du weißt schon, bei den Recherchen über den Fabrikbesitzer, die grünen Schuhe, das geheime Zimmer und so.«

»Ach ja, natürlich … Und was ist passiert? Ein Unfall? Bei der Bedienung einer Maschine?«

Sie schüttelte den Kopf. »Nein, nein.«

»Was dann?«

»Das ist nicht ganz klar. Auch der Coroner wollte sich nicht festlegen.«

»Der Coroner?«

Tara nickte.

»Aha«, murmelte ich. Es handelte sich also um einen plötzlichen, gewaltsamen oder unnatürlichen Tod.

»Ich möchte lieber nicht ins Detail gehen. Hier habe ich einen Aktenordner, den ich beim Herumstöbern in der Abstellkammer gefunden habe. Darin geht es unter anderem um die Untersuchung der Todesumstände. Ganz hinten habe ich weitere Ergebnisse meiner Recherchen beigefügt.«

Ich nickte. Obwohl ich die Antwort eigentlich gar nicht wissen wollte, fragte ich: »Wer war es? Wer ist hier gestorben?«

»James Brimley. Der zweite Brimley, der die Firma geleitet hat.«

Kapitel 23

Es wurde allmählich dunkel. Ich lag im Wohnzimmer auf dem Sofa, einen Berg Kissen unter dem Kopf. Ich war zu mir nach Hause gegangen, weil ich ein wenig Zeit für mich brauchte und ungestört sein wollte. In der Ecke flimmerte der Fernseher, den Ton hatte ich leise gedreht. Ich hatte angefangen, den Ordner durchzusehen, den Tara mir gegeben hatte. Ich schenkte mir ein Glas Wein ein und nahm einen Schluck.

Als Erstes fielen mir zwei Zeitungsausschnitte mit Nachrufen auf James Brimley in die Hände.

»James Arthur Brimley wurde am 25. September 1898 von den Mühen des irdischen Daseins erlöst. Nach einem arbeitsreichen und erfüllten Leben ruht er in Frieden, und seine Familie wird Trost in der Lauterkeit und Tugend seiner Seele finden, voll der frommen und wohlbegründeten Hoffnung, dass er in die ewige Ruhe eingegangen ist und dass sie ihn dereinst, wenn sich die Zeit erfüllt und es Gott gefällt, auch sie zu sich zu rufen, in diesem Hort des Friedens wiedersehen werden, wo die Frevler aufhören zu toben und diejenigen ausruhen, deren Kraft erschöpft ist.«

Diese frommen Worte, typisch viktorianisch in ihrem religiösen Überschwang und ihrer Sentimentalität, gaben keinerlei Aufschluss über die Todesursache oder den Ort des Geschehens. Ich nahm mir den nächsten Zeitungsausschnitt vor.

Aus der Daily … vom 28. September 1898

»James Brimley, Direktor von Brimley & Co,

Schuhfabrikation, schied am 25. September 1898 im Alter von 39 Jahren aus dem Leben.
Er wurde am 2. September 1859 als erster Sohn von Eleanor und Jack Brimley geboren. Bereits in jungen Jahren zeigte er reges Interesse an dem von seinem Vater gegründeten Betrieb. In den Anfangsjahren begleitete er ihn oft in die Fabrik, die ihren Sitz damals noch in der … Mews in Clerkenwell hatte und deren Belegschaft weitaus kleiner war als heute.
Als Zwanzigjähriger arbeitete James an der Seite seines Vaters am neuen Firmensitz am … Square in Clerkenwell. Er lernte die Schuhherstellung von der Pike auf und eignete sich das unternehmerische Wissen an, um das Geschäft auszubauen und zu erweitern. Er war bekannt für seinen Fleiß und blieb meist bis spät abends in der Fabrik. Jedoch galt er auch als rigoros. Seine häufigen Auslandsreisen führten ihn vor allem nach Frankreich und Italien, wo er sich über die neuesten Entwicklungen auf dem Gebiet der Herstellung und des Designs von Schuhen informierte.
Im Alter von 33 Jahren folgte er seinem Vater als Firmenchef nach, und unter seiner soliden Führung florierte das Unternehmen auch weiterhin. In der kurzen Zeit, die er die Firma leitete, häufte er ein nicht unbeträchtliches Vermögen für seine Familie an. Sein ruhiges Wesen und seine Kompetenz machten ihn zu einem geschätzten Mitglied der Geschäftswelt.
Er verstarb plötzlich und ohne Krankheit, und unsere Gedanken und Gebete sind bei seiner Familie. Der hingebungsvolle Gatte und Vater hinterlässt seine Ehefrau Elizabeth, 32, und seinen Sohn Thomas, 12.«

Dieser sehr viel nüchternere Nachruf lieferte zahlreiche Einzelheiten über James' Leben, verriet jedoch enttäuschend wenig über die Ursache seines Todes.

Als ich umblätterte, stieß ich auf den Bericht des Coroners vom 28. Oktober 1898. Das umfangreiche Dokument enthielt die Untersuchungsergebnisse zu James Brimleys Tod. Das gefiel mir schon besser. Ich überflog die Einleitung und konzentrierte mich auf den Absatz, der die Aussagen von James' Vater Jack und seiner Frau Elizabeth zusammenfasste.

»Jack Brimley gab an, die geistige Verfassung seines Sohnes habe sich im Laufe des Sommers 1898 rapide verschlechtert. Zu dieser Zeit befand sich die Firma in einer schwierigen Phase, es gab Probleme mit der Erfüllung wichtiger Großaufträge. Vielleicht verschlechterte dieser Druck zusätzlich seinen ohnehin labilen Zustand. Jedenfalls litt er unter depressiven Verstimmungen und Wutanfällen, war immer seltener zu Hause und zog sich immer mehr zurück. Trotzdem war seine Familie zutiefst erschüttert, als sie von seinem Tod erfuhr. Sie hatte nicht geahnt, wie tief seine Depression ging, und nie geglaubt, dass es so weit kommen würde.«

Nach Angaben des Coroners wies die Aussage von Mrs. Elizabeth Brimley in dieselbe Richtung.

»Ihr Ehemann war in den Sommermonaten 1898 immer launischer und niedergeschlagener geworden, und wenn er bei seiner Familie weilte, was immer seltener der Fall war, suchte er oft die Stille und blieb für sich. Gelegentlich trank er übermäßig. Aber im Allgemeinen war er ein friedlicher Mann und blieb es bis zu seinem Ende.«

Ich blätterte weiter und kam zum Ende des Berichts, wo der Coroner seine Einschätzung zu dem Fall abgab.

»Am Sonntag, dem 25. September 1898 gegen elf Uhr morgens fand man die vollständig bekleidete Leiche von James Brimley im Erdgeschoss der Schuhfabrik Brimley & Co. Der

Verstorbene wurde von seinem Vater, Mr. Jack Brimley, entdeckt.
Bei der Untersuchung der Leiche vor Ort und bei Tageslicht fand man Abschürfungen an den Handinnenflächen. Außerdem wies der Tote Flecken am Hals auf, die auf die Einwirkung eines Stricks hindeuten. Ansonsten war der Körper äußerlich unversehrt, und am Tatort wurden keine Gegenstände gefunden, die diese Flecken verursacht haben könnten. Angesichts dieser Umstände wurde eine Obduktion angeordnet.
Vor der Obduktion ging man von Strangulation als Todesursache aus (wegen der Flecken im Halsbereich) und vermutete einen Suizid. Im Laufe der Untersuchung stellte sich jedoch heraus, dass der Kehlkopf unversehrt war und auch keine Halswirbel gebrochen waren. Über die Flecken hinaus gab es keine Hinweise auf eine Selbsttötung. Es war ein natürlicher Tod. Offenbar war es ganz einfach zum Herzstillstand gekommen.
Der Todeszeitpunkt ließ sich nur ungenau bestimmen, doch da die Leichenstarre bereits fortgeschritten war, ging man davon aus, dass der Tod irgendwann in den frühen Morgenstunden des 25. September eingetreten war.«

Ich ließ den Ordner auf meine Brust sinken und rieb mir die Augen. Armer James. Das war schon ein ziemlich merkwürdiger Abgang. Tot auf dem Fußboden der Fabrik, voller Flecken, deren Ursache ungeklärt war und die von einem unbekannten Gegenstand stammten. Ich griff nach meinem Weinglas, nahm einen langen, gemächlichen Schluck und dachte darüber nach, wo genau die Leiche gelegen haben könnte. Das ging nicht eindeutig aus dem Bericht hervor. Im Erdgeschoss, wo Tara und ich tagtäglich arbeiteten? Oder vielleicht in dem unterirdischen geheimen Zimmer? Ein leichter Schauder überlief mich.

Nein, wenn es dort gewesen wäre, hätte man es sicher erwähnt.

Ich stellte das Glas ab und nahm mir die Unterlagen erneut vor. Das nächste Dokument war eine handgeschriebene Notiz in kleiner, schwer zu entziffernder Schrift. Beim Überfliegen stellte ich fest, dass es eine persönliche Anmerkung des Coroners war, niedergeschrieben, nachdem er eine erste Tatortbesichtigung vorgenommen und die Zeugen befragt hatte.

Sie begann mit allgemeinen Beobachtungen über den Zustand der Leiche nach ihrer Entdeckung. Folgendes konnte ich entziffern:

25.09.1898 James Brimley (39). Leiche aufgefunden im Erdgeschoss der Schuhfabrik (Arbeitsplatz) von Vater Jack Brimley. Auf dem Rücken liegend, Arme und Beine ausgebreitet, Augen geöffnet. Ein großer Mann, um die zwei Meter groß, Körperbau robust und muskulös, ungefähr 125 Kilo schwer. Ordentlich gekleidet, keine Hinweise auf Gewaltanwendung oder eine tätliche Auseinandersetzung.

Darunter war eine grobe Skizze des Versandraums, ein Kreuz bezeichnete den Fundort der Leiche. Er lag nur ein paar Meter von der Abstellkammer und dem Zugang zu dem unterirdischen Zimmer entfernt.

Todeszeitpunkt: ? Leichenstarre bereits fortgeschritten. Quetschungen am Hals, doch am Fundort keine Gegenstände, mit denen man jemanden strangulieren könnte. Am Vorabend, als der Verstorbene von der Familie zum letzten Mal gesehen wurde, waren die Quetschungen noch nicht vorhanden (von der Ehefrau bestätigt). Augen, Gesicht und Hals ansonsten unauffällig. Leichte Abschürfungen an Handinnenflächen und Spuren von Erde in den Schnitten und unter den

Fingernägeln – ist der Verstorbene vor seinem Tod auf allen Vieren gekrochen? Von woher? Um einem Angreifer zu entkommen? Allerdings keine Kampfspuren in der Umgebung des Fundorts. Keine Hinweise auf ein gewaltsames Eindringen in die Fabrik. Abgesehen von der Leiche keine ungewöhnlichen Anzeichen.

Das unterirdische Zimmer wurde in dieser Notiz nicht erwähnt. Also muss die Tür geschlossen gewesen sein, sonst wäre es bestimmt zur Sprache gebracht worden. Und doch war James' Leiche unweit davon gefunden worden. Hatte er sich vielleicht in dem unterirdischen Zimmer aufgehalten? Das würde immerhin die Spuren von Erde an seinen Händen erklären. Ich dachte an den modrigen Geruch dort unten, den feuchten Lehmboden. Meine Handflächen wurden feucht. War er auf Händen und Knien die grobe Holztreppe herauf in die Haupthalle der Fabrik gekrochen und hatte sich dabei die Haut aufgeschürft? Warum hätte er das tun sollen? Vielleicht war er betrunken gewesen. Oder aus einem anderen Grund körperlich beeinträchtigt. Mein Blick wanderte zu der Stelle der Notiz zurück, wo der Coroner über die Verletzungen des Toten und die Anwesenheit einer weiteren Person spekuliert hatte. Hatte Brimley versucht, jemandem zu entkommen? Aber wem? Am Fundort der Leiche hatte es keine Anzeichen für einen Kampf oder ein gewaltsames Eindringen in die Fabrik gegeben, und auch seine Kleider wiesen keinerlei Kampfspuren auf. Was konnte James in dem unterirdischen Zimmer gemacht haben, falls er tatsächlich dort unten gewesen war? Erneut lief mir ein Schauder über den Rücken, als ich, nicht zum ersten Mal, an den Spiegel dachte. Ich überflog noch einmal die Seite, um mich zu vergewissern, aber der Spiegel wurde nicht erwähnt. Und es wurden auch keine weiteren Schlussfolgerungen gezogen.

Ich blätterte weiter. Als Nächstes kam eine Sterbeurkunde, dann eine Bestattungsgenehmigung, gefolgt von einem kurzen Zeitungsartikel vom 1. Oktober 1898, der die Untersuchungsergebnisse des Coroners erläuterte und Angaben zur Beerdigung enthielt. Offenbar war er am 30. September 1898 auf dem Friedhof Bunhill Fields beigesetzt worden, in aller Stille und im engsten Familienkreis. Ich sah mir die zwei kleinen Fotos unter dem Text an. Das linke war eine Schwarzweißaufnahme von James, das rechte, etwas verschwommenere, zeigte vermutlich James und seine Familie. Ich hielt die Seite näher an meine Augen.

Das erste Foto zeigte einen hochgewachsenen, imposanten Mann mit Schnauz- und Backenbart. James stand in strammer Haltung da, bekleidet mit einem eleganten dreiteiligen Anzug, und blickte, auf einen Stock gestützt, frontal in die Kamera. Er wirkte steif und förmlich und schien sich nicht ganz wohl zu fühlen. Seine Schuhe waren auf Hochglanz poliert, die schwarzen Haare glatt nach hinten gekämmt. Er lächelte nicht und hatte dunkle, grüblerische Augen. Das Bild trug die Unterschrift »Ein Mann von Fleiß«, war auf den 24. Mai 1896 datiert und damit mehr als zwei Jahre vor seinem Tod aufgenommen. Er wirkte in der Tat wie der Inbegriff viktorianischen Fleißes; gepflegt, ernst, im teuren Tuch eines Unternehmers. Ich betrachtete das Foto genauer, besonders die Augen. Der verschattete Blick unter den schweren Lidern irritierte mich.

Bei dem anderen Bild handelte es sich um eine Gruppenaufnahme. Es war so körnig, dass man die Personen nur sehr unscharf sah. Die Unterschrift lautete »James Brimley und Familie, 27. September 1898«. James in schwarzem Anzug und Krawatte stand stocksteif hinter einer Frau, die auf einem Stuhl saß und ein Kind auf ihrem Schoß hatte. Es musste sich um seine Frau Elizabeth handeln, die ebenfalls in Schwarz gekleidet war, und um seinen Sohn Thomas, eine Miniaturausgabe seines Vaters. Alle drei starrten geradeaus in die Kamera. Ich konzentrierte mich auf die Frau und versuchte, Einzelheiten zu erkennen, aber ich konnte nur vage die Form und die Züge ihres Gesichts ausmachen, die dunklen Haare und die dunklen Augen. Dasselbe galt für den Sohn. Doch eine gewisse Anspannung war bei allen unverkennbar. Sie wirkten finster und ernst, und eine tiefe Traurigkeit war fast mit Händen zu greifen. Ich sah mir James noch einmal genauer an. Auf diesem Foto war er glattrasiert und sein ehemals tiefschwarzes Haar von grauen Strähnen durchzogen. Aber über die groben Konturen seines Gesichts hinaus – Augen, Nase und Mund – konnte ich nichts daraus ablesen.

Trotzdem, irgendetwas an dem Bild stimmte nicht. Ich nahm mir erneut den Bericht des Coroners vor und schlug das genaue Todesdatum nach: 25. September 1898. Und plötzlich wusste ich, was mit dem Foto nicht stimmte. Es war zwei Tage nach James' Tod aufgenommen worden.

»Ein viktorianisches Gedenkporträt«, sagte ich laut.

Jetzt, da ich es wusste, sprang es geradezu ins Auge: die förmliche Anordnung der Personen bis hin zu dem Toten, der aufrecht stand, um die Vorstellung zu verstärken, er würde noch leben. Solche Aufnahmen sollten dem Andenken eines Verstorbenen dienen, doch sie vergegenwärtigten den Tod nur noch eindringlicher. Das Foto war zu klein, um weitere Einzelheiten zu erkennen, deshalb holte ich meine Lupe aus dem Schrank in der Küche. Ich benutzte sie oft, um mir Pläne oder Zeichnungen genauer anzusehen oder alte Dokumente besser lesen zu können.

Auf dem Sofa sitzend, betrachtete ich die Aufnahme durch die Lupe. Tatsächlich erkannte ich die Gesichter jetzt deutlicher. Thomas saß steif und mit großen Augen da. Kein Wunder, das arme Kind! Elizabeth wirkte zwar nicht ganz so angespannt wie ihr Sohn, aber ihre etwas verkrampften Gesichtszüge deuteten darauf hin, dass auch ihr die Situation unangenehm war. Ich konzentrierte mich wieder auf James mit seinem graumelierten Haar und den glattrasierten Wangen. Als ich ihn näher inspizierte, seine schwarzen Augen, die mich anstarrten, bekam ich Herzklopfen.

Diese Augen. Es waren tiefe dunkle Brunnen, und nicht einmal der Tod hatte den harten Zug um die Augenwinkel auslöschen können. Ich spürte, wie sich vor Angst mein Magen zusammenkrampfte. Ein letzter prüfender Blick auf James' Gesicht. Es gab keinen Zweifel. Ich hatte diesen Mann schon einmal gesehen. Ich kannte ihn.

Der tote Mann auf dem Bild war der Mann, dem ich vor ein paar Wochen in meinem Albtraum begegnet war.

Ich setzte mich kerzengerade auf dem Sofa auf, mir war schwindlig. Mit zittriger Hand schenkte ich mir noch ein Glas Wein ein.

Während ich in langsamen Zügen trank, versuchte ich, das alles zu begreifen, obgleich es überhaupt keinen Sinn ergab. Der Mann aus meinem Albtraum war James Brimley. Bis jetzt hatte ich nicht gewusst, wie er aussah, und doch hatte ich ihn bereits im Traum gesehen. Ich runzelte die Stirn. Wie war das möglich?

Ich überlegte. James Brimley, geboren 1859, war Direktor der Schuhfabrik gewesen, wo ich jetzt meine Arbeitstage verbrachte. Wir waren mit Sicherheit über dieselben Bodendielen gelaufen, hatten in denselben Räumen gearbeitet, waren vielleicht sogar beide in dem unterirdischen Zimmer gewesen. Ich schloss die Augen. Es war kaum zu glauben. Es hatte ihn wirklich gegeben. Er hatte Frau und Kind gehabt und war 1898 gestorben. Doch als ich von ihm geträumt hatte, wusste ich das alles noch nicht.

Ich dachte nach. Da war dieser Mann gewesen, James, mit dem grünen Schuh in der Hand. Der dunkle Spiegel an der Wand, das Bett mit dem Körper einer Frau darauf. Seine heftige Wut über mein Eindringen und mein Gefühl, zu ersticken und zu fallen. Jetzt war der Mann aus meinem Albtraum Teil meines realen Lebens geworden. Ich dachte an die seltsamen Todesumstände, den Fundort der Leiche in der Nähe des unterirdischen Zimmers, den Spiegel. Erschaudernd kippte ich den restlichen Wein hinunter.

Als ich noch einmal nachschenkte, fiel mein Blick auf den Ordner auf dem Tisch. Zwar hatte ich noch nicht alles gelesen, aber ich war mir jetzt nicht mehr sicher, ob ich weitermachen wollte. Ich mochte mir gar nicht vorstellen, worauf ich noch stieß. Stattdessen überlegte ich, etwas zu essen. Aber allein vom Gedanken daran wurde mir übel. Nervös begann ich im Zimmer auf und ab zu gehen, während ich fieberhaft nachdachte. Schließlich schaltete ich den Fernsehapparat in der Ecke aus. Augenblicklich senkte sich eine tiefe Stille über den Raum, die mich einhüllte und irgendwie ruhig werden ließ. Ich kehrte zurück zum Sofa und legte mich hin. Mein Blick fiel erneut auf den aufgeschlagenen Aktenordner, aber ich brachte nicht die Energie auf, die Hand danach auszustrecken. Das Bedürfnis weiterzulesen war verschwunden. Ich versuchte, mich zu entspannen, und überließ mich der Stille.

Kapitel 24

Das Klingeln des Telefons riss mich aus einem wohligen Schlaf. Ich wollte die Augen öffnen, aber meine Lider waren zu schwer. Für einen kurzen Moment blieb ich liegen und versuchte, mich zu erinnern, wo ich war. Ich war ausgekühlt, meine Glieder schmerzten, und mein Mund war wie ausgedörrt.

Das nervenzermürbende Klingeln hörte nicht auf. Ich drehte mich auf die Seite und schlug mühsam die Augen auf. Ich lag auf dem Wohnzimmersofa. Die durch das Fenster fallende Vormittagssonne beschien eine leere Rotweinflasche, ein halbvolles Glas und einen gelben Aktenordner auf dem Tisch neben mir. Eine dünne Weinspur zog sich den Stiel hinunter und hatte einen dunkelroten Kreis auf der Tischplatte hinterlassen. Ich atmete tief ein, schloss die Augen und spürte dem dumpfen Pochen eines Katers nach, der sich in den Untiefen meines Schädels bemerkbar machte. Während ich so dalag, unfähig, mich zu bewegen, verstummte das schrille Läuten des Telefons. Jetzt herrschte eine unheilvolle Stille. Erneut öffnete ich die Augen und griff nach der Armbanduhr auf dem Tisch. »Mist«, fluchte ich und sprang auf.

Eine halbe Stunde später sprang ich aus einem Taxi und hastete zum Eingang unseres Büros in Shoreditch. Mit einem flauen Gefühl im Magen rannte ich die Treppe hoch, immer zwei Stufen auf einmal nehmend. Auf dem Weg zu Richards Zimmer verfluchte ich nicht zum ersten Mal die offene Raumgestaltung. Mehrere Augenpaare blickten von ihren Unterlagen auf dem Schreibtisch hoch und sahen mir nach, wie ich mit energischen Schritten das Büro durchquerte. Ich begann zu schwitzen, Röte stieg mir in die Wangen. Warum zum Teufel hatte ich mir nicht fünf Minuten Zeit genommen, hatte mich ordentlich gekämmt und ein frisches Hemd angezogen? Ich war völlig kopflos aufgebrochen. Als ich an Taras Tisch vorbeikam, stand sie auf und schloss sich mir an.

Sie wirkte besorgt. »Ich habe versucht, dich anzurufen. Wo warst du?«

Statt einer Antwort zuckte ich nur die Schultern.

»Hör mal, hältst du es für eine gute Idee, ihm in diesem Zustand gegenüberzutreten?« Sie deutete auf meine zerknitterte Aufmachung.

»Ja. Ich halte es für das Beste, die Sache sofort hinter mich zu bringen.« Dabei war ich mir gar nicht so sicher, ob es das Richtige war. Ich wusste im Grunde selbst nicht so genau, was ich vorhatte. Nur dass alles besser war, als durch das gesamte Großraumbüro den Rückzug anzutreten.

An der Tür zu Richards Büro kam Tara mir zuvor und legte die Hand auf die Klinke. »Wäre es nicht besser, nach Hause zu gehen, zu duschen und später mit ein paar Zeichnungen wieder herzukommen? Er möchte endlich Fortschritte sehen, Johnny.« Tara sah mich flehend an. Jetzt fiel mir zum ersten Mal auf, dass auch sie müde wirkte. »Wäre es nicht besser, wenn du etwas vorzuweisen hättest?«

Sie hatte wahrscheinlich recht, trotzdem wollte ich auf keinen Fall kneifen. Außerdem war ich mir gar nicht sicher, ob ich überhaupt mit Fortschritten aufwarten konnte, sei es jetzt oder später. Ich lächelte. »Keine Sorge. Ist schon in Ordnung.« Dann schob ich ihre Hand weg und drückte die Klinke runter.

Beim Eintreten empfing mich gleißendes Sonnenlicht. Trotz der heruntergezogenen Jalousien war der Raum lichtdurchflutet. Blinzelnd trat ich näher: eine müde, schmuddelige Gestalt mit zerzaustem Haar und ungepflegten Klamotten. Jetzt bereute ich, dass ich nicht auf dem Absatz kehrtgemacht hatte und gegangen war. Aber es war zu spät. Ich stand im Licht der grellen Wintersonne. Vage registrierte ich, dass Tara die Tür schloss und Richard von seinem Stuhl aufstand und etwas in meine Richtung nuschelte. Aber ich verstand nicht, was er sagte. Ich blieb stehen, und als Richard mir mit einer Handbewegung bedeutete, mich zu setzen, beugte ich mechanisch die Knie. Erst als ich schon saß, fiel mir auf, dass Hajime, einer unserer langjährigen Mitarbeiter, neben Richards Stuhl stand.

»Hallo«, sagte ich zu ihm. Ich hörte meine Stimme klar und deutlich, also schien wenigstens die Akustik wieder normal zu sein. »Es ist ein bisschen hell hier drin, findest du nicht?« Er nickte und lächelte, aber sogar in meinem leicht benebelten Zustand merkte ich, wie unbehaglich er sich fühlte. Ich wandte meine Aufmerksamkeit wieder Richard zu, der Platz genommen hatte und auf die Tischplatte starrte.

»Hi, Richard«, fing ich an. »Entschuldige die Verspätung. Habe ich euch unterbrochen?«

»Nein, nein«, beschwichtigte er, aber man hörte ihm an, dass er irritiert war. Ohne seine gewohnte Selbstsicherheit blickte er von mir zu Tara und wieder zurück.

»Ist alles in Ordnung?«, preschte ich vor.

»Ja«, sagte er schließlich, holte tief Luft und fuhr sich mit der Hand durch die Haare. Diese Geste schien ihm Mut zu machen. »Es ist vielleicht sogar besser, dass du jetzt hier bist.«

»Okay«, antwortete ich nur. Die gleißende Sonne schien

die Spannung im Raum noch zu verstärken, und mir war mulmig zumute.

»Hör zu, Johnny …«

Bei diesen Worten schloss ich die Augen. Ich wusste, was kommen würde. Und aus irgendeinem Grund hatte ich plötzlich ein Bild des Spiegels vor Augen.

»… ich weiß nicht, wie ich es formulieren soll. Also sage ich es einfach rundheraus.« Er schwieg, als bezweifelte er selbst, dass er es wirklich aussprechen würde. Er räusperte sich, und trotz meiner misslichen Lage tat er mir leid. Er war nervös, ein Gefühl, das ihm fremd war. »Das Projekt läuft seit einiger Zeit nicht besonders rund. Vielleicht stimmst du mir da ja sogar zu?«

Ich erwog, ihm zu widersprechen, meine Ideen optimistisch zu bewerten, ihm fertige Entwürfe in Aussicht zu stellen. Ich erwog, ihm zu sagen, dass er einen vollkommen falschen Eindruck hatte. Ich bräuchte nur noch ein bisschen Zeit, dann würde ich ihm etwas ganz Besonderes liefern. Aber ich brachte keinen Ton heraus. Ich konnte einfach nicht lügen. Also machte ich den Mund wieder zu und ließ mich von der warmen Wintersonne bescheinen. Ich sah ihn an und wartete, was folgen würde.

»Also«, fuhr er fort, »wenn man bedenkt, dass wir mit dem Zeitplan hinterherhinken und es bis jetzt keine konkreten Zeichnungen gibt, die wir dem Kunden präsentieren können …« Er machte eine Pause, vielleicht wartete er auf einen Einspruch meinerseits, der jedoch ausblieb. »… habe ich wirklich keine andere Wahl, als das Fabrikprojekt jemand anderem zu übertragen.«

Obwohl er die letzten Worte ganz schnell heraushaspelte, waren sie unmissverständlich. Er entzog mir das Projekt. Ich hatte es befürchtet, dieses Damoklesschwert schwebte seit Wochen drohend über mir. Doch nun, da es so weit war, empfand ich überraschend wenig. Wenn ich überhaupt etwas empfand, dann Erleichterung. Ich drehte mich zu Hajime. Natürlich, deswegen war er hier. Unser talentierter japanischer Mitarbeiter. Er war fleißig und ehrgeizig und hatte diesen etwas zerzausten, stylishen Look. Kurz gesagt, er war alles, was ich nicht war. Ich folgte seinem ausweichenden Blick zum Schreibtisch. Jetzt registrierte ich auch die Fotos der Fabrik, der Beleuchtung und der Maschinen, die Stapel von Aufmaßzeichnungen, die wenigen groben Bleistiftskizzen. Ich holte Luft und sah durch das Fenster hinaus in die Sonne. Dann kehrte mein Blick zurück zum Schreibtisch. Ja, es gab keinen Zweifel. Das hier waren Bilder und Unterlagen, die die Fabrikrenovierung betrafen. Also war es schon vor dem heutigen Tag beschlossene Sache gewesen. Ich spürte, wie die Wut in mir hochkroch. Egal, was ich Richard gesagt und wie ich mich gerechtfertigt hätte, es wäre ohnehin zu spät gewesen. Die Maschinerie war bereits in Gang gesetzt. Schon teilten sie die Etagen auf und konnten es kaum erwarten, mit der Arbeit anzufangen. Ich sah zu Richard, meinem Freund, der nicht einmal versucht hatte, mit mir über seine Bedenken zu reden. Zorn ergriff Besitz von mir, Zorn auf ihn. Ich wollte schreien, alles in die Sonne hinaus brüllen, was ich die ganze Zeit zurückgehalten hatte. Doch ich brachte keinen Ton heraus, und so blieb ich schweigend sitzen und merkte, wie sich mein Zorn ein anderes Ziel suchte. Plötzlich war ich wütend auf mich, weil ich das alles zugelassen hatte, weil ich ihm meine Ängste nicht anvertraut, sondern verheimlicht hatte, und weil ich andere dazu verleitet hatte, es mir gleichzutun. Ich wandte mich zu Tara, und jetzt erfüllte mich tiefe Reue. Sie hatte versucht, mich zu warnen, mir zu helfen. Obwohl ich nicht auf sie hören wollte, hatte sie weiter zu mir gehalten und jede meiner falschen Entscheidungen mitgetragen. Und sie hatte mir zuliebe Richard belogen. Ich blickte in ihr bleiches, betroffenes Gesicht. Vielleicht war es auch für sie ein Schock, ein Schritt, den sie nicht erwartet hatte, noch nicht. Und doch war alles unerbittlich darauf zugesteuert.

Ich lächelte ihr zu, als ich ein wenig wackelig aufstand und den Stuhl zurückschob. »Sag mir nur eins, Richard. Ist Hajime schon in der Fabrik gewesen und hat sich alles angesehen? Vielleicht schon mehrmals, wenn Tara und ich nicht dort waren?«

Nach kurzem Zögern nickte Richard. Wenigstens schien es ihm peinlich zu sein. »Es tut mir leid, Johnny, aber ich musste Maßnahmen ergreifen … für den Fall …« Er verstummte.

»Verstehe. Tara ist aufgefallen, dass dort jemand ein und aus ging. Sie wusste nur nicht, wer.«

Ich suchte ihren Blick, aber sie bemerkte es nicht. Sie starrte Richard wütend an. Also hatte er auch sie hintergangen. Das musste man ihm lassen, er konnte wirklich ein rücksichtsloser Schweinehund sein. Lustig, dachte ich, als ich zur Tür ging.

»Gib mir die Fabrikschlüssel zurück, Johnny. Du brauchst sie ja jetzt nicht mehr.« Richards Ton war unbeteiligt, seine Stimme gefasst. »Es tut mir leid, dass ich dich darum bitten muss, aber …«

Ich drehte mich um und musterte sein fein gemeißeltes Gesicht, die ausdruckslose Miene, die braunen Augen mit dem harten Zug. Er wirkte nicht, als täte es ihm leid.

Wieder spürte ich Wut in mir aufsteigen. Ich sah aus dem Fenster. Schwere Wolken jagten über den Himmel und breiteten ein dunkles Tuch über die Stadt. Von einem Augenblick auf den anderen zog sich der helle Sonnenschein aus dem Zimmer zurück. Als ich die Fabrikschlüssel aus der Jackentasche nahm, hatte ich einen bitteren Geschmack im Mund. Ich schluckte und versuchte, einen klaren Kopf zu bekommen. Aber im selben Moment traf mich ein Ansturm von Bildern. Ein Spiegel im Dunkeln, ein Mann, James Brimley, der Mann aus meinen Träumen, tot auf dem Fußboden der Fabrik. Die grünen Augen eines Mädchens, die schwarze Magie einer Königin. Die Bilder purzelten zusammenhanglos durch meinen Kopf. Dann sah ich die Schlüssel in meiner Hand. Als Richard sich anschickte, sie mir abzunehmen, musste ich mich zusammenreißen, um die Hand nicht wegzuziehen. Ein dunkles Spiegelbild flackerte vor meinen Augen und verschwand. Richard steckte die Schlüssel ein.

Ich lächelte ihn an. Ein kurzes, hasserfülltes Lächeln. Dann drehte ich mich um und ging.

Kapitel 25

Am selben Abend saß ich an Ophelias Esszimmertisch. Ich hatte ihr gerade die traurige Geschichte erzählt, wie man mir das Projekt entzogen hatte. Vor mir stand eine zur Hälfte geleerte Flasche Rotwein. Ich nahm einen großen Schluck aus meinem Glas und fragte mich zum hundertsten Mal, wie es dazu gekommen war. Selbst jetzt, nachdem ich es in allen Einzelheiten mit Ophelia durchgekaut hatte, kam es mir beinahe unwirklich vor. Ich blickte auf den silbernen Kerzenleuchter neben der Weinflasche, auf die weiße Kerze, an der heruntergelaufenes Wachs klebte. Ich runzelte die Stirn. Irgendwie sah der Kerzenleuchter heute anders aus als bei meinem letzten Besuch. Und dennoch war es derselbe Leuchter, da war ich mir sicher. Vielleicht lag es einfach daran, dass jetzt alles anders aussah. Stumpf und befleckt. Ich schälte ein Stück Wachs ab, rollte es zu einer kleinen weißen Kugel und legte sie neben den aufgeschlagenen Ordner auf dem Tisch. Ich starrte eine Weile darauf, dann nahm ich noch einen großen Schluck Wein. Das schien mir angesichts der Umstände das Beste zu sein. Ich rieb mir die Augen. Ich war müde, ich brauchte Ruhe. Aber hinter den geschlossenen Lidern sah ich, wie meine Hand Richard die Fabrikschlüssel entgegenstreckte. Ich riss die Augen auf, und plötzlich war all die Wut, die sich inzwischen ein wenig gelegt hatte, mit aller Macht zurück. Schon den ganzen Tag ging mir die Frage im Kopf herum, was eigentlich das Schlimmere war: dass man mir das Projekt weggenommen hatte oder dass ich die Fabrik nicht mehr betreten durfte?

»Hier.« Ophelia kam mit einem Sandwich aus der Küche zurück. Sie rückte die Weinflasche zur Seite und stellte den Teller vor mich. »Iss das. Du kannst nicht die ganze Zeit nur trinken.« Sie strich mir durchs Haar und küsste mich auf die Wange.

»Danke«, sagte ich, aber schon beim Anblick des Sandwichs wurde mir übel. Mit einem bedauernden Lächeln schob ich den Teller weg und schenkte uns beiden noch einmal ein.

»Du solltest wirklich etwas essen«, sagte sie ohne große Überzeugung. Eine Zeitlang schwiegen wir. »Mir will einfach nicht in den Kopf, warum Richard nicht mit dir über die Probleme gesprochen hat. Solch eine drakonische Maßnahme zu ergreifen, dabei bist du doch sein Freund.« Ophelia runzelte die Stirn und kniff die Augen zusammen.

Ich nickte nur. Darüber hatte ich seit dem Vormittag nachgedacht, und meine einzige Schlussfolgerung war, dass er immer noch böse auf mich war wegen Tara. Vielleicht war es ihm gar nicht bewusst, aber es hatte bei seinem Entschluss bestimmt eine Rolle gespielt. So schlug er zwei Fliegen mit einer Klappe. Er drängte mich aus dem Projekt, an dem auch Tara beteiligt war.

»Das ergibt doch überhaupt keinen Sinn«, fuhr Ophelia fort.

Vielleicht doch. Ein klarer Fall von Eifersucht. Bei diesem Gedanken fiel mir etwas anderes ein. Instinktiv streckte ich die Hand nach dem gelben Aktenordner neben mir aus und ließ die Finger auf dem rauen Papier ruhen.

»Was ist das eigentlich?« Ophelia deutete auf den Ordner. »Ständig fasst du danach. Willst du dich vergewissern, dass er real ist?« Sie lachte.

Paradoxerweise hatte sie ins Schwarze getroffen. »Komisch, dass du das sagst. Das ist der Ordner, den Tara für mich zusammengestellt hat. Gestern Abend habe ich einen Teil davon gelesen, aber ich hatte noch keine Gelegenheit, dir davon zu erzählen.« Blitzartig zuckten die Ereignisse des Tages durch meinen Kopf, und wieder erschien alles so unwirklich. Ich starrte haltsuchend auf den Kerzenleuchter, doch nur das kühle Papier unter meiner Hand und der feste Tisch vermochten mich zu beruhigen. »Hauptsächlich geht es darin um James Brimley, den ehemaligen Fabrikbesitzer.« Ich holte tief Luft. »Und um die Untersuchungen zu seinem Tod in der Fabrik.«

»Oh«, sagte Ophelia und war plötzlich ernst.

»Soll ich dir mehr darüber erzählen?«

»Nur wenn du möchtest.« Sie sah mich an und nippte an ihrem Wein. »Du hast schließlich einen schweren Tag hinter dir.«

Ich dachte an die Unterredung mit Richard, daran, wie ich aus dem Büro gestürmt und durch die Straßen gelaufen war, um alles auf die Reihe zu bekommen. Ich dachte daran, wie ich Taras Anrufe ignoriert hatte und schließlich nach Hause gegangen war. Den Ordner zu Ende zu lesen, war eine willkommene Ablenkung gewesen, auch wenn ich auf weitere unerwartete Dinge gestoßen war. »Nein, schon gut. Dann muss ich wenigstens nicht mehr daran denken, was heute passiert ist.« Ich hatte Richards ausgestreckte Hand vor Augen, mit der er die Schlüssel eingefordert hatte, und wieder glühten Schmach und Zorn in mir. Ich nahm einen Schluck Wein und begann, die Umstände von James Brimleys Tod darzulegen.

Während ich erzählte, was Tara herausgefunden hatte, musterte Ophelia mich ruhig und gefasst. Erst als ich eine kurze Pause machte, warf sie etwas dazwischen. »James wurde also tot im Versandraum der Fabrik gefunden?«

Es war eher eine Feststellung als eine Frage, trotzdem

nickte ich. Dann zeigte ich ihr die Skizze des Coroners mit dem Kreuz, das den Fundort der Leiche markierte. »Tara und ich müssen schon Hunderte Male über diese Stelle gelaufen sein.«

Ophelia erschauderte. »Unheimlich. Und auch die Umstände seines Todes sind unheimlich.«

»Ja. Und trotzdem ging der Coroner von einer natürlichen Todesursache aus …«

»Zweifelst du daran?«

»Es gibt keine Beweise, nur Indizien wie die Abschürfungen an den Händen und die Flecken an seinem Hals. Nichts deutet auf Selbstmord oder auf Handgreiflichkeiten mit einem Eindringling hin. Es gibt keinerlei Hinweise auf Fremdeinwirkung.«

»Und was denkst du?« Ophelia verengte ihre Augen zu Schlitzen.

»Ich weiß es nicht. Wirklich nicht. Aber irgendetwas stimmt an der ganzen Sache nicht.« Wieder dachte ich an meinen Albtraum.

»Was ist los, Johnny?«, fragte Ophelia.

Ich seufzte. »Du erinnerst dich doch noch an meinen Albtraum, von dem ich dir erzählt habe? Vor ein paar Wochen.«

»Natürlich.« Sie zögerte. »Als du dachtest, du stirbst.«

Ich zog den Artikel mit den Fotos von James aus dem Ordner und legte sie vor ihr auf den Tisch. »Er ist der Mann aus dem Traum.«

»James?«

Ich nickte.

Ophelia starrte mich verständnislos an.

»Ich weiß, ich weiß. Das ist nur ein Hirngespinst.«

»Also, nur damit ich dich richtig verstehe. Du hast einen Mann im Traum gesehen, den es wirklich gegeben hat.«

Sie hielt inne. »Und er hat am selben Ort gearbeitet wie du jetzt.«

Wieder nickte ich. Eine Zeitlang hing jeder seinen Gedanken nach.

»Das ist … also … ich weiß nicht.«

»Genau. Ich frage mich auch allmählich, ob ich den Verstand verliere.« Ich holte tief Luft. »Und heute wurde es noch bizarrer.« Ich blätterte Taras Ordner durch, bis ich das Dokument fand. Dann zog ich es heraus und legte es Ophelia vor.

Sie überflog die Seite und sah mich erwartungsvoll an. »Was ist das?«

»Das ist die Fotokopie einer Seite aus einem uralten Hauptbuch, einem Auftragsbuch.« Die Eintragungen darauf waren wie der Bericht des Coroners von Hand, doch die Schrift war größer und deutlicher. »In der linken Spalte stehen, wie du siehst, Frauennamen, in alphabetischer Reihenfolge. Marjorie Ashton, Mary Audley, Irene Bailey, Sarah Burnham, Eva Dooler und so weiter und so fort, bis zu Katherine Irvine. Die mittleren Spalten enthalten Schuhgröße, Farbe und Modell sowie eine Kurzbeschreibung des Schuhs. In den letzten drei Spalten rechts sind die nicht unbeträchtlichen Summen aufgelistet, die dafür bezahlt wurden, außerdem Adressen und Versanddaten. Auf dieser Seite, wie du siehst, sind alle aus dem Jahr 1898.«

Ophelia sah mich fragend an und zuckte die Schultern.

»Als Tara und ich das erste Mal in dem unterirdischen Zimmer waren, faszinierten sie besonders die grünen Schuhe. Sie war sicher, dass sie handgearbeitet waren und dass wir mithilfe der Geschäftsunterlagen herausfinden könnten, für wen sie angefertigt wurden. Ihrer Ansicht nach musste es irgendwo zwischen all den Unterlagen ein Auftragsbuch geben, in dem jede Bestellung und jeder Kunde verzeichnet waren.«

»Und das hier stammt aus dem Auftragsbuch?«

Ich nickte und tippte mit dem Finger auf die Seite. »Das ist ein Verzeichnis der Frauen, die im ersten Halbjahr 1898 bei der Fabrik maßgefertigte Schuhe bestellt haben.«

Jetzt sah sich Ophelia die Liste genauer an, ihre Augen wanderten über die Beschreibungen der Schuhe, bis sie die richtige Stelle fand. Dunkelgrünes Leder, konischer Absatz, Knöchelriemchen, hellgrün besticktes Deckleder. Dann las sie den Namen daneben laut vor. »Amelia Holmes.«

Die Worte schienen aus der Seite herauszutreten und Gestalt anzunehmen, die Gestalt einer Frau. Ich zog das letzte Blatt Papier aus dem Ordner. »Als Tara entdeckte, dass die Schuhe Amelia Holmes gehörten, wollte sie mehr über sie wissen. Eins muss man ihr lassen, sie ist ein Genie im Recherchieren. Sie stieß auf einen alten Zeitungsartikel, den du gleich lesen kannst. Aber sieh dir zuerst das Foto unten auf der Seite an.«

Ophelia betrachtete das Foto und stieß einen leisen Pfiff aus. Trotz der schlechten Qualität war eins unverkennbar. Amelia Holmes war hinreißend schön. Sie lächelte auf altmodische Art, mit geschlossenem Mund, nur die Mundwinkel waren nach oben gezogen, und ihre ungewöhnlichen Augen fielen sogar in Schwarzweiß auf.

»Eine richtige Schönheit«, sagte Ophelia und beugte sich zu dem Bild hinunter.

Auch mein Blick war auf das Foto geheftet, und ich stellte mir die grüne Iris mit den gelben und orangefarbenen Sprenkeln vor. Dann sprach ich es aus. »Das ist die Frau, von der ich dir erzählt habe. Die Frau aus meinem Traum.«

Kapitel 26

»Wie ist das möglich?« Ophelia sah mich ungläubig und mit weit aufgerissenen Augen an.

Ich griff nach dem Zeitungsartikel und deutete auf den Namen. »Auch sie hat wirklich existiert.« Sie war so real und greifbar wie die Tinte auf diesem Blatt Papier.

»Unglaublich.« Ophelia schüttelte den Kopf. »Und wie James hast du auch sie in einem Traum gesehen, bevor du wusstest, dass sie überhaupt existierte.«

Sofort stand mir wieder mein Traum von Amelia Holmes und mein Gespräch mit ihr in dem unterirdischen Zimmer vor Augen.

Ophelia zeigte noch einmal auf den Namen im Auftragsbuch. »Und ihre Schuhe stammen aus James' Fabrik. Dann gab es also eine Verbindung zwischen ihnen.«

Ich nickte. »Und anscheinend ist dies nicht die einzige.« Ich tippte auf den Zeitungsartikel. »Lies das mal hier.«

»Okay«, sagte sie, aber sie wirkte unsicher.

______ Chronicle, 15. Oktober 1898
Junge Frau VERMISST
Amelia Holmes aus Bethnal Green ist seit nunmehr über drei Wochen vermisst. Sie wurde zuletzt am Abend des 23. September gegen 18 Uhr auf dem _____ Square von Arbeitskolleginnen der Schuhfabrik Brimley in Clerkenwell gesehen. Seitdem gibt es kein Lebenszeichen von ihr.
Amelia (geb. am 3. April 1879) ist das älteste der fünf Kinder von Grace und Branwell Holmes. Grace Holmes starb im Mai 1897 an Schwindsucht. Seit dieser Zeit arbeitete Amelia

in der Stepperei bei Brimley's. Sie wurde zuletzt beim Verlassen des Fabrikgeländes gesehen.
Seither fehlt von Miss Holmes jede Spur. »Sie ist eine hingebungsvolle Tochter und Schwester«, sagte ihr Vater. »Als ihre Mutter starb, nahm sie selbstlos deren Stelle ein und kümmerte sich um die Familie. Sie ist ein herzensgutes, großmütiges und vernünftiges Mädchen und würde niemals irgendwohin gehen, ohne es uns zu sagen. Ich appelliere an alle, die etwas über sie wissen, sich zu melden. Wir vermissen sie sehr.«

Ophelia starrte den Artikel auf dem Tisch an.

»Sie hat also in James' Fabrik gearbeitet«, sagte sie schließlich. »Es ergeben sich immer mehr Verbindungen zwischen den beiden.« Dann verfiel sie erneut in Schweigen. Genauso war es mir gegangen, als ich den Artikel gelesen hatte. Sie versuchte, die Puzzleteile zu einem sinnvollen Bild zusammenzusetzen.

»Ich habe die ganze Zeit darüber nachgedacht«, sagte ich schließlich. »Willst du hören, zu welchem Schluss ich gekommen bin?«

Ophelia nickte und rieb sich die Schläfen. »In meinem Kopf geht alles durcheinander. Ich verstehe überhaupt nichts mehr.«

»Okay. Ich versuch's mal.« Ich holte tief Luft und begann. »Folgende Fakten sind uns bekannt: Amelia Holmes wurde im Londoner East End geboren. Sie verlor ihre Mutter 1897 im Alter von achtzehn Jahren. Das bedeutete einen gewaltigen Einschnitt für die Familie, nicht nur emotional. Mit fünf Kindern und nur einem arbeitenden Elternteil war das Geld knapp. Amelia musste sich also eine Stelle suchen. Im Mai fing sie in Brimleys Schuhfabrik an.«

Ophelia besah sich das Auftragsbuch mit James' Eintragungen und Amelias Namen. Sie nahm den Faden auf und fuhr fort: »Und dort hat sie James kennengelernt. Den gestrengen, aber gutaussehenden neuen Boss.«

»Hmmm.«

Wir sahen einander nur an, keiner von uns sprach aus, was wir beide dachten.

»Und es gibt, glaube ich, mindestens einen Hinweis darauf, dass die beiden sich irgendwie ... näherkamen, um es mal so auszudrücken. Zumindest einen konkreten Anhaltspunkt.«

»Die Schuhe.«

»Richtig.«

»Ja. Sie ist arm, sie arbeitet in einer Fabrik, um zum Lebensunterhalt ihrer Familie beizutragen.« Ophelia tippte auf den Artikel mit der Vermisstenmeldung. »Aber woher hatte sie diese teuren, handgearbeiteten und bestickten Schuhe? Sie kann sie nicht selbst gekauft haben. Um sich solche Schuhe leisten zu können, hätte sie unendlich lange sparen müssen. Sie brauchte das Geld für ihre Familie.« Ophelia ließ den Finger über die Rubrik des Auftragsbuchs gleiten, in der die Zahlungseingänge für die handgefertigten Schuhe eingetragen waren. »In der Spalte für Amelia Holmes steht kein Betrag für die grünen Schuhe.«

Ich nickte. Das war mir auch schon aufgefallen. »Und es wird auch keine Lieferadresse genannt.«

»Dann liegt die Erklärung nahe, dass er sie ihr schenkte. Sie waren ein Geschenk ihres Liebhabers.« Ophelia legte den Kopf schief und sah mich fragend an.

»Wir wollen keine voreiligen Schlüsse ziehen. Das wissen wir nicht.« Aber ich war selbst nicht überzeugt von dem, was ich sagte. Das Bild eines Frauenkörpers auf dem

Bett in dem unterirdischen Zimmer, das in meinem Albtraum aufgetaucht war, zuckte durch meinen Kopf, der zerknitterte Unterrock mit den Schweißflecken, die weißen, nackten Schenkel.

»Das stimmt«, sagte Ophelia und zog die Nase kraus. »Aber dass sie eine Affäre hatten, ist doch naheliegend, meinst du nicht?«

Ich nickte.

Bei ihren Worten fiel mir wieder ein, was Tara gesagt hatte. »Warum gäbe es sonst hier ein Bett? Es ging um Sex, oder?« Ja, wahrscheinlich ging es um Sex. Ich sah den ermatteten, in seiner Lust gestillten Frauenkörper vor mir.

»Klammern wir das vorerst einmal aus«, sagte ich. »Wir wissen, dass Amelia im Mai 1897 in der Fabrik anfing und knapp eineinhalb Jahre später, im September 1898, verschwand. Sie verließ eines Abends die Fabrik und ist nie zu Hause angekommen.«

»Richtig«, sagte Ophelia.

»Ich habe im Internet recherchiert, nachdem ich den Zeitungsartikel über ihr Verschwinden gelesen hatte. Aber es ist nichts dabei herausgekommen. Und ich nehme an, dass Tara auch nichts gefunden hat, sonst stünde es in dem Ordner. Wahrscheinlich ist sie nie wieder aufgetaucht, weder tot noch lebendig.«

Wir schwiegen beide. Dann sagte Ophelia: »Die Affäre, wenn sie eine hatten, nahm womöglich ein böses Ende. Vielleicht ist Amelia weggegangen, weil sie die Vorstellung, ihm tagtäglich zu begegnen, nicht mehr ertragen konnte.«

Ich überlegte, aber irgendwie klang diese Version nicht überzeugend. »Der Grund, warum sie diese Arbeit angenommen hat, war doch, dass sie für ihre Familie sorgen wollte. Ihre Familie war ihr wichtig. Ich kann mir nicht vorstellen, dass sie einfach weggelaufen sein soll, als die Affäre schiefging. Sie hätte sich doch sicher eine andere Arbeit gesucht.«

»Das stimmt. Oder sie ist schwanger geworden und weggelaufen, weil sie diese Schande nicht ertragen hätte.«

Das erschien mir plausibler. Schließlich war eine außereheliche Schwangerschaft damals etwas Skandalöses. Trotzdem stellte mich auch diese Erklärung nicht zufrieden. »Sie hat ihre Familie geliebt. Selbst wenn sie weggegangen wäre, hätte sie ihnen doch wenigstens gesagt, dass sie am Leben war. Das passt alles nicht zusammen.«

»Ja, du hast recht.« Ophelia vertiefte sich erneut in den Artikel mit der Vermisstenmeldung. »Ihr Vater war überzeugt, dass ihr etwas zugestoßen war. ›Sie würde niemals irgendwohin gehen, ohne es uns zu sagen.‹ Vielleicht wurde sie auf dem Heimweg entführt oder getötet. Jack the Ripper beispielsweise trieb im East End damals sein Unwesen.«

Das war gar nicht so abwegig. In dieser Periode der viktorianischen Geschichte geschahen einige berühmt-berüchtigte Morde. Dieser Erklärung konnte ich noch am ehesten etwas abgewinnen. In Gedanken spielte ich die düstersten Szenarien durch. »Es gibt natürlich noch eine Möglichkeit.«

Ophelia lauschte aufmerksam, sagte jedoch nichts.

»James hat sie getötet und ihre Leiche verschwinden lassen.«

»Ja.«

Wir saßen einen Moment schweigend da. Ophelia blätterte im Ordner. »Nicht lange nach Amelias Verschwinden wird James in der Fabrik tot aufgefunden.«

Ich nickte. »Man fand ihn an einem Sonntagmorgen. Zwei Tage, nachdem sie verschwand.«

»Und der Coroner kam zu dem Schluss, dass er eines natürlichen Todes starb.«

»Ja.«

»Aber nehmen wir mal für einen Moment an, der Coroner irrt sich.«

»Okay.«

»Vielleicht hat James sie getötet und dann darüber den Verstand verloren und sich selbst umgebracht.«

»Daran habe ich auch schon gedacht. Aber wie hat er es angestellt? Er hat sich nicht erhängt, auch wenn er es möglicherweise versucht hat, und es gibt keine anderen Hinweise auf einen Selbstmord. Er starb an einem Herzinfarkt.«

Ophelia überlegte. »Was, wenn Amelia James getötet hat, die Leiche in der Fabrik liegen ließ und anschließend untertauchte?«

Auch das hatte ich schon erwogen. »Das kann ich mir nicht vorstellen. Er war viel größer und stärker als sie. Und selbst wenn sie es irgendwie geschafft hätte, ihn umzubringen, wie kann es sein, dass sie keine Spuren hinterlassen hat? Und wenn er in dem unterirdischen Zimmer gewesen war, wie der Bericht des Coroner andeutet, dann hätte sie einen gut 125 Kilo schweren Körper die Treppe hochschleifen müssen.«

Wir schwiegen beide.

»Aber der Zeitpunkt ist merkwürdig, findest du nicht?«

Ich schälte ein Stück weiches Wachs von der Kerze und formte es zu einer Kugel. Es war absolut merkwürdig.

»Für mich ist am wahrscheinlichsten, dass Amelia von James getötet wurde. Dieses Szenario erklärt auch, warum die grünen Schuhe unten im Keller geblieben sind. Wenn sie vorhatte, abzuhauen und ein neues Leben zu beginnen, hätte sie doch das Schönste mitgenommen, was sie besaß.«

Ich nickte.

»Aber die Schuhe blieben in dem unterirdischen Zimmer.«

Im Geist stieg ich die Kellertreppe hinunter, tauchte ein in die Dunkelheit und sah die grünen Schuhe am Samtband in der Ecke des Spiegels hängen. Was war mit Amelia und James passiert? Ich wurde das Gefühl nicht los, dass es etwas mit dem Spiegel zu tun hatte. In Gedanken versunken, merkte ich zuerst gar nicht, dass Ophelia meinen Namen rief.

Ich hustete. »Entschuldige. Ich war weit weg.«

»Worüber hast du nachgedacht?«

Ich überlegte kurz, ob ich es ihr sagen sollte oder nicht. Aber es war nur recht und billig. Auch sie hatte in den dunklen Spiegel geblickt. Und sie würde es vielleicht wieder tun. »Ich habe an den Spiegel gedacht.«

»Was ist damit?«

Ich antwortete nicht sofort, doch dann beschloss ich, es zu sagen. »Er kam auch in meinem Albtraum vor.«

»Tatsächlich? Das hast du mir noch gar nicht erzählt.«

»Es erschien mir nicht wichtig.« Das war eine Notlüge.

Ophelia sah mich an. »Und was glaubst du, hat das zu bedeuten?«

»Ich weiß es nicht.« Aber ich war mir sicher, dass es etwas zu bedeuten hatte. Der Gedanke daran ließ mich nicht mehr los.

»Was auch immer es bedeutet, es ist bizarr.« Ophelia stand auf und ging zum Kamin, um Feuer zu machen. »Du träumst von zwei Personen, bevor du überhaupt weißt, wer sie sind. Dann stellt sich heraus, dass sie einander kennen, ja dass sie möglicherweise oder sogar sehr wahrscheinlich eine intime Beziehung haben. Hinzu kommen die Schuhe, die ebenfalls in deinem Traum auftauchen. Ein scheinbar nebensächliches Detail, doch dann zeigt sich, dass diese Schuhe eine noch viel engere Verbindung zwischen den beiden schaffen. Folglich muss auch der Spiegel etwas damit zu tun haben, ebenso wie das unterirdische Zimmer. Alles in diesem Traum hat seinen Grund.«

Ich war überzeugt, dass sie recht hatte, nur wusste ich nicht, wie das alles zusammenhing.

»In der Fabrik gibt es weitere Anhaltspunkte zur Aufklärung der Sache, da bin ich sicher. Wir müssen sie nur finden. Aber im Moment habe ich keine Möglichkeit reinzukommen.« Ich hatte Ophelia von meiner Schmach erzählt, Richard die Schlüssel aushändigen zu müssen.

Als ich sie gequält anlächelte, griff sie nach meiner Hand und sah mich einen Moment einfach nur an. »Wo Schatten ist, ist auch Licht«, sagte sie schließlich.

Ich sah sie an. »Was meinst du damit?«

»Nun ...« Sie zögerte. »Ich sage dir jetzt etwas, aber du musst mir versprechen, mir nicht böse zu sein.«

»Warum sollte ich dir böse sein?« Der Einzige, auf den ich böse war, war im Moment Richard.

Ophelia lächelte. »Versprich es mir einfach, ja?«

»Okay«, sagte ich und küsste ihre Hand.

»Vor einiger Zeit, an einem Wochenende, als du deine Schlüssel bei mir in der Wohnung vergessen hast ... ich weiß nicht mehr, wohin du musstest ... egal ...« Ophelia holte tief Luft. »Da habe ich mir die Schlüssel nachmachen lassen.« Sie haspelte den Satz heraus, dann verfiel sie in Schweigen.

Im ersten Moment begriff ich gar nicht, was sie meinte und starrte sie fassungslos an. »Warum?«, fragte ich schließlich.

»Keine Ahnung. Ich dachte vermutlich, ich würde sie einmal brauchen.«

»Aber warum?«

»Keine Ahnung«, wiederholte Ophelia.

»Hast du sie schon mal benutzt?«

»Nein.«

Ich sah in ihre grünen Augen, konnte jedoch nicht ergründen, ob sie die Wahrheit sagte oder nicht.

»Du musst mir glauben, Johnny. Ich war nur ein einziges Mal ohne dich da. Das weißt du. Seither und seit ich mir die Schlüssel habe nachmachen lassen, war ich nur mit dir wieder dort unten.«

Ich versuchte, schlau daraus zu werden. Ich konnte nicht begreifen, warum sie so etwas getan hatte, es sei denn, dass sie vorhatte, die Schlüssel ohne mein Wissen zu benutzen.

»Bist du mir böse?« Ophelias Blick war flehentlich.

»Nein«, sagte ich, und meine Stimme klang überraschend ruhig. »Ich bin dir nicht böse.«

»Und jetzt hat es auch noch sein Gutes.« Sie lächelte. »Du kommst trotzdem in die Fabrik. Wir können immer noch rein.«

»Ja, das stimmt.« Ich machte eine nachdenkliche Pause. »Danke«, fügte ich hinzu, aber ich konnte mich nicht zu einem Lächeln durchringen.

»Du musst natürlich vorsichtig sein.«

Ich nickte. Dass man mich dabei ertappte, wie ich unbefugt das Fabrikgelände betrat, war das Letzte, was ich wollte. Wenn Richard mir auf die Schliche käme … ich hatte keine Ahnung, wie er reagieren würde. Seltsamerweise musste ich bei dem Gedanken schmunzeln.

»Was ist denn?«

»Ach, nichts.«

Ophelia sah mich lange an. Dann stand sie auf, nahm das Sandwich und ging damit Richtung Küche. »Du hast nicht vergessen, dass ich nächste Woche zum Shooting nach Yorkshire muss, oder?«

Ich drehte mich zu ihr um. »Nein, das habe ich nicht vergessen.«

»Wirst du ohne mich zurechtkommen?«

Ihr besorgter Blick stimmte mich milde. »Ganz bestimmt«, sagte ich lächelnd.

»Und keine bizarren Träume mehr, in Ordnung?«

»In Ordnung.«

Sie blieb stehen und sah mich an. Dann sprach sie einen Gedanken aus, der mich schon seit einiger Zeit beschäftigte. »Johnny, glaubst du, dass es überhaupt Träume waren?«

Ich zuckte die Schultern. Tatsächlich wusste ich überhaupt nicht mehr, was ich glauben sollte. Aber wenn es keine Träume waren, was war es dann? Wieder dachte ich an Amelia und James, an das unterirdische Zimmer, den dunklen Spiegel an der Wand, an die Buchstaben in der rechten unteren Ecke. Ich dachte an eine Schwarze Königin mit ihren Zauberkräften, ihren Visionen und Prophezeiungen. Dann dachte ich an die Vergangenheit und die Wege der Geschichte, die in die Gegenwart führten.

Kapitel 27

Château de Fontainebleau
Juni 1556

Katharina lag regungslos in ihrem Bett, einen Berg Seidenkissen im Rücken, deren weicher, glatter Stoff ihre empfindliche Haut umschmeichelte. Ihr Körper war wund und schwach, erschöpft nach der Niederkunft mit Zwillingen, und schon die geringste unbedachte Bewegung bereitete ihr Schmerzen.

Schwere Damastvorhänge verhüllten die weit geöffneten Fenster, und wenn der warme Wind sie bewegte, spielten flirrende Muster aus Licht und Schatten an der Decke. Es musste ein strahlender, herrlicher Tag sein, aber Katharina wandte nicht den Kopf. Sie starrte beharrlich an die Decke und folgte den Lichtflecken, die über die mit Blattgold verzierten, kobaltblauen Kassettenfelder tanzten. Es hätte ein glücklicher Tag sein sollen, dachte sie. Aber er war es nicht. Die Ärzte hatten gesagt, es sei unwahrscheinlich, dass Victoire, das zuerst geborene Zwillingsmädchen, mehr als ein paar Wochen am Leben blieb. Und Jeanne, deren kleinen Körper man tot aus dem Mutterleib herausgezogen hatte, lag bereits unter der Erde. Katharina hörte das Echo von Stimmen, die ihr sagten, dass auch sie fast gestorben wäre, dass sie dankbar sein müsse, noch am Leben zu sein, und Gott dafür preisen müsse. Aber in diesem Moment war sie nicht dankbar und konnte Gott nicht preisen.

Wieder blähten sich die Vorhänge, von einer starken Brise erfasst. Der Wind trug den Klang von Kinderstimmen aus dem Park zu ihr herauf. Es waren ihre Kinder, und sie spielten, riefen einander etwas zu und lachten. Sie hörte Édouard-Alexandre heraus, wie er außer Atem nach seiner Schwester rief. Dann das Getrappel seiner kleinen Füße. Im nächsten Moment warf er Claude vor, er würde schummeln. Katharina musste lächeln, das Herz ging ihr auf. Gott sei gedankt für Édouard-Alexandre, für ihre geliebten Kinder. Dann trug der Wind eine andere Stimme zu ihr hoch, eine Frauenstimme, die sie sofort erkannte. Leise ermahnte die Frau Katharinas Kinder zur Ruhe. Sie rief sie bei ihren Spitznamen, ihren Kosenamen, die Katharina und der König benutzten und die, wie Katharina fand, auch nur sie und der König benutzen sollten.

Und schon war der flüchtige Moment des Glücks vorbei, und ihre Stimmung verdüsterte sich erneut. Der auflodernde Hass nahm ihr die Luft zum Atmen. Sie lauschte, und sie wusste, wenn sie diese Stimme erneut vernähme, würde sie laut aufkreischen, unfähig, ihren Zorn zu bezähmen. Aber der Wind brachte keinen Laut mehr zu ihr herauf. Um Fassung ringend, atmete sie tief ein, doch ihr Herz zog sich zusammen. Gab es keinen Ort, nichts, was von dem vergiftenden Einfluss dieser Frau verschont blieb? Katharina drehte sich ruckartig zur Seite und spürte sofort einen sengenden Schmerz im Unterleib. Er war so stark, dass ihr Tränen in die Augen traten, aber das machte ihr nichts aus. Der körperliche Schmerz war eine willkommene Ablenkung von der Gemütsaufwallung, die sie um dieser Hure willen Tag für Tag zu erleiden hatte. Diese Frau mischte sich in Angelegenheiten, die sie nichts angingen, streckte ihre schmutzigen Finger besitzergreifend nach Menschen aus, die ihr, Katharina lieb und teuer waren. Könnte sie sie doch nur loswerden. Aber es war zu gefährlich, wenn ihre Rivalin einen Tod erlitt, der sich auf sie, die Königin, zurückführen ließ. Schließlich hielt der König immer noch seine schützende Hand über sie.

Ein Klopfen an der Tür riss Katharina aus ihren Gedanken. Sie setzte sich auf, vor Schmerz zusammenzuckend, und sank dann erneut in die Kissen zurück.

»Herein«, sagte sie.

Langsam öffnete sich die Tür, und es erschien Cathelot, ihre Hofnärrin. Die beiden Frauen blickten einander für einen kurzen Moment in die Augen. Dann schloss die Zwergin hinter sich die Tür und kam auf Katharina zu. Die Glöckchen an ihrer Narrenkappe klirrten leise, ein schrilles Geräusch in der gedämpften Atmosphäre des Zimmers. Wie immer trug sie ein rot-goldenes Kleid, das mit seinem auffälligen Muster Heiterkeit hervorrufen sollte, Katharinas Herz jedoch mit Traurigkeit erfüllte. Die Zwergin kletterte auf das Bett wie ein Kind, setzte sich neben Katharina und ergriff ihre Hand.

»Wie geht es Euch, meine Königin?« Ihre sonst so muntere, zum Lachen aufgelegte Stimme klang merkwürdig verhalten.

Katharina schwieg, sie fühlte sich noch nicht imstande zu sprechen. Als sie die Fassung wiedergewonnen hatte, antwortete sie: »Es geht aufwärts, Cathelot, es geht aufwärts. Allein deine Anwesenheit lässt mir das Herz aufgehen. Ich habe dich lange nicht gesehen.«

Cathelot nickte. »Verzeiht mir, Majestät. Ich bin schon seit einer Weile wieder da, wollte Euch aber so kurz vor der Entbindung nicht stören. Unter den gegebenen Umständen jedoch konnte ich nicht länger fernbleiben. – Es tut mir sehr leid wegen der Kleinen.«

Katharina holte tief Luft. »Ich muss mich damit trösten,

Cathelot, dass ich acht Kinder geboren habe, die am Leben sind.«

»Ja, meine Königin. Dennoch, dieser Verlust ist zweifellos sehr schmerzlich für Euch.«

Katharina betrachtete diese Frau, die sie besser kannte als die meisten, und kämpfte erneut mit den Tränen. Sie hob die Hand der Zwergin an ihren Mund und küsste sie. Dann wechselte sie das Thema.

»Was gibt es Neues vom König, Cathelot? Wie geht es ihm?«

»Er ist wohlauf, Majestät. Erleichtert, dass Ihr außer Lebensgefahr seid.«

Katharina lächelte. »Und wie verbringt er seine Zeit?«

»Er war fast den ganzen Tag mit den Kindern draußen. Sie haben sich jetzt alle ins Kinderzimmer zurückgezogen.«

»Und sie …?« Katharina hatte die Stimme ihrer Rivalin immer noch im Ohr.

»Mehr oder weniger unverändert, Majestät.« Katharina spürte, wie sich die Hand ihrer Hofnärrin verkrampfte.

»Hast du Neuigkeiten?« Sie merkte, dass sie ihrem Blick auswich. »Was ist?«

»Eure Majestät, ich glaube nicht, dass jetzt der richtige Zeitpunkt dafür ist. Ihr braucht Ruhe, um wieder gesund zu werden. Ihr dürft Euch nicht aufregen.«

Katharina musterte ihre Favoritin erneut, den kummervollen Ausdruck in ihrem Gesicht, die Sorgenfalten auf ihrer Stirn. Sie war ihr, der Königin, so treu ergeben wie niemand sonst. Und doch genoss sie auch das Vertrauen des Königs, ja sogar seiner Mätresse, und hatte daher ungehinderten Zugang zu Bereichen, die anderen aus ihrer Entourage verschlossen blieben. »Ich danke dir für die Liebe und Fürsorge, die du mir stets entgegengebracht hast,

Cathelot. Ich schätze deine tiefe Ergebenheit und Loyalität. Und du sollst wissen, dass ich von niemand anderem hätte erbitten können, was ich von dir erbeten habe.« Sie lächelte. »Aber ich bin stark, ich bin robuster, als du dir vorstellen kannst. Ich kann ertragen, was immer du mir zu sagen hast.«

Cathelot sah sie forschend an. »Sehr wohl«, sagte sie schließlich. »Dann wisst, dass ich das getan habe, worum mich Eure Majestät im Wochenbett gebeten haben. Ich habe den König und die Herzogin von Valentinois nach Anet und nach Chenonceau begleitet.«

Katharina nickte. Das waren die Schlösser, in denen ihrer Einschätzung nach das Objekt am ehesten aufbewahrt wurde. Es befand sich nicht in den Zimmern der Mätresse in den anderen Schlössern, darüber hatte sich Katharina durch ihre Hofdamen bereits Gewissheit verschafft. Aber die Paläste, die ihrer Rivalin gehörten, waren privater. Hier war sie mit dem König sehr oft allein zusammen. Der Gedanke versetzte Katharina einen schmerzlichen Stich in der Brust. Sie schloss die Augen, um die Bilder leidenschaftlicher Ekstase zu verbannen, und überlegte, wo der Spiegel jetzt wohl sein mochte.

»Ich habe diese beiden Schlösser gründlich durchsucht, Eure Majestät. Die Gelegenheit ergab sich, als sie und der König auf der Jagd oder ausgeritten waren.«

Katharina spürte eine leichte Benommenheit. »Und hast du ihn gefunden?«

Cathelot nickte, aber ihre Miene war düster. »Ich habe ihn gefunden. Allerdings an einem Ort, der, wie ich glaube oder vielmehr weiß, von niemandem aufgesucht wird. Er hängt in einem leeren Keller in Anet, Eure Majestät. Versteckt, weggesperrt. Er modert in der Dunkelheit vor sich hin.« Nach einer Pause fuhr sie fort: »Sie weiß Bescheid, Majestät. Und wenn sie es nicht weiß, dann ahnt sie es.«

Katharina sah Cathelot lange an. »Ich danke dir für deine Offenheit«, murmelte sie dann. Sie schloss die Augen und ließ den Kopf auf die Kissen zurücksinken. Jetzt kam ihr der Stoff der Kissen so rau vor, als würden Nadeln in ihren Schädel stechen.

»Geht es Euch gut, Majestät?« In Cathelots Stimme schwang Besorgnis.

»Danke«, murmelte Katharina. »Und jetzt geh bitte.«

»Seid Ihr sicher? Ich habe ein ungutes Gefühl.«

»Ich bin sicher. Bitte geh.«

»Sehr wohl. Aber ich werde später wiederkommen, Majestät, wenn Ihr es erlaubt.«

Unfähig zu antworten, drückte Katharina ihr zum Abschied die Hand. Die Glöckchen bimmelten wie zum Spott, als die Zwergin das Zimmer durchquerte. Als Katharina die Tür ins Schloss fallen hörte, schlug sie die Augen auf, blieb aber wie erstarrt liegen. Dann flossen die Tränen, die sie die ganze Zeit tapfer hinuntergeschluckt hatte. Jetzt weinte sie in stillem, untröstlichem Kummer. Sie weinte um das Geschenk, das überreicht und dann weggesperrt worden war, sie weinte um ihren Plan, der keine Früchte getragen hatte. Sie weinte um ihre enttäuschte Liebe, um den Schmerz, ein Leben lang hinter einer Frau zurücktreten zu müssen, der ihr Gemahl stets den Vorzug gegeben hatte, einer Frau, die ihn hatte überreden müssen, mit ihr, seiner Gemahlin, ins Bett zu gehen. Sie weinte um den Tod ihres Kindes und um das andere Kind, das wahrscheinlich gleichfalls sterben würde.

Sie weinte um das Ende all ihrer Träume und Hoffnungen.

Kapitel 28

Es war ein kalter, trüber Samstagmorgen.

Ich saß im Café, trank meinen dritten Espresso und blätterte zerstreut im *Guardian*. Ophelia war am Abend zuvor zu ihrem Fotoshooting aufgebrochen, und ich spielte mit dem Gedanken, in ihrer Abwesenheit die Fabrik aufzusuchen. Es war noch früh am Morgen. Um diese Zeit war sicher niemand aus dem Büro dort, zumal am Wochenende. Ich überflog die Besprechung einer Aufführung am National Theatre und schlug die nächste Seite auf. Mein Blick fiel auf den Bericht über eine Frauenleiche, die man im Keller eines Mietshauses in der Londoner Innenstadt gefunden hatte. Sie war seit ein paar Monaten vermisst gewesen. Ich schloss die Augen, rieb mir die Lider, und das Bild eines anderen Frauenkörpers tauchte vor mir auf. Ich blinzelte heftig, um mich davon zu befreien. Dann blätterte ich weiter in der Zeitung, konnte mich aber nicht konzentrieren. Schließlich faltete ich sie zusammen, trank meinen Kaffee aus und ging.

Ein eisiger Wind strich durch die Bäume, fegte Zeitungspapierfetzen über das Pflaster und wirbelte Schmutz auf. Passanten tauchten vor mir auf und verschwanden wieder. Stimmen brandeten auf und verebbten. Es war ein ganz normaler Londoner Wintertag, kalt, laut und stürmisch.

Fröstelnd bog ich von der Hauptstraße in eine Seitenstraße und stieß dabei mit einem anderen Fußgänger zusammen. Als ich seinen Ellbogen in meinen Rippen spürte, kniff ich unwillkürlich die Augen zusammen, als könnte ich damit den Schlag dämpfen. Doch in diesem Sekundenbruchteil der Dunkelheit blitzte erneut der Gedanke an Amelia auf. Amelia Holmes. Eine Frau, die wie ich auf den schmutzigen Gehsteigen Londons gegangen war und in einer Stadt geatmet und gelebt hatte, die sich von der heutigen gar nicht so übermäßig unterschied. Was war mit ihr geschehen?

Ich riss die Augen auf und kehrte in die graue Gegenwart zurück. Was war es, das sie mir zu sagen versuchte? Ich rief mir meinen Traum und ihre Abschiedsworte in Erinnerung. »Finde heraus, wer ich bin«, hatte sie gesagt, »alles Übrige wird sich ergeben …«

An der nächsten Kreuzung bog ich nach links ab, dann nach rechts auf den Platz, und jetzt lag die Fabrik vor mir. Ich suchte die Fensterreihen ab, wie ich es schon so oft getan hatte, ließ meinen Blick über die Backsteinfront und die Fenster im Erdgeschoss hinweggleiten und in den ersten und dann in den zweiten Stock hinaufwandern. Die Fabrik war dunkel, es war also niemand hier. Ich sperrte die Außentür auf, riss sie resolut auf und trat ein.

Ich begann meine Suche in der Abstellkammer. Hier gab es alle möglichen Dokumente, größtenteils Geschäftsunterlagen: Kundenverzeichnisse, Rechnungen, Überweisungen, Bestellformulare für Werkstoffe und jede Menge Finanzdaten: Buchhaltungszahlen, Geschäftsberichte, Prognosen und Schätzungen. Kaufmännische, trockene Informationen. Selbst die Zeitungsartikel, auf die ich stieß, handelten von geschäftlichen Dingen. Sie stammten aus der Zeit zwischen der wirtschaftlichen Blüte Ende des 19., Anfang des 20. Jahrhunderts und dem anschließenden Niedergang der Fabrik. Aber es war nichts darunter, was sich auf James oder Amelia bezog.

Dann ging ich nach oben, um mich in den beiden anderen Stockwerken genauer umzusehen. Aber sämtliche Dokumente waren, wie es schien, im Versandraum aufbewahrt. Ich entdeckte nichts außer den Gerippen alter Maschinen, die unter dicken Staubschichten vor sich hin rosteten. In der Stanzerei beendete ich meine Suche. Plötzlich spürte ich die feste Gewissheit, dass mir irgendetwas hier über Amelia Auskunft geben konnte. Schließlich gab es eine enge Verbindung zwischen ihr und diesem Ort.

Da stand ich jetzt und lauschte der Stille. Ich streckte die Hand aus und drückte den Metallhebel einer Stanzmaschine. Ein hohles, metallisches Ächzen war zu hören, während der Hebelarm vor und zurück schwang, ein klagendes, quälendes Geräusch, das durch den ganzen Raum hallte. Ich hielt den Hebel an. Erneut war es mucksmäuschenstill.

Mit den Augen suchte ich die Reihen der Nähmaschinen ab, den Boden, der mit Lederresten und -mustern übersät war. Mein Blick glitt über die Tische mit den Arbeitsgeräten und Schablonen und über die riesigen Maschinen der Abteilung, wo die Sohlen zugeschnitten wurden. Was tat ich da eigentlich? Fast hätte ich laut aufgelacht! Ich schlich durch die Hallen einer Fabrik, einer vagen Ahnung folgend, dass irgendetwas hier mir irgendeinen Hinweis geben könnte. Es war lächerlich.

Von einem Stück schwarzem Leder auf einer der Werkbänke hob ich ein Messer auf und prüfte seine Schneide, die nach all den Jahren immer noch erstaunlich scharf war. Es war ein Messer zum Zuschneiden der Schaftteile, das mit dem danebenliegenden Wetzstein geschärft wurde. Er fühlte sich rau und grobkörnig an. Plötzlich verspürte ich den Impuls, die ohnehin scharfe Schneide über den Wetzstein zu ziehen, was ich mehrmals wiederholte. Dann nahm ich eine Schablone von der benachbarten Werkbank, legte sie auf das Leder und machte der Länge nach einen Schnitt. Das Messer ließ sich leicht handhaben und durchtrennte das Leder in einer einzigen fließenden Bewegung. Am Ende berührte es den Holztisch. Ein leises Klicken. Ich wiederholte den Vorgang an einer anderen Stelle und folgte dabei den Konturen der Modellschablone. Am Ende dasselbe klickende Geräusch. Dann noch einmal. Wieder das Klicken. Es war hypnotisierend, befriedigend. Klick, klick, klick.

Es dauerte nicht lange, und ich hatte die Form eines Schuhoberteils aus dem Leder herausgeschnitten. Ich musste über mein Werk schmunzeln. Es war etwas unpräzise, mir fehlte die Routine eines professionellen Zuschneiders, doch ein guter Arbeiter in der Stepperei hätte etwas daraus machen können. Mein Blick wanderte erneut durch den Raum. Vor mir lagen vier Reihen Nähmaschinen, die sich über die gesamte Länge der Stepperei erstreckten. Eine Szene in Schwarzweiß blitzte vor mir auf: in ihre Arbeit vertiefte Frauen, die steppten und nähten. Ich zog die Brauen zusammen. Wo hatte ich das bloß gesehen? Ich schaute die Halle entlang und versuchte, mich zu erinnern. Dann drehte ich mich um und warf einen Blick ins Treppenhaus. Als ich die dichten Reihen Fotos an der Wand betrachtete, fiel es mir wieder ein. Ich hatte ein Foto mit genau dieser Szene gesehen, es zeigte die Arbeiterinnen in der Stepperei. Ich hatte es an dem Tag entdeckt, als ich mit Richard die Fabrik besichtigt hatte.

Während ich die Treppe hinunterging, suchten meine Augen die Wand ab, bis ich das Foto gefunden hatte. »1898«, lautete die Bildunterschrift. Arbeiterinnen in der Stepperei. Zu sehen waren vier Reihen von Frauen, jede vor einer Nähmaschine bei der Arbeit. Sie trugen schwarze Kleider und weiße Schürzen. Ihre Köpfe waren gebeugt, sie hielten die Augen gesenkt, ganz auf ihre Tätigkeit konzentriert. Bis auf eine. Ihr Kinn war gereckt, sie war durch irgendetwas abgelenkt, und obwohl sie nicht direkt in die Kamera blickte, sah man sofort, dass sie eine Schönheit war. Ich lächelte. Jetzt erinnerte ich mich. Letztes Mal war sie mir auch schon aufgefallen. Langes, volles Haar, feine Gesichtszüge. Sie stach aus der Masse heraus. Nur wusste ich damals nicht, wer sie war. Jetzt wusste ich es. Es war Amelia.

Ich folgte ihrem Blick und stellte fest, dass er auf einen Mann gerichtet war. Auf den einzigen Mann im Bild. An ihn hatte ich mich nicht erinnert. Er war groß und gut gebaut, trug einen schwarzen Anzug und überprüfte offenbar den Arbeitseifer seiner Belegschaft, indem er durch die Reihen schritt. Er hielt sich im Bildhintergrund, doch seine Aufmerksamkeit galt der jungen Frau, und sein Gesicht zeigte den Anflug eines Lächelns. Offenbar hatte die Kamera genau den Moment festgehalten, in dem sich ihre Blicke trafen. Wenn man nichts von ihnen wusste, war es nicht weiter bemerkenswert. Ein Vorgesetzter bei seinem Rundgang durch die Werkhallen, eine junge Frau, die missbilligend den Kopf hebt, beide abgelenkt von ihrer Arbeit. Aber jetzt wusste ich, es waren James und Amelia. Der Blick, den die beiden tauschten, hatte etwas durch und durch Romantisches. Er war verräterisch und beiläufig zugleich.

Mit zitternden Händen entfernte ich das Foto von der Wand. Es ließ sich mühelos abnehmen, aber die Rückseite saß nur lose im Rahmen und wackelte. Als ich es heruntерhob, rutschte die Rückwand heraus und fiel scheppernd auf die Holzdielen. Mehrere Blatt Papier flatterten zu Boden.

Als ich mich bückte, um sie aufzuheben, sah ich, dass es Briefe waren.

Kapitel 29

Venedig, Italien
1898

Liebste,
wie sehr ich Dich vermisse. Glaub mir, ich denke fast ununterbrochen an Dich, und mein Geist quält mich mit Bildern von Dir. Ich denke an Deinen schönen Mund und würde so gern Deine Lippen küssen. Ich stelle mir Deine Haut vor und sehne mich danach, sie zu berühren, ihre Weichheit unter meinen Händen zu spüren. Vor allem aber wünsche ich mir, Du wärest hier bei mir. Ganz besonders jetzt, in Venedig. Ich kann es kaum ertragen, dass Du nicht bei mir bist, und ich muss mich zwingen, mich auf andere Menschen und die alltäglichen Angelegenheiten zu konzentrieren.
Jetzt, am Schreibtisch in meinem Hotelzimmer mit Blick über die Stadt, finde ich einen seltenen Augenblick des Friedens. Und hier an diesem ruhigen Ort kann ich Dir erzählen, was geschehen ist, seit ich von Dir getrennt bin.
Die letzten zwei Tage waren wir in Stra bei unserem vortrefflichen Gastgeber Signor Giovanni Voltan. Er ist ein charismatischer, engagierter und entschlossener Mann und hat, wie Du weißt, eine große und aufregende Vision, möchte er doch seine Kenntnisse über die mechanisierte Schuhherstellung, die er sich in Boston angeeignet hat, auch in Italien verbreiten. Wir haben seine neue Fa-

brik besichtigt und seine Ideen für die Massenproduktion begutachtet, und ich bin überzeugt, dass er mit seinen Plänen dieses Dorf im Hinterland Venedigs weithin bekannt machen wird.
Heute Morgen jedoch ging es nicht um die Schuhproduktion, vielmehr standen wir noch vor Tagesanbruch auf und fuhren die rund dreißig Kilometer auf der Brenta bis an den Rand der Lagune von Venedig. Giovanni hatte versprochen, dass wir die Stadt im Wasser mit dem Boot erreichen würden, wenn die Sonne aufgeht. Das sei, meinte er, die einzig wahre Art und Weise, sich Venedig zu nähern.
Und er hatte uns nicht zu viel versprochen. Aus der Dunkelheit der nebelverhangenen Lagune erhob sich die Sonne als eine blassgelbe Scheibe. Und im rasch zunehmenden Morgenlicht schien eine amphibische Stadt direkt aus dem Wasser aufzusteigen. Wie sehr wünschte ich mir, Du wärest bei mir gewesen und hättest dieses Schauspiel mit mir zusammen erlebt. Häuser und Schornsteine, Kirchen und Kuppeln drängten sich entlang der schmalen Kanäle. Geschickt folgte unser Boot ihren Windungen und Krümmungen nach links und nach rechts und glitt lautlos unter Brücken hindurch, während über unseren Köpfen Wäsche an Leinen baumelte. Unser Weg führte vorbei an Palazzi, deren Fenster in der Sonne funkelten. Liebste, es war magisch.
Seitdem wir unseren Fuß auf trockenes Land gesetzt haben, sind mein Bruder Thomas und ich zu eifrigen Touristen geworden. Die Stadt ist für mich eine bittersüße Ablenkung von den Gedanken an Dich. Wir besuchten den Dogenpalast, bestiegen den Campanile und genossen den atemberaubenden Blick über die Stadt. Wir tranken Kaffee auf dem Markusplatz und

streiften umher, bis wir die Orientierung verloren hatten.

Heute Nachmittag wollte Thomas das berühmte Kunstmuseum, die Accademia, besuchen. Ich konnte die Vorstellung nicht ertragen, meine Zeit in einem Gebäude zu verbringen und Gemälde zu bewundern, wo doch draußen ein so strahlend schöner Tag war. Ich wollte die Sonne genießen und mit meinen Gedanken allein sein. Daher begleitete ich Thomas zum Museum und verabredete, ihn dort am frühen Abend wieder abzuholen. Danach durchstreifte ich die umliegenden Gassen. Da ich noch nicht im Dorsoduro gewesen war, ließ ich mich eine Stunde lang einfach treiben. Es ist wirklich malerisch, dieses Künstlerviertel mit seinen kleinen Galerien und Ateliers, die überall in den engen Gassen entlang der Kanäle verstreut sind. Ich muss zugeben, dass ich nicht achtgab, wohin mich meine Füße trugen. Ich weiß nur noch, dass ich soeben eine Galerie mit herrlichen Aquarellen Venedigs verlassen hatte und nach Osten in Richtung der Kirche Santa Maria della Salute gegangen war. Ich überquerte eine Brücke, sah eine weitere vor mir und folgte ihr nach rechts in eine schmale Gasse. Jetzt hatte ich keine Ahnung mehr, wo ich mich befand, und ich begegnete kaum noch Fußgängern. Um nicht ganz die Orientierung zu verlieren, versuchte ich mich östlich zu halten. Doch die Gassen wurden immer enger und die Häuser immer höher, und bald hatte ich die weiße Kuppel der Kirche, meinen Orientierungspunkt, aus den Augen verloren.

Als ich schon im Begriff war umzukehren, öffnete sich das Gässchen auf eine kleine Piazza. Neben einem träge fließenden, versandeten Kanal erhob sich eine verfallene Kirche. Auf dem Dach fehlten Ziegel, und aus der

schrundigen Fassade waren viele Steine herausgebrochen. Das Fundament verrottete und sank immer tiefer in das nasse Grab. Gegenüber der Kirche lag ein kleiner Antiquitätenladen. Ich betrachtete das Schaufenster, überrascht, abseits der touristischen Trampelpfade ein solches Geschäft zu finden, und beschloss hineinzugehen, um nach dem Weg zu fragen, aber auch, um mich ein wenig umzuschauen.
Ich öffnete die Tür. Ein Glockenspiel kündigte den Besucher an. Aus dem dunklen Innern hörte ich die Stimme einer Frau, die mich in italienischer Sprache begrüßte. Sehen konnte ich sie nicht. Als ich mich umschaute und auf sie wartete, stellte ich fest, dass der Laden voll war mit venezianischen Spiegeln, offenkundig antiken Stücken. Tatsächlich gab es hier nur Spiegel. Gerade als ich mit meinem Rundgang durch den Laden fertig war, tauchte aus einem Nebenraum eine Frau auf. Sie brabbelte etwas in unverständlichem Italienisch, und ich entschuldigte mich, zweifellos in ebenso unverständlichem Italienisch! Dann fragte ich sie, ob sie Englisch spreche. Ein wenig, meinte sie lächelnd.
Das war, wie sich herausstellte, gelogen, denn ihr Englisch war ausgezeichnet. Sie sagte mir, der Laden stamme aus dem 15. Jahrhundert und sei berühmt für feinstes Muranoglas. Ihre Familie habe einst die vornehmsten Häuser Venedigs beliefert und auch in europäische Länder exportiert. Seit zweihundert Jahren, mit dem Niedergang des Gewerbes, war der Laden wenig rentabel. Doch in Anbetracht seiner altehrwürdigen Geschichte und seiner Verbindung zur Glasherstellung habe es niemand in ihrer Familie übers Herz gebracht, ihn zu schließen. So dümple er weiter vor sich hin, auf die Wende zu einem neuen Jahrhundert zu. Den Leuten sei der Na-

me ihrer Familie immer noch ein Begriff, und manche kämen gezielt hierher, wenn sie ein bestimmtes altes Stück suchten. »Wir treiben nach wie vor die besten und seltensten Stücke für Sie auf. Meine Vettern können Ihnen jedes Objekt beschaffen, von dem Sie irgendwo gehört haben, das garantiere ich Ihnen. Unsere Familie besitzt dieses Talent, die Fähigkeit, dem Vergessen anheimgefallene Dinge aufzustöbern. Darin liegt, glaube ich, heute unsere große Stärke: alte Stücke zu finden und zusammenzutragen.«
Wir unterhielten uns lange, erkundeten den Laden bis in den letzten Winkel, und die Frau zeigte mir ihre besten Stücke. Prächtige antike Spiegel, einige mit einem immer noch makellosen, glänzenden Spiegelglas, andere mit Spuren des Verfalls. Aber jeder mit einer ganz eigenen Schönheit. Gerade, als ich dachte, es sei an der Zeit, zu Thomas zurückzukehren, fiel mein Blick auf einen Spiegel, der in einer Ecke verborgen stand. Er war eigentlich eher schlicht, verglichen mit anderen hochdekorativen Stücken: rechteckig, mit einem wuchtigen Silberrahmen, das Glas fleckig und eingetrübt. Wir lachten, als ich versuchte, mein Spiegelbild zu erkennen. Ich brauchte eine Weile, aber schließlich konnte ich mich auf seiner dunklen Oberfläche sehen! Als ich mich nach diesem Spiegel erkundigte, lachte die Frau und erzählte mir eine seltsame Geschichte. Er sei ein Werk des berühmten venezianischen Spiegelmachers Theseo Mutio vom Ende des 16. Jahrhunderts, sagte sie. Sie zeigte mir seine Initialen in der linken unteren Ecke des Spiegels. Man nimmt an, dass das Stück von König Heinrich II. von Frankreich für seine Mätresse Diane de Poitiers in Auftrag gegeben wurde. Doch der Spiegel gelangte in die Hände von Katharina von Medici, die glaubte, er

sei ein für sie bestimmtes Geschenk. Als der König den Irrtum erkannte, befahl er, den Spiegel Diane zu übergeben und die Initialen des Paars – die ineinander verschränkten Buchstaben H und D – in die rechte untere Ecke einzugravieren. Wutentbrannt gab Katharina das begehrte Geschenk zurück, doch danach begann der Spiegel sich einzutrüben und wurde immer dunkler. Niemand konnte es sich erklären. Der Geschichte zufolge hat Diane den Spiegel nie benutzt, nachdem Katharina ihn ihr übergeben hatte. Sie wollte ihn nicht zerstören, um den König nicht zu verärgern, wollte ihn aber auch nicht in ihren Gemächern haben.

Als die Frau mit ihrer Erzählung fertig war, standen wir schweigend da, jeder in seine Gedanken versunken. Ich betrachtete die verschlungenen Buchstaben H und D, die unter der dunklen Spiegeloberfläche immer noch erkennbar waren. »Ist das wirklich so passiert?«, fragte ich, denn das Ganze klang doch reichlich unglaubwürdig. Sie zuckte die Schultern und lachte leise auf. »Wer weiß? Es ist nur eine Geschichte, die mir mein Großvater erzählt hat.« Ich nickte und fragte, ob sie wüsste, wie der Spiegel aus Frankreich nach Italien zurückgekommen sei. Aber sie zuckte erneut die Schultern und meinte, das wisse sie nicht. Das habe sich in Mythos und Historie verloren wie das wahre Schicksal des Spiegels, meinte sie.

»Soweit ich weiß«, sagte die Frau und sah mich verschwörerisch an, »ist der Spiegel durch tragische Ereignisse zu uns gekommen.« Zuletzt war er im Besitz der Familie Tornaquinci in Rom, Nachkommen der Katharina von Medici. Die ganze Familie fiel einem nächtlichen Brand zum Opfer. Die Ursache der Katastrophe, bei der es keinen einzigen Überlebenden gab, wurde nie

ermittelt. Nur der Spiegel und ein paar andere Objekte überstanden das Feuer.
Ob er deshalb so fleckig und geschwärzt sei, fragte ich, und ließ meine Finger über seine Oberfläche gleiten. Möglich, meinte die Frau, aber sie glaube es nicht. Das Dunkel reiche sehr viel tiefer, es sei nicht durch Feuer und Rauch entstanden. Und jetzt legte auch sie ihre Hand auf die Spiegeloberfläche.
Wieder hing jeder seinen Gedanken nach. Dem zufolge, was mir die Frau gesagt hatte, erschien es geradezu unglaublich, dass der Spiegel überhaupt noch existierte. Vielleicht war es dieser an ein Wunder grenzende Umstand, der mich in Bann zog, vielleicht war es aber auch sein merkwürdiges Schicksal, die Vorstellung eines Königs und seiner Geliebten und einer verhängnisvollen Liebesgabe. Oder es war die romantische Atmosphäre Venedigs, der Gedanke an Dich oder all das zusammen. Irgendetwas jedenfalls ließ mich nicht mehr los, als ich in diesen dunklen Spiegel blickte. Und mit einer Spontaneität, die mir sonst nicht eigen ist, beschloss ich, ihn zu erwerben. Ich wollte ihn vor allem für Dich. Als ich der Frau sagte, dass ich den Spiegel haben wolle, wirkte sie im ersten Moment ein wenig verblüfft. Ich dachte, sie würde mir davon abraten, aber sie lächelte und sagte, sie werde ihn mir ins Hotel liefern lassen. Ich verabschiedete mich und bedankte mich, dass sie mir so viel Zeit gewidmet und mir all diese Geschichten erzählt hatte. Zum Abschied gaben wir uns herzlich die Hand.
Als ich die kleine Piazza hinter mir ließ und denselben Weg zurückging, den ich gekommen war, hatte ich ein eigenartiges Erlebnis. Das Licht verblasste, und die Atmosphäre Venedigs veränderte sich. Die Luft erschien mir auf einmal kälter und wie verdichtet, die Gässchen

entlang der Kanäle schienen sich zusammenzuziehen, es war, als stürzten die hoch aufragenden Fassaden auf mich nieder. Und mit einem Mal spürte ich in dieser von Wasser durchzogenen Stadt eine Bedrohung, als würde irgendetwas sich ganz fest um mich schließen. Ein Schauder fuhr durch meinen Körper. Das Blut gefror mir in den Adern. Tief einatmend, versuchte ich mich zu beruhigen und schloss die Augen. Und im selben Moment wurde ich in die Lagune zurückversetzt, die wir an diesem Morgen durchfahren hatten, diesmal jedoch war ich allein, und der Nebel wurde immer dichter. Jetzt war es kein harmloser Nebel mehr, es waren geisterhafte Schemen. Sie griffen mit kalten, klammen Fingern nach mir, sie berührten meine Haut und hielten mich mit ihren feuchten Klauen fest.
Irgendwie schaffte ich es, die Augen zu öffnen, und dann rannte ich los und stürzte die engen Gässchen entlang. Und eh ich mich versah, bog ich erneut um eine Ecke und fand mich inmitten eines Menschengetümmels wieder. Ich beruhigte mich ein wenig und setzte meinen Weg fort. Als ich um die nächste Ecke bog, lag die Accademia vor mir. Thomas wartete schon, sah auf seine Uhr und tadelte mich für meine Verspätung. Alles war plötzlich ganz gewöhnlich und alltäglich. Während wir so redeten, verschwand meine Furcht so schnell, wie sie gekommen war. Aber selbst wenn ich jetzt, aus der Distanz, darüber nachdenke, ist mir unbegreiflich, was eigentlich der Grund dafür war. Vielleicht war es Übermüdung. Vielleicht macht die Sehnsucht nach Dir meinen Geist empfänglich für Dinge, die gar nicht existieren. Was auch immer es ist, ich kann es nicht erwarten, Dich wiederzusehen, in Deiner Nähe Trost zu finden und Dich in meinen Armen zu spüren.

Wenn Dich dieser Brief erreicht, bin ich fast schon wieder zu Hause und werde die Augen, die diesen Brief gelesen haben, selbst sehen. Ich vermisse Dich über alle Maßen.
Für immer
Dein James

Kapitel 30

»Was machst *du* denn hier?«

Die Frage hallte laut durch den Raum. Mit wild pochendem Herzen sprang ich auf, als ich Tara die Treppe hoch auf mich zukommen sah. Sie wirkte gestresst, gar nicht so strahlend wie sonst, und ihr stets so perfekt gestyltes Haar war achtlos zurückgebunden. Obwohl sie müde und angespannt wirkte, sah sie immer noch großartig aus. Und als sie vor mir stand, blitzten ihre Augen.

»Hi Tara.«

»Hi. Wie zum Teufel bist du denn hier reingekommen?«

Ich zuckte die Schultern. Es war wohl besser, wenn sie es nicht erfuhr.

Sie kniff die Augen zusammen, beschloss aber, nicht nachzuhaken.

»Wie geht es dir?«, fragte ich.

»Ganz okay«, sagte sie in leicht gereiztem Ton. »Dafür, dass ich am Wochenende hier arbeiten muss. Um die verlorene Zeit wettzumachen, wie Richard meint.« Dabei schenkte sie mir einen ironischen Blick. »Aber ich würde sagen, es hat mehr damit zu tun, dass Hajime seinen Job noch nicht so perfekt erledigt, wie Richard es sich vorgestellt hatte. Das hat er mir natürlich nicht gesagt. Schließlich will er ja nicht sein Gesicht verlieren und zugeben, dass es ein Fehler war, dich zu feuern. – Außerdem herrscht zwischen uns momentan Funkstille.«

»Oh, das tut mir leid«, sagte ich und versuchte, mir die Freude darüber nicht anmerken zu lassen.

»Stimmt ja gar nicht«, widersprach Tara lächelnd. »Aber egal, genug davon. Wie geht es dir?«

»Oh ...« Ich überlegte kurz, wie es mir tatsächlich ging. »Alles okay so weit.«

Tara taxierte mich einen Moment. »Das ist nicht wahr.«

»Stimmt.«

»Geschieht dir ganz recht, wenn du mich nicht zurückrufst.« Sie funkelte mich finster an, aber das Lächeln war nicht aus ihrem Gesicht verschwunden. »Also, sag schon, was machst du hier, Johnny?«

Ich holte Luft und überlegte, was ich antworten sollte. Auf keinen Fall konnte ich die Karten auf den Tisch legen. »Ich habe deinen Ordner über James und Amelia gelesen.«

»Ach das. Dann interessierst du dich also immer noch dafür, nach allem, was passiert ist?«

»Es hat mich irgendwie gepackt, verstehst du?«

Tara schaute mich an und nickte. »Abstruses Zeug, oder?«

»Abstrus und ärgerlich lückenhaft.«

»Ja. Ich habe mein Bestes getan, aber mehr war einfach nicht rauszukriegen.«

»Ich weiß. Trotzdem hatte ich das Gefühl, dass hier in der Fabrik mehr über diese Geschichte zu erfahren ist. Deshalb bin ich hergekommen. Und ich habe das hier gefunden.« Ich hob die Briefbögen hoch.

»Was ist das?«

»Briefe. Zwei Briefe. Ich habe nur den ersten gelesen, aber er ist hochinteressant. Willst du ihn sehen?«

Sie schüttelte den Kopf und warf einen Blick auf ihre Uhr. »Sag mir lieber, was drinsteht. Hajime wird gleich da sein, und ich möchte nicht, dass er dich hier findet.«

Während wir die Treppe zur Stanzerei hochgingen, fasste ich den Inhalt des Briefes zusammen. An eine der Werkbänke gelehnt, hob Tara geistesabwesend ein Stück Leder auf. »Wenn die Geschichte der Venezianerin stimmt, gehörte der Spiegel also Diane und nicht Katharina. Und er kam über Rom und Venedig hierher. Im Zuge tragischer Ereignisse.« Sie zögerte. »Wo hast du die Briefe gefunden?«

»Hinter dieser Fotografie.« Ich zeigte ihr das Bild Amelias in der Stepperei.

»Sieh dir die beiden an.«

»Was meinst du? Ein Liebespaar?«

Tara betrachtete das Foto immer noch. »Nach allem, was ich jetzt weiß, würde ich sagen, ja. Er hat ihr die grünen Schuhe geschenkt, die wir in dem unterirdischen Zimmer gefunden haben. Also waren sie wahrscheinlich manchmal gemeinsam da unten. Und jetzt dieses Foto und die Briefe. Sieht ganz so aus, oder?«

Ein Bild schoss mir durch den Kopf: James im Sessel, wie er mit dem grünen Schuh in seiner Hand spielte. Der Frauenkörper auf dem Bett im Keller. Meine Gewissheit wuchs, dass es Amelia gewesen war.

»Glaubst du, er hat sie getötet, Johnny?«

Bei Taras Worten fragte ich mich zum ersten Mal, ob es sich womöglich um eine Tote handelte. Ich zuckte die Schultern. »Wahrscheinlich schon, oder?«

Sie nickte. »Aber selbst wenn er eines natürlichen Todes starb, muss irgendetwas vorgefallen sein.«

Ich dachte darüber nach: die blauen Flecken an James' Hals, die Abschürfungen auf seinen Händen. Der Herzinfarkt, den er erlitten hatte. Das waren die Fakten. Aber wie passten sie zusammen?

Tara legte das Stück Leder beiseite und hob ein Stanzmesser von der Arbeitsbank auf. Sie besah die scharfe Klinge. »Und wenn Amelia bereits tot war, was hat er dann allein da unten im Keller gemacht?«

»Keine Ahnung.« Im selben Moment dachte ich an die Geschichte des Spiegels, die die Venezianerin erzählt hatte. Daran, dass sich seine Oberfläche eingetrübt hatte, nachdem Katharina ihn hatte hergeben müssen. James hatte recht, es klang unglaubwürdig. Aber meine übliche Skepsis war mir längst abhandengekommen. Flüchtig tauchte das dunkle Bild meiner selbst vor mir auf, das ich im Spiegel erblickt zu haben glaubte. Ich sah zu Tara. Sie hielt das Stanzmesser immer noch in der Hand und spielte leichtfertig damit herum.

»Du solltest vorsichtig damit sein«, sagte ich. Ich dachte an den glatten, sauberen Schnitt des Messers durch das Leder. »Es ist ziemlich scharf.«

Sie verzog das Gesicht und richtete das Messer auf mich. Dann legte sie es lachend auf die Werkbank zurück.

Wir schwiegen.

»Wie geht es übrigens Ophelia?«

Überrascht von der Frage, hob ich den Kopf. »Gut.«

»Weißt du«, sagte sie dann, »ich glaube, ich muss mich bei euch beiden entschuldigen. Meine Verdächtigungen waren doch ziemlich gemein. Es tut mir leid.«

Ich lächelte. »Entschuldigung angenommen.« Doch als ich an die nachgemachten Fabrikschlüssel dachte, überlegte ich, ob Tara wirklich so falsch gelegen hatte.

»Glaubst du, dass wir beide uns irgendwann einmal über den Weg laufen? Ich würde sie gern kennenlernen.«

»Wirklich?«

»Ja. Ich war, glaube ich, ein bisschen hart in meinem Urteil über sie.«

»Ja, vielleicht«, sagte ich lächelnd.

Tara sah mich an, bevor sie fortfuhr: »Und ich glaube, du

sollteѕt Richard anrufen. Ich weiß, dass es ihm leid tut, wie sich alles entwickelt hat. Du solltest reinen Tisch machen und das Projekt wieder übernehmen.«

»Richard kann mich jederzeit anrufen, wenn ihm danach ist.«

»Stimmt auch wieder. Aber ich dachte, du würdest Hajime vielleicht gern loswerden, damit er nicht überall herumschnüffelt.« Taras Ton war neckisch, trotzdem hatte ich natürlich sofort das unterirdische Zimmer vor Augen. Früher oder später würde Hajime es entdecken, falls das nicht schon geschehen war. Wut stieg in mir auf. Richard kam mir in den Sinn, wie er die Hand ausgestreckt und die Schlüssel von mir zurückverlangt hatte. Ich atmete tief ein und versuchte, Ruhe zu bewahren.

»Johnny.« Taras Stimme erreichte mich wie aus weiter Ferne. Es gelang mir nur mit Mühe, mich auf sie zu konzentrieren. »Weißt du, es ist wirklich besser, wenn du jetzt gehst. Hajime kann jeden Augenblick hier sein.« Erneut blickte sie auf ihre Uhr. »Er ist schon überfällig.«

»Gut«, sagte ich und steckte die Briefe und das Foto ein. Auf der Treppe drehte ich mich um. »Danke, Tara. Ich werde dich mit meinen Recherchen auf dem Laufenden halten. Pass auf dich auf.«

»Du auch.«

Sie hob die Hand zum Gruß.

Kapitel 31

Paris, Frankreich
1898

Liebste,
während meines Aufenthalts hier fällt es mir schwer, Dich auch nur für einen kurzen Moment aus meinem Gedächtnis zu verbannen. Ich vermisse Dich so schmerzlich, dass ich es kaum ertragen kann. Ich sehe Dich überall: in einer dunkelhaarigen Frau, die vor mir das Seine-Ufer entlanggeht, in einer anderen, die in Saint-Germain in eine Gasse einbiegt, und in einer dritten, die hinter Notre-Dame meinen Blicken entschwindet. Das Gesicht der Frau entzieht sich mir jedes Mal, sie wendet sich immer einen Sekundenbruchteil zu früh ab, sodass ich sie nicht richtig erkennen kann. Und doch bin ich jedes Mal aufs Neue überzeugt, dass Du es bist, auch wenn ich weiß, es kann nicht sein. Du verfolgst mich. Ich atme den Duft Deiner Haut, wenn ich den Fluss entlanggehe, spüre den Hauch Deiner Berührung, wenn der Wind über meine Haut streicht, und höre im Rauschen der Bäume den Wohlklang Deiner Stimme. Wie sehne ich mich danach, im flackernden Kerzenlicht wieder mit Dir zusammen zu sein.
Ich höre Dich leise lachen, wenn Du das liest, und vernehme den sanften Vorwurf, den Du mir machen wirst: »Du musst dich auf die Aufgabe konzentrieren, die vor dir liegt. Du musst lernen, soviel du kannst. Schließlich bist du nur ein paar Tage weg.« Wenn ich mir das vor Au-

gen halte und mir sage, dass wir nicht für lange getrennt sein werden, wird mein Atem freier. Ich kann wieder klar denken und werde ruhiger. Und in diesem kurzen Moment des inneren Friedens kann ich innehalten, von anderen Dingen schreiben und ein wenig von dem erzählen, was ich hier gesehen habe. Schließlich weiß ich, dass es Dich interessiert zu hören, was ich hier erlebe. Nun gut, dann will ich mit Signor Pietro Yanturni anfangen. Ich höre Dich seufzen bei der bloßen Erwähnung seines Namens und angesichts der wunderbaren Kreationen, die sein Name in Deiner Phantasie heraufbeschwört. In seiner Gastfreundschaft kann er sich zwar nicht mit Giovanni Voltan messen, aber ich muss zugeben, dass mich das nicht besonders überrascht hat. Er steht im Ruf eines Einsiedlers, und vielleicht war auch die Empfehlung unseres lieben Henry nicht überzeugend genug. Trotzdem war er sehr freundlich zu mir und zeigte mir ohne Argwohn seine Werkstatt. Ich denke, selbst ein zutiefst misstrauischer Mensch muss erkennen, dass wir in ganz unterschiedlichen Bereichen arbeiten und er von mir nichts zu befürchten hat. Meine Produkte sind gewöhnlich, verglichen mit seinen Kreationen, und wenn sich mein Ehrgeiz darauf beschränkt, wirklich exklusive handgearbeitete Schuhe zu machen, gehen seine Ambitionen weit darüber hinaus. Wie Du weißt, arbeitet Pietro mit dem Designer Jacques Doucet vom Modehaus Doucet zusammen, und seine Schöpfungen sind Meisterwerke der Raffinesse und Eleganz. Aber sie mit eigenen Augen zu sehen, nicht nur Zeichnungen oder Fotografien, und das Material zu begutachten, bringt einen ins Schwärmen: Samt aus dem 11. und 12. Jahrhundert, Seidenstoffe aus der Renaissance, seltene Federn, Gold- und Silberbrokat. Seine Kreationen sind unglaublich extravagant, und seine Kundschaft hat keinerlei Mitspracherecht, wie ihre Schuhe aussehen und welche Materialien dafür verwendet werden. Das liegt ganz allein in seinem Ermessen. Trotzdem hat er einen Kundenstamm, der sich darum reißt, ihm pro Paar 1000 Dollar zu bezahlen und zwei bis drei Jahre auf die Lieferung zu warten! Er hat ein wirklich außergewöhnliches Unternehmen aufgebaut, und bei dem Gedanken, etwas Ähnliches zu Hause zu versuchen, kann ich nur lachen. Auch sein Umgang mit den Kunden ist ungewöhnlich. Heute erlaubte er mir (nach einigem Zögern), bei einer Anprobe dabei zu sein. Erst verlangte er von der Frau, mit bloßen Füßen vor ihm auf und ab zu gehen, damit er beobachten konnte, wie sie sich bewegte. Das sei äußerst wichtig, meinte er, um zu beurteilen, welche Art von Schuh für sie der richtige ist. Ich nehme an, er zieht ihre Körpergröße, ihren Gang, die Art und Weise ihrer Bewegung und die natürliche Neigung ihrer Füße ins Kalkül, obwohl er mir nicht verriet, was genau er mit dieser Übung bezweckte. Volle fünfzehn Minuten beobachteten wir ihre sich hebenden und senkenden Füße. Und obwohl sie zunächst etwas gehemmt war, wurde sie mit der Zeit immer selbstbewusster. Danach musste sie sich setzen, und Pietro fertigte Gipsmodelle von beiden Füßen. Ich wusste, das war der erste Schritt zur Herstellung seiner exquisiten Schuhe, die »Leisten«, über denen er seine feinen Stoffe und Materialien modelliert. Während ich Pietro dabei zusah, wie er sein Kunststück vollbrachte, wurde ich mir seiner Jugend bewusst. Er ist erst vierundzwanzig und bereits ein Genie. Konzentriert auf die Gipsmodelle, die an den schmalen zarten Füßen der Frau trockneten, sah ich plötzlich mich selbst in aller Deutlichkeit, wie in einem Spiegel. Ich war ein dunkler Schatten, und obwohl es aussah, als strotzte ich vor Leben, war bei genauerem Hinsehen alles Lebendige wie ausgelöscht. Ich war ausgetrocknet, eine leere Hülle, und an der Stelle meines Herzens war ein lebloses, leeres Nichts. Mein Geist wurde von dunklen Bildern heimgesucht. Wut und Angst überwältigten mich. Ein Gefühl der Trostlosigkeit ergriff Besitz von mir, das gar nicht zu dieser Umgebung passte, in der für eine junge Frau ein Traum in Erfüllung ging. Verglichen mit ihr war ich in einem Albtraum befangen, Verlust und Tod vor Augen.

Ich kann es nicht erklären, aber in diesem Moment hatte ich das Gefühl, als hätte ich alles verloren.

Es mag seltsam erscheinen, dass ich, nachdem ich den verschwenderischen Luxus dieses Pariser Modehauses gesehen und die dort ausgeübte exquisite Handwerkskunst bewundert habe, eine so große Sehnsucht spüre, in meine eigene bescheidene Fabrik zurückzukehren, den Geruch von Holz und Leder einzuatmen, das vertraute Surren der Maschinen zu hören und das Gebäude von oben bis unten mit Dir zu durchstreifen. Kurzum, so groß meine Wertschätzung für die Erfahrung ist, die ich hier mache, so sehr verzehre ich mich nach dem, was mir vertraut ist.

Vielleicht ist mein Geist, meine Phantasie nur deshalb besonders empfänglich, weil ich von Dir getrennt bin. Ich versuche, diese Schwermut abzuschütteln, aber ich bin eifersüchtig auf alles, was Dir nahe ist, eifersüchtig auf die Luft, die Du atmest, die Dich umgibt und Deine Haut berührt, und ich sehne mich danach, wieder mit Dir zusammen zu sein.

Bis dahin bleibe ich Dein Dich innig liebender

James

Die Dunkelheit des Winternachmittags drängte von außen an die Terrassentür der Küche, wo ich Licht gemacht hatte.

Ich saß am Esstisch und hatte gerade noch einmal die Briefe gelesen. Vor mir auf dem Tisch lagen die eng beschriebenen Papierbögen. Ich betrachtete die grüne Tinte auf dem vergilbten Weiß der Seiten und atmete den leichten Modergeruch, der sie umgab. Die Briefe waren real, ich konnte es immer noch nicht fassen. Sie waren wie ein Wunder, eine unerwartete Belohnung, ein weiteres Fenster in die Welt von James und Amelia. Die Leidenschaft seiner Liebe war alles verzehrend, so intensiv wie die verstörenden Gefühle, die ihn fern von ihr befielen. Dann hatte also James den Spiegel als Geschenk für Amelia gekauft. Er ließ ihn nach England verschiffen und brachte ihn vermutlich in den Keller der Fabrik, an den Ort ihrer geheimen Rendezvous. Ich hatte den Spiegel in der Dunkelheit des Kellers vor Augen, die grüne Schrift der Briefe und dieselbe grüne Schrift auf dem Zettel, der an den Spiegel geheftet war. Also stammte auch er von James.

Ich stand auf und schaute hinaus, doch ich konnte weder das stumpfe grüne Gras noch die Umfassungsmauer dahinter erkennen. Das Einzige, was mir klar und deutlich entgegentrat, war mein eigenes Spiegelbild in der Fensterscheibe, seine dunklen Umrisse vor dem künstlichen Licht der Küche: das schwarze, ungekämmte Haar, die tiefen Ringe unter den Augen, die grau melierten Bartstoppeln. Ich sah aus wie ein Wrack. Ich strich mir über die Wangen und dachte an die Vision, die James von sich selbst in Yanturnis Werkstatt gehabt hatte: die straff gespannte Haut, das dunkle, skelettartige Gesicht. Sofort war ich wieder in dem unterirdischen Zimmer und bei dem Bild im Spiegel, das ich dort von mir erblickt hatte. Erblickt zu haben glaubte. Und ich fragte mich, ob auch James in den Tiefen des Spiegels sein Bild erblickt hatte und von jener beklemmenden Angst erfasst wurde, die er in Paris so stark empfunden hatte.

Ich drehte mich von der Terrassentür weg und widmete meine Aufmerksamkeit erneut den Briefen. Sie waren nicht datiert, nur das Jahr war genannt: 1898. Hatte ihre Affäre in diesem Jahr begonnen? Oder schon früher? Vielleicht 1897? Der Ton der Briefe deutete darauf hin, dass die Beziehung schon länger dauerte. Doch spielte das wirklich eine Rolle?

Ich faltete die Blätter zusammen und legte sie auf den Küchentisch.

Kapitel 32

Ophelias grüne Augen sahen mich an. Ich lächelte und schloss die Augen wieder. Vom Schlaf noch ganz benommen, dachte ich einen Moment an gar nichts. Dann, als ich allmählich zu Bewusstsein kam, fiel es mir wieder ein. Ich war gar nicht bei Ophelia. Sie hatte doch ein Fotoshooting in Yorkshire. Ich war nach Hause in meine Wohnung gegangen. Also konnten es nicht ihre grünen Augen sein, die mich ansahen. Plötzlich wusste ich, wo ich mich befand und wer mein Gegenüber war.

»Hallo, Amelia«, sagte ich und öffnete erneut die Augen.

Sie begrüßte mich mit einem schüchternen Lächeln. »Hallo, Johnny. Es ist schön, dich wiederzusehen. Hoffentlich störe ich dich nicht.«

Ich schüttelte den Kopf. »Nein, überhaupt nicht«, sagte ich und setzte mich aufrecht. Dabei stellte ich fest, dass ich wieder den altmodischen dreiteiligen Anzug trug und in dem Sessel saß. Die Krawatte schnürte mir fast die Kehle zu, und ich versuchte, den Knoten zu lockern. Amelia beobachtete schweigend meine Bemühungen. Neben ihr auf dem Boden stand eine Kerze, die flackernd Schatten auf ihr Gesicht warf. Mit der gelockerten Krawatte entspannte ich mich ein wenig und nahm Amelia genauer in Augenschein.

Wie bei unserer letzten Begegnung saß sie mir gegenüber, nur dass sie jetzt die Beine untergeschlagen hatte. Ihr dunkles Haar war im Nacken zusammengebunden, und sie trug wieder das schwarze Kleid. Es war das Kleid, das sie, wie ich inzwischen wusste, tagtäglich getragen hatte, sozusagen ihre Arbeitsuniform. Dasselbe Kleid, in dem sie auf dem Foto der Arbeiterinnen in der Fabrik zu sehen war.

»Wie fühlst du dich, Johnny?«

»Unbehaglich«, entgegnete ich. »Ich sitze hier in James' Kleidern, bis hin zu den Schuhen, die hier in der Fabrik hergestellt wurden.« Mit den Füßen wippend begutachtete ich die eleganten beigefarbenen Budapester. Ich konnte mich nicht erinnern, ob ich sie auch das vorige Mal getragen hatte. Dann hob ich den Kopf und sah Amelia an. »Ich habe mir gewissermaßen James' Schuhe angezogen.«

»In der Tat«, sagte sie lächelnd. Dann wurde sie plötzlich ernst. »Und deshalb solltest du sehr vorsichtig sein bei dem, was du tust. Du weißt, was mit ihm passiert ist.«

Ihre Bemerkung machte mir klar, dass ich das eigentlich nicht wusste. Ich kannte nur das Ergebnis, nämlich dass er unter ungeklärten Umständen ums Leben gekommen war. Eins stand jedoch für mich fest: Auf diese Weise wollte ich keinesfalls enden.

»Eben«, sagte Amelia. »Und deshalb musst du weitermachen und noch mehr herausfinden.«

Ich nickte, gleichzeitig aber ergriff mich ein Gefühl der Verzagtheit. Meine bisherigen Erkenntnisse erschienen mir ziemlich dürftig.

»Du hast recht.« Wieder unterbrach Amelia meine Gedanken. »Aber konzentrieren wir uns auf das, was du weißt. Das wird dir helfen.«

Ich schwieg einen Moment. »Also, ich weiß, dass du im Mai 1897 bei James Brimley zu arbeiten angefangen hast. Nachdem deine Mutter gestorben war.«

Amelia blickte in ihren Schoß und strich das Kleid auf den Oberschenkeln glatt. Wieder fielen mir ihre rauen, roten Hände auf, die so gar nicht zu ihrem ansonsten perfekten Äußeren passten. Ganz bestimmt hätten sich ihre Eltern etwas anderes für sie gewünscht, und wahrscheinlich auch sie selbst.

»Einen Monat bevor ich bei Brimley's anfing, hatte ich meinen achtzehnten Geburtstag gefeiert. Am 3. April, um genau zu sein. Meine Mutter lebte damals noch und hatte mir einen Kuchen gebacken.« Amelia lächelte mich an, ihre Augen hatten einen fast kindlichen Glanz. »Eine riesige Torte, gefüllt mit Sahne und Marmelade. Sie heißt, glaube ich, Viktoria-Biskuittorte, benannt nach Königin Viktoria. Mein Vater trug den Kuchen ins Wohnzimmer, gefolgt von meiner Mutter, die ganz kleine Schritte machte, weil sie so kurzatmig war. Sie hatte graue Haare und eine fahle Gesichtshaut. Sie war damals schon sehr krank.« Amelias Stimme brach, und erst nach einigen Augenblicken fuhr sie fort. »Der ganze Kuchen war voller Kerzen, und ich starrte auf die Kerzen, damit ich Mutter nicht ansehen musste. Ich hätte am liebsten geweint, weil sie so schwach und ausgezehrt war, aber stattdessen lächelte ich. Um sie zu trösten, versuchte ich fröhlich zu wirken. Kurz darauf ist sie gestorben. Am 14. Mai.« Wieder stockte sie und schluckte. Als sie weitersprach, zitterte ihre Stimme. »Ich war meiner Mutter innig verbunden. Ich liebte sie sehr. Die Zeit der Trauer war schwer für mich. Mit so vielen jüngeren Geschwistern musste ich mich zusammenreißen. Die Älteste, Betty, war zehn, mein jüngster Bruder Bertie erst zwei. Deshalb konnte ich meine Gefühle nicht offen zeigen. Ich konnte nicht laut weinen oder wehklagen, meinem Schmerz und meiner Wut freien Lauf lassen. Das hätte die Kinder verstört.«

Eine Träne lief ihr über die Wange.

»Alles in Ordnung?«

Sie nickte. »Aber damals nicht. Ich musste von einem Tag auf den anderen die Stelle meiner Mutter einnehmen und mich um die Kinder kümmern. Unter diesen Umständen konnte ich mir nicht erlauben zu trauern. Das Ergebnis war, dass ich meine Mutter noch mehr vermisste. Verstehst du das?«

»Natürlich.«

Sie hielt inne. »Jedenfalls war mein erster Arbeitstag der 30. Mai 1897. Ich erinnere mich noch genau, wie verlassen ich mich fühlte. Der Tod meiner Mutter war eine schmerzende, offene Wunde. Und in dieser Gemütsverfassung traf ich an einem ungewöhnlich kalten Maimorgen in der Fabrik ein.«

Sie streckte mir ihre Handflächen entgegen. »Es scheint vielleicht eine merkwürdige Entscheidung, in einer Schuhfabrik anzufangen. Einerseits, weil diese Arbeit die Hände strapaziert, man muss unentwegt schneiden und nähen, mit der Hand und mit der Maschine. Eigentlich hätte ich Lehrerin werden wollen, ich habe so gern gelesen und wollte anderen etwas beibringen. Aber nach Mutters Tod war mir das nicht mehr so wichtig. Freunde der Familie versuchten, mir andere Anstellungen schmackhaft zu machen, als Dienstmagd, Hausmädchen, Näherin. Andere hielten es für widersinnig, dass sich ein Mädchen mit meinen Talenten als Fabrikarbeiterin verdingte.« Sie zwinkerte. »Aber ich wollte auf niemanden hören. Ich hatte mich entschieden. Außerdem besaß die Fabrik einen Vorzug, der anderen Arbeitsplätzen fehlte: Meine Mutter hatte dort gearbeitet. Ich hatte das Gefühl, ihr dort näher zu sein. Und man stellte mich gerne ein, weil man unsere Familie unterstützen wollte. Alle dort hatten sie sehr gemocht und geschätzt, weißt du. Meine liebe Mutter, Gracie Holmes.«

Sie lächelte matt und holte tief Luft. »Nun, ich kam also hier an, bis ins Mark erschüttert vor Trauer und klamm vor Kälte. Ich öffnete die Tür zum Versandraum und brachte einen Schwall feuchte Luft mit. Halb stolperte ich, halb rannte ich, mit tropfnassen Haaren und Kleidern. Ich muss wie eine Vogelscheuche ausgesehen haben. Wie eine Todesfee oder so etwas Ähnliches.« Plötzlich lachte sie wie ein kleines Mädchen. Ihre Augen strahlten bei der Erinnerung. »Und da sah ich ihn zum ersten Mal. Er unterhielt sich gerade mit Miss Perkins, Minnie, der Buchhalterin, die eng mit ihm zusammenarbeitete. Sie standen beide mit dem Rücken zu mir, aber als die Tür mit Getöse aufgerissen wurde und hinter mir wieder zufiel, drehten sich beide um, aufgeschreckt durch den Lärm, und starrten mich an. Miss Perkins war ein schüchternes Ding, hübsch und dunkelhaarig. Sie schien entsetzt über meinen Auftritt, wie ich so in die Fabrik platzte. Zwischen uns dreien wurde kein Wort gewechselt, und eine schier unendliche Zeit lang sahen sie mich einfach nur an.« Sie schwieg einige Sekunden. »Mr. Brimleys Blick war tief und bohrend. Als hätte er in meine Seele geschaut und alles gesehen, was darin verborgen lag. Seine dunklen, ernsten, tiefliegenden Augen ruhten auf mir, dann kam er lächelnd auf mich zu und unterhielt sich mit mir. Über nichts Besonderes – über das Wetter, den Regen, das Busfahren. Bloßes Geplauder, vollkommen banal. Aber die Art, wie er redete, beruhigte mich. Dann führte er mich zu Minnie und bat sie, sich um mich zu kümmern, damit ich nicht schon am ersten Tag mit einer Erkältung nach Hause kam. Ich glaube, genau das waren seine Worte. Widerstrebend tat sie, was er ihr auftrug. Sie war empört über meine äußere Erscheinung, und ich bin sicher, sie hätte mich am liebsten wieder weggeschickt. Aber auch wenn wir anfangs keine

Verbündeten waren, später wurden wir es.« Sie lächelte traurig. »Vom ersten Moment an kümmerte sich Mr. Brimley, James, um mich. Ohne Getue oder übertriebene Fürsorglichkeit stellte er mein Wohlergehen sicher. Rückblickend glaube ich, dass damals das Band zwischen uns geschmiedet wurde. Schon bei unserer ersten Begegnung. Vielleicht erkannte etwas in ihm meinen tiefen Schmerz. Vielleicht empfand er eine Verbundenheit, eine Art Seelenverwandtschaft. Was es auch war, er hat mich nie darauf angesprochen.

Aber später, sehr viel später sagte er mir, dass er, auch wenn es ihm noch nicht bewusst war, damals schon sein Herz verloren habe, genau in dem Augenblick, als er sich umdrehte und mit einem feuchten Windstoß dieses wunderschöne, verlassene Mädchen herein fegen sah, das an sein Gestade gespült worden war.«

Kapitel 33

»Wir sprachen nicht viel über meine Mutter. Aber er kam jeden Tag zu mir, um sich mit mir zu unterhalten. Still und leise, auf seine beruhigende Art. Und allmählich, im Laufe der Zeit, wurde es zur Gewohnheit, und ich freute mich darauf, ein paar Worte mit ihm zu wechseln. Bald erkannte ich seine festen, sicheren Schritte in der Stepperei, das energische, rhythmische Klacken seiner Absätze auf den Bodendielen.«

Ich dachte an das Foto von Amelia, auf dem sie einem Mann entgegenblickt, der auf sie zukommt. Ich lächelte.

Amelia erwiderte mein Lächeln und nickte. »Irgendwann bemerkte ich, dass in meinen Gefühlen eine Veränderung vorgegangen war. Es war kein plötzlicher Stimmungswandel, sondern eine allmähliche Entwicklung. Aber mir fiel auf, dass ich Herzklopfen bekam, wenn ich seine Schritte hörte. Ein leichtes, hauchzartes Flattern. So fing es an.« Amelias Augen leuchteten, und ihre Wangen hatten sich leicht gerötet. »Und etwas später fand ich heraus, dass James genauso empfand. – Es war eines Abends, als ich Überstunden machte, um etwas dazuzuverdienen, ich nähte an einem Paar Schuhe. Ich war die Einzige, die noch arbeitete. Plötzlich hörte ich James' Schritte. Ich war überrascht. Um diese Zeit hatte ich ihn nicht erwartet, und zum ersten Mal, seit wir uns kannten, war ich verlegen. Bemüht, mich zu fassen, hielt ich den Blick gesenkt, denn ich wusste, jedes Wort von mir, sofern ich überhaupt etwas herausbrachte, würde meine Zuneigung zu ihm offenbaren. Die Schritte stoppten. Ich nähte weiter und tat, als wäre ich ganz in meine Arbeit vertieft, dabei klopfte mein Herz wie wild, und das Blut rauschte in meinen Adern.

Ich hörte, dass James mit mir sprach, er sagte leise meinen Namen, einmal, dann noch einmal. Und schließlich musste ich aufblicken. Es kam mir vor, als wäre er sehr weit weg. Er war nämlich ziemlich groß, weißt du, und ragte riesig über mir auf. Auch er muss die Entfernung gespürt haben, denn er sank vor meinem Stuhl auf die Knie, ohne den Blick von mir abzuwenden. Und ich hatte das Gefühl, dass sich seine Augen in die Tiefen meiner Seele bohrten und ihre Geheimnisse ergründeten. Er sprach mit mir, aber ich verstand nicht, was er sagte. Ich sah seine Lippen, die sich bewegten, sie waren bleich und trocken. Er hielt immer wieder inne, um sie zu befeuchten, und seine weit aufgerissenen Augen blickten unsicher und ängstlich. Er war nervös. So hatte ich ihn in all der Zeit, die wir uns kannten, noch nie erlebt, und ich spürte, dass das, was er sagte, bedeutsam und gewichtig war. Dass es unser Verhältnis irgendwie verändern würde. Und da erkannte ich, was er für mich empfand. Ich lächelte ihn an, und das brach den Bann. All die Hemmungen, die uns umfangen und eine Distanz zwischen uns geschaffen hatten, waren wie weggeblasen. James hörte auf zu sprechen und sah mich an. Dann reichte er mir eine große Schachtel. Als ich sie entgegennahm, streifte ich seine Finger. Ich spürte, wie ich errötete und zögerte, vielleicht weil ich erkannte, dass mich diese Mischung aus Schuld, Verlegenheit, Erregung und Begehren für immer beschmutzen würde, wenn ich noch einen Schritt weiterging. Nach einer Sekunde war meine Entscheidung getroffen. Ich riss den Deckel von der Schachtel und schaute hinein.« Sie lächelte mich abwartend an. »Aber du weißt ja bereits, was drin war, Johnny, nicht wahr?«

Ich nickte langsam.

»Ein wunderschönes Paar grüne Schuhe. Für die damalige Zeit waren sie hochmodern. Henry Maybury hat sie gefertigt. Er arbeitete für James in der Fabrik, und seine Entwürfe waren ganz besonders. Die spitze Kappe korrespondierte mit dem modellierten Absatz, das Leder war weich und edel, die Stickerei aufwändig, sie passte zur Farbe des Oberleders, enthielt aber auch hellere Fäden. James sagte, die Schuhe seien von der betörenden Schönheit meiner Augen inspiriert, von der überwältigenden Tiefe und Vielfalt ihrer Farben. Das waren seine Worte, nicht meine.« Verlegen hielt Amelia inne. »Zuerst brachte ich kein Wort heraus, weil ich mit seiner Bemerkung und seinem Geschenk nichts anfangen konnte.« Sie lächelte. »Ich starrte auf die Schuhe in meiner Hand. James nahm sie mir ab, stellte sie neben sich auf den Boden und fing an, meine Arbeitsstiefel aufzuschnüren. Seine Finger bewegten sich flink und sicher. Dann streifte er mir die Stiefel einen nach dem anderen von den Füßen und zog mir die Schuhe an. Ich weiß nicht, woher er meine Größe kannte, aber sie passten wie angegossen.

Ich glaube, in diesem Augenblick wurde mir schlagartig bewusst, was er alles für mich getan hatte. Er war mir nach Mutters Tod eine Stütze gewesen und hatte mir ganz allmählich mit seinen alltäglichen kleinen Gesten mein altes Ich zurückgegeben. Das erkannte ich an diesem Abend in der Stepperei.« Sie stockte. »Vielleicht war es in diesem Moment um mich geschehen, auch wenn ich noch lange standhaft blieb. Er war unglücklich mit seiner Frau, das wusste ich. Sie waren gute Freunde, die einander jedoch nichts mehr zu sagen hatten. Und obwohl jeder sein eigenes Leben führte, trennten sie sich nicht. James liebte seinen Sohn und wollte ihn in seiner Nähe haben. Aber das

Zusammenleben mit Elizabeth fiel ihm schwer.« Sie atmete langsam aus. »Wie schwer, das erkannte ich erst ganz zum Schluss.«

Hüstelnd tastete ich nach meinem Hemdkragen. »So hat also alles angefangen?«

Sie nickte. »Mit den Schuhen. So exquisite und teure Stücke, wie eine Frau sie sich nur erträumen kann. Aber natürlich konnte ich sie nirgendwo tragen. Das hätte nur Argwohn geweckt. Und wenn mein Vater sie gesehen hätte, wäre er sehr wütend geworden. Er hätte gedacht, dass ich den Lohn von anderthalb Jahren dafür ausgegeben hatte, und noch einen Teil seines sauer verdienten Geldes dazu. Also mussten sie in der Fabrik bleiben. Doch darüber machte sich James keine Gedanken; er wollte mir nur etwas Schönes schenken. Etwas, das ich lieben und wertschätzen würde. Das Tragische war nur, dass ich sie verstecken musste. Sie verkörperten all das, was zwischen uns war, und wurden ein Symbol unserer Liebe und Freundschaft. Letztlich jedoch verborgen, von Dunkelheit umhüllt.«

»Wie seid ihr auf dieses Zimmer gestoßen?«

»James hat es entdeckt. Ursprünglich war es ein Keller gewesen, den man gelegentlich als Lager nutzte. Er war nicht besonders zweckmäßig. Wegen der steilen, engen Treppe und der fehlenden Beleuchtung hatte man nur selten Gebrauch davon gemacht. Dann hatte James' Vater die Abstellkammern im Versandraum einbauen lassen, und eine davon verbarg den Eingang nach unten. Das unterirdische Zimmer geriet so in Vergessenheit. Aber James hatte es nicht vergessen.«

Ich nickte. So etwas Ähnliches hatten Ophelia und ich uns schon gedacht.

»Wie gesagt, so fing alles an. Was ich damals noch nicht

wusste: Es war zugleich der Anfang vom Ende.« Die Kerzenflamme neben Amelia flackerte und erzeugte plötzlich ein helles Licht. Amelias Geschichte hatte mich so gefesselt, dass mir die Veränderung im Raum gar nicht aufgefallen war. Es war jetzt viel heller als zuvor, bis in die Zimmerecken. Amelia runzelte die Stirn.

»Was ist los?«, fragte ich.

Die Kerze flackerte jetzt heftig, obwohl es keinen Luftzug gab. »Ich muss gehen.« Sie stand abrupt auf. Ihr schwarzes Kleid, das sich von dem immer heller werdenden Hintergrund abhob, ließ sie wie ein dunkler Schatten erscheinen. Es erinnerte mich an etwas, das ich sie fragen wollte.

»Es war der Spiegel, stimmt's?« Ich spürte, wie meine Stimme lauter wurde. »Der alles beendete, meine ich.« Plötzlich loderte die Flamme hoch, sie stieg wie ein straff gespannter Faden empor, als würde auch sie sich anstrengen, Amelias Antwort zu hören.

Sie nickte. »Aber es ist nicht alles so, wie du denkst. Es tut mir leid, Johnny. Mehr als das, was du bereits weißt, kann ich dir nicht erzählen. Du musst weitersuchen.« Lächelnd fuhr sie fort. »Wenn die Zeit dafür gekommen ist, werde ich dir helfen.« Mit diesen Worten drehte sie sich um und verschwand im Licht.

Immer heller wurde der Raum, und er schien sich mit Geräuschen und frischer Luft zu füllen. Ich spürte eine Schwere im Kopf, die sich in meinem ganzen Körper ausbreitete.

Kapitel 34

Die Sonne, die durch die Terrassentür fiel, weckte mich.

Als ich den Kopf von der hölzernen Tischplatte hob, zuckte ich zusammen. Vor mir standen eine halbvolle Flasche Rotwein und ein benutztes Glas, daneben lagen das Foto von Amelia und James aus der Fabrik und James' Briefe. Ich ließ die Szenerie auf mich wirken, dann lehnte ich mich auf meinem Stuhl zurück und rieb mir die Augen. Ich erinnerte mich, dass ich bis spät nachts die Briefe gelesen hatte, aber nicht, dass ich eingeschlafen war.

Durch das Fenster wirkte der Garten trostlos und verwildert. Ein verkrüppelter Baum stand an seinem hinteren Ende, und das Gras im frostigen Griff des Winters war stellenweise braun. Aber die Sonne spähte zaghaft über die Mauer, tauchte die Terrasse in strahlend helles Licht und spendete den Blumentöpfen Wärme. Die Hyazinthen und Narzissen sprossen bereits und würden bald blühen. Vielleicht wurde es nun doch endlich Frühling.

Gähnend stand ich auf. Mein Blick fiel auf das Foto von Batters über dem Tisch; seine wunderbare Symmetrie in Schwarzweiß, die übereinandergeschlagenen Füße in den durchsichtigen Söckchen, die aufreizend baumelnden Stilettos. Doch dann wurde dieses Bild von einem anderen überlagert. Grüne Schuhe, die am Rahmen eines Spiegels hängen. Mein Traum fiel mir ein. Amelias Worte zum Abschied. Du musst weitersuchen.

Stirnrunzelnd ging ich in die Küche. In meinem Kopf pochte es. Geistesabwesend öffnete ich die Kühlschranktür, nahm das Kaffeepulver heraus und löffelte es in die Espressokanne. Dann füllte ich Wasser ein und stellte sie auf die Herdplatte. Ich goss Milch in einen Topf und erhitzte sie. Ich würde mir Taras Ordner noch einmal vornehmen. Vielleicht entdeckte ich etwas, das ich bisher übersehen hatte. Schon bei James' und Amelias erster Begegnung hatte es zwischen ihnen gefunkt. Die unglaubliche Intensität seiner Gefühle, sein Geschenk, ihre Heimlichtuerei, ihre Liebe. Was war mit ihnen geschehen? Was hatte ihr Ende besiegelt? Irgendwie hing alles mit dem Spiegel zusammen, das spürte ich ganz deutlich. Hatte Katharina ihn vielleicht verzaubert, wie die Venezianerin angedeutet hatte? Ihm mit schwarzer Magie eine dunkle Macht verliehen? Ich sah den Spiegel im Keller der Fabrik vor mir, wie er im Dunkeln stand und wartete.

Wartete er auf mich, so wie er auf James gewartet hatte?

Bis zum Abend durchforstete ich Taras Ordner noch zweimal, ohne etwas Neues zu entdecken. Träge überflog ich den Text, den ich inzwischen fast auswendig könnte, kehrte aber immer wieder zu den Zeitungsfotos zurück – zu dem Todesporträt im Kreis der Familie, das mich ohnehin faszinierte, aber auch zu der Aufnahme von James im Dreiteiler. Die dunklen, grüblerischen Augen kamen mir vertraut vor, was ich darauf zurückgeführt hatte, dass ich den Mann in meinen Träumen gesehen hatte. Der Schock dieser Entdeckung hatte alles andere überlagert, auch das Gefühl, das mich jetzt beschlich: Ich hatte den Mann und dieses Foto noch woanders gesehen.

Ich musste so schnell wie möglich zurück in die Fabrik. Meine Armbanduhr zeigte zehn vor sieben. Unwahrscheinlich, dass am Sonntagabend um diese Zeit jemand dort war. Aber ich würde trotzdem vorsichtig sein. Ich schnappte mir Mantel und Schlüssel, zog meine Turnschuhe an und schlug die Wohnungstür hinter mir zu.

Als ich in der Fabrik eintraf, war es stockdunkel. Der Platz war menschenleer. Vorsichtig öffnete ich die Außentür, alles blieb ruhig und still. Ohne Licht zu machen, durchquerte ich die Fabrikhalle und ging die Treppe am anderen Ende hinauf, bis ich vor den Reihen mit den Fotos stand. Meine Augen wanderten über die Bilder: eine Gruppe Maschinenarbeiterinnen, lächelnd, eine kleine Versammlung bärtiger, ernster Männer, ein Mann mit Schiebermütze, der vor dem Fabrikgelände Pfeife rauchte. Schließlich stieß ich auf das Foto, nach dem ich gesucht hatte. Es war mit »Direktor« untertitelt und auf den 24. Mai 1896 datiert. Ein Mann mit dunklen Augen blickte finster in die Kamera. Kein Zweifel, es war dasselbe Foto wie in der Zeitung.

Als ich das Bild vom Haken nahm, hinterließ es ein helles Rechteck auf der Wand, mit Staubspuren an den Rändern. Offenbar war es noch nie entfernt worden, seit es dort hing. Ich drehte es um. Mit zitternden Fingern löste ich die Klammern, die das Foto im Rahmen hielten. Langsam und vorsichtig, mit angehaltenem Atem, entfernte ich die Rückwand. Nichts. Ich war mir so sicher gewesen, auf der richtigen Spur zu sein und auch hinter diesem Foto Briefe zu finden. Nachdem ich die Rückwand wieder eingelegt hatte, hängte ich das Bild zurück an die Wand. Jetzt starrte James Brimley wieder auf mich herunter, mit den auf Hochglanz polierten Schuhen, dem schwarzen, aus dem ernsten Gesicht gekämmten Haar. Ich nahm den dreiteiligen Anzug in Augenschein, den ich schon so oft gesehen hatte, auf Fotos, in meinem Traum von James und an mir selbst. Dann konzentrierte ich mich auf James' Augen, die dunklen Iris unter den schweren Lidern, und da regte sich in meinem Kopf ganz leise der Gedanke, dass ich womöglich doch wusste, wo ich suchen musste. Diesen grüblerischen, finsteren Blick kannte ich, und nicht nur aus meinen Träumen. Er war mir begegnet, als ich in den Spiegel geschaut hatte. Ebenjene Augen hatten mir entgegengestarrt.

Ich drehte mich um, lief hinunter ins Erdgeschoss. Auf einmal hatte ich die fixe Idee, dass mir der Spiegel etwas erzählen konnte. Aus der Abstellkammer nahm ich zwei Kerzen und eine Schachtel Streichhölzer von dem Vorrat, den Tara dort entdeckt hatte. Dann stieg ich die Treppe hinab zu dem geheimen Zimmer, bevor ich es mir noch einmal anders überlegte. Die Dunkelheit war wie ein Schock, und weil ich den Rhythmus meiner Schritte nicht unterbrechen wollte, riss ich im Gehen ein Streichholz an und entzündete eine Kerze. Sekunden später berührten meine Füße den Kellerboden. Ich blieb einen Moment lang stehen, während die kümmerliche gelbe Flamme die Dunkelheit des Flurs zurückdrängte. Ich entzündete die zweite Kerze. Als die Flamme hochzüngelte, zog sich die Dunkelheit noch weiter zurück. Ich blickte zurück, oben bildete die offene Tür ein kleines Lichtrechteck. Es schien sehr weit entfernt zu sein. Die stickige, feuchte Luft steckte mir unangenehm in der Kehle, und wie schon zuvor hatte ich das Gefühl, mich übergeben zu müssen. Ich atmete mehrmals flach ein und aus. Dann betrat ich vorsichtig das unterirdische Zimmer. Der Lichtschein der Kerzen hatte etwas Tröstliches. Ohne jede Hast stellte ich die Kerzen zu beiden Seiten des Spiegels auf den Boden. Ich redete mir ein, wenn ich bedachtsam zu Werke ginge, könne nichts passieren. Es gab nichts, wovor ich mich fürchten musste. Mit einem tiefen Atemzug blickte ich auf und tauchte ein in die Spiegeloberfläche, die schwarzen und grauen Flecken, die Initialen, Zeugnisse vergangenen Lebens. Ich versuchte alles, was ich wusste oder zu wissen glaubte, aus meinen Gedanken zu verbannen und mich ausschließlich auf mich und mein Spiegelbild zu konzentrieren. Auf der trüben Oberfläche suchte ich meine Augen – und fand sie.

Wie üblich verdunkelte das Glas mein Abbild. Das Blau war aus meinen Augen verschwunden, sie waren jetzt von tiefstem Schwarz. Ich trat einen Schritt vor und betrachtete mein Gesicht mit angehaltenem Atem. Mit Mühe konnte ich das düstere Lächeln erkennen, das der Spiegel zurückwarf. Unverwandt blickte ich auf meine Augen und mein Gesicht und wartete darauf, dass etwas passierte. Die Sekunden verstrichen, dann und wann hörte ich das leise Ticken meiner Armbanduhr, deren Zeiger im Dunkeln seine Runden drehte. Ansonsten herrschte Stille. Ich befand mich in einem geräuschlosen Raum und suchte nach dem Aufblitzen einer früheren Wahrnehmung, die mir weiterhelfen würde. Konzentriert betrachtete ich meine schwarzen Augen. Je intensiver ich mich in sie vertiefte, je länger ich mein Spiegelbild erforschte, desto fremder wurde es mir. Als ich das letzte Mal mit Ophelia hier gewesen war, hatte ich es ganz anders empfunden. Damals hatte mich ein Gefühlssturm überwältigt. Jetzt spürte ich eine merkwürdige Distanz. Ich lächelte noch einmal, und das dunkle Gesicht im Spiegel lächelte zurück. Fasziniert und zugleich abgestoßen musterte ich es. Aber es war nur mein Gesicht, dunkel und verzerrt durch das fleckige Glas. Eine Woge der Enttäuschung überflutete mich. Ich fühlte überhaupt nichts. Was tat ich eigentlich hier? Es war erbärmlich, einfach lächerlich. In einem plötzlichen Wutausbruch schlug ich mit der Faust auf den Spiegel. Er erzitterte bis in den Rahmen und schaukelte vor und zurück, und die alte Metallkette, mit der er an der Wand befestigt war, quietschte. Das hatte so gutgetan, dass ich es noch einmal machte. Wieder zitterte und ächzte der Spiegel und schlug bedrohlich gegen die Wand. Und dann vernahm ich ein anderes Geräusch, zart wie das Flattern von Schmetterlingsflügeln. Ich dachte an Amelia und gleich darauf an James. Dann war das Geräusch verklungen. Ich trat einen Schritt vom Spiegel zurück und blickte mich um. War etwas auf den Boden gefallen? Neben einer der Kerzen entdeckte ich ein Stück Papier. Ich hob es auf. Es war zuvor noch nicht da gewesen, ganz bestimmt nicht. Es musste heruntergefallen sein, als ich auf den Spiegel einschlug. Das Papier fühlte sich warm an. Ich faltete es auseinander, hob es näher an mein Gesicht und sah, dass es ein Brief war, mit grüner Tinte geschrieben.

Kapitel 35

London
August 1898

Liebste,
ich sitze im Salon meines Hauses am Bloomsbury Square am Schreibtisch, Stift und Papier in der Hand, während mein Sohn Thomas vor dem Kamin spielt. Elizabeth besucht Freunde von der Kirche, und so sind wir Männer ganz allein zu Hause. Ich hoffe, Du weißt, dass ich dies nicht sage, um Dich zu verletzen oder Dich unnötig an meine häuslichen Verhältnisse zu erinnern. Doch die düsteren Gedanken drohen mich zu überwältigen, und Du bist die Einzige, mit der ich sie teilen kann.
Seit ungefähr einer halben Stunde sehe ich meinem Sohn, meinem geliebten Sohn dabei zu, wie er mit seinem Thaumatrop spielt. Ich bin sicher, Liebste, Du hast solch ein Ding schon einmal gesehen, als Du ein Kind warst. Es ist, wie Du Dich erinnern wirst, eine Scheibe mit einem Bild auf der Vorder- und auf der Rückseite, und am Rand ist an zwei gegenüberliegenden Punkten ein Bindfaden befestigt. Durch das Drehen der Scheibe werden die Bindfäden aufgewickelt. Lässt man dann los, entzwirbeln sich die Fäden, und die Scheibe rotiert so schnell, dass die Bilder auf beiden Seiten miteinander verschmelzen. Es handelt sich um eine simple optische Täuschung. Man kann verschiedene Bilder einsetzen,

und Thomas vergnügt sich mit einer ganzen Kollektion. Das erste zeigte einen kahlen Baum und auf der Rückseite seine Blätter. Wenn sich die Scheibe dreht, wird daraus ein kompletter Baum mit Blättern. Zumindest scheint es so. Auf dem nächsten Bild war ein Vogel auf der einen Seite und ein Käfig auf der anderen. Wie Du Dir vorstellen kannst, glaubt man, der Vogel säße im Käfig, sobald die Scheibe rotiert. Dann haben wir noch Blumen und eine Vase, was eine Blumenvase ergibt.
Jetzt gerade zeigt die Scheibe, die mein Sohn aufdreht, auf einer Seite einen Mann. Er wirkt adrett und harmlos. Er hat kurzes, glattes Haar und ist rasiert. Ein langweiliges Alltagsgesicht, könnte man sagen. Auf der anderen Seite sieht man wirres Haargestrüpp, dunkle Augen und dicke Augenbrauen. Ein grotesker Anblick. Aber sobald die Scheibe rotiert, verwandelt sich der Langweiler in ein teuflisches Geschöpf (zweifellos ist dieses Motiv von Stevensons Geschichte von Dr. Jekyll und Mr. Hyde inspiriert). Zuerst war ich von dem Schauspiel fasziniert. Aber je länger ich der Verwandlung des Mannes in ein Ungeheuer zusah, desto merkwürdiger und zugleich passender erschien es mir. Und ich wurde besessen, wirklich besessen von Angst.
Ich glaube, alles begann in Venedig.
Nein, ich weiß, dass alles in Venedig begann. Mit dem Spiegel und dem Gefühl, das mich an jenem Abend am Kanal ergriff. Alles scheint dort seinen Ursprung zu haben.
Kannst Du mir jemals verzeihen?
Was für eine Ironie, wenn man bedenkt, was ich damals anfangs empfand … Ich kann mich noch gut an meine ungetrübte Freude erinnern, einen Spiegel aus dem Besitz Heinrichs II. aufgestöbert zu haben. Der Gedanke,

dass ich ein solches Objekt dem Vergessen entrissen hatte und zu Dir nach Hause bringen würde, versetzte mich in unbändige Begeisterung. Irgendwie schien er genau das passende Geschenk für Dich zu sein. Ich weiß nicht, ob ich damit einen Fehler der Vergangenheit wiedergutmachen wollte oder aus anderen, falschen und verfehlten Motiven heraus handelte. Wie dem auch sei, im Rückblick erkenne ich, dass mein Glück fast von Anfang an vergiftet und durch beklemmende Gefühle verdrängt wurde, die mir meinen Seelenfrieden raubten.
Ich entsinne mich noch gut an die Unruhe und Erregung, die mich erfassten, nachdem ich den Spiegel in den Keller gebracht und zusammen mit Dir bewundert hatte. Etwas wühlte mich auf, hauptsächlich Begehren. Ich hatte gedacht, das läge allein an unserem Wiedersehen. Aber heute weiß ich, dass dies nicht der Fall war. Zu meiner Glückseligkeit gesellte sich nämlich bald Unbehagen. Etwas hatte von mir Besitz ergriffen, das meine innere Dunkelheit auslotete. Und während ich versuchte, vernünftige Gründe dafür zu finden und mein Unbehagen verdrängte, lauerte etwas in meinem Hinterkopf, ein nagender Keim des Zweifels. Sooft ich in den Spiegel blickte, irritierte mich das, was ich sah, was ich fühlte. Aber sobald ich es benennen und ergründen wollte, schien es sich in etwas anderes, weniger Überwältigendes zu verwandeln, und meine Vernunft trug den Sieg davon und tat meine Angst als Hirngespinst ab.
Mit der Zeit wuchs meine Erregung, aber auch dieses andere Gefühl wurde immer unergründlicher, dunkler und quälender. Es kroch in die dunklen Tiefen meines Körpers, ich wollte es aus mir herauskratzen, es mir aus den Eingeweiden reißen. Aber ich wusste nicht, wie.

Manchmal überwältigt mich fast der Drang, mir eine Verletzung zuzufügen, um mir dieses Ding aus dem Leib zu reißen. Ich spüre, wie es in meinen dunklen Träumen zu mir kommt, mir etwas ins Ohr flüstert, meine Gedanken vergiftet. Und in solchen Momenten habe ich wirklich große Angst.

Ich habe versucht, es zu überwinden, es als Einbildung abzutun. Und doch weiß ich zweifelsfrei, dass es nicht stimmt.

Aus irgendeinem Grund habe ich das Bedürfnis, Dir meine Gefühle mitzuteilen. Wenn Du nicht bei mir bist, bin ich allein im Dunkeln, allein mit mir und dem Gemurmel, das meine Sinne heimsucht. Kannst du es hören?

Früher habe ich nachts von Dir geträumt, von dem Duft Deines Haars, Deiner weichen Haut, Deinen schönen Augen und Deinem schönen Gesicht. Jetzt habe ich nur noch Albträume. Besonders einer verfolgt mich. Er beginnt ganz ähnlich wie die Szene, die ich Dir heute beschrieben habe. Mein Sohn und ich sind im Salon des Hauses am Bloomsbury Square. Ich schreibe am Tisch Briefe, während er vor dem Kamin mit seinem Thaumatrop spielt. Ich beobachte ihn, sehe, wie sich die rotierenden Bilder vermischen und wieder trennen. Und obwohl ich das sichere Gefühl habe, im selben Zimmer zu sein wie er, in unserem friedlichen Zuhause, weiß ich zugleich, dass ich nicht dort bin. Dass ich in Wirklichkeit im Keller der Fabrik bin, ganz allein in der Dunkelheit, die mir ins Ohr flüstert. Ein Teil von mir ist dort gefangen und wird es immer bleiben, unfähig zu entkommen. Ich bin nicht mehr ich selbst vor Einsamkeit.

Ich war in meinem ganzen Leben noch nie so einsam.

Kapitel 36

»Du wird ja allmählich zu einem richtigen Detektiv, Johnny. Zuerst findest du Briefe hinter einem Foto in der Fabrik und jetzt noch einen hinter dem Spiegel in dem unterirdischen Zimmer. Was wirst du als Nächstes entdecken?« Ophelias Ton war scherzhaft, aber die nachfolgende Pause verriet, dass mehr dahintersteckte. Es rauschte und knisterte in der Leitung.

»Wo genau bist du? Der Empfang ist ja furchtbar.«

»Kein Wunder. Ich bin da, wo alle Modeshootings gemacht werden: irgendwo in der Pampa, mitten in der Wildnis, in einer kalten und abgelegenen Gegend.«

Ich nickte, antwortete aber nicht. Das Rauschen in der Leitung war stärker geworden, es dröhnte in meinen Ohren. Ich rutschte auf dem Küchenstuhl hin und her, fuhr mit dem Finger über den Rand des Kaffeebechers. »Und was hältst du von diesen Briefen?«

»Hm.« Sie machte eine nachdenkliche Pause, und ich hörte durch die Leitung die Rufe und das Gelächter irgendwelcher Leute im Hintergrund. »Es ist auffällig, wie sehr sich der Ton von Brief zu Brief geändert hat. Der aus Italien ist eindringlich und gefühlvoll, James vermisst seine Geliebte mit der angemessenen Portion Leidenschaft. Der aus Frankreich ist überschwänglicher und neurotischer, und als er wieder in London ist, schreibt er eloquent, aber bereits halb dem Wahn verfallen. Die Briefe wurden wohl in dieser Reihenfolge geschrieben. – Glaubst du, dass er tatsächlich in seinem Haus war, als er den letzten Brief schrieb?«

»Keine Ahnung«, sagte ich leise. Meine Worte gingen in einem Knacken in der Leitung fast unter. Die Frage hatte ich mir auch schon gestellt. Hatte er diese Zeilen in dem unterirdischen Zimmer geschrieben und sich die Szene mit seinem Sohn am Bloomsbury Square nur vorgestellt? Der Gedanke jagte mir einen Schauder über den Rücken. Möglich war es, vor allem im Licht dessen, was ich entdeckt hatte. »Da ist noch etwas …«

»Was denn?« Ophelias Stimme klang angespannt.

»Ich habe noch weitere Blätter gefunden, die hinter dem Spiegel versteckt waren.«

»Wirklich?«

»Zehn vielleicht. Nachdem der Brief heruntergefallen war, schaute ich nach, ob es noch mehr davon gab. Es sind nur Gedankenfetzen.« Ich hielt inne und betrachtete die über den Küchentisch verstreuten Seiten, Blätter mit surrealen Kritzeleien in grüner Tinte. »Und keine einzige Seite ist datiert. Ich vermute aber, sie sind alle nach diesem letzten Brief entstanden. Als er den schrieb, muss er den Bezug zur Realität völlig verloren haben.«

Am anderen Ende der Leitung war es still. Ich spürte Ophelias Zögern. »Kannst du … kannst du mir ein Beispiel geben?«

»Klar.« Ich nahm eines der Blätter vom Tisch. »Oft stehen nur einzelne Wörter auf der Seite. Augen. Dunkelheit. Tod. Hölle. Am ehesten macht das hier vielleicht noch einen Sinn.« Ich räusperte mich.

»›Ich habe gehört, wie Du mich gerufen hast. In der Dunkelheit. Du kommst, um mich zu holen. Ich weiß, dass ich nicht von hier und aus dieser Dunkelheit entrinnen kann. Den Dämonen und den Toten, die nach mir rufen. Ich höre das Echo ihrer Stimmen. Ich sehe ihre Gesichter dort gespiegelt, wo meines sein müsste. Sie kommen, um mich zu holen, sie kriechen aus den Schatten, berühren mich, ihre schmutzigen Klauen umschließen meinen Hals, werfen mich zu Boden.

Lass mich nicht hier zurück. In der Dunkelheit.

Allein.‹«

Ich hüstelte. »Die anderen klingen ähnlich.«

»Ich verstehe.« Einen Augenblick lauschten wir beide dem Knacken und Knistern in der Leitung. »Ich frage mich, ob er all das in dem unterirdischen Zimmer geschrieben hat, wo er die Dunkelheit zu sich sprechen hörte.«

»Das nehme ich an.«

»Mein Gott.«

Ich dachte an James' Leiche auf dem Fußboden der Fabrik. Hatten ihn seine Halluzinationen um den Verstand gebracht? Hatten ihn seine Phantasievorstellungen verfolgt, buchstäblich gemartert, sodass er sich etwas angetan hatte, gepeinigt von innerer Unruhe und Angst? Bei dieser Vorstellung überlief es mich kalt. »Der Zettel am Spiegel muss etwa zur selben Zeit entstanden sein.«

»Ja, er kam uns ja schon immer ziemlich rätselhaft vor.«

Kopfschüttelnd dachte ich über die Worte nach. »Ich hörte wohl, doch glaubt' ich's nicht, die Geister Verstorbner gingen um.«

Ich schluckte, aber mein Mund war trocken.

»Johnny, ist alles in Ordnung?«

»Ja, alles bestens. – Ich kann es gar nicht erwarten, dich wiederzusehen. Ich vermisse dich so sehr.«

»Ich dich auch. Es kommt mir vor, als wäre ich schon eine Ewigkeit hier. Und das liegt nicht nur daran, dass ich den Models dabei zuschauen muss, wie sie in Stilettos durch die verschneite Moorlandschaft staksen.«

Bei der Vorstellung musste ich lachen. »Mein Gott, du fehlst mir«, bekräftigte ich noch einmal. Und fast im selben Moment musste ich an James denken, wie er durch die Straßen von Paris gewandert war, sich verzehrend vor Sehnsucht nach Amelia, und ihr einen glühenden Liebesbrief schrieb. Beklemmung erfasste mich, und plötzlich hatte ich keinen sehnlicheren Wunsch, als dieses Gespräch zu beenden. Wenn ich meine Gefühle ignorierte, konnte ich vielleicht so tun, als gäbe es auch all das andere nicht. »Ich glaube, ich lass dich jetzt weiterarbeiten.« Das Knistern in der Leitung überspielte meine Betretenheit.

»Okay. Aber morgen um halb sechs sehen wir uns in Shoreditch, ja? Dort, wo ich gesagt habe.«

»Klar«, sagte ich. »Ich werde es nicht vergessen.«

»Also bis dann. – Hey. Und versuch einfach, nicht zu oft an all das zu denken, okay?«

»Keine Sorge«, erwiderte ich beschwichtigend und wusste, das würde ich nicht schaffen.

Ophelia sagte noch etwas, das ich aber nicht verstand. Wieder dieses Knistern, dann war die Leitung tot.

Ich starrte auf den Hörer, dann legte ich auf, überwältigt von einem Gefühl der Verlassenheit und Einsamkeit.

Kapitel 37

Das Klingeln des Telefons riss mich aus dem Schlaf. Ich öffnete die Augen, hatte aber keine Ahnung, wie spät es war. Ich blieb noch ein paar Sekunden liegen und lauschte dem hartnäckigen Klingeln, dann stand ich auf und taumelte in die Küche. »Hallo.« Meine Stimme klang barsch, heiser und schlaftrunken. Ich räusperte mich und warf einen Blick auf die Uhr an der Wand. 13.47 Uhr. Du meine Güte. Schon nach Mittag. Ich musste mir einen regelmäßigeren Tagesrhythmus angewöhnen.

»Ah, hallo. Johnny, sind Sie es?«

Die Stimme kam mir fremd vor, aber ich erkannte sie sofort. »Ja. Mr. Alexander?«

»Genau. Ich hoffe, ich störe nicht?« Und noch bevor ich antworten konnte, fuhr er fort: »Ich habe interessante Neuigkeiten über Ihren Spiegel.«

Seine Stimme klang so bedeutungsvoll, dass mir ganz flau im Magen wurde. Ich setzte mich. Vor mir auf dem Küchentisch lagen die Zettel, die James geschrieben hatte, seine Phantastereien, und das Foto von ihm und Amelia. Mir war ein wenig mulmig zumute. Mr. Alexander konnte mir so gut wie alles erzählen, ich würde ihm glauben.

»Die Information stammt von einem alten Bekannten«, begann er.

Ich nickte stumm. Ich erinnerte mich, er hatte davon gesprochen, aber ich hatte nicht geglaubt, dass irgendetwas dabei herauskommen würde.

»Es hat sich herausgestellt, dass ein Freund und Kollege von mir Ihren Spiegel kennt.«

Ich zuckte zusammen.

»Freilich nur indirekt, denn der Spiegel hängt ja wahrscheinlich schon seit über hundert Jahren in diesem Keller.«

Ich nickte wieder, ohne etwas zu sagen.

»Johnny, sind Sie noch da?«

»Ich höre, Mr. Alexander.« Aber meine Stimme klang leise und unwillig. »Ich bin nur ein bisschen überrascht von Ihrer Neuigkeit.«

»Ja, überraschend ist es, in der Tat. Ich habe heute Morgen wegen einer anderen Sache mit Nathaniel Raven telefoniert, so heißt der Mann. Nat hat einen Antiquitätenladen in der City. Leadenhall Market. Als wir fertig waren, erwähnte ich Ihren Spiegel. Nur so, auf gut Glück. Aber als ich ihm von den Initialen des Spiegelmachers in der linken unteren Ecke und den Buchstaben in der gegenüberliegenden Ecke erzählt habe, klingelte etwas bei ihm. Und als ich erwähnte, wie dunkel das Glas ist, wusste er sofort, dass er von diesem Spiegel schon einmal gehört hatte.«

Mr. Alexander machte eine Pause, und ich wartete, dass er zum entscheidenden Punkt kam. Ich hielt den Hörer fest umklammert, Schweißtropfen perlten auf meiner Oberlippe.

»Er handelt hauptsächlich mit alten Drucken und Fotografien, deshalb war mir zunächst unverständlich, wie er auf einen Spiegel wie den Ihren gestoßen sein konnte. Aber bei ihm landen auch oft Briefe und Notizen und so weiter, die den Drucken oder Fotos beigegeben sind, vor allem, wenn sie direkt aus einem Nachlass stammen. Und dieser Spiegel wurde in einigen Briefen aus dem Jahr 1762 erwähnt, die in seinen Besitz gelangt sind. Ein merkwürdiger Zufall, nicht wahr?«

»Sehr merkwürdig.« Ich hielt es jedoch keineswegs für merkwürdig oder verwunderlich. Es schien mir vielmehr, als wäre diese Information seit je für mich bestimmt gewesen.

»Nat besitzt die Briefe längst nicht mehr, aber er erinnert sich noch genau an ihren Inhalt. Es war nämlich eine ungewöhnliche Geschichte. Soll ich sie ihnen erzählen?«

»Ja, gern.« Wenn ich ehrlich sein soll, war es das Letzte, was ich hören wollte. Ich spürte, wie sich mein Körper verkrampfte.

»Die Briefe waren aus Louisiana«, sagte der Antiquitätenhändler, und seine Stimme hatte denselben nachdenklichen und doch resoluten Ton wie an dem Tag, als ich ihn besucht hatte. »Sie wurden wohl Mitte 1762 geschrieben. Nat konnte nicht mehr genau sagen, wann, aber er meinte, sie stammten aus der Zeit, als der Staat noch französische Kolonie war. Kurz danach wurde er an die Spanier abgetreten, in einem geheimen Vertrag, der im September jenes Jahres geschlossen wurde.«

Trotz allem musste ich lächeln. Mr. Alexander gab mir immer das Gefühl, als befände ich mich in einem historischen Seminar. Keine Ahnung, woher er all das wusste.

»Die Briefe stammen von einer Französin, der Frau eines Plantagenbesitzers, und waren an ihre Freundin in Paris gerichtet. Sie berichten von merkwürdigen Begebenheiten auf einer benachbarten Plantage im südlichen Louisiana. Der Besitzer, ein Franzose, war nach Amerika ausgewandert, um im Tabakanbau sein Glück zu machen. Er war vermutlich von Adel, denn er ließ eine Menge kostbare Möbelstücke mit dem Schiff in die Kolonie schaffen: Schränke, Kommoden, Chaiselongues, prachtvolle Gemälde, Drucke und sein Lieblingsstück, einen antiken Spiegel, der mit den Jahren eingetrübt war und auf dem Buchstaben eingraviert waren. Auf dieses Stück war er offenbar besonders stolz, und er schien fasziniert davon, dass er sich einst im Besitz des französischen Königs Heinrich II. befunden hatte.« Er machte eine effektvolle Pause, um seine Worte wirken zu lassen. »Seine Gattin allerdings konnte sich nicht dazu durchringen, in einer so weit entfernten Kolonie zu leben, und blieb in Frankreich. Vielleicht kursierten deshalb schon bald Gerüchte über eine Affäre zwischen dem Mann und einer Sklavin, die auf seiner Plantage arbeitete. Die Briefeschreiberin scheint sich über diese anstößige Geschichte lang und breit ausgelassen zu haben. Die Kolonie stand nämlich unter dem Einfluss der Jesuiten, verstehen Sie?« Mr. Alexander hustete leise und fuhr dann fort: »Nat erinnerte sich insbesondere an einen Brief, der von einer sonderbaren Begebenheit auf der Plantage des Franzosen im Sommer 1762 erzählte. Es war eine regnerische Nacht, ein Hurrikan zog mit Donner, Blitz und heulenden Winden landeinwärts. Die Sklaven auf der Plantage sagten später, sie hätten geglaubt, laute Stimmen und Lärm aus dem Haus zu hören, waren sich danach aber nicht mehr sicher und schoben den Krach auf den Sturm. Doch am nächsten Tag fand man den Franzosen tot in seinem Wohnzimmer. Er lag auf dem Boden, der Spiegel auf ihm. Sein Körper wies Spuren von Gewalt auf. Die Sklavin, seine Geliebte, war spurlos verschwunden.

Wochenlang kursierten Gerüchte. Schwarze Magie und die Beschwörungskunst waren im Süden weit verbreitet, und wann immer jemand unter mysteriösen Umständen zu Tode kam, verwies man auf diese Praktiken. Auch über die Sklavin wurde viel gemunkelt. Es hieß, sie hätte ihn verhext, sie hätte ihm seine Seele gestohlen und sei in der Nacht seines Todes spurlos verschwunden. Offenbar fand man auf den Dielen Schlammspuren, in denen man ihre Fußabdrücke erkannte. Sie führten von der Tür zur Leiche und in einem Bogen wieder zurück.«

Während ich ihm zuhörte, wanderte mein Blick zu dem Batters-Foto über dem Küchentisch. Ich betrachtete die Füße, an deren Zehen hochhackige Sandalen baumelten, als würden sie gleich herunterfallen. Aus irgendeinem Grund erinnerten sie mich an Amelia.

»Einem anderen Gerücht zufolge verschwand das Mädchen schon eine Zeitlang vor seinem Tod, und der Franzose verlor darüber den Verstand und beging Selbstmord. Andere sagten, er habe sich selbst der schwarzen Magie verschrieben und die Sklavin geopfert, lange bevor er selbst starb. Im Laufe der Zeit nahmen diese Geschichten immer phantastischere Züge an, aber in einem Punkt stimmten sie alle überein: dass in jener Nacht in dem Haus etwas Unheimliches geschehen war.«

Eine Pause trat ein. Mr. Alexander erwartete bestimmt, dass ich etwas dazu sagte. Aber ich hatte nichts zu sagen.

»Nat zufolge sorgte der Vorfall lange Zeit für Gesprächsstoff. Die Briefeschreiberin war jedenfalls entsetzt, soviel ist sicher. Zweifellos hat sich Nat deshalb daran erinnert.«

Zweifellos.

»In den Briefen stand auch, dass der gesamte Hausrat des Franzosen nach Frankreich verschifft wurde. Der Spiegel war also wahrscheinlich irgendwann im Jahr 1762 wieder in Paris. Aber wo er vorher und nachher war, das weiß niemand.«

Nun, 1898 tauchte er jedenfalls in Venedig auf, soviel wusste ich. Ich musste plötzlich an die schlammigen Fußabdrücke der Sklavin im Haus des Plantagenbesitzers denken. Dann an Ophelia und ihren Traum von den Fußspuren ihrer Mutter im Sand. Flüchtige, vergängliche Spuren, die von der Meeresflut weggespült wurden. Konnte an den Geschehnissen, die ich gerade gehört hatte, etwas Wahres dran sein? Konnte irgendetwas von dem, was Mr. Alexander mir erzählt hatte, tatsächlich passiert sein? Vor einem Monat hätte ich nur darüber gelacht und es als Humbug abgetan. Jetzt war ich mir nicht mehr so sicher. Angesichts dessen, was ich über James Brimleys Tod und die Art und Weise seines Ablebens wusste, erschien mir die Geschichte zumindest teilweise durchaus glaubwürdig.

»Sind Sie noch da, Johnny?« Mr. Alexanders Stimme klang ein wenig besorgt. Kein Wunder. Ich muss einen ziemlich verwirrten Eindruck auf ihn gemacht haben.

Ich gab mir einen Ruck. »Ja, ich bin noch da. Entschuldigen Sie, aber ich hatte kurz nachgedacht. Ihr Freund erinnert sich nicht zufällig an den Namen des Franzosen oder der Frau, von der die Briefe stammen? Dann wäre es einfacher, den Fakten auf den Grund zu gehen. Falls es sich um Fakten handelt.«

»Leider nicht. Das war das Erste, was ich ihn gefragt habe. Ich habe Ihnen alles gesagt, woran er sich erinnert. Und er weiß auch nicht mehr, was aus den Briefen geworden ist. Er hat sie gesucht, aber ohne Erfolg. Ich bedaure, Ihnen sagen zu müssen, dass sie wahrscheinlich weggeworfen wurden. Das passiert in unserem Metier leider häufig.«

Ich konnte es mir vorstellen. Die Händler hatten mit Hunderten Briefen zu tun, die finanziell völlig wertlos waren. Persönliche Geschichten, die dann im Müll landeten.

»Nun ja, ich wollte es Ihnen auf jeden Fall mitteilen, Johnny, schon allein weil es eine so merkwürdige Geschichte ist. Und weil der Spiegel selbst so merkwürdig ist.« Seine Verwunderung über die Merkwürdigkeit all dessen hing für einen kurzen Moment in der Luft. »Aber vermutlich ist alles nur erfunden.«

»Mit Sicherheit.« Ich brachte sogar ein kleines Lachen zustande, doch es klang wenig überzeugend.

Kapitel 38

Nach Mr. Alexanders Anruf verfolgten mich Visionen von Körpern, die leblos auf Fußbodendielen lagen. Der Franzose in Louisiana beschwor in meiner Phantasie das Geräusch von Wind, Regen und Zikaden herauf, die Melodie des tiefen amerikanischen Südens. Der einzige Vorbote von James' Tod hingegen war die Stille, unterbrochen nur vom Ächzen der Fußböden in der Fabrik und vom Rauschen der alten Leitungsrohre. Den dunklen Hintergrund dieser beiden Szenen bildete der Spiegel.

Um mich abzulenken, zog ich mich an und verließ die Wohnung. Ich hatte keine Ahnung, wohin ich gehen sollte, ich musste einfach raus und mich bewegen. Zügig wandte ich mich nach Süden, grob in die Richtung, wo ich mich am Spätnachmittag mit Ophelia verabredet hatte. Ich mied die Hauptstraßen und versuchte, meinen Kopf freizubekommen. Es wehte ein kühler, sanfter Wind, und die Luft und die Ruhe taten mir gut. Ich ging an Wohnblocks, Läden und Grünanlagen vorbei. Alles wirkte still und verlassen. Jenseits der Old Street ging ich weiter in südlicher Richtung, weg vom Menschen- und Verkehrsgewühl. Außer einem gelegentlich vorbeifahrenden Auto und dem vereinzelten Quietschen von Autoreifen oder dem Kreischen von Kindern klangen jetzt alle Geräusche gedämpft. Das einzig Lebendige waren die zerfetzten Plastiktüten, eigentümliche Farbtupfer, die der Wind aufwirbelte und mit sich trug wie die vertrockneten Salzkrautbüsche, die in Wildwestfilmen durch staubige, öde Straßen rollen.

Nach zehn Minuten kam ich in die City Road. Hier herrschte reger Betrieb, die Leute rempelten einander an und hasteten achtlos weiter. Als ich die breite Verkehrsader überqueren wollte, hielt mich etwas zurück. Rechter Hand sah ich ein Schild mit der Aufschrift Bunhill Fields. Ich war erst kürzlich wieder auf den Namen gestoßen, aber wo? Ich dachte angestrengt nach. Und plötzlich fiel es mir wieder ein. Auf diesem Friedhof war James Brimley begraben, das hatte ich in dem Zeitungsartikel anlässlich seines Todes gelesen. Ich betrachtete das Schild und die dahinterliegende Grünfläche. Dann trat ich durch das Tor.

Ich war nicht zum ersten Mal in Bunhill Fields, und ich wusste, dass hier einst berühmte Persönlichkeiten ihre letzte Ruhestätte gefunden hatten: William Blake, Daniel Defoe und John Bunyan. Ein romantischer Ort, durch hohe Mauern abgeschirmt und mit einem großen öffentlichen Park. Hier wuchsen alte Bäume – Eichen, Linden und Eschen –, und zwischen den Gräbern, von denen einige dicht nebeneinander lagen, andere auf größeren, mit Gittern umzäunten Parzellen, verliefen schmale Wege. Ich wanderte zwischen den Grabsteinen umher, bis ich fand, wonach ich gesucht hatte: ein kleines, unscheinbares Grab am Rand des Areals. Der niedrige, schief stehende viktorianische Grabstein war aus Granit. Er war ein Stück in den Boden eingesunken und von Moos und Flechten überwuchert, sodass die Inschrift schwer zu lesen war. »James Arthur Brimley«, darunter die Lebensdaten: »2. September 1859 – 25. September 1898«. Der Rest war auf den ersten Blick nicht zu entziffern. Ich ging in die Hocke und kratzte das Moos ab, bis man die Inschrift lesen konnte:

»Einem liebevollen Sohn und Vater. Möge er ruhen in Frieden.«

Kurz und bündig. Keine Erwähnung seiner Frau. Ob das Absicht war?

Ich kratzte das Moos am oberen Rand des Grabsteins ab und legte eine Reihe eingravierter Kreuze frei. Ebenso verfuhr ich mit den Seitenrändern, und jetzt kam eine ganze Bordüre von Kreuzen zum Vorschein. Ich tastete mit den Fingern darüber, um mich zu vergewissern, aber es waren definitiv Kreuze. Jede Menge.

Ich warf einen Blick auf den Grabstein linker Hand, dem einzigen in unmittelbarer Nähe. Auch er war verwittert und fast vollständig mit Moos und Efeu bewachsen. Doch durch das Blattwerk konnte ich mit Mühe den Namen auf dem Grabstein lesen: Michael Cleaver. Dann lag also James' Ehefrau woanders begraben.

»Was machst du denn hier? Du willst doch nicht etwa das Grab schänden?« Ich hob den Kopf und sah Ophelia mit fragendem Blick auf mich zukommen.

Ich sprang auf und ging ihr lachend entgegen. »Es sei denn, du bezeichnest es als Grabschändung, wenn man einen Grabstein vom Moos befreit. Lange nicht gesehen.« Ich drückte sie an mich.

Sie musterte mich kurz. »Du siehst müde aus, Johnny.« Ihre Finger strichen sanft über die Falten in meinen Augenwinkeln. »Hast du zu wenig geschlafen?«

Ich zuckte möglichst lässig die Schultern. »Ich habe dich vermisst«, sagte ich. Und erst jetzt, da ich sie in meinen Armen hielt, wurde mir bewusst, wie sehr. Ich küsste sie, und der Duft nach Rosen und Jasmin umfing mich. Ich hatte die Berührung ihrer Lippen vermisst, den Geruch ihrer Haut, ihre beruhigende körperliche Nähe. »Schön, dass du wieder da bist. Wie war die Reise?«

»Das Übliche.« Sie zuckte die Schultern. »Was machst du eigentlich hier?«

»Dasselbe könnte ich dich fragen.«

»Ich war gerade in der City Road, als ich dich hier reingehen sah. Ich habe dich gerufen, aber du hast mich nicht gehört. Also bin ich dir gefolgt. – Unser alter Freund James. Jetzt verstehe ich, warum du hier bist.«

Ich nickte. »In einem der Artikel, die ich über ihn gelesen habe, stand, dass er hier begraben ist. Das fiel mir plötzlich wieder ein, als ich das Schild sah. Und da dachte ich, ich schau mich mal kurz um.«

Wir versanken in der Betrachtung des Grabs.

»Diese vielen Kreuze am Rand sind ein bisschen übertrieben, findest du nicht? Zu viel des Guten, selbst für die viktorianische Zeit.«

»Vielleicht war jemand um sein Seelenheil besorgt.« Kaum hatte ich diese Worte ausgesprochen, bestürmten mich Bilder toter Körper auf blanken Fußböden. Ich schloss die Augen, aber sofort tauchte wieder der Gedanke an James auf, wie er in dem unterirdischen Zimmer über den Tod nachsann und über böse Geister, die auf ihn lauerten. Als ich die Augen öffnete, merkte ich, dass Ophelia mich ansah. Sie drückte sanft meine Hand und lächelte.

Ich konzentrierte mich wieder auf den Grabstein.

»Er tut mir leid«, sagte Ophelia. »Er stirbt … gelinde gesagt auf ungewöhnliche Weise, faselnd und geistig verwirrt, und dann landet er hier, im hintersten Winkel eines Friedhofs. Mir kommt es fast so vor, als hätte man ihn verstecken wollen.«

Ich blickte mich um. Wir standen am Rand des Friedhofs, direkt an der Umgrenzungsmauer. Das hier war sicher kein Ehrenplatz. Und sein Grabstein machte auch nicht viel her. Die Diskrepanz zwischen diesem Grab und den Nachrufen auf James Brimley, in denen man ihn als allseits beliebt dargestellt hatte, war eklatant.

Ophelia ließ den Blick über die umstehenden Grabsteine wandern. Auch sie waren verfallen, verwittert von Sonne und Regen, eingesunken in den Boden, von Efeu, Brombeergestrüpp und anderen Schlingpflanzen überwuchert. »Ich liebe Friedhöfe«, sagte sie schließlich.

Ich sah sie an und runzelte die Stirn. »Wie bitte?«

»Sie haben etwas Sakrales. Und das meine ich nicht im religiösen Sinn. Es sind Orte, die der Liebe, dem Gedenken geweiht sind, wo man sich jemandem nahe fühlen kann, auch wenn er längst nicht mehr da ist. Deshalb sind sie so berührend.«

Jetzt begriff ich erst, was sie meinte. »Wo liegt eigentlich deine Mutter begraben?«

»Nirgends. Sie wurde eingeäschert, und mein Vater und ich haben ihre Asche im Meer verstreut. Mein Vater fand, es sei das einzig Richtige in Anbetracht des Lebens, das wir damals führten.« Ophelia drehte sich zu mir. »Wie du weißt, ist er auf dem Meer ums Leben gekommen. Sie liegen also beide in einem ziemlich weitläufigen Grab. Vielleicht mag ich deswegen diese kleinen Grabparzellen. Einen Ort, den man aufsuchen kann.« Sie ließ den Blick weiter über die Grabsteine schweifen. »Ich habe mal eine Ausstellung mit Fotos jüdischer Friedhöfe in Osteuropa zu Beginn des 20. Jahrhunderts gesehen. Darauf waren ganze Familien oder auch Einzelpersonen, Kinder und Erwachsene, vor den Gräbern ihrer Angehörigen. Auf einem Foto standen zwei Männer mit Melone vor dem Grab ihres Vaters. Auf einem anderen lehnte sich eine Frau an den Grabstein ihrer Mutter. Und eine junge Frau hatte sich fast verführerisch neben das Grab ihres Geliebten gelegt. Auf dem Grab waren die gleichen Blumen wie die, die sie im Haar hatte. Die Leute besuchen gern solche Orte. Friedhöfe sind nicht nur für die Toten, sondern auch für die Lebenden.«

Ich nickte. »Gibt es einen Ort, den du aufsuchst, um deiner Eltern zu gedenken?«

»Nein.« Sie schüttelte langsam den Kopf. »Aber es gibt Fotos, die ich so gut wie immer bei mir trage. Das ist meine Art des Gedenkens.« Sie griff nach dem silbernen Medaillon um ihren Hals und klappte es auf. Zwei Schwarzweißfotos. Links das Gesicht einer Frau in Großaufnahme. Sie hatte dunkles, gewelltes Haar, volle, ovale Lippen und funkelnde Augen. Sie war schön, mit strahlendem Teint, markanten Wangenknochen und einem geheimnisvollen Lächeln wie Ophelia. Auf dem Foto rechts steckten die beiden die Köpfe zusammen und lachten. Der Mann hatte dunkles Haar und eine große Nase, und sein Blick schweifte in die Ferne. Von ihm hatte Ophelia die Augen geerbt. Ihr inniges Einvernehmen zog einen in den Bann.

»Sie sehen gut aus«, sagte ich.

Ophelia drehte das Medaillon um, um selbst einen Blick darauf zu werfen, und lächelte. »Ja, das stimmt. Ich denke oft, dass es diese Fotos meiner Eltern waren, die in mir den Wunsch geweckt haben, Fotografin zu werden. Das Leben einzufangen. Momente wie diesen. Und wahrscheinlich mache ich deswegen heute so viele Großaufnahmen. Um solche Momente festzuhalten.« Sie betrachtete die Fotos noch eine Weile. »Ich vermisse sie heute mehr als früher. Seltsam.« Dann schloss sie das Medaillon mit einem leisen Klick.

»Warum hast du mir diese Fotos nicht schon früher gezeigt?«

Sie überlegte kurz. »Ich weiß nicht. Sie haben eine große Bedeutung für mich.« Ihre Hand umschloss unwillkürlich das Medaillon. »Vielleicht war ich noch nicht so weit. Aber jetzt habe ich sie dir ja gezeigt.«

Ich lächelte, griff nach ihrer Hand und hielt sie fest. »Gut, dass du wieder da bist.«

»Es ist gut, wieder da zu sein«, sagte sie, beugte sich zu mir und küsste mich.

Als wir in der hereinbrechenden Abenddämmerung den Friedhof verließen, warf ich aus den Augenwinkeln noch einmal einen Blick auf James' Grab mit der auffälligen Bordüre aus Kreuzen. Waren sie als Symbol der Liebe und Erlösung gedacht? Oder sollten sie ihn vor einer dunkleren, unsichtbaren Macht der Verdammnis schützen, die im Verborgenen lauerte?

Kapitel 39

Der Louvre
Juli 1559

Katharina saß schweigend in einem Winkel des Zimmers. Ihre Augen waren rot, ihr Gesicht war verquollen. Sie hatte geweint. Doch jetzt war sie ganz ruhig, ihr Geist leicht und leer. Diese Leere war ein Trost, und Katharina schwelgte in dieser Dunkelheit. Ihr Blick wanderte nach links, zu den mit schwarzem Brokat verkleideten Wänden. Schwarzes Tuch war auf dem Boden ausgebreitet und über die Fenster gespannt, wo es das Licht abhielt. Hinter ihr befand sich das Bett, das mit einem schwarzen Laken bedeckt war, und vor ihr ein gleichfalls schwarz umhüllter Altar. Zu beiden Seiten des Altars brannten Kerzen, das einzige Licht in dieser allumfassenden Schwärze. Für den Bruchteil einer Sekunde wusste sie nicht mehr, wo sie sich befand und warum das Zimmer so drapiert war, doch schon im nächsten Moment spürte sie, wie es über sie kam, ganz allmählich. Das Unausdenkliche. Sie erstarrte, dann überflutete es sie mit schmerzlicher Urgewalt: das Wissen, dass er tot war, dass er gewaltsam ums Leben gekommen war.

Sie rang nach Luft, als jetzt die Bilder in ihrem Kopf aufflammten. Ein träger, heißer Junitag, die im Sonnenlicht glänzende Rüstung der beiden Männer. Ihr Gemahl, der stolz im Sattel saß, hatte seinen Gegner immer wieder angegriffen, klirrend prallten ihre Lanzen aufeinander. Mehrmals flehte sie ihn an aufzuhören, so wie sie ihn an jenem Morgen angefleht hatte, nicht am Turnier teilzunehmen. Sie hatte ihn im Traum niedergestreckt am Boden liegen sehen. Er aber hatte nur gelacht und gesagt, es sei ein Turnier und er glaube nicht an Prophezeiungen. Das erregte Geschrei der Menge klang in ihren Ohren, als die Männer ein letztes Mal aufeinander losstürmten. Dann das Geräusch von zersplitterndem Holz, eine Lanze, die das zerbrochene Visier durchschlug und in einen Schädel eindrang. Und dann ihr Gemahl, an Auge und Schläfe blutend, wie er sterbend am Boden lag.

Sie schloss die Augen und begann erneut zu schluchzen. In diesem Moment lagen die kurzen Phasen der selbstvergessenen Ruhe, Oasen, in denen das schreckliche Geschehen in ihrem Bewusstsein völlig ausgelöscht war, in weiter Ferne. Jetzt war die Verzweiflung übermächtig. Da, wo sie ihren Herzschlag hätte spüren sollen, war nur trostlose Leere.

Minuten später legte sich dieser Ansturm der Gefühle. Katharina wischte sich die Tränen ab und blieb noch einen Augenblick regungslos sitzen. Dann griff sie nach ihrem Handspiegel neben sich auf dem Stuhl. Sie betrachtete ihr Gesicht, das sie selbst in der Dunkelheit des Zimmers erkennen konnte. Die hohe Stirn, die hervorquellenden Augen, die scharfe, spitze Nase, die wulstige Unterlippe. Sie hatte kein schönes Gesicht. Sie war klein von Gestalt, und nach den vielen Geburten war sie dick geworden. Die Stute Frankreichs, so hatte man sie genannt, und Tränen anderer Art traten ihr in die Augen. All die Jahre hatte sie ihre Gefühle in diesem Körper versteckt, hatte Wut, Hass und Sehnsucht hinter einer ausdruckslosen Miene verborgen. Sie hatte im Schatten gestanden und war in fast jeder Hinsicht übertrumpft worden. Die Liebe, die sie so ersehnt hatte, die ihr allein hätte gehören sollen, war einer Hure geschenkt worden. Donec totum impleat orbem. Bis sie den ganzen Erdkreis erfüllt – so hatte der Wahlspruch der beiden, das Motto ihrer Liebe gelautet. Mehr als zwanzig Jahre lang hatten sie ihr schamloses Spiel getrieben, waren sie ein Stachel in ihrem Fleisch gewesen. Damit war es jetzt vorbei.

Sie erhob sich abrupt, den Spiegel noch in der Hand, und durchmaß das Zimmer. Ihre Wangen brannten ebenso wie ihr Stolz. Nun, da ihr Gemahl nicht mehr lebte, war es mit der Vormachtstellung dieser Hure vorbei. Sie, Katharina, würde ihre Rivalin vom Hof verbannen und die Erinnerung an sie so unerbittlich tilgen, wie sie ihr den Zugang zu seinem Sterbebett verweigert hatte. Sie lächelte, als sie daran dachte, wie sie diesen ersten Vorgeschmack ihrer Macht gekostet hatte. Tag und Nacht hatte er nach ihr gerufen, doch sie, Katharina, hatte sie nicht zu ihm gelassen. Er war gestorben, ohne sie noch einmal zu sehen.

Vor dem Altar blieb sie stehen und hob den Spiegel erneut an ihr Gesicht. Ein finsteres Lächeln umspielte ihre Lippen in Erinnerung an eine andere Zeit und einen anderen Spiegel. Sie hatte sich stets bemüht, ihrem Gemahl die Kraft zu schenken, die seine Mätresse ihm geraubt hatte, damit er das Band zerriss, das ihn an sie fesselte. Was war es, das ihn so in Bann geschlagen hatte? Im Grübeln darüber hätte sie fast den Verstand verloren. Katharina dachte an die Gucklöcher, die sie vor all den Jahren in den Fußboden ihres Schlafzimmers hatte schlagen lassen. Sie dachte an den Anblick der weißen, nackten Haut und der langen, schlanken Glieder, die ihn umschlungen hatten. Seine Mätresse hatte sich Diana, die Göttin der Jagd, als Namenspatronin erkoren, und er hatte es zugelassen, dass sie diesen Mythos weiterspann. Erniedrigend die Vorstellung, dass er, wie Aktaion, die nackte Schöne im Wald überraschte und dass sie ihm aus Rache dafür das Herz aus dem Leib riss. Warum hatte er zugelassen, dass eine so entwürdigende Geschichte nicht nur erzählt, sondern sogar kultiviert wurde? Und sie, Katharina, hatte all das ertragen müssen. Wie war es möglich, dass die Sichel des zunehmenden Mondes eine Königin in den Schatten stellen konnte?

Sie schaute noch einmal in den Spiegel und erblickte ihr eigenes Bild. Angewidert schleuderte sie ihn an die Wand. Er zersprang in Scherben, die in den dunklen Winkeln des Zimmers verschwanden. Sie hatte versucht, Heinrich stark zu machen. Sie hatte ihm die Macht verliehen, den Zauberbann dieser Frau zu brechen und seine gedemütigte Gemahlin zu rächen. Aber das Geschenk war nie benutzt worden, und ihre Rivalin, die noch klüger war, als Katharina vermutet hatte, hatte den Spiegel aus Furcht versteckt. Erneut hatte sie triumphiert. Aber jetzt war es damit vorbei.

Katharina trat ans Fenster. Sie konnte natürlich die Rückgabe des Spiegels verlangen, so wie sie die Rückgabe der Kronjuwelen verlangt hatte und wie sie früher oder später die Rückgabe Chenonceaus verlangen würde. Aber vielleicht gab es eine bessere Möglichkeit. Wieder lächelte sie, als sie die Hand auf das schwarze Tuch legte, welches das Fenster verhüllte. Sie spürte immer noch das Kribbeln in ihren Fingerspitzen, sie erinnerte sich noch genau daran, was sie an jenem Abend in dem verdunkelten Zimmer mit Cosimo empfunden hatte. Vielleicht war es besser, wenn der Spiegel blieb, wo er war, um der Nachwelt erhalten zu werden. Ihr Lächeln wurde noch breiter, als sie sich vorstellte, wie sie sich an all diesen Huren rächen würde, die sich mit den Ehemännern anderer Frauen paarten, diesen

Huren, die Gottes Gebote missachteten. Was ihr bei Diane nicht gelungen war, würde sie bei anderen Frauen schaffen. Deren Fluch war es gewesen zu lieben, und das würde auch der Fluch all dieser anderen sein.

Als sie sich vom Fenster abwandte und zu ihrer Totenwache an den schwarz verhüllten Altar zurückkehrte, stand ihr Entschluss fest. Donec totum impleat orbem. Das würde von nun an ihr Wahlspruch sein, und er würde nicht für ihre Liebe, sondern für ihre Rache stehen, die weiterwirken würde.

Bis sie den ganzen Erdkreis erfüllte.

Kapitel 40

Ophelia und ich saßen gemütlich in einer Cocktailbar in Shoreditch.

Ein großartiges Lokal, in dem ich schon ein paarmal gewesen war, mit einer Einrichtung, die von einem Stilmix geprägt war. An den unverputzten Backsteinwänden hingen anatomische Zeichnungen neben alten Gobelins. Es gab Antiquitäten, riesige chinesische Vasen, zahllose Kronleuchter und Spielzeugpferde aus Holz, die von der Decke baumelten, und aus der Wand ragte sogar ein ausgestopfter Nilpferdkopf. In unserer Ecke thronte ein lebensgroßer hölzerner Schwan auf dem Tisch, wo unsere Drinks standen, und neben uns tickte leise eine alte Standuhr. Ich hatte Ophelia gerade Mr. Alexanders Geschichte erzählt.

»Es gibt natürlich keine schriftlichen Dokumente über diese Geschehnisse«, fuhr ich fort. »Der Mann, der dem Antiquitätenhändler von den Briefen erzählte, konnte sie nicht mehr finden. Er erinnerte sich nur an den Inhalt. Und wir alle wissen, wie das Gedächtnis funktioniert. Erinnerung und Phantasie halten sich nicht immer an die Fakten.«

Ophelia verzog das Gesicht. »Die Ähnlichkeiten zwischen dem, was dort passiert ist, und dem, was James zugestoßen ist, sind geradezu unheimlich.«

Ich nickte und betrachtete den riesigen Schwan. »Allerdings.« Ich hatte Mr. Alexander gegenüber weder James erwähnt noch das, was ihm zugestoßen war. Und woher hätte er diese Dinge wissen sollen? Die scheinbar zufälligen Ähnlichkeiten waren also tatsächlich merkwürdig.

»Und in beiden Fällen spielt eine Frau eine Rolle, die spurlos verschwunden ist.«

»Glaubst du, die Sklavin ist in der Sturmnacht von der Plantage weggelaufen? Oder meinst du, dass sie zu dem Zeitpunkt bereits tot war?«

Ich zuckte die Schultern. »Keine Ahnung.« Aber die Frage, was mit ihr passiert war, beschäftigte mich seit Mr. Alexanders Anruf. Erneut hatte ich das Bild von schlammigen Fußspuren im Haus des Franzosen vor Augen, die zu seiner Leiche unter dem Spiegel führten. Ich stellte mir vor, wie er in dessen unergründliche Tiefen starrte. Und dann fiel mir etwas anderes ein.

»Übrigens hast du mir nie gesagt, was du im Spiegel gesehen hast. Falls du überhaupt etwas gesehen hast.«

Ophelia zögerte. »Stimmt, das habe ich dir nicht gesagt.« Sie lächelte zaghaft, und ich spürte ihre Unschlüssigkeit. »Ich habe an meine Eltern gedacht«, sagte sie nach einer Weile und sah mich dabei an. »Seltsam, findest du nicht?«

Jetzt, da sie mir die Fotos in ihrem Medaillon gezeigt hatte, fand ich es nicht mehr ganz so überraschend. Sie hatte dort unten vor dem Spiegel immer mit ihrem Medaillon gespielt. Aber sie hatte recht, es war seltsam. Als ich mich vorbeugte und nach meinem Drink griff, fiel mein Blick auf den ausgestopften Nilpferdkopf. Wie er so surreal in den schmalen Durchgang der Bar hineinragte, kam er mir plötzlich vor wie ein böses Omen aus einer anderen Welt. Ich nahm einen großen Schluck aus meinem Cocktailglas. Der Alkohol schoss mir ins Blut, und ich spürte, wie er durch meine Adern rauschte. »Was hast du eigentlich genau gesehen? Mich würden die Einzelheiten interessieren.«

»Na gut«, sagte Ophelia. Sie holte tief Luft. »Also, zuerst habe ich gar nichts gesehen. Die Spiegeloberfläche war ganz dunkel. Aber je intensiver ich hineinschaute, je mehr ich mich darauf konzentrierte, wenn man so will, desto mehr schien sich die Dunkelheit zu lichten, und ich bildete mir ein, durch sie hindurch etwas zu erkennen.«

Ich nickte. Bei mir war es genau dasselbe gewesen.

»Der graue Nebelschleier, die fleckige Oberfläche verschwand, und es entstand das Bild einer Landschaft, der Landschaft meines Traums. Des Traums, den ich seit meiner Kindheit immer wieder träume, ich habe dir davon erzählt.«

Ich erinnerte mich sehr genau.

»Zuerst sah ich meine Mutter, wie sie den Strand entlangging, dann meinen Vater, der ihr folgte.« Sie lächelte. »Es war seltsam. Als ich sie in dem Spiegel sah, hatte ich das Gefühl, ich stünde hinter ihnen und wäre gleichfalls am Strand. Ich konnte fast den Sand zwischen meinen Zehen spüren und das Salz in der Luft riechen. Trotzdem wusste ich, dass ich nicht an diesem Strand war, sondern woanders, von ihnen getrennt, und dass ich sie beobachtete. Aber ich hatte das untrügliche Gefühl, dass ich Teil dieser Szene werden könnte, wenn ich es nur wollte. Wenn ich mich nur dazu entschlösse, den Schritt zu wagen. Verstehst du, was ich meine?«

Ich nickte, war mir aber nicht ganz sicher.

»Ich sah den Bogen des Strands im hellen Mondlicht, die Wolken, die über das Meer hinwegzogen und seine Oberfläche mit einer noch tieferen Dunkelheit besprenkelten. Am Himmel funkelten die Sterne. Ich sah, wie sich meine Mutter umdrehte und meinen Vater anlächelte. Er berührte die Fußspuren, die sie im nassen Sand hinterlassen hatte. Und ich empfand eine maßlose Freude, ein überwältigendes Glück, dass ich sie wiedergefunden hatte. Meine Mutter und meinen Vater. Und dann drehte sich auch mein Vater um und blickte dorthin zurück, woher er gekommen war.«

Ophelia lächelte zaghaft, dann verfinsterte sich ihre Miene ein wenig.

»Was ist?«

»Ich habe diesen Traum schon seit Jahren, Johnny. Schon seit meiner Kindheit. Seit dem Tod meines Vaters. Genau denselben Traum. Immer wieder. Genauso, wie ich ihn dir gerade beschrieben habe und wie ich ihn dir schon vorher beschrieben hatte. Das Nächste, was geschieht, ist, dass mein Vater sich wieder umdreht und weiter meiner Mutter folgt. So endet der Traum, jedes Mal.« Sie machte eine Pause. »Aber das letzte Mal, als ich mit dir zusammen in den Spiegel schaute, geschah etwas Neues. Etwas völlig Unerwartetes. Mein Vater entdeckte mich. Das hatte ich bisher noch nie so empfunden. In meinen Träumen fühlte ich mich immer als Beobachterin, nicht als Beteiligte. Aber diesmal hat er mich gesehen. Ich war präsent. Oder zumindest bestand die verlockende Möglichkeit, dass ich Teil des Geschehens werden konnte. Er lächelte mich an und winkte mir, ihnen zu folgen, diesen einen Schritt zu tun, um bei ihnen zu sein. Dann drehte sich auch meine Mutter um, die ein Stück weitergegangen war, und winkte mir ebenfalls. Auch sie forderte mich auf, mich ihnen anzuschließen, ihren Fußspuren zu folgen. – Und in diesem Moment spürte ich eine brennende Sehnsucht, die kaum zu ertragen war.«

Ich starrte Ophelia an, unsicher, was ich sagen sollte. Aus irgendeinem Grund, den ich nicht genau benennen konnte, hatte ich Angst.

»Keine Sorge, das Gefühl ist nichts Neues für mich«,

sagte Ophelia beschwichtigend. Aber sie sah mir dabei nicht in die Augen, und ich wusste nicht, ob ich ihr glauben sollte.

Minutenlang sprachen wir beide kein Wort, jeder war in seine eigenen Gedanken versunken.

»Während ich fort war, habe ich viel über Amelia nachgedacht«, sagte Ophelia, als würde sie das Thema wechseln. »Über ihr Verschwinden und darüber, was mit ihr passiert ist. Und jetzt ist mir plötzlich ein ganz anderer Gedanke gekommen. Was glaubst du, was ihr durch den Kopf ging, als sie in den Spiegel geblickt hat? Was meinst du, hat sie gesehen?«

»Keine Ahnung«, erwiderte ich, und erneut befiel mich eine dumpfe Angst.

»Ich schon«, sagte Ophelia. Sie sprach leise, aber ich konnte sie trotz der Hintergrundgeräusche gut verstehen. »Ich glaube, sie dachte an ihre Mutter.«

An diesem Abend ging Ophelia früh schlafen, sie war erschöpft von ihrer Reise. Ich dagegen fand keine Ruhe. Zuerst ging ich in ihrem Wohnzimmer hin und her und dachte an alles Mögliche. Als ich mich nicht länger auf den Beinen halten konnte, legte ich mich zu Ophelia ins Bett und hoffte, mein Geist möge endlich zur Ruhe kommen. Aber der Schlaf wollte sich nicht einstellen.

Als ich die Augen schloss, sah ich den Spiegel, einen Spiegel, der von einer Schwarzen Königin berührt und vergiftet worden war. Dann tauchte eine Leiche auf, aber ich konnte nicht sagen, ob es James war oder jemand anderes. Ich öffnete die Augen, und mein Herz fing an zu rasen. Schweiß brach mir aus allen Poren und hinterließ feuchte Spuren auf dem Bettlaken. Ich schloss wieder die Augen und sah den Tod, der all jenen, die noch am Leben waren, ein Zeichen machte, ihm zu folgen. In der undurchdringlichen Dunkelheit der Nacht rang ich nach Luft, unschlüssig, ob das, was ich fühlte, Traum oder Wirklichkeit war. Ich hörte den warmen Regen, der sturzbachartig auf das schwarze, fruchtbare Erdreich Louisianas prasselte, doch im nächsten Moment war es das schnelle, schwere Hämmern meines Herzens. Ich versuchte, meinen Herzschlag zu beruhigen. Ich versuchte, mich aus den Klauen der Furcht zu befreien, zu mir selbst zurückzufinden und alles zu vergessen, was mich bedrängte. Verlust, Tod, Wahnsinn, der Spiegel, gestaltlose Schemen an den Rändern meines Gesichtsfeldes. Ich schloss die Augen und konzentrierte mich nur auf meinen Atem.

In einem Zustand zwischen Schlafen und Wachen war mein Geist von einer dunklen, traumlosen Leere erfüllt. Dann schreckte ich hoch. Die Haare auf meinen Armen standen zu Berge, und im Zimmer war es kalt. Aber ich hörte keinen Laut. Für einen Moment blieb ich regungslos liegen und lauschte. Ich hörte nur den schnellen, keuchenden Atem Ophelias neben mir, aber im Dunkeln konnte ich ihr Gesicht nicht erkennen. Ich knipste die Lampe an. Ihre Lider flatterten, und es schien, als träumte sie. Ich beugte mich über sie. Sie war wunderschön, wie sie so dalag und schlief. Plötzlich öffnete sie die Augen. Als sie sah, wie ich mich über sie beugte, öffnete sie den Mund. Dann fing sie an zu schreien.

Kapitel 41

Ihr Schrei durchschnitt die Stille der Nacht. Mit einem Satz war ich aus dem Bett, während sie vom Kissen hochfuhr. Und im nächsten Moment hörte sie auf zu schreien, so plötzlich, wie sie angefangen hatte.

In der völligen Lautlosigkeit, die jetzt folgte, starrten wir einander an. Ophelias Augen waren schreckgeweitet, ihr Mund stand offen, als würde sie gleich wieder anfangen zu kreischen. Das wollte ich auf alle Fälle verhindern.

»Ophelia, ich bin es. Was hast du denn?«

»Johnny?«

»Ja, ich bin es.« Unwillkürlich sah ich an mir herunter, wie ich nackt mitten in ihrem Schlafzimmer stand. »Ich bin es.«

Sie wirkte immer noch durcheinander.

»Was hast du? Was ist los?«

»Ist das ein Traum?«

Ich sah sie verständnislos an. »Nein, es ist kein Traum«, sagte ich verwirrt.

»Nicht?«

»Nein.« Ich schüttelte den Kopf. Ihre verstörte Miene irritierte mich. »Was ist los?«, fragte ich noch einmal.

Langsam wandte Ophelia den Blick von mir ab und sah sich um. Sie schien das Schlafzimmer zu registrieren, die Schuhregale, den Kleiderschrank, den Schreibtisch am Fenster, die Fotos an der Wand. Sie sagte nichts, sondern nahm nur das vertraute Ambiente in sich auf.

»Ophelia, was ist denn los?«

Endlich schien sie mich zu erkennen. Sie schlang die Arme fest um ihren Oberkörper. »Ich hatte einen Albtraum«, antwortete sie schließlich. Sie zog die Brauen zusammen und nickte, holte tief Luft und atmete langsam wieder aus.

Ich trat ans Bett und setzte mich neben sie. »Geht es dir wieder besser?«

Sie sah mich gequält an und schüttelte den Kopf.

»Alles ist gut«, sagte ich, doch als ich mich vorbeugte, um sie in den Arm zu nehmen, spürte ich ihre Abwehr. »Alles ist gut«, besänftigte ich sie noch einmal. Sie war verkrampft und abweisend, doch mit der Zeit entspannte sie sich. »Besser jetzt?«

Sie nickte. »Ja, jetzt schon. Tut mir leid, ich war durcheinander.«

»Das macht nichts.« Ich strich ihr übers Haar, immer und immer wieder, eine beruhigende Bewegung. »Sollen wir aufstehen und was trinken?«

»Ja, gute Idee. Etwas Starkes.« Und zum ersten Mal, seitdem sie aufgewacht war, lächelte sie.

Als wir zehn Minuten später in der warmen Küche saßen, hatte jeder von uns zwei Gläser Jack Daniels intus. Ich schenkte uns gerade ein drittes ein, als Ophelia endlich zu erzählen anfing.

»Es war total seltsam. Kennst du diese Träume, in denen man sich bewusst ist, dass man träumt?«

»Klar.«

»Trotzdem erscheint es einem real. Überhaupt nicht wie ein Traum. Aber man kann nicht aufwachen.« Stirnrunzelnd griff sie nach ihrem Glas. »Ich habe alles noch ganz klar vor Augen. Wahrscheinlich, weil es mir nicht neu war.«

»Was willst du damit sagen?« Ich konnte ihr nicht ganz folgen. »Dass du dasselbe schon einmal geträumt hast?«

»Nein.« Sie schüttelte den Kopf. »Entschuldige. Was ich sage, klingt nicht sehr logisch. Vielleicht sollte ich einfach weitererzählen.«

»Okay.« Ich kippte meinen Drink hinunter.

»Am Anfang umfing mich völlige Dunkelheit. Erst dachte ich, ich wäre mitten in der Nacht aufgewacht. Ich weiß noch, dass ich die Hand vor mein Gesicht hielt, sie aber nicht sehen konnte. Um mich herum war alles pechschwarz.«

Ich sah Ophelia an und fühlte mich beklommen.

»Dann merkte ich, dass ich stand und nicht lag. Ich schwang die Arme, nahm die Bewegung jedoch nicht wahr. Panik überfiel mich, doch dann entdeckte ich vor mir das Licht einer Kerze. Die Flamme wurde größer, und ich konnte erkennen, wo ich mich befand. Errätst du es?«

Ich nickte, langsam und widerwillig. Mir wurde flau im Magen. »Du warst in einem kleinen Raum mit niedriger Decke, einem Spiegel an der Wand zu deiner Rechten und daneben einer Türöffnung mit einem dunklen Gang dahinter.«

»Mit einem Spiegel, in dem ich mich nur ganz vage erkannte, und einem Gang, der mir unerreichbar weit weg vorkam.« Ophelia leckte sich die Lippen, die, wie mir jetzt auffiel, blass und trocken waren. Ihre Augen waren groß vor Angst. »Und als ich in den Spiegel starrte und versuchte, etwas zu erkennen, hatte ich plötzlich das starke Gefühl, ich sollte so schnell wie möglich raus aus dem Zimmer. Das Gefühl, dass dort etwas Entsetzliches passiert war. Aber ich konnte nicht. Es war mir einfach nicht möglich. Ich spürte den überwältigenden Drang zu bleiben.«

Wieder nickte ich. Es mag seltsam klingen, aber es war für mich vertrautes Terrain.

Ophelia rang nach Luft. »Plötzlich hörte ich ein Geräusch, und als ich mich umdrehte, sah ich einen Mann, der mit gesenktem Kopf in einem Sessel saß. Zu seinen Füßen am Boden lag ein grüner Schuh. Er hatte ihn offensichtlich fallen lassen, murmelte verzweifelt etwas vor sich hin und rieb die Hände aneinander. Aber ich konnte sein Gesicht nicht sehen, sosehr ich es versuchte.« Ophelia nahm einen Schluck Whiskey. »Dann tauchte links von ihm etwas auf. Urplötzlich. Es war bizarr, wie im Kino, wenn es flimmert und dann auf einmal der Film anfängt. Ich sah ein Paar Füße, die auf einer Bettkante lagen.« Ophelia versagte die Stimme, und ich glaubte, Tränen in ihren Augen zu erkennen. »Erst beschränkte sich mein Blickfeld auf die Füße und Waden. Mehr konnte ich beim besten Willen nicht sehen. Es war genauso wie in dem Traum, von dem du mir erzählt hattest. Folglich war es ein Traum, und ich war mir dessen bewusst. Dann betrachtete ich wieder die Füße, und ich kannte sie.« Ophelia sah mich mit großen, glänzenden Augen an. »Schließlich konnte ich Beine sehen und dann einen Oberkörper. Es war der reglose Körper einer Frau.« Unwillkürlich hob Ophelia die Hand und fasste nach ihrem Medaillon, das sie um den Hals trug. Sie strich mit dem Finger ein paarmal über das glatte Silber. »Und wie in deinem Traum konnte ich ihr Gesicht nicht sehen. Aber das machte nichts. Eine schreckliche Vorahnung erfasste mich. Ich kannte diese Frau, und auf einmal wusste ich ganz genau, was mit ihr passiert war. Ich wollte davonlaufen, doch da hob der Mann den Kopf und merkte, dass ich ihn und die Frau die ganze Zeit beobachtet hatte. In dem unterirdischen Zimmer.«

Sie suchte meinen Blick, und ich nickte.

»Dann wurde er auf einmal schrecklich wütend über das,

was ich womöglich alles mitbekommen hatte. Er stellte mich zur Rede, fragte, was ich dort zu suchen habe. Schließlich stand er auf und kam auf mich zu. Er trug einen altmodischen schwarzen Anzug mit Weste, und ich wusste, dass mir Gefahr drohte, so wie du es mir von deinem Traum erzählt hattest.« Ophelia zögerte. »Ich versuchte aufzuwachen. Wie gesagt, ich wusste ja, dass ich nur träumte und es theoretisch selbst in der Hand hatte, wie der Traum ausging. Aber als der Mann ganz dicht vor mir stand, erkannte ich, dass ich gar nichts in der Hand hatte. Das Ende stand bereits fest.« Ophelia verstummte und sah mich an, Tränen in den Augen. »Und genau wie dir wurde auch mir klar, dass ich die Gelegenheit zur Flucht hätte ergreifen sollen, als noch Zeit dazu war. Jetzt war es zu spät. Er würde mich töten.« Ihre Stimme verebbte.

Ich schüttelte den Kopf. »Du Arme. Das ist schrecklich, ich weiß. Alles in Ordnung?«

Sie nickte und nippte an ihrem Whiskey. »Ja. Was dann passierte, habe ich nicht mehr mitbekommen, denn ich bin aufgewacht. Aber ich wusste, wie es enden würde.«

Ich starrte sie an. Sie hatte also das Gleiche erlebt wie ich. Erneut schüttelte ich den Kopf. Das kapierte ich nicht. Es ergab keinen Sinn. »Komisch, dass du den gleichen Traum hattest wie ich – wie kann das sein?«

Ophelia zuckte die Schultern. »Keine Ahnung … Außerdem war er nicht ganz genau gleich.«

»Nicht? Es klang aber so.«

»Er war ähnlich, aber nicht identisch.« Ophelia holte tief Luft. »Dein Traum handelte von James und Amelia, obwohl du es in dem Moment nicht wusstest.«

Ich war irritiert. »Ja. Bei dir nicht?«

»Nein.«

Plötzlich war meine Kehle wie ausgetrocknet. Ich nahm

mein Glas, doch es war leer. Mit zittriger Hand stellte ich es zurück auf den Tisch. »Wer war dann der Mann im Sessel?«

Ophelia zögerte. »Das warst du.«

»Ich?« Mir verschlug es die Sprache, als mir klar wurde, was das bedeutete.

Ophelia biss sich auf die Unterlippe.

Ich musste diese Frage stellen, auch wenn es mir widerstrebte. »Und die Frau auf dem Bett?«

Ophelia bestätigte mir, was ich bereits ahnte: »Das war ich, Johnny.« Ihre Stimme stockte, dann gewann sie die Fassung wieder. »Das war ich.«

Kapitel 42

Eine Weile sahen wir einander wortlos an, bis ich schließlich das Schweigen brach.

»Du lagst also anstelle von Amelia auf dem Bett?«

Ophelia nickte.

»Bist du sicher?« Ich klammerte mich an einen Strohhalm.

»Natürlich. Ich wusste es in dem Augenblick, als ich die Füße auf dem Bett sah. Es waren meine Füße, Johnny. Die erkenne ich.« Dann fügte sie leise hinzu: »Ganz sicher.«

Ich versuchte, mir die Szene vorzustellen.

»Und bevor du fragst: Der Mann an James' Stelle, das warst definitiv du. Im Sessel und ... danach auch.« Mit einem tiefen Seufzer schenkte sie sich noch einmal ein. »Möchtest du noch etwas wissen?«

Ich war mir nicht sicher, trotzdem nickte ich.

»Ich war tot, Johnny.« Die Worte hingen bedeutungsschwer im Raum. »Die Ophelia, die auf dem Bett lag, war tot.«

Ich holte tief Luft und schloss die Augen. Ich versuchte nachzudenken, aber außer der naheliegenden Frage fiel mir nichts ein. »Woher weißt du das?«

»Ich weiß es eben. So wie ich wusste, dass ich die Person auf dem Bett war, wusste ich auch, dass ich tot war. Ich spürte es.«

Die nüchterne Art, wie sie das sagte, ließ mich erschaudern. Ich öffnete die Augen und blickte in ihr Gesicht. In die grünen Augen mit dem eindringlichen, ernsten Blick, auf die leicht geöffneten roten Lippen. Sie atmete schwer.

Ich stellte mir vor, wie ihr toter Körper reglos auf dem Bett lag, dort unten im Dunkeln.

Plötzlich unterbrach Ophelia meine Gedanken. »Ich glaube, Amelia war auch tot. In deinem Traum.«

Sofort fühlte ich mich in den Traum von Amelia zurückversetzt, ließ den Blick von ihren Füßen über ihre Waden und Oberschenkel zum Rumpf wandern und blieb schließlich an dem grünen Band um ihren Hals hängen. Es hatte wie ein Halsband ausgesehen, völlig harmlos. Aber vielleicht war es mehr als ein Halsband gewesen. »Warum bist du dir da so sicher?«

Ophelia zuckte die Schultern. »Mein Gefühl sagt es mir. Und die Parallelen zwischen unseren Träumen. Alles ist gleich, bis auf die Personen. Wenn ich also tot bin, muss auch sie tot sein.«

Ich umklammerte mein Glas mit beiden Händen. Es war greifbar und real, etwas, an dem man sich festhalten konnte.

»James hat Amelia getötet. In diesem Keller. Ich glaube, das war es, was Amelia dir sagen wollte. Dass ich in ihre Fußstapfen trete und du in die von James.«

Ich antwortete nicht sofort. Erst wollte ich Gewissheit haben, was es letztendlich bedeutete. »Du glaubst also, in dem Traum, den du gerade geträumt hast, habe ich dich getötet?«

Ihre grünen Augen blickten mich an, immer noch ernst. Sie nickte. »Und da ist noch etwas. Willst du es wissen?«

Eigentlich nicht, dachte ich. Ich hatte ja noch nicht einmal verdaut, was sie eben gesagt hatte.

»Vor einer Weile habe ich dich gefragt, ob du das, was du in letzter Zeit geträumt hast, wirklich für Träume hieltest. Oder nicht vielmehr für etwas anderes. Du bist mir die Antwort schuldig geblieben, aber ich kenne sie. In deinem tiefsten Innern hattest du das Gefühl, dass es keine Träume waren, stimmt's?«

Ich blickte in ihr bleiches, ernstes Gesicht. »Ja.«

»Nun, ich halte mein Erlebnis auch nicht für einen Traum. Es war definitiv etwas anderes. Es war eine Vision, Johnny. Eine Vorahnung dessen, was kommt.«

Als ich sie so reden hörte, im Brustton der Überzeugung, hätte ich am liebsten gelacht. Ich wollte mir Befreiung verschaffen, ihre Worte als lächerlich abtun, über ihre Ängste beiläufig hinweggehen und so tun, als ob nichts wäre. Aber das konnte ich nicht tun. Dafür war es zu spät. In diesem Augenblick der Schwebe drang statt des ersehnten Lachens ein anderes Geräusch an mein Ohr, seltsam kehlig und erstickt. Es dauerte eine Weile, ehe ich realisierte, dass es von mir kam. Dann musste ich husten.

»Entschuldige«, sagte ich, nahm die Whiskeyflasche und schenkte uns beiden nochmals ein. »Ich fühle mich nur ein bisschen …«

»Schräg? Willkommen im Klub.« Ophelia nahm ihr Glas und kippte den Whiskey hinunter. »Ich glaube, das ist der vorherbestimmte Lauf der Dinge. Ich spüre es ganz deutlich, Johnny. Es sei denn, wir verhindern es.«

Ich nickte zerstreut. In Gedanken war ich mit etwas anderem beschäftigt, das mir nachging, seit sie davon gesprochen hatte. »Glaubst du wirklich, dass ich dir wehtun könnte, Ophelia?« Während ich es laut sagte, sah ich mich selbst in dem unterirdischen Zimmer, das grüne Band beim Sex mit Ophelia um meine Handgelenke geschlungen. Ich spürte, wie es sich in meine Haut grub, wie es mir ins Fleisch schnitt, während ich loszukommen versuchte. Ich holte mich in die Gegenwart zurück und sah ihr in die Augen. Sie hatte mir nicht geantwortet. »Ich könnte dir niemals wehtun«, sagte ich, und obwohl Ophelia nickte, wusste ich, dass wir beide an unsere gemeinsamen Besuche im Keller dachten.

Einige Minuten saßen wir schweigend da, jeder in seine finsteren Gedanken versunken.

»Ich habe Angst, Johnny.« Ophelias Augen waren groß, ihr Gesicht noch blasser als sonst. Sie wirkte verängstigt. Ihr Anblick versetzte mir einen Stich. Ich wollte sie unbedingt beschützen.

Und ich fürchtete mich vor nichts so sehr wie davor, dass es mir nicht gelingen würde.

Kapitel 43

Mein Atem stieß kleine Wölkchen in die Nachtluft. Es war bitterkalt, der Himmel klar und wolkenlos. Ich versuchte, die Sterne zu sehen, aber sie wurden durch die Lichter der Großstadt ausgeblendet.

Ich zog mein Handy aus der Jackentasche und tippte die Nummer ein, bevor ich es mir anders überlegen konnte. Eine gefühlte Ewigkeit musste ich dem Freizeichen lauschen. Als ich schon auflegen wollte, wurde abgehoben.

»Johnny?« Die Stimme hörte sich zwar nicht verschlafen an, aber sie hatte einen Unterton, den ich nicht so recht einordnen konnte. Vielleicht war es unterdrückter Ärger, weil ich so spät anrief.

»Ja, ich bin's. – Tut mir leid, Tara. Hab ich dich geweckt?«

Es knisterte in der Leitung. »Nein, stell dir vor, hast du nicht. Stimmt was nicht?«

Jetzt erkannte ich, dass Besorgnis in ihrer Stimme lag. Sie machte sich Sorgen um mich. »Mir geht es gut. Aber ich muss mit dir reden.«

»Um drei Uhr morgens?«

»Ja, tut mir leid«, sagte ich noch einmal.

»Ich habe ohnehin nicht geschlafen.« Vom anderen Ende der Leitung war ein raschelndes Geräusch zu hören, als würde sie von irgendwo aufstehen und sich durch den Raum bewegen. »Okay. Ich bin so weit. Was gibt's?«

Ich wusste nicht so genau, wo ich anfangen sollte. Heute war eine Menge passiert. Zuerst erzählte ich ihr von Mr. Alexanders Anruf und von den Briefen, auf die sein Kollege Nathaniel Raven gestoßen war. Dann beschrieb ich ihr James' einsames Grab in Bunhill Fields, getrennt von seiner Familie und seinen Freunden, und berichtete ihr von dem Brief und den Notizen, die ich hinter dem Spiegel gefunden hatte. Erst ganz zum Schluss erzählte ich ihr, was Ophelia im Spiegel gesehen und was sie diese Nacht geträumt hatte, obwohl es mir am meisten auf der Seele brannte. Als ich fertig war, herrschte Stille in der Leitung.

»Tara, bist du noch da?«

»Ja.« Ihre Stimme war leise, offenbar versuchte sie, die Informationen zu verarbeiten.

»Inzwischen habe ich am Computer ein wenig recherchiert, um mehr über den Franzosen herauszufinden, aber ohne Erfolg.« Die Geschichte dieses Mannes blieb rätselhaft. »Und anschließend war ich noch einmal in der Fabrik.«

Tara stöhnte. »Johnny, du bist verrückt. Mitten in der Nacht?«

Ich nickte vor mich hin. »Und ich habe sämtliche Fotos von der Wand abgenommen und hinter jeder Rückwand nachgesehen, in der Hoffnung es gäbe vielleicht noch mehr Briefe.« Seufzend dachte ich daran, wie enttäuscht ich gewesen war. »Ich war mir sicher, dass es dort noch etwas geben musste, das die Fäden miteinander verknüpfte. Aber Fehlanzeige.«

»Nein. Ich glaube, die Fabrik hat uns alle ihre Geheimnisse preisgegeben, Johnny.«

»Wieso glaubst du das?«

»Nachdem wir uns neulich dort getroffen haben, habe ich noch einmal sämtliche Unterlagen gründlich durchforstet. Ich bin sicher, es gibt dort nichts mehr, was wir nicht schon kennen.«

Das war's dann also. Wir waren an einen toten Punkt gekommen. Im wahrsten Sinne des Wortes, wenn man Träumen glauben konnte. Ich fröstelte in der kalten Nachtluft.

»Wo bist du? Du klingst, als würdest du erfrieren.«

»Du hast es fast getroffen. Ich bin im Park gegenüber der Fabrik.«

»Du bist verrückt, Johnny«, sagte Tara noch einmal.

Ich lächelte. Wahrscheinlich hatte sie recht. Nach all den merkwürdigen Dingen, die passiert waren, war ich wahrscheinlich auf dem besten Weg, den Verstand zu verlieren. Aber ich hatte keineswegs das Gefühl, etwas Verrücktes zu tun, als ich jetzt in dem stillen und friedlichen Park saß.

»Geh nach Hause. Versuch dich ein bisschen auszuruhen. Du musst erschöpft sein.«

Das war ich. Erschöpft und überdreht. Aber nach Hause wollte ich auf keinen Fall.

»Hör mal, lass es für heute gut sein. Ich habe da so eine Idee, die ich gleich morgen früh verfolgen werde. Du gehst jetzt nach Hause und legst dich ins Bett.«

»Ich will aber nicht ins Bett«, sagte ich in einer Mischung aus Angst und Wut. Schlafen war das Letzte, was ich wollte. Zu quälend waren die Bilder, die mich heimsuchten, sobald ich die Augen zumachte.

Tara seufzte, und ich befürchtete, sie würde gleich die Geduld verlieren. Aber als sie antwortete, klang ihre Stimme gleichmütig.

»Ja, das verstehe ich. Wirklich.« Sie zögerte. »Johnny, kann ich dir was sagen?«

»Was denn?«

Tara schwieg so lange, dass ich mich schon fragte, ob sie überhaupt noch in der Leitung war. Schließlich sprach sie kaum hörbar weiter: »Ich habe auch etwas in dem Spiegel gesehen.«

Ich zuckte zusammen und fand erst mal keine Worte.

Angst und Wut stiegen in mir auf. »Hatte ich dich nicht gebeten, nicht mehr allein da runterzugehen? Dort ist es dunkel und gefährlich.« Meine Stimme hallte laut durch den Park. Als wieder Stille eintrat, hörte ich in der Ferne einen Hund bellen.

»Ja, ich weiß, und es tut mir auch leid. Aber es war vor ein paar Tagen, als ich in der Fabrik auf der Suche nach weiteren Informationen war. – Ich war nur dieses eine Mal wieder dort unten, seit ich dir den Spiegel gezeigt habe.«

Ich saß schweigend auf der Bank und fragte mich, ob sie die Wahrheit sagte.

»Hör zu, Johnny, wann habe ich dich schon mal angelogen?« Jetzt klang sie zornig. »Außerdem glaube ich kaum, dass ausgerechnet du mir Vorwürfe machen kannst. Du warst mit Ophelia dort. Und nicht nur einmal.«

Sie hatte recht. Ich war nicht fair. »Tut mir leid. Ich mache mir nur Sorgen, das ist alles.«

Tara seufzte. »Schon gut.«

»Willst du mir nicht sagen, was du gesehen hast?«

Sie holte tief Luft. »Ich habe meine Großmutter gesehen. – Als Kind hatte ich eine enge Bindung zu ihr, aber sie ist gestorben, als ich noch klein war. Und trotzdem habe ich sie gesehen. Im Spiegel.« Sie klang, als könnte sie es selbst nicht glauben. »Zumindest bildete ich es mir ein. Sicher bin ich mir nicht. Und obwohl es ein tröstliches Gefühl war, sie zu sehen oder sie mir vorzustellen, wie man es auch nennen mag, war es auch irgendwie beängstigend.«

Mein Magen krampfte sich zusammen. »Warum war es beängstigend?«

»Zuerst war es nur ein unbestimmtes Gefühl. Die Erinnerung an meine Großmutter reicht weit in meine Kindheit zurück, weißt du. Schon allein das ist bizarr. Ich meine, wie konnte es sein, dass ich dieses Bild von ihr im Spiegel sah? – Sie rief meinen Namen. Zuerst hörte ich sie nur meinen Namen rufen. Und dann sah ich sie in ihren rosa Pantoffeln den Gartenweg entlanglaufen wie in meiner Kindheit.« Tara lachte. »Es war wunderbar und verstörend zugleich. Sie rief meinen Namen, Tara Bell. So hatte sie mich immer genannt.« Zögernd fuhr sie fort. »Und genau das war das Verstörende. Nicht dass sie mich rief, sondern wie sie es tat. Sie machte eine Geste, als wollte sie mich locken. Als wollte sie mir sagen, dass ich zu ihr kommen könne, wenn ich es nur wollte.« Sie hielt inne. »Das hat mir Angst gemacht. Es war keine wiederaufflammende Erinnerung, es war eine Erinnerung, die manipuliert worden war. Sie suggerierte, ich könnte bei ihr sein, wenn ich es wollte.«

Das ähnelte dem, was Ophelia mir erzählt hatte. Der Traum von ihren Eltern, jener Traum, den der Spiegel verändert hatte.

»Ich weiß nicht, was das zu bedeuten hat«, fuhr Tara fort. »Aber die Art, wie meine Erinnerung verzerrt wurde, erschien mir von Grund auf falsch, pervertiert. Der Spiegel suggeriert etwas, das nicht sein kann und nicht sein darf und deshalb falsch sein muss.« Es folgte eine kurze Pause. »Der Spiegel ist böse, Johnny. Er sollte zerstört werden.«

»Ich weiß. Das denke ich schon die ganze Nacht.«

»Was willst du tun?«

»Ich weiß noch nicht. Vielleicht nehme ich einen Vorschlaghammer und schlage ihn in Stücke.«

»Gute Idee«, sagte Tara, und die Erleichterung war ihr anzuhören. »Wenn du Hilfe brauchst, melde dich. Es wäre mir ein Vergnügen.«

»Nein, ich mache es allein, wenn ich so weit bin.« Es kam unerwartet scharf heraus. »Verstanden?«

»Verstanden.«

So ganz überzeugt war ich allerdings nicht. Seit einer Stunde spielte ich mit dem Gedanken, in das unterirdische Zimmer zu gehen und den Spiegel zu zerstören. Nur auf diese Weise konnte ich sicherstellen, dass niemand Schaden nahm, einschließlich ich selbst, Ophelia und Tara. Irgendetwas hielt mich jedoch davon ab, meinen Vorsatz in die Tat umzusetzen. Immer noch saß ich unverrichteter Dinge hier im Park.

Taras Stimme kam wie aus weiter Ferne. »Johnny?«

Ich nickte, antwortete jedoch nicht.

»Johnny?«

»Entschuldige, ich war in Gedanken gerade woanders.«

»Alles in Ordnung?«

»Ja. Alles bestens.«

»Gut. Dann geh jetzt nach Hause. Und mach dir keine Sorgen wegen Ophelia. Ich weiß, dass du ihr nichts antun wirst. Eher musst du dich vor ihr in Acht nehmen.« Es sollte scherzhaft klingen, aber ich hatte jetzt keinen Sinn dafür. Ich starrte auf die Platanen, deren Äste von der nächtlichen Brise bewegt wurden. Wie fast alles erinnerten sie mich an den Spiegel.

»Eins noch. Versprich mir, dass du nicht noch mal da runtergehst.«

»Versprochen. Jetzt geh nach Hause und ruh dich aus.«

Kapitel 44

Zwei Tage danach saßen wir einander gegenüber an Ophelias Esstisch. Wir hatten gerade gegessen, vor uns standen leere Teller und Gläser. Obwohl ich schon ein wenig beschwipst war, schenkte ich mir den Rest Rotwein ein. Ich mochte diesen Zustand, er ließ so viele Dinge, über die ich lieber nicht nachdenken wollte, in einem milderen Licht erscheinen oder blendete sie ganz aus.

Als ich das Glas an die Lippen hob, merkte ich, dass Ophelias Blicke auf mir ruhten.

»Was ist?«, fragte ich. Seit ihrem Traum stimmte es nicht mehr so richtig zwischen uns. Seit dem Traum, in dem sie geglaubt hatte, ich würde sie töten. Ich versuchte, diesen Gedanken abzuschütteln.

»Dasselbe könnte ich dich fragen.« Die Narbe über ihrer Oberlippe zuckte leicht, wie immer, wenn sie vor Wut oder Ärger über mich die Lippen aufeinanderpresste.

Ich spürte, dass ein Streit in der Luft lag, und das war das Letzte, was ich wollte. »Tut mir leid. Ich bin nicht ganz bei der Sache. Ich habe darüber nachgedacht … du weißt, worüber. Seit deinem Traum neulich …«

Sie nickte.

»Ich habe darüber nachgedacht, was ich tun soll.«

»Ich auch.«

»Ich habe mit Tara darüber gesprochen.«

Ophelia verschränkte die Hände und legte sie auf den Tisch. »Ach ja?«

»Sie denkt, ich sollte den Spiegel zerstören.«

»Und was denkst du?« Ophelia beugte sich vor.

»Ich glaube, ich stimme ihr zu.«

»Trotzdem zögerst du, das spüre ich. Aus welchem Grund?«

»Es gibt keinen Grund. Mir ist klar, dass es sein muss.« Ich sagte es mit einer Bestimmtheit, die nicht von Herzen kam. »Weißt du, sie hat das Gleiche erlebt wie du. Sie spürte oder sah, wie immer man es nennen möchte, dass ihre Großmutter ihren Namen rief. Ich glaube, sie hat das Wort »locken« benutzt. Sie sagte, es wäre irgendwie falsch. Als wäre hinter der Vision etwas anderes am Werk, etwas Zerstörerisches, das einen in die Irre führt.«

Ophelias Miene war unergründlich.

»Ist es dir auch so ergangen, als du in den Spiegel geschaut hast?«

Einen Moment schwieg sie, dann zuckte sie die Schultern. »Ich kann es nicht genau beschreiben, Johnny. Was ich empfand, was ich immer empfinde, wenn ich meine Eltern vor mir sehe oder an sie denke, ist ein intensives, überwältigendes Gefühl des Verlusts, der Sehnsucht.«

Davon hatte sie immer wieder gesprochen.

»Was hast du vor, Johnny?« Sie klang beunruhigt.

»Ich werde ihn zerstören. Da sind irgendwelche dunklen Mächte am Werk. Ich kann nicht genau sagen, wie, aber ich weiß, dass davon nichts Gutes kommen kann.« Ich hatte mein dunkles, verzerrtes Gesicht im Spiegel vor Augen. Es war ein machtvolles Gesicht gewesen, aber es war nicht mein eigenes. »Ich mache es morgen, und zwar allein.« Ich dachte an meine Empfindungen, meine heftige Gefühlserregung, wenn ich zusammen mit Ophelia in dem unterirdischen Zimmer war. Ohne sie war ich aus irgendeinem Grund viel ruhiger gewesen, meine Sinne waren sehr viel klarer. Vielleicht waren meine Erfolgsaussichten ohne sie größer.

»Okay«, sagte Ophelia. »Das ist wahrscheinlich am besten.« Dann lächelte sie und stand auf, um den Tisch abzuräumen. Es war ein kurzes, mechanisches Lächeln, und mir wurde ein wenig flau im Magen.

»Ophelia, alles in Ordnung?«

»Ja. Ich bin nur müde. Du solltest auch schlafen gehen, Johnny. Du wirkst erschöpft.«

Ich sah sie an und nickte. »Eins noch. Versprich mir, dass du nicht noch einmal da runtergehst. Egal, aus welchem Grund. Überlass das Ganze mir. Mir allein. Ich denke, so ist es sicherer.«

»Ich verspreche es«, sagte sie.

Kapitel 45

Wir gingen zu Bett, Ophelia schlief in meinen Armen ein, und ich kuschelte mich eng an sie.

Es war noch dunkel, als ich aufwachte. Meine Glieder waren bleischwer, und ich war noch immer benebelt vom Wein. In meinem Kopf pochte es dumpf. Stöhnend streckte ich mich – und stellte fest, dass Ophelia nicht mehr in meinen Armen lag. Vergeblich horchte ich, um ihre leisen, ruhigen Atemzüge zu hören. Ich machte Licht. Ihre Seite des Betts war leer. Vor einem Monat hatte ich die gleiche Situation schon einmal erlebt. Bedrückung ergriff mich. Hoffnungsvoll sah ich mich im Zimmer um, aber sie war nicht da.

Ich stand auf und zog meine Jeans an. Im Vorbeigehen knipste ich im Bad das Licht an. Ein anheimelnd gelber Lichtschein fiel in den Flur, und ich beruhigte mich ein wenig. Trotzdem spürte ich immer noch mein Herz schwer in der Brust. An der Wohnzimmertür lauschte ich. Stille. Ich trat ein.

Blaues Mondlicht fiel ins Zimmer, auf den Esstisch und die Sofas und ergoss sich über meine Füße, als ich über den hellen Teppich schritt. Ich suchte nach irgendeinem Hinweis auf Ophelia, vergeblich. Das Zimmer lag still und verlassen da, nur von der Straße drangen gedämpfte Geräusche herauf: Kehrmaschinen surrten, Katzen miauten. Als ich die Balkontür öffnete und in die einsame Dunkelheit hinaussah, spürte ich plötzlich eine dumpfe Angst.

Auf dem Weg zurück ins Schlafzimmer fiel mir auf, dass

ich kein einziges Mal Ophelias Namen gerufen hatte. Letzten Monat hatte ich unentwegt nach ihr gerufen. Damals hatte ich gedacht, nichts könnte schlimmer sein als nicht zu wissen, wo sie war. Jetzt erkannte ich, dass es noch etwas sehr viel Schlimmeres gab. Nämlich genau zu wissen, wohin sie gegangen war.

Hastig zog ich Jacke und Schuhe an, doch an der Wohnungstür zögerte ich. Sollte ich ihr wirklich folgen? War sie angesichts all dessen, was bisher passiert war, nicht allein sicherer? Angesichts all dessen, was ihrer Meinung nach passieren konnte? Sollte ich nicht besser hier auf sie warten? Ich war hin- und hergerissen. Aber ich wollte bei ihr sein, in ihrer Nähe. Ich wollte sie nach Hause holen. Ich wollte mir nicht vorstellen, wie sie allein dort war. In einer Dunkelheit, in der ihr alles Mögliche zustoßen konnte. Einer gefährlichen Dunkelheit. Als sich dieses Wort in meinem Kopf formte, fiel die Entscheidung.

Ich verließ die Wohnung und fing an zu rennen. Während meine Füße auf den Asphalt schlugen, war ich mit den Gedanken bei Ophelia. Warum war sie doch noch einmal ohne mich dort hinuntergegangen? Ich begann, mich über ihre Impulsivität zu ärgern. Sie hatte versprochen, es nicht zu tun. Vielleicht hatte sie nicht geglaubt, dass ich den Spiegel zerstören würde, und es selbst in die Hand genommen. Diese Vorstellung machte mich wütend. Gleich darauf tat sie mir leid. Ich hatte es ja tatsächlich vor mir hergeschoben. Sollte ich es jetzt ihr überlassen? Nein, ich musste zu ihr. Es war ein dunkler und gefährlicher Ort. Ich bog nach links ab, und schon lag die Fabrik in Sichtweite. Nur noch ein paar Meter. Wenige Sekunden später würde ich Ophelia finden, und wir würden zusammen nach Hause gehen. Die Außentür war unversperrt. Sie war also tatsächlich hier. Ich griff nach der Klinke, in meinem Kopf vernahm ich eine leise Stimme: Du bist auch dunkel und gefährlich.

Wie erstarrt blieb ich stehen. Die nächtliche Ruhe, die mich umgab, war überwältigend. Es war windstill, die Luft trug keine Geräusche heran. Weder Musik noch menschliche Stimmen, nicht einmal das tröstliche Rascheln der Zweige an den Bäumen waren zu hören. Wieder horchte ich auf die Stimme in meinem Kopf, aber sie war verstummt. Plötzlich zerriss das schrille Klingeln meines Handys die Nacht. Erschrocken bis ins Mark, zog ich es aus der Jackentasche. Dem Display entnahm ich, dass es Tara war und dass sie schon zweimal angerufen hatte. Was immer sie wollte, ich konnte mich jetzt nicht damit befassen. Ich schaltete das Handy auf stumm und steckte es wieder ein. Dann betrat ich die Fabrik.

Weiches Mondlicht strömte durch die Fenster und tauchte das Gebäude in ein beinahe violettes, dumpfes Licht. Am anderen Ende der Fabrikhalle nahm ich die Umrisse der Schuhschachteln wahr, die an den Wänden aufgestapelt waren, und dahinter die massigen Schatten alter Maschinen, bis zur Endfertigung. In der Ecke, im Lichtschein des Fensters, konnte ich die Silhouette der Stilettomaschine ausmachen. Eine unsichtbare Hand schien mir etwas Kaltes und Spitzes an die Kehle zu drücken, unwillkürlich fasste ich mir an den Hals. Sei vorsichtig, sagte eine andere Stimme in meinem Kopf. Dann hörte ich Gelächter, laut und melodisch. Ich fuhr herum, aber da war nichts und niemand. Ich atmete tief ein und aus. Beruhige dich, sagte meine eigene Stimme in meinem Kopf.

Ich ging in Richtung Abstellkammer. Meine Turnschuhe glitten lautlos über die Stelle, wo man James Brimleys Leiche gefunden hatte. Obwohl ich versuchte, nicht daran zu denken, überlief mich ein Schauder, und alle möglichen

Bilder schossen mir durch den Kopf. Der Direktor mit ernsten, dunklen Augen. Eine bildschöne Frau, die ihn ansieht, während er die Fabrikhalle inspiziert. Die saubere grüne Handschrift seiner Liebesbriefe. Der in seiner Lust gestillte Körper einer Frau, ein Samtband um den Hals. Die wirre grüne Schrift von Wahnsinn und Verfall.

Ich versuchte mich zu konzentrieren. Wenn ich nur nicht so viel Wein getrunken hätte! Lass dich nicht ablenken, denk nicht nach, ermahnte ich mich. Tu einfach, wozu du hergekommen bist. Hol Ophelia und verschwinde wieder. Nichts weiter.

Die Tür zum Keller stand offen. Von unten fiel der untrügliche Kerzenschein herauf. Als ich die Treppen hinunterstieg, musste ich an einen Abzählreim aus meiner Kindheit denken, und ich versank in der Erinnerung daran. Der ist ins Wasser gefallen, der hat ihn rausgeholt, der hat ihn ins Bett gelegt, der hat ihn zugedeckt, und der klitzekleine Schelm da, der hat ihn wieder aufgeweckt. Ich hörte eine Kinderstimme, die den Reim aufsagte, wie von einer Meeresbrise herangetragen. Dann die Stimme einer Frau. Komm heim, komm heim, mein Liebling. Dann wurden beide Stimmen vom Rauschen des Meeres übertönt.

Ich versuchte erneut, meinen Geist zu beruhigen. Denk an nichts, sagte ich mir, denk an eine undurchdringliche, schwarze Leere. Ich weiß nicht, wie lange ich so am Fuß der Treppe stand und versuchte, an nichts zu denken. Als ich mich schließlich bereit fühlte, wandte ich mich zu dem unterirdischen Zimmer.

Wie erwartet fand ich Ophelia vor dem Spiegel. Rechts und links davon stand je eine brennende Kerze auf dem Boden. Ophelia starrte auf die Flammen, regungslos, völlig versunken. Mit der rechten Hand umklammerte sie das Medaillon mit den Fotos ihrer Eltern und ließ es an der

Silberkette auf und ab gleiten. Ich blickte auf ihre nackten Füße und ihren Mantel, den sie über dem weißen Nachthemd trug. Neben ihr auf dem Boden lagen ihre Schuhe. Ich kannte dieses Szenario. Es war genauso wie das erste Mal, als wir gemeinsam hier gewesen waren. Jetzt, bei unserem letzten Besuch, sollte sich die Szene anders abspielen, dafür wollte ich sorgen.

Ich trat einige Schritte vor, bis ich annähernd auf gleicher Höhe mit dem Spiegel war.

»Ophelia«, sagte ich leise, um sie nicht zu erschrecken.

Sie rührte sich nicht, sie schien mich gar nicht wahrzunehmen.

Als ich in ihr Gesicht sah, schmolz ich dahin. Nun da ich wusste, warum sie hier war, konnte ich ihr noch ein bisschen Zeit lassen. Zeit, sich zu verabschieden. Ich ließ meinen Blick durch den Raum gleiten, auf das Bett an der gegenüberliegenden Wand, auf den Sessel rechts davon. Ich verscheuchte das Bild von Amelias Körper und ihrem Arm, der auf den Boden hing. Aber kaum war es verschwunden, tauchte schon ein anderes auf: James im Sessel, einen grünen Schuh in der Hand. Ich konnte mir immer noch keinen Reim darauf machen. Mein Blick wanderte zu den Schuhen, die an dem Samtband über den Spiegelrahmen hingen. Instinktiv griff ich danach. Das Leder war weich und geschmeidig. Nach all der Zeit verströmten sie immer noch einen schwachen Ledergeruch. Ich ließ die Hand in den linken Schuh gleiten. Tatsächlich, die fünf Zehenabdrücke waren da. Lächelnd schloss ich die Augen. Ich stellte mir einen Strand vor, ein Kind, das einen Fußabdruck berührt, eine Frau, die sich in der Ferne umdreht, Salzgeruch in der Luft. Dann sah ich auf dem Bett Amelias Füße, die sich gleich darauf in Ophelias Füße verwandelten.

Wir mussten hier raus.

»Ophelia«, sagte ich, lauter diesmal.

Jetzt drehte sie sich zu mir um. Aber es dauerte einen Moment, bis sie sprach. »Ich habe dich nicht erkannt, Johnny. Du siehst irgendwie verändert aus. Was machst du hier?«

»Dasselbe könnte ich dich fragen.«

Sie blickte zurück zum Spiegel, dann auf ihre nackten Füße und das Nachthemd unter dem Mantel. »Ich weiß noch, dass ich geträumt habe. Denselben Traum … du weißt schon. Und dann wollte ich herkommen.« Sie runzelte die Stirn. »Sei mir nicht böse, Johnny. Ich musste einfach kommen.«

Ich nickte. Ich war ihr nicht böse. Irgendwie verstand ich sie ja. »Schon gut. Du wolltest sie noch einmal sehen. Ein letztes Mal.« Ich machte eine Kopfbewegung zum Spiegel.

Ophelia blickte erneut hinein. »Ja, vielleicht.«

Noch immer schob sie mit der rechten Hand das Medaillon an der Silberkette hin und her. Unwillkürlich musste ich lächeln. »Weißt du, dass du das jedesmal machst, wenn du an deine Eltern denkst?«

Ophelia sah auf ihre Hände und dann wieder zu mir. »Nein, das wusste ich nicht.« Sie lächelte.

»Wenn ich früher darauf geachtet hätte, hätte ich dich wahrscheinlich besser verstanden. Diese Momente der Abwesenheit, in denen ich mich gefragt habe, wo du mit den Gedanken bist. Ich hätte die Zeichen erkennen können.« Ich deutete auf ihr Medaillon. »Aber ich glaube, darum geht es ja gerade, wenn man jemanden kennenlernt. Es braucht seine Zeit.« Ja, es braucht seine Zeit, jemanden kennenzulernen, seine Beweggründe, seine innersten Gedanken. Und wer hätte schon gedacht, dass die Toten meine größten Konkurrenten waren. Bei dem Gedanken musste ich schmunzeln. Aber er rief noch ein anderes Gefühl in mir hervor.

Ophelia musterte mich eingehend: mein zerzaustes Haar, die Ringe unter den Augen, das zerknitterte T-Shirt und die ausgebeulte Jeans. »Johnny, was machst du hier?«

Ich verstand nicht, warum sie mich das fragte. »Ich bin gekommen, um dich zu holen. Mir gefiel die Vorstellung nicht, dass du ganz allein hier unten bist.«

Sie nickte, sah auf meine Hände und dann wieder in meine Augen. »Ich dachte, du wolltest nicht, dass wir noch einmal herkommen.«

»Ja, das stimmt.« Plötzlich wurde ich wütend. »Das hatte ich gesagt. Aber du bist trotzdem hergekommen. Und nach kurzem Nachdenken hielt ich es für besser, dich von hier wegzuholen.«

Ophelia blickte zurück in den Spiegel. Nach einer Weile nickte sie.

»Alles in Ordnung?«

Wieder glitten ihre Augen kurz zu meinen Händen. »Ja. Ich glaube, mir geht allmählich ein Licht auf.«

»Was willst du damit sagen?« Erneut spürte ich einen Anflug von Wut. Wovon redete sie? Ich kapierte überhaupt nichts.

»Was machst du mit den Schuhen, Johnny? … Und mit dem Band?«

Jetzt war es an mir, auf meine Hände zu blicken. In der linken Hand hielt ich die Schuhe an den Knöchelriemen, in der rechten das Samtband, das ich wie einen Rosenkranz durch die Finger gleiten ließ. Eine harmlose Geste, und doch hatte ich aus irgendeinem Grund das Gefühl, mich verteidigen zu müssen. »Nichts«, sagte ich scharf. »Ich mache gar nichts. Was ist bloß los mit dir?«

»Nichts«, entgegnete sie, aber ich merkte, dass sie mir etwas verheimlichte. »Gehen wir nach oben und reden dort weiter.«

Auf einmal wollte ich das um keinen Preis. Ich starrte sie an. Mit Daumen und Zeigefinger strich ich über das Band und spürte den weichen Samt. Ein beruhigendes Gefühl. »Nein, sag es mir jetzt.«

Sie zögerte, und ich glaubte in ihren Augen Panik aufblitzen zu sehen. »Na gut. Aber hab Geduld mit mir. Ich möchte nichts Falsches sagen.«

Meine Verärgerung war mir bestimmt vom Gesicht abzulesen.

»Sieh mich bitte an, Johnny, und konzentriere dich ganz auf mich.«

Ich folgte ihrer Bitte und betrachtete sie, ihr langes, dunkles Haar, ihre wunderschönen grünen Augen, und wurde milder gestimmt. Ich lächelte. »Natürlich.«

»Gut.« Sie atmete tief ein und aus, stockend und keuchend. Als hätte sie Angst. »Du erinnerst dich doch an meinen Traum von meinen Eltern?«

»Ja.«

»Und dass es seit meiner Kindheit immer derselbe war.«

Ich nickte.

»Aber wenn ich ihn im Spiegel sehe, geht er anders aus.«

Das war mir nicht neu. Wir hatten bereits darüber gesprochen.

»Das hat mich von Anfang an irritiert. Ich konnte mir nicht erklären, warum der Traum genau gleich war bis auf diesen entscheidenden Unterschied. Aber ich glaube, jetzt verstehe ich es. Wie Tara gesagt hat, der Spiegel suggeriert, dass ein anderes Ende möglich ist. Dass der Traum, den er mir zeigt, Wirklichkeit werden könnte.«

Ophelia hielt inne. Ich versuchte zu verstehen, was sie gesagt hatte. Eine tiefe, beklemmende Stille senkte sich auf uns herab, und ich drückte die Schuhe in meiner Hand fester.

»Kannst du mir folgen, Johnny?«

Ich schüttelte den Kopf. »Nicht ganz. Es ist ein Traum, egal, welches Ende er nimmt. Du weißt doch, dass es nicht real ist.«

Sie sah mich an, ihre Augen funkelten im Schein der Kerzen. »Ich weiß, dass er real sein könnte, Johnny. Dir ist inzwischen bestimmt auch klar geworden, dass Träume manchmal mehr sind als nur Träume, oder?«

Ich dachte an meine letzten Träume, von James in dem Sessel, Amelia auf dem Bett oder im Gespräch mit mir, und nickte. Aber so ganz verstand ich es immer noch nicht.

»Der Traum kann auf die eine oder andere Art enden. Entweder so, wie er normalerweise endet, wenn ich träume: Meine Eltern gehen weiter, und ich bleibe zurück. Oder so, wie es der Spiegel vorgaukelt: dass ich zu meinen Eltern gehe.«

Mein Magen krampfte sich zusammen. Mein ganzer Körper war angespannt, meine Hände schlossen sich zu Fäusten. »Das würde ja bedeuten, einmal wählst du das Leben, das andere Mal den Tod?«

Ophelia nickte, während ihre Augen zu meinen Händen wanderten.

»Aber das ist keine richtige Wahl, Ophelia. Das ist widernatürlich.«

»Ja. Nur etwas Dunkles, Vergiftetes kann einen vor eine solche Wahl stellen.« Wieder blickte sie in den Spiegel.

Jetzt sah auch ich hinein und dachte dabei an Taras Worte. Dass er böse war. Ich begutachtete ihn näher. Ohne Zweifel, er war dunkel und gefährlich. Du bist auch dunkel und gefährlich, sagte eine leise Stimme in meinem Kopf. Ich kniff die Augen zusammen und lotete die Tiefen des

Spiegels aus, auf der Suche nach meinem Bild darin. Ophelia rief meinen Namen.

»Johnny. Johnny. Bitte sieh mich an. Sieh mich an.« Sie klang verzweifelt und wie aus weiter Ferne, wie zuvor die Stimme in meinem Kopf. »Johnny«, wiederholte sie, lauter und strenger diesmal, und sofort war ich wieder bei ihr. »Versuch, dich auf mich zu konzentrieren.«

Ich wandte mich ihr zu.

Eine Weile fixierte sie mich schweigend. »Bist du bei mir, Johnny?«

»Ja, natürlich.«

Trotzdem ließ sie ihren Blick nicht von mir. Schließlich fuhr sie fort: »Ich hatte wirklich Mühe, es zu verstehen. Aber ich glaube, jetzt bin ich endlich dahintergekommen. Wie du fühlte auch ich mich von dem Spiegel angezogen, gleichzeitig hatte ich Angst davor. Etwas Bedrohliches ging von ihm aus, etwas, von dem ich mich besser fernhalten sollte. Jetzt weiß ich, dass beide Gefühle von dem Spiegel hervorgerufen werden. Da ist einerseits seine Anziehungskraft, seine Dunkelheit, seine Macht, seine Magie, wie immer du es nennen magst. Er scheint dir etwas anzubieten, was du dir mehr als alles andere auf der Welt wünschst. Er hypnotisiert dich, verführt dich, du möchtest es fühlen und erleben. Immer und immer wieder. Du möchtest dich ihm hingeben. Andererseits fühlst du dich abgestoßen, instinktiv, du möchtest standhaft bleiben, dagegen ankämpfen, ganz du selbst bleiben, auch wenn du noch so fehlerhaft und unvollkommen bist. Denn was du hast, ist real, und das möchtest du bewahren.«

Ich hatte selbst lange um diese Erkenntnis gerungen. Aber letztlich war es so. Ophelia hatte es erkannt.

»Und jetzt habe ich Angst, dass ich, ohne es wirklich zu wollen, eine Entscheidung getroffen habe. Dadurch, dass ich hierher zurückgekommen bin und dem Spiegel einmal zu oft nachgegeben habe. Vielleicht habe ich das gewählt, was der Spiegel wollte, und mich für seine Version entschieden.«

Ich runzelte verständnislos die Stirn. »Du hast den Tod gewählt? Welchen?«

Doch schon im selben Moment schoss mir ein Gedanke durch den Kopf, der mich erschaudern ließ.

Ophelia starrte mich an, dann glitt ihr Blick wieder zu meinen Händen. »Du weißt, welchen, Johnny.«

Ich dachte an Ophelias Albtraum, der sie ebenfalls in dieses Zimmer geführt hatte. Ich sah ihre Füße reglos auf der Bettkante liegen. Erschrocken versuchte ich, dieses Bild wieder loszuwerden, aber es wollte einfach nicht verschwinden. Dann hörte ich die leise Stimme in meinem Kopf: Das ist die Entscheidung, vor die dich der Spiegel stellt. Leben oder Tod. Ophelia hat ihre Wahl getroffen. Jetzt bist du an der Reihe.

Ich versuchte die Stimme auszublenden, aber diesmal ließ sie sich nicht vertreiben. Sie kam wieder, und sie sprach leise und beharrlich aus den Tiefen meiner inneren Dunkelheit. Du weißt doch, was passiert. Du hast es immer gewusst.

Dann wartete sie einen Moment, bevor sie zum letzten Schlag ausholte.

Töte sie, sagte die Stimme.

Kapitel 46

Mir war bewusst, dass Ophelia mit mir redete. Ich hörte ihre Stimme weit entfernt irgendwo im Hintergrund, aber der Ton war verschwunden, er hatte sich verflüssigt und gehorchte nicht mehr den Naturgesetzen. Er glitt durch den Raum, wirbelte in einem Strudel um mich herum und rieselte dann durch meine Finger. Ich betrachtete meine Hände, aber ich erkannte sie nicht wieder. Sie kamen mir groß vor, die Finger dick, gar nicht wie meine eigenen. Ich fragte mich, ob ich noch mein eigenes Gesicht hatte, und wollte in den Spiegel schauen, als ich Ophelia rufen hörte.

»Nein, Johnny. Tu das nicht. Du hast es mir versprochen, weißt du nicht mehr?« Sie starrte mich flehentlich an.

»Und du hast mir versprochen, nicht mehr hier herunterzukommen. Dein Wort zählt wohl nicht viel.«

»Ich weiß, und es tut mir leid. Aber wie du selbst gesagt hast, bin ich gekommen, um mich zu verabschieden. Das weißt du, nicht wahr?«

Sie sah mich eindringlich an, aber ich fragte mich, ob sie wirklich ehrlich war.

Sie ging einen Schritt auf mich zu und streckte ihre Hand aus. »Lass uns hier rausgehen.«

Mein Blick wanderte von ihrer zu meiner Hand, die das grüne Band zwischen zwei Fingern hielt. »Warum?« Die Worte kamen zwar aus meinem Mund, klangen jedoch fremd.

»Weil ich dich wähle, Johnny. Es ist meine Entscheidung. Nicht die des Spiegels, sondern meine eigene. Auch du hast die Wahl.«

Ich sah sie an, doch jetzt blickte ich nicht mehr in ihr, sondern in Amelias Gesicht. Sie trug ihr schwarzes Kleid. Das offene Haar fiel ihr über den Rücken, sie war wild und schön, und ihre katzenhaften Augen waren weit geöffnet, vielleicht vor Schreck.

Ophelias Stimme unterbrach meine Gedanken. »Du glaubst mir doch, Johnny, nicht wahr?«

»Hör auf, meinen Namen auszusprechen«, schrie ich. »Das mag ich nicht.« Er klang irgendwie falsch. Ich hob die Hand an meinen Kopf, der vor Schmerz pochte, und bemerkte das Band zwischen meinen Fingern. Es erinnerte mich an etwas, das mich beschäftigt hatte. »Du glaubst, ich könnte dir wehtun, stimmt's?«

»Nein, natürlich nicht.« Es klang aufrichtig, doch ihre Augen verrieten sie.

»Du glaubst, dein Leben oder dein Tod läge in meiner Hand, nicht wahr? Und du glaubst, ich habe den Tod gewählt.«

Sie schüttelte den Kopf, während ihr Tränen über die Wangen liefen. Irgendetwas machte mich wütend, und ich spürte, wie Zorn in mir aufflammte. Ich machte einen Schritt auf sie zu. Die Schuhe glitten aus meiner Hand und fielen mit einem dumpfen Schlag zu Boden. Das Geräusch erinnerte mich an etwas, aber ich wusste nicht, woran. Ich näherte mich ihr noch einen weiteren Schritt. Ophelia schrie auf und rief mir etwas zu, doch ich wollte nichts hören. Stattdessen drehte ich mich um und blickte in den Spiegel. Ich hatte den Wunsch so lange bezähmt, dass ich diesen Moment als unendliche Befreiung empfand. Ich suchte mein Spiegelbild, die Dunkelheit in meinen Augen, und ich fand sie beinahe sofort. Dann versenkte ich mich tiefer in den Spiegel und lächelte, und meine grauen Lippen kräuselten sich zu einem schiefen Grinsen, das mir, meinem stärkeren, dunkleren, männlicheren Ich, entgegenschlug. Wie gebannt starrte ich auf mein Spiegelbild, das dennoch so ganz anders war als ich. Es war faszinierend, hypnotisierend. Als ich dieses Bild meiner selbst erblickte, dachte ich an Frauenfüße, die über den Fußboden eines Pariser Modehauses gingen. War das eine Erinnerung an etwas Reales? Oder hatte ich das irgendwo gelesen? Vergeblich suchte ich nach einer Antwort. Dann plötzlich überflutete mich Angst, die Furcht, Ophelia würde mich verlassen. Ich runzelte die Stirn. Ein starker Mann würde sie nicht gehen lassen. Ich schüttelte den Kopf und betrachtete mein Gesicht im Spiegel. Das dunkle, verzerrte Bild schüttelte gleichfalls den Kopf. Nein, ich konnte sie nicht gehen lassen. Ich durfte ihr nicht erlauben, mich zu verlassen. Ich musste dafür sorgen, dass sie hierblieb.

Ich wandte mich Ophelia zu, die jetzt mit dem Rücken zur Wand stand.

»Johnny, bist das noch du?« Ihre Stimme war leise, klagend.

»Natürlich«, knurrte ich, aber ich fühlte mich nicht im Einklang mit mir selbst. Mein Kopf war schwer, mein Körper linkisch. Ihr Blick wanderte zu meinen Händen. Ich sah hinunter und bemerkte, dass ich das grüne Band nicht mehr in der rechten Hand hielt. Es war zwischen meinen beiden Händen straff gespannt wie ein Seil. Ich lächelte und ging erneut einen Schritt auf sie zu. »Du weißt, dass ich dich nicht gehen lassen kann. Ich kann nicht dulden, dass du mich verlässt.«

Ich hörte sie schluchzen und sah, dass sie am ganzen Körper zitterte. »Ich will dich nicht verlassen.«

»Lüg mich nicht an. Deswegen bist du doch hier. Aber du wirst nicht gehen, ich werde es nicht zulassen.«

Wir standen uns Auge in Auge gegenüber. Ophelia war kreidebleich, ihre Haare fielen ihr über die Wange und bedeckten halb ihr Gesicht. Ich ließ das Band in meiner linken Hand los, um ihr die Strähnen hinters Ohr zu streifen. Eine Erinnerung löste sich aus der Dunkelheit in mir und drängte nach oben: eine Frau in einem schwarzen Kleid und mit roten Schuhen, die lächelnd in einer geöffneten Tür stand. Ich schloss die Augen und spürte, wie mich diese Erinnerung durchflutete. Sie roch nach Regen, Jasmin und Rosen. Ich öffnete die Augen und sah die Frau vor mir an.

»Ophelia?«

»Johnny?«

Für einen kurzen Moment schauten wir einander an, in der Erinnerung vereint. Plötzlich spürte ich einen stechenden Schmerz in meinen Genitalien. Ich krümmte mich zusammen, taumelte rückwärts und spürte mehr, als dass ich es sah, wie Ophelia von mir weglief. Ich vernahm einen wütenden Schrei aus meinem Mund. Dunkelheit umfing mich, und wie blind versuchte ich, Ophelia zu ergreifen. Meine Hand tastete fieberhaft in ihre Richtung, ich bekam ihr Nachthemd zu fassen und hörte es reißen, als ich es zu mir heranzog. Ich stürzte zu Boden und zog sie mit. Dabei griff ich nach ihren Beinen, ihren Armen. Wir rangen miteinander, ein unentwirrbares Knäuel ineinander verschlungener Gliedmaßen, keuchend, spuckend, blutend. Dann war ich über ihr, und ich packte sie und hielt sie mit einer Verbissenheit fest, die ihrer eigenen in nichts nachstand. Meine Hände legten sich um ihren Hals, und ich spürte ihren rasenden Puls. Ich schloss die Augen und lauschte dem beruhigenden Geräusch, dem schnellen Pulsieren ihrer Halsschlagader. Es war wie im Rausch. Bum, bum. Plötzlich sah ich wieder das grüne Samtband vor mir, das sich in ihren Hals grub.

Ein Geräusch durchschnitt die Dunkelheit. Laut, furchterregend, das Geheul einer Todesfee.

»JOHNNY.«

Der Ruf hallte durch den Raum, dröhnte in meinem Kopf und unterbrach das hypnotisierende Pochen. Meine Augen gingen auf, und mit einem Mal war ich hellwach. Unter mir lag Ophelia, vom Gewicht meines Körpers zu Boden gedrückt. Meine Hände hielten die beiden Enden des grünen Samtbands, zogen es immer fester um ihren Hals.

Ihre Nase blutete, ihre Oberlippe war aufgeplatzt, ihre Arme waren dreckverschmiert vom Lehmboden, ihre Haare zerzaust. Sie hatte die Augen geschlossen.

»Johnny.«

Noch einmal, diesmal weniger laut. Als ich hochblickte, stand Tara neben mir. Sie war schwarz gekleidet. Im Kerzenlicht wirkte ihr Gesicht schmal und blass, und sie hatte dunkle Ringe unter den Augen.

»Lass sie los, Johnny.« Sie sah mich mit kaltem Blick an.

Ein Moment verging, ohne dass sich einer von uns rührte.

»Lass sie los«, wiederholte sie langsam.

Ich sah sie an, und ein Lächeln trat auf meine Lippen. »Nein.«

Einen Moment blieb sie gefährlich stumm und starrte mich bloß an. Dann nahm ich eine schnelle Bewegung ihres Arms in meine Richtung wahr und spürte einen Schlag am Kopf.

Ich taumelte von seiner Wucht und schlug auf den Boden. Dann sah ich Tara, einen grünen Schuh in der Hand.

Sie ließ mich nicht aus den Augen. Hinter ihr war eine Kerze im Kampfgetümmel umgefallen. Die Flamme leckte an den freiliegenden Holzlatten der Wand.

Ich schloss die Augen und versuchte, zur Besinnung zu kommen, aber ich hatte jedes Gefühl für die Zeit verloren. Als ich mich umschaute, waren Tara und Ophelia verschwunden. Die Flammen schlugen höher, und ich rang nach Luft. Ich dachte an meinen Traum, der eine Ewigkeit zurückzuliegen schien. An das Gefühl zu fallen und langsam zu ersticken und zu sterben. So ist er also wahr geworden, dachte ich. Dieser Traum ist Wirklichkeit geworden.

Dann umfing mich erneut Dunkelheit.

Kapitel 47

Eine Stimme weckte mich.

Sie schien aus weiter Ferne zu kommen. Eine seltsame Stimme, die im Dunkeln flüsterte und mich rief. Als ich zu Bewusstsein kam, stellte ich fest, dass der Boden, auf dem ich lag, nach muffiger Erde roch. Ich schwitzte am ganzen Körper, in meinem Kopf pochte es. Ich versuchte, die Augen zu öffnen, brachte jedoch nicht die Kraft dazu auf. Stattdessen lauschte ich und versuchte zu ergründen, wo ich mich befand. Und dann hörte ich sie wieder, diese Stimme. Die Stimme einer Frau.

»Johnny, wach auf«, sagte sie.

Irgendwie kam sie mir bekannt vor, wenn auch nur vage. Trotzdem rüttelte sie mich auf. Sie klang so eindringlich, dass ich das Gefühl hatte, ihrer Aufforderung folgen zu müssen. Ich schlug die Augen auf. Ich sah nur verschwommen, doch das Bild, das sich mir bot, ließ mich schlagartig wach werden. Einen Meter vor mir stand die Wand in Flammen, und der Spiegel brannte lichterloh. Die Flammen züngelten seine dunkle Oberfläche hoch, tanzten über die schwarzen Flecken, schmolzen das graue Glas zu flüssigem Feuer. Die starke Hitze brannte auf meinem Gesicht und meinem ganzen Körper.

Ich versuchte, mich zu bewegen, aber bei der geringsten Drehung meines Kopfes zuckte ich vor Schmerz zusammen. Mein linkes Auge war feucht, mein Kopf schwer und geschwollen, und als ich ihn betastete, hatte ich eine klebrige Substanz an den Fingern. Das musste Blut sein. Und da fiel es mir wieder ein.

Ophelias Bild trat mir vor die Augen. Ich sah ihre blutende Nase, die aufgeplatzte Oberlippe, sah, wie ich sie am Boden festhielt, ihre Angst und ihr Entsetzen. Ich erschauderte. Das grüne Band. War Ophelia noch am Leben? Hatte Tara in letzter Sekunde das Schlimmste verhindern können?

Das geschmolzene Glas des Spiegels tropfte zu Boden. Ich hörte, wie er in den knisternden Flammen ächzte und stöhnte, sah, wie der Rauch in dicken Schwaden über seine Oberfläche quoll und zu Boden sank. Ich musste hier raus. Mir blieb nicht mehr viel Zeit. Als ich meine Position leicht veränderte, nahm ich am Rand meines Blickfelds einen Schatten wahr, der die Gestalt einer Frau hatte. Ich versuchte etwas zu sagen, brachte jedoch keinen Ton heraus. Das Atmen machte mir Mühe. Mir fielen die Augen zu, und ich wusste, wenn ich jetzt einschlief, würde ich nie wieder aufwachen. Ich konnte meinen Körper dem Dunkel überlassen und mich dem Vergessen anheimgeben. Während ich erneut das Bewusstsein verlor, galten meine letzten Gedanken dem Traum, in dem ich erstickte und fiel. Hatte denn alles auf diesen Moment hier in dem unterirdischen Zimmer zugesteuert?

Das Geräusch von Schritten drang an mein Ohr, dann wieder die Stimme.

»Johnny, wach auf.«

Ich öffnete die blutverklebten Augen und erkannte blinzelnd die Silhouette einer Frau.

Sie schien auf mich zuzukommen. Unter dem Saum ihres langen schwarzen Kleides sah ich ihre Füße.

»Amelia, bist du es?«

Sie kniete sich neben mich. Sie war es tatsächlich. Sie schenkte mir ihr strahlendes, wundervolles Lächeln und streckte die Hand nach mir aus, die ich zu ergreifen suchte.

Doch dann wich sie zurück zur Treppe. Von dort beobachtete sie mich und rief mich zu sich. Ich hatte das Gefühl, sie nicht enttäuschen zu dürfen und schleppte mich über den Boden, jeder Atemzug eine Qual. Mein Kopf kam mir unerträglich schwer vor. Der Schmerz durchzuckte mich in immer neuen Wellen. Wieder und wieder verlor ich das Bewusstsein. Auf Momente der Dunkelheit folgte das gleißende Licht des brennenden Kellerraums. Aber ich spürte, dass sie bei mir war, fast in Reichweite, und mich drängte, nur nicht innezuhalten.

Am Fuß der Treppe machte ich eine Pause, ein schneidender Schmerz pochte in meinen Schläfen. Ich versuchte, gleichmäßig ein- und auszuatmen, aber der Rauch wurde immer dichter. Panik ergriff mich. Doch Amelia, ruhig und gelassen, winkte mir, ihr zu folgen, und ich kroch hinter ihr die Treppe hoch.

Schwarzer Rauch hüllte uns ein. Langsam quälte ich mich voran, Zentimeter um Zentimeter. Mit geschlossenen Augen stellte ich mir vor, wie ich zu dem hellen Rechteck hinaufblickte, wie die geöffnete Tür oben näher kam. Und während Amelia und ich Stufe um Stufe nahmen, wagte ich allmählich zu hoffen, dass ich lebend hier rauskam.

Jetzt hatte ich die letzte Stufe bewältigt und schleppte mich in den Versandraum, der von Mondlicht erfüllt war. Ich musste an die Jagdgöttin Diana denken und an Diane von Poitiers, die Katharinas Fluch hatte treffen sollen und die, Ironie des Schicksals, unversehrt davongekommen war. Nach ein paar Metern wurde der Rauch dünner, und das Atmen fiel mir leichter. Erschöpft blieb ich liegen.

Amelia kniete sich neben mich. Zum ersten Mal sah ich ihr Gesicht aus der Nähe, ihre tiefliegenden ovalen Augen, die grünen Iris mit den orangefarbenen und gelben Sprenkeln. Wir musterten einander schweigend, dann lächelten sie mir zu.

Ich wusste, dies würde ein Abschied für immer sein, ich würde sie nicht wiedersehen.

Die Schmerzen raubten mir fast das Bewusstsein, ich schloss die Augen. Als ich sie wieder aufschlug, war Amelia verschwunden. Vorsichtig drehte ich den Kopf nach rechts und links und versuchte, mich zu orientieren. Ich lag ungefähr da, wo man vor über hundert Jahren James' Leiche gefunden hatte. Würde mich dasselbe Schicksal ereilen wie ihn?

Ich dachte an Ophelia und Tara, die irgendwo da draußen in der Dunkelheit waren. Ich hoffte inständig, dass sie in Sicherheit waren und wussten, dass ich nicht Herr meiner Sinne gewesen war, sondern unter dem Einfluss eines finsteren Zaubers gehandelt hatte. Und ich hoffte, dass entweder bald Hilfe kam oder die Flammen, die im Keller immer heftiger wüteten, auf wunderbare Weise erloschen. Ich lauschte in die Stille der Nacht, in die Stille in diesem östlichen Teil der Stadt.

Und schließlich hörte ich irgendwo in der Ferne eine Sirene heulen, die immer näher kam.

Kapitel 48

Ich lag in einem schmalen Bett, helles, künstliches Licht ergoss sich aus Neonleuchten an der Decke. Es schmerzte in meinen Augen. Meine Lippen waren aufgerissen und wund. Meine Kehle war ausgetrocknet, und ich spürte einen Hustenreiz. Neben und über mir blinkte und piepste es, und ich bildete mir ein, verhaltene Stimmen zu hören, eifriges Getriebe. Aber diese Geräusche drangen wie aus der Ferne an mein Ohr, bruchstückhaft und verzerrt.

Ein paar Momente verharrte ich regungslos, ich spürte die fest gespannte Bettdecke unangenehm auf meinem Körper. Ich fühlte mich verletzt und erschöpft. Schatten gerieten in mein Blickfeld und verschwanden wieder. Doch dann erkannte ich Ophelia. Sie saß mit angezogenen Beinen auf einem Stuhl neben dem Bett und starrte aus dem Fenster hinaus in die Nacht. Träumte ich? Sie war von Kopf bis Fuß schwarz gekleidet und hatte keine Verletzungen mehr im Gesicht. Das Einzige, was auf die Ereignisse in der Fabrik hindeutete, war ihre aufgeplatzte Oberlippe.

Rechts neben ihr saß Tara, sie trug dieselben schwarzen Sachen wie in der Fabrik. Sie hielt Ophelias Hand. Sie hatten es also beide geschafft. Unsere Blicke trafen sich. Einen Moment sahen wir einander nur an, dann lächelte sie, eine Träne lief langsam ihre Wange hinab. Ich erwiderte ihr Lächeln. Vielleicht verstand ich ein wenig von dem, was sie empfand. Erleichterung, dass wir alle drei lebend aus der Fabrik hinausgekommen waren, Schmerz, weil es fast schiefgegangen wäre. Leise erhob sie sich und verließ das Zimmer.

Ich wandte mich wieder zu Ophelia. Als sie zu mir sprach, füllten sich ihre Augen mit Tränen.

»Johnny, ich dachte, du wärst tot.« Sie setzte sich auf die Bettkante und nahm meine Hände in ihre. »Tara hat mich da rausgeholt und nach Hause gebracht. Unterwegs riefen wir Hilfe. Wir wussten nicht, was wir sonst machen sollten. Ich habe mich gewaschen und umgezogen, dann sind wir hierhergeeilt. Aber es hat so lange gedauert, bis sie dich endlich gerettet hatten. Du warst bewusstlos. Ich dachte, du wärst tot«, wiederholte sie. »Kannst du mir je verzeihen, dass ich dich im Stich gelassen habe?«

»Kannst du mir je verzeihen, dass ich dich nicht gehen lassen wollte?« Ich berührte sanft die Wunde auf ihrer Oberlippe. »Es tut mir so schrecklich leid.«

Sie nickte.

»Sie begreifen nicht, wie es dir gelungen ist, da rauszukommen. Wie du mit deinen Verletzungen und in dem dichten Rauch die Treppe hochgekommen bist.«

Ich musste an die Sanitäter in der Fabrik denken. »Es ist mir ein Rätsel, wie er das ganz ohne Hilfe geschafft hat«, sagte einer, und ein zweiter stimmte ihm zu.

Ich war nicht allein, wollte ich ihnen zurufen. Aber sie hätten es meinem Delirium zugeschrieben, das mich Gespenster hatte sehen lassen. Vielleicht war es ein Traum gewesen, vielleicht nicht. Aber Amelia war während des Feuers bei mir gewesen.

Als sie mich auf eine Trage hievten, um mich ins Krankenhaus zu bringen, glaubte ich schmutzige, rußverschmierte Fußabdrücke auf dem Boden im Versandraum zu erkennen, genau dort, wo ich gelegen hatte. Die Abdrücke waren klein und zart, von den Füßen einer jungen Frau. Dann bevölkerten Feuerwehrleute den Versandraum, und die Spuren wurden verwischt.

Ophelias Stimme holte mich in die Gegenwart zurück. »Was ist passiert?«, fragte sie zögernd, als wäre sie sich nicht ganz sicher, ob sie es wirklich wissen wollte.

»Ich hatte einen merkwürdigen Traum«, sagte ich, als mich erneut das Bewusstsein verließ, und ich glaubte, das Trippeln von schmutzigen, rußverschmierten Füßen zu vernehmen.

»Der Keller ist vollkommen ausgebrannt. Aber der Rest des Gebäudes ist unversehrt. Nur geringfügige Rauchschäden, heißt es. Sie gehen von einem Unfall aus. Eine tollpatschige Architektin ist eine dunkle Kellertreppe hinuntergefallen, und die Kerze, die sie in der Hand hielt, hat einen Brand ausgelöst.« Tara zwinkerte mir zu.

Ich schüttelte vorsichtig den Kopf, der immer noch heftig schmerzte. Schädelbasisbruch, lautete die Diagnose, nicht lebensgefährlich. »Du kannst nicht die Verantwortung dafür übernehmen, Tara. Keine Sorge, ich kläre das mit Richard.« Ich hatte das Gefühl, dass sich alles wieder einrenken würde. Vor mir sah ich die Flammen, die den Spiegel hochzüngelten, und das auf den Lehmboden tropfende geschmolzene Glas. Vielleicht war die Macht, die der Spiegel einst besessen hatte, nun endgültig zerstört.

Als ich die Augen schloss, sah ich Füße, die auf dem Boden schlammige Spuren hinterließen, die Füße einer Sklavin. Wie viele weitere Menschen waren dem Spiegel zum Opfer gefallen, durch einen alten Hass zum Mord getrieben? Ich würde es nie erfahren. Ich dachte an Katharina, die betrogene Königin, an ihre enttäuschte Liebe und Sehnsucht, an ihre Demütigung und ihren Zorn. Irgendwie hatte sie diesem Geschenk, das nicht für sie bestimmt war, ihre Gefühle eingeträufelt, Gefühle, die im Dunkeln lauerten. Geduldig hatte sie auf den Augenblick ihrer Rache gewartet. Und schließlich war ich davon ereilt worden.

Ich öffnete die Augen und hob die linke Hand an mein Gesicht. Am Mittelfinger zeichnete sich immer noch ein heller Hautstreifen ab. Auch ohne Ehering war ich noch verheiratet. Taras Worte bei unserer letzten Unterhaltung über den Spiegel kamen mir in den Sinn. Er ist böse, hatte sie gesagt. Und sie hatte recht gehabt. Aber das Böse darin, seine Macht, wirkte nur auf jene, die Ehebruch begingen wie Heinrich und Diane. Katharina hatte einen Feldzug gegen untreue Ehemänner und ihre Geliebten geführt: Den Frauen hatte sie vorgegaukelt, sie könnten das haben, wonach sie sich am meisten sehnten, und die Männer hatte sie in den Wahnsinn getrieben durch ihre Lust und ihre Angst, das zu verlieren, wonach sie sich am meisten verzehrten. Ihre Rache hatte über die Jahrhunderte weitergewirkt. Der Franzose und seine Sklavin. James und Amelia. Ophelia und ich.

»Aber was genau zwischen James und Amelia vorgefallen ist, weiß ich immer noch nicht«, sagte ich laut, wenn auch mehr zu mir selbst.

»Oh, ich glaube, da kann ich dir weiterhelfen.« Tara stand auf und zog etwas aus ihrer Hosentasche. »Ich hätte es dir schon früher erzählt, aber du rufst ja nie zurück.« Sie legte es auf das Tischchen neben meinem Bett.

Mühsam hob ich den Kopf. »Was ist das?«

»Ein Brief.«

Noch ein Brief. »Wo hast du ihn gefunden?«

»Nach unserem Gespräch neulich habe ich mit Mr. Alexander Kontakt aufgenommen. Ich wollte die Nummer von Nathaniel Raven. Du hattest mir ja erzählt, dass er häufig auf Briefe stößt, die anderen Objekten beiliegen, oft im Zuge von Wohnungsauflösungen. Falls du dich erinnerst: James' Haus in Bloomsbury steht zum Verkauf und wird gerade ausgeräumt. Ich überredete Mr. Raven, mich zu begleiten, um den Nachlass ganz offiziell mit einem Antiquitätenhändler zu begutachten, und wir haben das Haus vom Keller bis zum Dachboden durchkämmt, um etwas zu finden, das uns weiterhelfen könnte. Unter Elizabeths persönlichen Dingen sind wir schließlich auf diesen Brief hier gestoßen.«

»Elizabeth. James' Ehefrau?«

Tara nickte. »Er lag zwischen ihren Papieren und Tagebüchern. Ihr Sohn hat nach ihrem Tod nichts davon angerührt, und auch dessen Sohn ließ alles unangetastet. Sie wollte offenbar nicht, dass jemand ihn las.«

»Was besagt er?«

»Dass wir aus unseren Entdeckungen viele falsche Schlüsse gezogen haben. Und dass sich manches hätte vermeiden lassen, wenn wir ihn früher gefunden hätten.« Sie machte eine ausladende Geste zu Ophelia und mir. »Jedenfalls, nachdem ich ihn gelesen hatte und dich am Telefon nicht erreichte, habe ich mich zur Fabrik aufgemacht. Wenn ich das nicht getan hätte, wäre wahrscheinlich alles ganz anders ausgegangen.« Sie erschauderte. »Du musst ihn lesen, Johnny, wenn du dich dazu in der Lage fühlst. Er erklärt eine Menge.«

Ich versprach es ihr, auch wenn meine Kopfschmerzen wieder stärker wurden.

»Alles in Ordnung?«, fragte Tara. »Du wirkst ein bisschen blass.«

»Es geht mir gut«, log ich. »Du kannst übrigens ganz schön zuschlagen.«

Sie zog eine Grimasse. »Ich denke, ich sollte jetzt gehen. Lass uns doch zusammen was trinken, wenn du wieder auf den Beinen bist. Zu dritt. Ich wollte zwar Ophelia gern kennenlernen, aber bestimmt nicht unter solchen Umständen.« Sie beugte sich vor und küsste mich auf die Stirn. »Tut mir leid wegen deiner Schläfe«, flüsterte sie.

»Tut mir leid wegen allem«, flüsterte ich zurück. »Danke.«

Sie zuckte die Schultern. »Du weißt natürlich, dass du mir jetzt mehrere Paar Schuhe schuldest. Aber erst einmal musst du dich erholen.«

Nachdem sie sich auch von Ophelia verabschiedet hatte und gegangen war, trat Stille ein.

Ophelia setzte sich zu mir aufs Bett.

Mir fiel auf, dass sie das Medaillon mit den Fotos ihrer Eltern nicht trug.

»Wo ist deine Halskette?«

»Die habe ich abgenommen. Nach dem Feuer. – Ich fand, es ist an der Zeit.«

»Bist du sicher?«, fragte ich.

»Ja«, entgegnete sie lächelnd. »Ich liebe dich.«

»Ich liebe dich auch.«

Und während mich der Schlaf überwältigte, spürte ich, wie Ophelia nach meiner Hand griff.

»Erzähl mir was«, sagte ich. »Ich will deine Stimme hören.«

»Gut«, sagte sie. »Dann erzähle ich dir eine Geschichte.«

Kapitel 49

23. September 1899
Rose Cottage
St. Just
Cornwall

Mrs. Brimley,

ein ganzes Jahr lang habe ich überlegt, ob ich Ihnen diesen Brief schreiben soll, ob es richtig ist, Verborgenes ans Licht zu bringen, oder ob man die Vergangenheit nicht besser ruhen lassen sollte. Ich gebe zu, ich weiß es immer noch nicht. Trotzdem greife ich jetzt zu Stift und Papier, vielleicht aus schlechtem Gewissen. Bitte vergeben Sie mir, wenn sich herausstellt, dass ich Ihnen Dinge enthülle, die Sie vielleicht lieber nicht gewusst hätten. Vieles davon wird schmerzlich für Sie sein.
Ich heiße Amelia Holmes. Mein Name ist Ihnen nicht unbekannt, und es wird Sie erschrecken, ihn zu lesen. Wie Sie sich gewiss erinnern – ich war ja in der Fabrik Ihres Mannes beschäftigt, und vermutlich kennen Sie auch die Zeitungsberichte von damals –, werde ich seit dem Abend des 23. September 1898 vermisst, seit einem Jahr also. Aber anders als man damals und wohl bis heute vermutete, wurde ich weder entführt noch getötet. Mein Verschwinden steht vielmehr im Zusammenhang mit den Ereignissen jener Nacht, von denen ich Ihnen nach reiflicher Überlegung jetzt erzählen muss.
Es war Freitagabend. Zusammen mit den anderen Mäd-

chen aus der Stepperei verließ ich die Fabrik wie üblich gegen sechs Uhr. Draußen schwatzten und kicherten wir noch über den neuesten Klatsch, dann machte sich jede auf den Heimweg. Alles schien wie immer zu sein. Aber für mich war nichts wie immer. Nach einer Weile, als ich sicher war, dass mich niemand sehen würde, kehrte ich nämlich um und ging zurück zur Fabrik.

Ich möchte mich für das entschuldigen, was nun folgt … Ich kehrte zurück, um Ihren Ehemann zu treffen. Er hatte sich rührend um mich gekümmert, seitdem ich im Jahr zuvor in der Fabrik angefangen hatte. Und lange Zeit war es nichts weiter als reine Fürsorglichkeit und Güte. Aber ich schäme mich zu sagen, dass mehr daraus wurde. Im Sommer 1898 hatten sich unsere Gefühle verändert. Wir hatten gemerkt, dass wir etwas füreinander empfanden, und James hatte mich bereits mehrmals gebeten, mich nach der Arbeit mit ihm zu treffen. Aus Angst davor, was passieren würde, hatte ich mich stets geweigert, stets gegen meine Gefühle angekämpft. Es war schließlich falsch, es war Sünde. Aber an jenem Abend konnte ich meine Gefühle nicht länger im Zaum halten.

Ich kehrte zur Fabrik zurück und wollte ihn überraschen. Bis zum Einbruch der Dunkelheit wollte ich im Musikpavillon im Park gegenüber warten, ohne gesehen zu werden. Ich wusste, dass der Geschäftsführer, Mr. Laver, und James immer als Letzte die Fabrik verließen. Und dass Mr. Laver die Außentür abschloss, wenn James noch länger in der Fabrik blieb. So war es immer gewesen, seit ich angefangen hatte. Niemand wusste jedoch, dass James mir einen Schlüssel gegeben hatte.

Als Mr. Laver gegangen war, ließ ich noch ein wenig Zeit verstreichen. Vielleicht plagte mich schon damals das schlechte Gewissen, und ich war unentschlossen. Vielleicht fragte ich mich, was passieren würde, wenn ich den Park durchquerte, aufsperrte und hineinging und dann mit James allein war. Ich kann nicht mehr sagen, was mir durch den Kopf ging. Aber ich weiß, dass ich mir das, was dann geschah, nicht im Traum ausgemalt hätte.

Ich schloss die Fabriktüren auf und betrat den Versandraum. Er war still und leer und nur spärlich beleuchtet. Ich durchquerte das Erdgeschoss und ging die Treppe hoch. Aber im ersten und zweiten Stock brannte kein Licht. Im Hinuntergehen bekam ich Zweifel. Die dunkle Fabrik war unheimlich, seltsam fremd. Ich erwog, ob es nicht besser wäre, nach Hause zu gehen. James erwartete mich schließlich nicht, und er schien auch gar nicht da zu sein. Doch dann vernahm ich Stimmen. Sie waren gedämpft und undeutlich. Eine Weile lauschte ich und versuchte zu ergründen, woher sie kamen. Schließlich dämmerte es mir. James hatte mir von einem unterirdischen Zimmer erzählt – einem Zimmer, das seinem Privatgebrauch diente und von dem sonst niemand wusste. Ich ging zur Abstellkammer und blickte die Treppe hinunter. Von unten drang das flackernde Licht einer Kerze herauf. Mein Herz begann schneller zu klopfen. Es sagte mir, ich solle verschwinden, die Dunkelheit dort unten sich selbst überlassen. Doch der Klang der Stimmen zog mich an. Eine davon gehörte James. Doch mit wem sprach er? Ehe ich wusste, was ich tat, war ich auf dem Weg nach unten.

Jetzt hörte ich James' Stimme deutlicher. Er stritt mit einer Frau, die erregt und aufgebracht schien. Ich hätte auf dem Absatz kehrtmachen und nach Hause gehen sollen, mein Instinkt riet mir dazu. Und doch zogen mich dieses Zimmer und seine Dunkelheit magisch an. Ich versuchte mir vorzustellen, was mich hinter der Türschwelle erwartete, aber als ich sie erreichte, erlebte ich eine Überraschung.

James saß in einem Sessel in der Zimmerecke, halb entkleidet, in derangiertem Zustand. Auf einem schmalen Bett gegenüber lag Minnie Perkins. Miss Perkins, die Buchhalterin. Sie trug nur einen weißen Unterrock, Waden und Oberschenkel waren unverhüllt, und um ihren Hals war ein grünes Samtband geschlungen, das über ihre Brüste fiel. Ein paar Sekunden lang starrte ich die beiden verblüfft und ungläubig an. Erst allmählich wurde mir klar, in welche Situation ich hier geraten war, da fiel mir noch etwas auf. James schwenkte einen grünen Schuh in der Hand. Es war ein Schuh von jenem Paar, das er für mich hatte anfertigen lassen!

Eine schier endlose Zeit beobachtete ich James, wie er mit dem grünen Schuh spielte. Ich konnte es nicht ertragen, Minnie ins Gesicht zu schauen, deshalb richtete ich den Blick auf ihre nackten Beine. Diese Bilder werden mich mein Leben lang verfolgen. In meiner Verwirrung bekam ich nur Bruchstücke ihres Streits mit. Sie war aufgebracht, schalt ihn wegen des Schuhs in seiner Hand und weil er an eine andere dachte, während er hier bei ihr war. Ich hörte, wie sie ihn anschrie wegen der Briefe, die er ihr geschrieben hatte, sehnsuchtsvolle Liebesbriefe. Ob er denn nichts mehr für sie empfinde? Er entgegnete, es sei längst aus zwischen ihnen, sie solle ihm nicht weiter nachlaufen. Beschämt wandte ich den Blick ab, die Worte kreisten um mich herum wie in einem Traum. Erst als sie verstummten, stellte ich fest, dass James und Minnie meine Anwesenheit bemerkt hatten. Es war mir unendlich peinlich. Ich war wie gelähmt und konnte

mich nicht vom Fleck rühren. James hatte den Schuh fallen lassen und trat auf mich zu. Sein Gesicht war gezeichnet von Schuldgefühlen und Verstörung, von Angst und Reue. Vergeblich versuchte ich die Tränen zurückzuhalten. Er entschuldigte sich, sagte, es tue ihm leid, dass ich diese Entdeckung gemacht habe. Und wie enttäuscht ich von ihm sein müsse. Aber er habe die Hoffnung aufgegeben, dass ich ihn jemals erhören würde. Er erging sich in Selbstanklagen. Ich hingegen brachte kein Wort heraus. Steif und stumm stand ich da. Und je länger ich schwieg, desto aufgeregter wurde er. Ich bekam nur am Rande mit, dass Minnie, die immer noch auf ihn einredete, vom Bett aufgestanden war. Aber ich hörte nicht, was sie sagte. Auf einmal wurde er wütend. Und wie ich ihn so ansah, verhärtete sich seine Miene, und seine Augen wurden ganz schwarz, das bildete ich mir nicht nur ein. Plötzlich stand er drohend vor mir, so viel größer und stärker als ich, mit seinen kräftigen Händen. Er wollte wissen, was ich hier tue, was ich gesehen habe. Angst befiel mich. Ich wich zurück und stieß gegen die Wand. Minnie muss es ebenso ergangen sein, denn ich hörte sie schreien, er solle aufhören. Aber ich glaube nicht, dass er sie hörte, dass er sie oder mich überhaupt noch erkannte. Und in diesem Moment befiel mich blankes Entsetzen.
Was danach geschah, ist in meiner Erinnerung nur noch eine Abfolge unzusammenhängender Bilder. Er drehte sich um, ging auf sie los und schrie, alles sei ihre Schuld, sie müsse dafür bezahlen. Er stürzte sich auf sie, aber sie war schnell und wendig und entwischte ihm. Auf einmal hatte sie das grüne Band in der Hand. Und dann lag es um seinen Hals und straffte sich unter ihrem Griff, zog ihn nach hinten und zu Boden. Eine Weile rangen

die beiden miteinander, ich sah ihre ineinander verschlungenen Körper. Aber Minnie war ihm unterlegen, sie versuchte vergeblich, ihm die Luft abzuschnüren. Er stieß sie weg, und sie schlug mit dem Kopf gegen die Wand. Und da wusste ich, wenn ich nichts tat, wenn ich nicht eingriff, würde sie sterben.
Bevor James wieder auf die Beine kam, riss ich die Matratze vom Bett herunter. Es war der einzige Gegenstand im Raum, der mir in meiner Panik ins Auge fiel. Ich drückte sie der Länge nach auf ihn und legte mich mit meinem ganzen Gewicht auf sein Gesicht, sodass er langsam erstickte. Einmal glaubte ich, er könnte sich befreien, doch ich klemmte seine Arme mit meinen Beinen an seinen Körper und es gelang mir, ihn in Schach zu halten. Er strampelte mit den Beinen und wand sich unter mir, aber ich hielt ihn mit aller Kraft fest. Schließlich ließ ich ihn erschöpft und außer Atem los. Ich starrte auf die Matratze, nichts regte sich mehr, und da wurde mir klar, dass er tot war. Ich hatte ihn getötet.
Wie in einem Traum dämmerte mir langsam, dass Minnie neben mir stand und etwas zu mir sagte. Sie war noch ganz benommen von der Wucht, mit der sie gegen die Wand geprallt war, und ihre Stimme klang leicht hysterisch. Ich ermahnte sie zur Ruhe, damit ich nachdenken könne, und sagte, sie solle sich anziehen.
Ich legte die Matratze zurück aufs Bett, knüpfte die grünen Schuhe, meine grünen Schuhe, mit dem Band zusammen und hängte sie an die linke obere Ecke des Spiegels. Er war schwarz, dunkel verfärbt, und ich weiß noch, dass Minnie schrie, damit habe alles angefangen, und der Spiegel sei böse. Ich schrieb diese Äußerung ihrem benommenen Zustand zu und versuchte, sie zu beruhigen. Aber sie hörte nicht auf zu reden. Sie hob ein

paar Briefe vom Boden auf, Briefe, die, wie es schien, James an sie geschrieben hatte. Ich muss sie loswerden, schrie sie die ganze Zeit. Ich darf nichts behalten, was mich jetzt noch an ihn bindet. In ihrem aufgeregten Zustand traute ich ihr nicht zu, dass sie die Briefe wirklich verschwinden lassen würde. Daher nahm ich sie an mich und steckte sie in meine Tasche.

Dann überlegten wir, was mit James geschehen sollte. Minnie wollte seine Leiche im Keller lassen. Aber etwas in mir sträubte sich dagegen. Ich wollte ihn nicht der Dunkelheit überlassen, auf die Gefahr hin, dass man ihn irgendwann bis zur Unkenntlichkeit verwest fand. Und so schleppten wir ihn zu zweit, der Himmel weiß, wie, die Treppe hinauf in den Versandraum.

Als wir das geschafft hatten, dachten wir uns einen Plan aus. Niemand schien von seiner Affäre mit Minnie zu wissen. Minnie sollte nach Hause gehen und sich beruhigen. Wenn man die Leiche fand und die Fabrik den Betrieb wieder aufnahm, sollte sie ganz normal zur Arbeit gehen, als wäre nichts geschehen. Das war meiner Ansicht nach das Beste, um keinen Argwohn zu erregen. Ich dagegen würde verschwinden. Immerhin hatte ich James' Tod herbeigeführt. Sollten die Ermittlungen der Polizei also ergeben, dass James einem Mord zum Opfer gefallen war, dann war es nur recht und billig, wenn der Verdacht auf mich fiel.

Minnie widersprach mir zunächst. Wir seien beide verantwortlich, daher solle auch ich bleiben und mich ruhig verhalten. Wer wusste schon, welche Schlüsse die Polizei ziehen würde? Außerdem war es Notwehr gewesen. Aber tief in meinem Herzen sah ich es anders. Ich hatte den Mann, den ich liebte, getötet, und wenn jemand für dieses Verbrechen bestraft werden sollte, dann ich.

Und sollte ich einer Gefängnisstrafe entgehen, wäre ich durch die Trennung von meiner Familie trotzdem schwer gestraft.
Nach langer Debatte und Überzeugungsarbeit willigte Minnie schließlich ein und ging. Ich traf in der Fabrik die notwendigen Vorkehrungen. Die Briefe, die James ihr geschrieben hatte, versteckte ich hinter einem Foto, das James und mich zeigte, wie wir uns anblickten. Falls man sie jemals dort fand, würde man eine Affäre zwischen uns vermuten und nicht Minnie, sondern mich als Mörderin verdächtigen.
Nachdem ich im unterirdischen Zimmer noch einmal alles überprüft hatte, verriegelte ich die Tür. Ich hoffte inständig, dass sie nie wieder geöffnet werden würde. Dann sah ich mir James genauer an, zum ersten Mal, seit er tot war. Als ich die Flecken an seinem Hals sah, die das grüne Band mit ungeahnter Brutalität verursacht hatte, konnte ich meine Tränen nicht mehr zurückhalten. Ich strich seinen Anzug glatt, küsste ihn auf den Mund und nahm seine abgeschürften, schmutzigen Hände ein letztes Mal in meine. Dann verließ ich die Fabrik, für immer. Ich schloss die Tür ab und ließ alles hinter mir.
Mit ein paar Schillingen in der Tasche floh ich Hals über Kopf aus London. Wochenlang lebte ich in der Angst, man könnte mich aufspüren oder uns auf die Schliche kommen. Welche Schlussfolgerungen die Polizei ziehen würde, hing zum großen Teil von Minnie ab. Offensichtlich spielte sie ihre Rolle gut. Zusätzliche Unterstützung bekam sie vom Coroner, der außer den oberflächlichen Flecken am Hals keinerlei Hinweise auf eine Gewalteinwirkung fand. Der Herzstillstand, ohne Zweifel die Folge des Sauerstoffmangels, sah aus wie ein na-

türlicher Tod. Und da die Tür zur Fabrik abgeschlossen war und James seine Schlüssel noch bei sich trug, gab es auch keinen Hinweis auf die Beteiligung einer weiteren Person. Mein Verschwinden warf keinen Verdacht auf mich – im Gegenteil: Man ging davon aus, dass ich selbst Opfer eines Mordes geworden war.
Damit mir niemand auf die Spur kam, musste ich mein Äußeres verändern, Frisur und Haarfarbe. Nach einer Weile ließ ich mich hier nieder, fern von London, fern von den Menschen, die mir die liebsten auf der Welt sind. Aber das ist nur ein geringer Preis, den ich für meine Tat zu bezahlen habe.
Seit jener Nacht ist mein Leben von Reue erfüllt, und das Wissen um das, was geschehen ist, bedrückt mich. Die tägliche Erinnerung daran ist meine Strafe. Und ich spüre, dass ein Teil von mir, die Seele des neunzehnjährigen Mädchens von damals, unwiederbringlich verloren ist, gefangen im Dunkel der Fabrik, für immer verfolgt von dem, was sich in jener Nacht zutrug.
Es ist daher kein Zufall, dass dieser Brief Sie am ersten Todestag Ihres Mannes erreicht. Wenn Sie nach seiner Lektüre den Wunsch verspüren, mich der Polizei auszuliefern, dann soll es geschehen. Sie werden mich unter der angegebenen Adresse finden.
Aber ich möchte eine letzte Bitte an Sie richten. Wenn die Polizei mich verhaftet und die Ereignisse jener Nacht ans Licht kommen, wird man das unterirdische Zimmer zur Sicherung von Beweisen öffnen. Bitte verhindern Sie, dass der geschwärzte Spiegel jemals in andere Hände gelangt. Sowohl Minnie als auch James haben mir von diesem Spiegel erzählt, und ich habe ihre Worte Minnies Hysterie und James' Erschöpfung und Zerstreutheit in seinen letzten Lebensmonaten zuge-

schrieben. Aber bevor ich dieses Zimmer in jener Nacht vor einem Jahr verließ, bewog mich etwas, in den Spiegel zu schauen und so lange auf seine dunkle, fleckige Oberfläche zu starren, bis sich etwas zeigte. Ich werde Ihnen nicht sagen, was ich gesehen habe. Aber ich begann zu begreifen, dass der Spiegel vielleicht tatsächlich die Ursache für ihre Angst und ihre nervöse Besessenheit gewesen war, dass er vielleicht das Seine zu den Ereignissen jener Nacht beigetragen hatte.

Ich weiß, auch dies muss in Ihren Ohren hysterisch und unglaubwürdig klingen. Aber ich bitte Sie gar nicht, mir zu glauben. Ich bitte Sie nur, ich flehe Sie an, diesen Spiegel unter Verschluss zu halten, für immer und ewig.

Amelia Holmes